古典文獻研究輯刊

六 編

曾永義 主編

第18冊

丁乃通先生及其民間故事研究

張瑞文 著

國家圖書館出版品預行編目資料

丁乃通先生及其民間故事研究／張瑞文 著 — 初版 — 新北市：
花木蘭文化出版社，2012〔民 101〕

目 2+312 面；19×26 公分

（古典文學研究輯刊 六編：第 18 冊）

ISBN：978-986-254-943-8（精裝）

1. 民間故事 2. 分類索引

820.8   101014831

ISBN-978-986-254-943-8

古典文學研究輯刊
六　編　第十八冊   ISBN：978-986-254-943-8

丁乃通先生及其民間故事研究

作　　　者　張瑞文

主　　　編　曾永義

總 編 輯　杜潔祥

出　　　版　花木蘭文化出版社

發 行 所　花木蘭文化出版社

發 行 人　高小娟

聯 絡 地 址　新北市永和區中正路五九五號七樓
　　　　　　電話：02-2923-1455／傳真：02-2923-1452

網　　　址　http://www.huamulan.tw 信箱 sut81518@gmail.com

印　　　刷　普羅文化出版廣告事業

初　　　版　2012 年 9 月

定　　　價　六編 18 冊（精裝）新台幣 30,000 元

丁乃通先生及其民間故事研究

張瑞文　著

作者簡介

張瑞文，中國文化大學中國文學研究所博士班畢業。現任中國文化大學中文系、僑光科技大學通識中心兼任助理教授。

提　　要

　　丁乃通先生對中國民間文學的發展至為重要，他在國際普遍對中國故事有誤解的氣氛下，引進 AT 分類法，並以此撰寫《中國民間故事類型索引》，企圖扭轉西方研究者對中國故事的印象。又多次訪問中國，將西方重要典籍、學說引入中國學界。因此研究中國民間文學、理解中國民間文學史，丁先生均是不可略去的環節，但學界卻未曾全面性的對丁先生進行研究。本文以此切入，討論重點可分兩方面，第一方面旨在討論丁先生的生平、講學及交遊（第二、六、七章）。第二部分則討論丁先生的著作及研究工作（第三、四、五章）。透過本論文的研討，當可全面掌握丁氏生平、著作活動，並對丁先生最重要的著作《中國民間故事類型索引》，乃至於 AT 分類法，都有更深刻的認識。

目

次

丁乃通先生

（照片出處：http://www.chiamonline.org/People/quwas/tingnaitung.htm）

丁乃通夫人許麗霞女士

（照片出處：http://www.chiamonline.org/People/quwas/leehsiating.htm）

丁夫人致贈金榮華先生的丁乃通先生用書

現藏中國文化大學中文系民間文學討論室

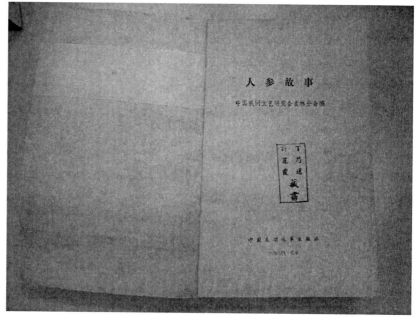

金榮華先生為這批藏書刻的「丁乃通　許麗霞藏書」章

出版前言

　　《丁乃通先生及其民間故事研究》是我的博士論文。拙作能夠出版，要謝謝指導教授金榮華先生的推薦。也謝謝花木蘭文化出版社願意出版小眾的學術論文，爲台灣研究生提供了難得的舞台。

　　丁乃通先生的《中國民間故事類型索引》是中國第一部以 AT 分類法編寫的類型索引，丁先生有意藉此扭轉西方世界對中國故事的觀感，也希望將中國民間故事研究推向國際。以此而言，丁先生的努力對整個中國民間文學界可說意義非凡。但當前學界針對丁先生，卻缺乏較全面的研究。本論文由此出發，除整合前賢研究成果外，並盡力蒐求丁氏著作，特別針對《中國民間故事類型索引》進行較爲仔細的校對、分析，也論及丁氏其它民間文學著作。此外，亦設法與丁氏親戚、友人取得聯繫，以了解丁氏生平活動。

　　本論文共分八章：第一章緒論。第二章談丁先生的生平與著作概況。第三章與第四章討論丁先生最重要的著作《中國民間故事類型索引》。第五章分析丁先生的其他民間文學著作。六、七兩章由前文論及的生平、交友、學術活動情況及著作爲基礎，來看丁先生的評價、貢獻與影響。第八章爲結論。

　　論文題目《丁乃通先生及其民間故事研究》可以分作兩個部份：前半部爲「丁乃通先生」，後半部爲「其民間故事研究」。若由論文題目來對照論文架構，第二、六、七章涉及的是題目前半部「丁乃通先生」；第三、四、五章涉及的是後半部「其民間故事研究」。透過本論文的論述，除可更全面的掌握丁氏生平、著作，對於丁書翻譯經過、版本情況亦可有所了解。此外，對於丁書體例，乃至於 AT 系列索引，亦可有基本概念的認識。

　　此次出版，從簽約到交稿僅有短短的一個月，謝謝金榮華老師、陳勁榛

老師、徐淑雯學姊提供寶貴的修改意見，他們是本書能夠出版最重要的推手。
也謝謝在這一路上引領我的家人、師長、學姊及友人們。有了你們的鼓勵為
後盾，盼能以此為起點，在學問的道路上不斷前進。囿於學力，拙作或有未
盡之處，盼諸位方家不吝指正。

張瑞文謹誌於中和

2012 年 4 月 28 日

第一章　緒　論

第一節　研究動機與目的

　　丁乃通先生（1915～1989）編纂的《中國民間故事類型索引》，是研究中國民間文學的一部重要著作。然而編纂類型索引必須熟知民間文學始能為力。而索引的編纂，又往往是進一步學術研究的鋪路工作。那麼編寫《中國民間故事類型索引》的丁先生，其所認識的民間文學究竟為何？他的民間文學研究又與《索引》構成何等關係？這些問題就理應為中國民間文學工作者所關切，因此興起本論文討論丁氏各種民間文學活動及民間文學著作的動機。民間文學範圍遼闊，而丁先生關心的主要是民間故事，因擬「《丁乃通先生及其民間故事研究》」之題，目的已不止於類型索引，而是希望能對丁先生的民間文學做盡可能全面的探討和理解。

　　中國的民間文學研究雖然不始於丁乃通先生，但可以說丁先生將西方的研究方法引入中國以前，中國對歐美民間文學研究的概念是相對薄弱的。丁氏於1978 至 1985 年間四次到中國訪問，進行學術交流。在這期間，他把西方的故事類型概念——AT 分類法帶入中國，又在華中師範大學講解歷史地理學派的故事研究方法，並且致贈阿蘭・鄧迪斯（1934～2005）的《世界民俗學》、湯普遜（1885～1976）的《世界民間故事分類學》、《民間文學情節單元索引》等書給華中師範大學。〔註 1〕這些民間文學的重要著作，在當時都還沒有中譯本，甚

〔註 1〕見劉守華：〈一位美籍華人學者的中國民間文學情節——追憶丁乃通教授〉（《民間文化論壇》，2004 年 03 期），頁 98。

至對當時的一些中國學者而言，可能都還是聞所未聞的。所以丁先生可以說是當代中國民間文學界的一個重要推手。本論文希望能夠完整說明丁氏這四次學術訪問的內容，以便看出丁先生對中國民間文學研究的實質影響。

丁先生編輯的《中國民間故事類型索引》，是一部針對中國民間故事所做的類型索引。他所引用、整理的中國古籍和近代民間故事書籍多達六百餘種，在今天的民間文學研究上，有著不可取代的地位。但無論是英文原著或中譯本，內容都仍存在著一些有待進一步整理之處。比如在編輯體例上就有混亂的情況。如參考書目中，同在「G」下面且同為古籍的《搜神記》和《括異志》記錄方法就不相同。《搜神記》條載：「干寶（在世期：317～322）：《搜神記》・台北，1965。」《括異志》條則載：「《括異志》，魯應龍（宋朝）著・在四庫叢刊續編中。」〔註2〕《搜神記》以書屬人，《括異志》則以人屬書。又如《太平御覽》卷479頁2325中有554「感恩的動物」型故事一共六則，〔註3〕但丁書554「感恩的動物」條下卻只記載一次。〔註4〕而《唐代叢書》頁491中有兩則681B「夫妻同夢」型故事，〔註5〕丁書681B條下卻記載了兩次。〔註6〕在丁氏《索引》編纂所據的原始典籍中，同樣是一頁有多條同型故事的情況，丁氏的記載方法卻有時只記一次、有時則每次都做了登錄，可見丁書確有體例混亂的問題。這樣的情況也存在於中文本譯文所自出的英文本中，因此是英文原書就已體例不一。〔註7〕

另外，中譯本在翻譯過程中，和英文原本產生了部分差異。如中譯本類型76「狼和鶴」記載：

> 趙鎮南，第22～27頁（只前一半，＋285D）；李翼、王堯，第113～114頁，董斯張，第3904～3905（鳥逃跑了）。〔註8〕

〔註2〕丁乃通：《中國民間故事類型索引》（武漢：華中師範大學出版社，2008年4月），頁378。

案：叢書名「四庫叢刊續編」可能是丁先生著錄有誤，疑為「四部叢刊續編」。

〔註3〕李昉等編撰：《太平御覽》（台北：台灣商務印書館，1968年1月台一版），頁2325。

〔註4〕書同註2，頁124。

〔註5〕清・王文誥、邵希曾輯：《唐代叢書》（台北：新興書局，1968年6月新一版），頁491。

〔註6〕書同註2，頁156。

〔註7〕Nai-tung Ting *A Type Index of Chinese Folktales*（FFC223）Helsinki,1978,p.98.

〔註8〕書同註2，頁9。

照整段的意思來看，「李翼、王堯」與「董斯張」當為單獨的兩筆資料。凡資料來源不同，照例應以分號區隔。如「趙鎮南」條後就用分號。而「李翼、王堯」和「董斯張」之間卻以逗號分隔。英文本所載內容則為：

Chao Chieh-nan,pp.22～27（first half only,＋285D）；Li and Wang, pp.113
～114；Tung Ssu-Chang, pp.3904～3905（the bird escapes）.〔註9〕

「Li and Wang」與「Tung Ssu-Chang」兩筆資料間使用的正是分號。又如中譯本參考書目「H」項下第十四條載：「《還初道人》、《仙佛奇踪》·出版地缺，出版年缺。」〔註10〕看起來這一條指的應該有《還初道人》、《仙佛奇踪》兩本書。英文本則載：「Huan-ch'u Tao-jen. *Hsien fo ch'i tsung*. n.p., n.d.」〔註11〕兩相對照，可知中譯本將作者「Huan-ch'u Tao-jen」，也誤為書名而加上書名號。

　　由上面的敘述可知，丁書撰寫體例的不一，以及中文本在翻譯過程中產生的偶疏，都有研究的空間。

　　丁先生在整理故事類型時，也有疏漏的情況，如江盈科（1553～1605）的《雪濤小說》、《雪濤諧史》均出現在《中國民間故事類型索引》參考書目中，〔註12〕可見二書俱為丁先生過濾類型的材料。但是《雪濤小說·典史》一文中有926*「爭執的物件平分為兩半」型故事，〔註13〕卻未出現在丁書926*條下。又如《雪濤諧史》第一百則為1530B₁*「無禮的送信人受罰」型故事，〔註14〕而在丁書的1530B₁*條下也未見記載。〔註15〕

　　根據上述討論，《中國民間故事類型索引》書中存在的許多問題，如果不一一發掘指明，便有可能為《索引》的使用者帶來困擾，因此確有深入探討的必要。本論文希望盡可能發現類似問題，並且予以解決，以供學界使用《索引》者參考。

　　丁氏在中國民間文學界的地位如此重要，但是他的著作卻僅有《中國民間故事類型索引》及七篇單篇論文被譯成中文。本論文希望能夠完整收集丁

〔註 9〕書同註7，頁28。
〔註10〕書同註2，頁379。
〔註11〕書同註7，頁257。
〔註12〕書同註2，頁380。
〔註13〕江盈科：〈典史〉，《江盈科集》（長沙：岳麓出版社，1997年4月），頁689。
〔註14〕書同註13，頁888～889。
〔註15〕詳見筆者碩士論文：《江盈科敘事作品研究》，中國文化大學中國文學研究所
　　　　碩士論文，2006年12月，頁83～84。

氏的民間文學學術論文，並進行研究，從中看出丁氏論文與《索引》之間的
關係，及其研究民間故事的方法與成就。

　　本論文可分爲兩大部份，第一部分討論丁乃通先生的生平、講學、交遊，
並著重論述丁先生四次到中國進行學術交流的經過，以及這四次交流對中國
民間文學研究帶來的激活與影響。希望能夠以此勾勒丁氏的民間文學活動面
貌。第二部分擬以丁先生的著作爲討論對象，尤以《中國民間故事類型索引》
一書爲研究中心，希望能探討丁氏《索引》中的種種現象，並兼及英文原本
與中文譯本的校對。也將討論丁氏的其他民間文學著作；丁先生的民間文學
著作多以英文寫作，原本就以中文寫作的僅有〈民間故事類型第二次修訂版
的介紹及評價〉，〔註16〕以及〈中國民間故事的分類〉。〔註17〕已譯成中文的
除了《中國民間故事類型索引》，還有論文集《中西敘事文學比較研究》，〔註
18〕其他目前皆只見英文本，包括《中國民間敘事書目》一書，〔註19〕以及
單篇論文五篇、書評九篇。本論文希望能夠從這些中、英文著述探討丁氏的
民間文學著作面貌，以及此等著作中所承載的民間文學研究方法與貢獻。

第二節　研究範圍與方法

　　本論文所取用的材料，在研究丁乃通先生的生平及學術活動方面，參考
丁乃通四次訪問中國所接觸的學者如段寶林、劉守華、陳建憲、黃永林等人
所寫對丁氏的回憶文章。另外金榮華先生於旅居美國時結識丁先生，兩人還
長時間通信，關係非常密切。而筆者於 2009 年 12 月 29 日，趁著劉守華先生
到台灣參加學術研討會的空檔，採訪了劉教授，主要目的是想了解 1985 年丁
先生在華中師大講學的情況。筆者也於 2010 年 7 月 5 日許靖華先生（1929～）

〔註16〕丁乃通：〈民間故事類型第二次修訂版的介紹及評價〉，《清華學報》1969 年 8
　　　　月新七卷第二期，頁 233～238。

〔註17〕丁乃通：〈中國民間故事的分類〉，《中央日報》民國 77 年 11 月 17 日，〈長河〉
　　　　第 17 版。

〔註18〕丁乃通：《中國民間故事類型索引》，武漢：華中師範大學出版社，2008 年 4
　　　　月。
　　　　丁乃通：《中西敘事文學比較研究》，武漢：華中師範大學出版社，2005 年 7
　　　　月。

〔註19〕Nai-tung, Ting and Lee-hsia Hsu Ting： *Chinese Folk Narratives A
　　　　BibliographicalGuide*. San Francisco，CHINESE MATERIALS CENTER.

到臺灣參加中央研究院院士會議時採訪了他。許先生是丁乃通夫人許麗霞女士（1923～2005）的胞弟，丁氏夫婦 1956 年初到美國時，曾短暫居住在許先生家，許先生對丁先生的生活面自然較其它學者更爲熟悉。金先生、劉先生、許先生口中的丁先生都是研究丁氏生平的重要材料。

此外，筆者曾寫信至北京大學詢問段寶林先生與丁先生交往的經過，段先生不僅回信詳述他與丁先生認識的因緣，更慷慨地將丁先生寫給他的信件複印一份寄給筆者，這批信件對於了解丁先生的民間文學活動也有重要參考價值。

本論文撰寫期間，盡力搜求丁氏海內外所有的民間文學著作。關於《中國民間故事類型索引》除了索引正文與參考書目校勘比對之外，也論及 AT 分類法的母本，也就是阿爾奈（Antti Aarne，1867～1925）原編、湯普遜（Stith Thompson）增補的《民間故事類型》〔註 20〕，以及金榮華《民間故事類型索引》〔註 21〕、艾伯華（Wolfram Eberhard，1901～1989）《中國民間故事類型》〔註 22〕等各種故事類型索引。

除此之外，所有民間文學研究者對丁氏的研究，以及學者對丁氏所關注的學術內容的探討，也都是本論文所要參考的資料。

在研究方法上，本論文最重要的方法概念是阿爾奈與湯普遜的 AT 分類法。這是以見於傳播的完整故事爲劃分單位的一套故事類型（Type）分類系統，最早由芬蘭的阿爾奈教授所設計，後來經過美國的湯普遜教授改良，因此學界以兩人名字的第一個字母爲這套系統命名，稱爲 AT 分類法。此後它成爲國際上通行的民間故事類型分類法，各國學者紛紛採用這套系統來編輯本國的故事類型索引。利用這一套分類系統，可以方便本國故事與世界各國同型故事的比較研究。丁氏的《中國民間故事類型索引》就是依照 AT 分類法編成的，後來還將它介紹到中國。因此研究丁氏學術的先決條件，便是必需能夠從方法層面瞭解這套分類法。可以說，不瞭解 AT 分類法便無從詳知丁氏在民間文學方面的學術工作與影響。

除了故事類型，國際上另一個重要的故事研究概念是「情節單元」

〔註 20〕 Stith Thompson, *The Types of the Folktale*（Helsinki,1981），FFC184。
〔註 21〕 金榮華：《民間故事類型索引（上）、（中）、（下）》，台北：口傳文學學會，2007年 2 月。
〔註 22〕 艾伯華：《中國民間故事類型》，北京：商務印書館，1999 年 2 月。

（Motif）。這是不以完整故事而改以構成故事的最小情節爲劃分單位的一套分類系統。「情節單元」的概念在西方已行之久遠，但分類系統則完成於湯普遜。湯氏在 1955 年出版了六大冊的《民間文學情節單元索引》（*Motif-Index of Folk-Literature*），〔註23〕內容包括故事類型分類不處理的神話與傳說，所使用的材料流傳地區也更廣，因此可以補 AT 系統之不足。丁先生雖然不曾專門以「情節單元」的概念撰寫學術論文，但他曾將這個概念介紹到中國，丁先生的研究中也使用了「情節單元」的概念，因此研究丁先生的學術當然也必須先了解「情節單元」而後始能爲之。

無論「故事類型」與「情節單元」都是芬蘭學派的重要概念。這個學派的研究理念是要追索故事的「生命史」，同型故事說法雖然各異，但大多是由同一源頭開始發展的。因此經由比對同型故事的異說，便可了解故事的原始面貌以及流傳的變異情況。這種研究方法需要比對同型故事和情節單元的大量異說，這是爲什麼芬蘭學派要發展「故事類型」及「情節單元」索引的原因。丁先生有不少著名文章都是站在這個觀點上出發的，如〈高僧與蛇女〉、〈中國和印度支那的灰姑娘型故事〉等等。〔註24〕那麼丁先生研究民間故事時受了芬蘭學派研究概念及步驟多大的影響？探討這個問題必須預設對芬蘭方法的理解，因此自然也是本論文重要的研究方法。

丁先生的民間文學論著幾乎都由英文寫成，其中有一些已譯爲中文。在已有中文譯本的著作中，《中國民間故事類型索引》目前已有兩種譯本，其中一個譯本有重排再版本。這些複雜的情況讓丁先生的著作出現了版本問題，因此也就讓文字校勘有了著力點。本論文將說明中文本間以及中英本間的校勘結果並且予以解釋。另外，丁氏編纂《索引》時使用的現代故事書對後人而言有許多搜集上的困難，而古代故事文獻則幾乎都可以在圖書館中搜尋而得，因此本論文將丁書中徵引古籍的部份挑選出來，列表整理，再進行歸納，希望能夠了解丁氏《索引》的一些特性。

綜合一、二節所述，本論文共分爲八章。第一章先闡述本文的研究動機、

〔註23〕Stith Thompson, *Motif-Index of Folk-Literature*（Bloomington, Indiana University press, 1975），6 Volumes。

〔註24〕（1）丁乃通：〈高僧與蛇女〉，《中西敘事文學比較研究》（武漢：華中師範大學出版社，2005 年 7 月），頁 1～60。（2）丁乃通：〈中國和印度支那的灰姑娘型故事〉，《中西敘事文學比較研究》（武漢：華中師範大學出版社，2005 年 7 月），頁 98～128。

目的、範圍和方法，並就目前學界對丁先生研究的情形做回顧與檢視。第二章討論丁先生的學術活動及其所有著作的概況，包括已經譯成中文在中國出版的，和未譯成中文而只發表在歐美期刊的學術論文。第三章討論《中國民間故事類型索引》一書的成書及體例，並將檢視書中所有類型，盡量核對參考書目，然後給予統計，討論丁書引用古籍類型的時代分布，並與國際類型分布情形做比較。第四章將進行《中國民間故事類型索引》中、英文本的校對，並討論英文本與三種中譯本的差異及差異形成的原因。第五章則討論丁乃通先生研究民間故事的方法，從其故事研究論文歸納出研究民間故事的步驟與模式，並說明「故事類型」、「情節單元」在故事研究中的作用。第六章討論中、外學者對丁先生的評價及看法，並給予反思。第七章則討論丁先生的貢獻與地位，兼及他對台灣、大陸民間文學界的影響與啓發。第八章爲結論。

第三節　相關研究成果

　　目前學界專門研究丁先生的論文數量並不多，大部分爲學者在討論「故事類型」的看法時一併提起。下文介紹這些文章對丁先生其人及其學術觀點的描述，並討論整個學術界對丁先生的大體看法。

　　關於丁先生訪華、講學的情況，描述最詳盡的是劉守華的〈一位美籍華人學者的中國民間文學情結——追憶丁乃通教授〉，〔註25〕內容對於丁先生的生平、撰寫《中國民間故事類型索引》的經過、在華中師大講學並指導學生的情況、丁先生與作者交往的經過、丁氏著作在華中師大出版社出版的原委都曾提及，也在文中引用了丁先生未曾發表過的文章，以及丁先生的來信內容，對於了解丁先生的生平可說是非常重要的一篇文章。丁先生過世後，劉守華與陳建憲合寫了〈身居海外戀祖國，留取丹心照汗青沉痛悼念美籍華裔民間文學家丁乃通先生逝世〉一文，〔註26〕文中介紹了丁先生的學術工作，也花了很多篇幅介紹丁先生的著作，而且不限於《中國民間故事類型索引》，也簡單介紹了幾篇丁先生的單篇論文，丁先生的這幾篇論文後來被譯成中

〔註25〕劉守華：〈一位美籍華人學者的中國民間文學情結——追憶丁乃通教授〉（《民間文化論壇》，2004 年 03 期），頁 98。

〔註26〕劉守華、陳建憲：〈身居海外戀祖國　留取丹心照汗青——沉痛悼念美籍華裔民間文藝學家丁乃通先生逝世〉，《民間文藝季刊》（上海：民間文藝季刊出版部，1989 年第 4 期），頁 241～245。

文，以《中西敘事文學比較研究》爲名出版。〔註27〕

　　至於丁先生的著作，學界僅對《中國民間故事類型索引》討論較多，這些討論又多數集中於 AT 系統究竟適不適合拿來「套用」於中國故事的問題上，這個問題後來演變成中國故事究竟具不具有異於西方故事的「特殊性」之爭。首先針對此問題發難的是德裔美國學者艾伯華，他在 1980 年發表了〈丁乃通的《中國民間故事類型索引》：以口頭傳統與無宗教的古典文學文獻爲主〉的書評，〔註28〕文中對丁氏《索引》多所指責，對於丁氏遵從 AT 索引的傳統去除了神話、傳說，艾伯華認爲這是忽略了中國故事的特殊性：

> 幾乎現在所有的故事類型索引著作都是在 AT 基礎上衍生的，但這種作法比較適合於歐洲和近東國家故事的類型索引，至於是否適合中國故事類型索引的編纂，恐怕就要慎重了。〔註29〕

艾伯華指出中國故事的性質不同於西方，因此不應取西方分類系統來爲中國故事做類型索引。針對艾伯華的提問，丁先生曾撰寫〈答愛本哈德教授〉一文反駁之〔註30〕（「愛本哈德」爲艾伯華英文名字 Eberhard 之音譯）。後來日人加藤千代撰寫〈關於中國民間故事類型索引——艾伯哈德的書評與丁乃通的答辯〉一文，〔註31〕整合二人意見，但結論偏向同意艾氏觀點，他甚至在文末斷言：

> 對我們理解中國故事的整體形象來說，以 AT 爲基礎的 TN 索引（案：指丁乃通的《中國民間故事類型索引》），不能不說是一條繞了大彎的途徑，……中國太大了，所以第三部索引的情形將是遠遠超越我貧乏的想像力的，但是 EB 索引（案：指艾伯華的《中國民間故事類型》）將是重要的出發點大概可以肯定吧。〔註32〕

文中所說關於中國故事不適合用 AT 分類法進行歸類的理由是「中國太大了」，這個理由似乎仍嫌籠統。此後討論「中國故事究竟適不適用 AT 分類法」這個

〔註27〕書見註18。

〔註28〕艾伯華著、董曉萍譯：〈丁乃通的《中國民間故事類型索引》以口頭傳統與無宗教的古典文學文獻爲主〉《民族文學研究》2008 年第 3 期，頁 165～170。

〔註29〕文同前註，頁 167。

〔註30〕丁乃通著、李揚譯：〈答愛本哈德教授〉，《故事研究資料選》（武漢：中國民間文藝家協會湖北分會編印，1989 年 9 月），頁 284～290。

〔註31〕〔日〕加藤千代著、陳必成譯：〈關於中國民間故事類型索引——艾伯哈德的書評與丁乃通的答辯〉，《故事研究資料選》頁 269～283。

〔註32〕文同前註，頁 280。

問題的文章甚多。對於丁乃通的索引，學者多對他收集資料之豐富、分析情節之精細表達讚許。〔註33〕但是對於丁先生以 AT 系統編輯《中國民間故事類型索引》的評論，學者多持反對的意見，反對的原因主要爲：1. 中國故事與 AT 系統因文化上的差異而有格格不入的情況。2. 丁書沿用 AT 原書的類型名稱，造成中國讀者使用不便。3. 丁書省略了部份故事梗概，使讀者查找不便。4. 不收傳說不符合中國故事的實際狀況。如祁連休〈中國故事的獨特魅力〉、高丙中〈故事類型研究的中國意義〉、呂微〈故事類型劃分的經驗與標準〉、林繼富〈「中國民間故事類型索引」研究的批評與反思〉等都表達了這樣的意見。〔註34〕

意見較模糊的是戶曉輝，他在〈類型：民間故事的存在方式〉一文中讚許祁連休以新的分類系統編輯中國民間故事類型，可以避免 AT 分類法的弊病，

> 這實際上就是把「類型」當作了描述具體文化或民族的民間故事存在方式的概念，而非當作普適的規範概念。這樣，中國古代所特有的許多兼具故事和傳說性質的故事以及許多難以納入 AT 分類法的故事就有了「存在的理由」，在新的分類系統中也有了自己的位置。〔註35〕

但是在該文的結尾卻表示：

> 德國學者烏特 2004 年的新書《國際民間故事類型：分類與文獻》對 AT 分類法作了許多補充和修定，被譽爲國際民間故事分類研究的「一個新的里程碑」，但由於當時中國民間故事尚沒有編目並譯成歐洲語言，該書仍未能使用中國的材料，……如果祁著（案：指祁連休《中國民間故事類型研究》）能夠被譯成英語或德語，傳佈海外，

〔註33〕 如劉守華：〈導論〉，《中國民間故事類型研究》（武漢，華中師範大學出版社，2002 年 10 月），導論頁 12。

〔註34〕 祁連休：〈中國故事的獨特魅力〉，《河南教育學院學報》（2008 年第 6 期），頁 16。
高丙中：〈故事類型研究的中國意義〉，《河南教育學院學報》（2008 年第 6 期），頁 20。
呂微：〈故事類型劃分的經驗與標準〉，《河南教育學院學報》（2008 年第 6 期），頁 26～27。
林繼富：〈「中國民間故事類型索引」研究的批評與反思〉，《思想戰線》（2003 年第 3 期），頁 91。

〔註35〕 戶曉輝：〈類型：民間故事存在的方式〉，《河南教育學院學報》（2008 年第 6 期），頁 21。

> 那麼，我相信，未來的《國際民間故事類型》必將給中國民間故事
> 紛雜而豐富的存在讓出位置，只有這樣的國際民間故事類型索引，
> 才離名副其實的「新的里程碑」更進一步。〔註36〕

前段引文似乎反對以 AT 分類法套用中國故事，到結論時卻認為國際民間故事
類型索引要完整，就必須加進中國故事。國際上的類型索引編輯傳統就是 AT
分類法，如要加進中國故事，就又陷入中國學者指稱的「削足適履」狀況裡
了。而如果國際類型索引必需加入中國故事才完整，那麼丁先生的努力在方
向上就是正確的了。此外西方也並非完全無法見到中國的故事，丁先生的參
考書目中便有數本在西方出版的中國故事集，如林憲德於 1944 年在紐約出版
的《中國故事》（*Folktales from China*）、代尼斯（Dennys Nicholas B.）於 1968
年在阿姆斯特丹出版的《中國民間文學》（*The Folklore of China*）等是。〔註37〕

不過大陸學者之中也有同意以 AT 系統編輯中國民間故事類型索引的，劉
魁立在他的〈世界各國民間故事情節類型索引述評〉一文中，在介紹過世界
各國索引編輯的情況後有一段頗為中立的評論：

> 我們只能把編纂索引看作是研究工作的手段，而不是研究工作的目
> 的：看作是研究工作的準備，而不是研究工作本身。儘管如此，為
> 便於掌握和利用無法數計的民間故事資料，類似 AT 索引的存在仍
> 是十分必要的。我們利用這些索引，既不說明我們對他所存在的諸
> 多缺點的遷就，也不意味我們對其編者的理論原則的苟同，我們利
> 用這些索引手段僅僅是為了工作的便利和使大家在工作時能有一種
> 共同的語言而已。〔註38〕

陳連山則認為艾伯華提出中國故事具有特殊性，因此不適合 AT 系統的論調有
待商榷，他說：

> 在我看來，故事類型的確定本來就是為尋找各個異文之間共性的活
> 動，忽略細節差異是非常正常的。……艾伯華太關注地區差異，不
> 肯進行適合全國範圍的故事類型高度抽象。那麼，他反對把中國故
> 事抽象到符合世界範圍標準的故事類型，就很自然了。艾伯華主張

〔註36〕 文同註35，頁22。
〔註37〕 書同註2，頁382及376。
〔註38〕 劉魁立：〈世界各國民間故事情節類型索引述評〉，《劉魁立民俗學論集》（上
海：上海文藝出版社，1998年10月），頁386。

中國故事特殊論，不是說中國故事無法進行類型的抽象化，而只是
為了個人學術興趣的需要。〔註39〕

除此之外，段寶林也曾寫過〈快速編印「民間故事類型索引」的方法〉一文，
當中建議的編輯方法也是依照 AT 系統。〔註40〕

　　不論對 AT 贊同或是反對，學者們的結論大概都期待能編出具有中國特色
的故事類型索引，不應該排除神話和傳說。〔註41〕學者甚至主張應聯合中、
日、韓三國學者一起進行索引的編輯工作，三方也針對這個提議進行過會議，
〔註42〕不過這個建議至今還沒有實踐。

　　相較於大陸方面對於故事類型的研究始終在「中國故事適不適用 AT 分類
法」上打轉，台灣的金榮華先生則從阿爾奈、湯普遜、丁乃通乃至其它各國
索引的形式與內容入手，深刻分析 AT 分類法的優劣，寫成《中國民間故事與
故事分類》一書，是目前中文學界唯一的一本 AT 分類法使用手冊。書中在對
丁先生《索引》的分析上，甚至連丁先生自己並未說明的編輯原則，都可透
過金先生的研究清楚看見。例如丁先生將長工鬥地主的故事歸入笨魔類中，
金先生在書中便指出：

　　有關吃人笨魔（Ogre）的故事，在西方流傳很廣，類型也很多，因
　　此它在 AT 中被歸為一類，……這樣的笨魔在中國的故事裡很少見，
　　而中國故事中大量的佃農、長工和財主、惡霸鬥爭的故事則罕見於
　　西方，AT 分類中也沒有它的專屬區域，但是從故事結構看，許多佃
　　農、長工和財主、惡霸鬥爭的故事就是西方的人與笨魔鬥智的故
　　事。……丁氏對這類情形的處理方法很巧妙，他把一部分佃農長工
　　和財主惡霸鬥智的故事歸入「笨魔的故事類」，一部份則歸入「笑話」
　　類中的「男人的故事」。〔註43〕

〔註39〕陳連山：〈普遍性與特殊性之爭〉，《河南教育學院學報》（2008 年第 6 期），頁
　　　　18。
〔註40〕段寶林：〈快速編印「民間故事類型索引」的方法〉，《民間文化與立體思維
　　　　──兼及藝術規律的探索》（北京：大眾文藝出版社），頁 290。
〔註41〕如劉守華：〈關於民間故事類型學的一些思考〉，《民族文學研究》（2004 年第
　　　　3 期），頁 25。
〔註42〕見施愛東：〈中日韓民間故事類型索引編撰工作預備會在京閉幕〉，《民間文化
　　　　論壇》（2005 年第 5 期），頁 89。
〔註43〕見金榮華：《中國民間故事與故事分類》，台北：中國口傳文學學會，2007 年
　　　　9 月，頁 86～87。

大體而言，這類故事如果是發生在佃農長工對財主惡霸的戲弄或抗爭，就歸入「笨魔」，但如果是一般的戲弄笑鬧，而沒有下階層對上階層的嘲諷抗爭意義，就放在「笑話」之中。金先生進一步將原書的類名修改為「惡霸與笨魔的故事」，便於中、西學者即類索事。

　　面對中國故事與 AT 分類法之間有些格格不入的問題，金先生的看法是：

> 就實際情形而言，每一種故事類型之分類都有它的侷限，尤其作為一
> 個國際性的架構，這種侷限更容易在各個不同文化地區呈現，因為它
> 永遠無法掌握世界各民族的大量故事。所以，陸續增添新的類型和修
> 正若干型號是必然的，也是必須的，AT 分類並不例外。〔註44〕

又因為「AT 分類的國際性所帶來檢索跨國材料之方便是無庸置疑的，它有助於中國故事置身國際而呈現自有特色或相互關係也是無庸置疑的」，〔註45〕因此金先生主張民間文學工作者應該進行的是 AT 系統的調整和補充，而非重編一套索引。金先生對於修正 AT 與丁書的論述主要見於〈中國民間故事和 AT 分類〉一文及《中國民間故事與故事分類》中，〔註46〕完整的修訂成果則可見《民間故事類型索引》一書。〔註47〕關於金先生對 AT 系統的修訂，詳見本論文第六章。

　　此外，在臺灣對丁先生《中國民間故事類型索引》做較系統性研究的第一篇論文是陳麗娜的博士論文《中國民間故事類型研究》。〔註48〕這是一部專門研究中國民間故事類型的論文，該論文的第四章專章介紹丁先生，針對丁書的取材、編排、新增類型都做了研究，也進行了丁書與艾伯華、池田弘子類型索引的型號對照，釐清了各類型索引之間的差別，這一點對各本《索引》的使用者有很大的幫助。〔註49〕進行上述比對研究之後，陳麗娜認為丁書最重要的貢獻是：1. 將中國民間故事做了類型的歸納與整理。2. 將中國故事納

〔註44〕書同註43，頁2。

〔註45〕書同註43，頁17。

〔註46〕金榮華：〈中國民間故事和 AT 分類〉，《中國民間故事及成類型索引（一）》（台北：福記文化圖書公司，2000 年 1 月）。書同註40。

〔註47〕金榮華：《民間故事類型索引》，台北：中國口傳文學學會，2007 年 2 月，共三冊。

〔註48〕陳麗娜：《中國民間故事類型研究》，花蓮：國立東華大學民間文學研究所博士論文，2009 年 6 月。

〔註49〕艾書見註22。池田弘子：*A Type and Motif Index of Japanese Folk-Literature*, Helsinki ,1971.

入國際編碼。另外陳麗娜也指出丁書的侷限在於參考書目數量不足，版本也有問題，而且丁書後面所附的「專題分類索引」檢索不易。不過儘管有這些問題，陳氏還是認為：「丁乃通的努力，證實中國的民間故事是可以與國際相對應的」。〔註50〕陳麗娜也在論文裡留下一個可供後人研究的問題：她發現丁書新增的類型有 9 個沒有類型名稱和故事提要，這九個類型分別是 310A、333A、935A、950D$_1$、1365E$_1$、1624A$_1$、1635*、1920C，「這是否為丁氏書寫上的疏漏或有其他原因，有待進一步探討」，〔註51〕本論文將於第四章試著解決這個問題。

　　總之，目前學術界對於丁先生的研究，除了金先生及陳麗娜的論文，還有幾篇介紹丁先生生平的文章以外，其餘大概都圍繞著「中國的故事類型索引到底該怎麼編？」這一問題上。因此後人對丁先生民間文學的研究之少，和丁先生對民間文學的貢獻之大，兩者是不相對應的。本論文擬繼踵前賢，研究丁氏之學，希望能為後學對應丁氏貢獻之大添一彩筆。

〔註50〕書同註48，頁 166～167。
〔註51〕書同註48，頁 125～126。

第二章　丁乃通先生之生平與著述

第一節　民國時期

　　丁乃通先生於 1915 年 4 月 22 日出生在浙江杭州。家中經商，經濟條件十分寬裕。丁先生為長子，有三個弟妹，其中一個弟弟名叫丁乃時，是一位醫生。據丁先生的內弟，也就是中研院院士許靖華先生的回憶，丁家當時在杭州是大戶人家，僕人眾多，丁先生自幼是一點家事都不需要自己動手的。〔註1〕

　　1936 年丁先生畢業於北京清華大學西方語文學系，隨即出國留學，1938年拿到美國哈佛大學英國文學碩士學位，1941 年取得哈佛大學英國文學博士學位。許靖華先生說，丁先生聰穎過人，因此能在極短的時間就取得博士學位，靠的絕對是真才實學。除了聰明，丁先生也十分勤勉，他在〈民間故事類型第二次修訂版的介紹及評價〉一文中，提到自己為弄清楚白蛇傳故事究竟是不是出於佛經，翻完了一部《大藏經》。〔註2〕得到博士學位後丁先生回到中國，26 歲的留美博士立刻進入大學講授英國文學，先後任教杭州基督大學、上海之江大學、嵩縣河南大學。

　　1943 年日本進攻中國，丁先生轉往重慶，任教中央大學。戰爭結束後中央大學遷返南京，丁先生亦隨學校遷移。意氣風發的年輕教授得到不少女生的青睞，據許靖華先生的回憶，丁先生個子不高，大約只有一米五，居然追

〔註 1〕　案：許靖華先生現居英國，筆者曾於 2010 年 7 月 5 日中央研究院院士會議期間，於中研院與許先生訪談。丁先生的夫人許麗霞女士是許先生的二姐。

〔註 2〕　見丁乃通：〈民間故事類型第二次修訂版的介紹及評價〉，《清華學報》新七卷第二期（台北：清華學報社，1969 年 8 月），頁 236。

到當時央大的校花,不過後來校花另嫁他人。在南京期間,丁先生認識了央大助教許麗霞女士,兩人都喜愛英國詩人葉慈的詩句,以此結緣,進而相戀。當時許靖華先生跳級進入央大地質系當史上最年輕的學生,許先生正是在此時結識了丁先生。後來許麗霞女士有出國的計畫,丁先生便提議先訂婚,待許女士 1948 年返國執教,二人方結婚。

婚後正值國共內戰,1948 年 12 月丁先生原有與妻子一家遷居台灣的打算,但丁夫人母親病重,遷居計畫未果,其後更因為不滿國民黨拋下百姓一走了之的行為,因此不願意遷往台灣。

1949 年共產黨接管中國,在美國留學過的丁氏夫婦受到多方壓力,曾被迫要宣揚美國有嚴重財富不均的問題。1950 年韓戰爆發以後情況更為嚴重,二人遂有離開中國的打算。許靖華先生在《孤獨與追尋》中對這個事件的描述是:「年輕氣盛的麗霞和乃通不願意活在一個有違道德的政府統治之下,於是他們便決定離開。」〔註3〕但當時的情勢已不容許一般人隨意出國,因此二人先到廣州。1951 年起丁先生任教於嶺南大學,再設法離開中國。丁先生正好有個弟弟住在香港,每逢年節期間,廣州、香港兩地的民眾可以互相往返探親,但須經過申請。丁夫人特地學習了廣東話,到警局順利申請了訪親證,在 1953 年以探親的名義搭上往香港的火車。沒想到香港工作並不好找,兩人花了兩星期徒勞無功,一度氣餒打算回中國,但終究因不願意在極權統治下生活而沒回去。〔註4〕丁夫人後來找到美國新聞社的工作,也獲得任職於英國大使館友人的幫助,而拿到居留證,便暫居香港。

1955 年丁先生獲得美國政府的一筆補助金,短暫到耶魯大學一年。回港後受香港中文大學之邀在新亞書院教書並兼任系主任,直到 1956 年才在許靖華先生的幫助下遷居美國,並於 1961 年入美國籍。

第二節　旅美時期

據許靖華先生的回憶,逃離鐵幕的丁氏夫妻到達美國後,一開始找工作並不順利,花了很多時間投履歷,卻只有美、墨邊界的一間小學校願意任用

〔註 3〕見許靖華:《孤獨與追尋》(台北,天下文化出版公司,1997 年 4 月),正文前照片題字。
〔註 4〕書同註 3,頁 319～321。

丁先生，只得暫時屈就。金榮華先生回憶丁先生曾談起自己的第一堂英國文
學課。當時教室裡座無虛席，不僅如此，走道上、窗戶外，能站人的地方全
都站滿了人，大家都想來看看「中國人」如何上「英國文學」？〔註5〕所幸人
群在兩、三堂課後就漸漸散了，丁先生的能力獲得了認可。

　　丁先生說自己「本來是念英國文學的，多年來一直在美國教授英文和英
國文學。60 年代初期，因為研究比較英國浪漫派詩人濟慈（1795～1821）的
名詩〈蛇女〉和中國的白蛇傳，發現了民間故事的重要」，〔註6〕從此丁先生
的學術活動重心由英國文學轉向了民間文學，發表的論文、撰寫的書評也多
與民間文學相關。許靖華先生則補充，丁先生的學術轉向，可能跟剛到美國
時找工作不太順利的經歷有點關係。

　　此後求職之路漸漸順利，丁先生在 1957 至 1966 年間先後任教於美國泛
美大學及威斯康辛州立大學。1966 年又到西伊利諾大學執教，一直待到 1985
年退休。在西伊利諾大學執教期間，正是丁先生學術上的黃金時期，他的兩
部專書及大部分的單篇論文都在這個時期寫成。不管是質或量都有精彩的表
現。關於丁先生著作的情況詳本章第五節。

　　1970 年丁先生偕同夫人到柏克萊加州分校圖書館為撰寫《中國民間故事
類型索引》一書收集資料，認識了當時任職於圖書館的金榮華先生，當下兩
人相談甚契。此後週末經常一起到郊外走走，有一次同去訪問赫赫有名的泰
勒教授（Archer Taylor）。〔註7〕丁先生與泰勒教授十分友好，他在〈中國和印
度支那的灰姑娘型故事〉文章開頭還特別感謝泰勒教授的鼓勵和幫助。〔註8〕
丁先生離開柏克萊後便一直與金先生有書信往來。1973 年金先生將自己的論
文〈十洲記扶桑條試探〉英文抽印本寄給丁先生，〔註9〕不久收到丁先生回信，

〔註5〕　案：金榮華先生與丁先生相識，二人結緣於美國柏克萊加州大學圖書館，後
　　　　文仍會提及。

〔註6〕　丁乃通：〈中譯本序〉，《中國民間故事類型索引》（武漢：華中師範大學，2008
　　　　年4月），頁2。

〔註7〕　見金榮華：〈治學因緣〉《廣西師範學院學報》（哲學社會科學版）24 卷 4 期
　　　　2003 年 10 月，頁 79～80。／《金榮華教授七秩華誕祝壽論文集》（台北，中
　　　　國文化大學中國文學系，2007 年 2 月），頁 i。

〔註8〕　見丁乃通：〈中國和印度支那的灰姑娘型故事〉，《中西敘事文學比較研究》（湖
　　　　北：華中師範大學出版社，2005 年 7 月），頁 98。

〔註9〕　Yung –hwa King, "On Fu-Sang in Shih-chou-chi" Chinese Culture Quarterly（台
　　　　北：ⅩⅤⅠ－1, march 1975）pp.85～92.

信中說讀了金先生的論文感覺到他是一個學識根底扎實、智慧很高的學者，希望金先生能夠接下他在民俗和民間文學研究方面的事業。這一年丁先生 58 歲，可能漸漸感到體力、精力不比從前，這時遇到了一位智識、才情他都十分欣賞的年輕學者，便想把自己發展中國民間文學、民俗學的抱負延伸下去。

筆者曾於金先生處讀此信，語句誠懇，看得出來丁先生的真情真意，絕不是一封應酬的信。金先生也說自己讀畢「十分感動，從此閱讀筆記小說和各種故事，對我便不再只是欣賞和消遣，也是資料的存儲和檢索了」。〔註 10〕此後二人的聯繫仍以書信往返為主，在鑽研「情節單元」、「故事類型」的觀念上，丁先生給了金先生不少啓發。〔註 11〕金先生可說是台灣民間文學界的領航員，多年來以「情節單元」、「故事類型」的概念在文化大學講授民間文學，與它校的民間文學課程鑑別度大，研究方法操作性強，又能與國際接軌。學生眾多，影響廣大，論起源頭，就要追溯到丁先生身上。金先生以大陸近幾十年來大量田野調查的成果《中國民間故事集成》為材料，先後編輯了《中國民間故事集成類型索引》（一）、（二）兩冊，後來又增加了其他中外資料彙編為《民間故事類型索引》三冊，〔註 12〕全都承接丁先生，以 AT 分類法編成。

賈芝先生曾在《北京興華大學學報》上發表過懷念丁先生的詩，末四句是：「揮筆遊說頌祖國，肝膽照人赤子心；壯志未酬何人繼？春華秋實常憶君。」賈先生在詩末加了一段話說：「『壯志未酬何人繼？』這就是金榮華先生，他是最好的繼承人。」〔註 13〕

丁先生在這個時期的學術活動還有一件事值得一提，那便是他與艾伯華的論爭。〔註 14〕丁先生在給段寶林先生的信中曾提及，他之所以會開始編寫《中

〔註 10〕書同註 7，頁 ii。

〔註 11〕書同註 7，頁 i-ii。

〔註 12〕金榮華：《中國民間故事集成類型索引（一）》，台北：中國口傳文學學會，2000年 1 月。金榮華：《中國民間故事集成類型索引（二）》，台北：中國口傳文學學會，2005 年 10 月。金榮華：《民間故事類型所引》（三冊），台北：中國口傳文學學會，2007 年 2 月。

〔註 13〕見賈芝：〈一段難忘的回憶〉，《北京興華大學學報》雙月刊（第 43 期，1999年 9 月），頁 9。

〔註 14〕案：艾伯華（Wolfram Eberhard）的譯音很多，如：艾伯華、艾伯哈德、愛本哈德或艾潑哈德等，據金榮華先生的回憶，「艾伯華」是 Eberhard 替自己取的中文名字，金先生便曾收過署名「艾伯華」的短箋，因此本論文行文時統一使用「艾伯華」。

國民間故事類型索引》，一部分是受了艾伯華的刺激，〔註15〕他不滿艾伯華對中國的採錄結果全盤否定，也不滿艾伯華以中國民俗專家自居的心態，他認爲艾伯華的很多觀點是偏頗的。〔註16〕關於此一事件，賈芝在《中國民間故事類型索引》的序言中說明了來龍去脈：艾伯華舉中國流傳的〈雙頭鳳〉故事爲例，〔註17〕認爲這是一篇編造的故事，目的是在宣揚團結的重要。但丁先生發現中國鄰近國家也流傳著類似的故事，艾伯華的言論便站不住腳。〔註18〕在丁先生的《中國民間故事類型索引》出版以後，兩個人的爭論越演越烈，丁先生甚至爲此退出了美國民俗學會。〔註19〕艾伯華對《中國民間故事類型索引》的質疑與丁先生的答辯，將於本論文第六章第一節中進行討論。

第三節　回訪中國時期

　　在國際上取得一定的學術成就後，丁先生在 1978 至 1985 年間四次回訪中國。第一次在 1978 年 7 月，丁先生透過當時在北京大學歷史系任教的親戚俞偉超先生（1933～2003）找到同樣任教於北大的段寶林先生，進而前往中國訪問北京大學，〔註20〕旅程中結識了賈芝等「民間文藝研究會」成員，〔註21〕從此開啓了丁先生與大陸民間文學界的密切往來。第二次在 1980 年 6 月，丁先生率領美國全國教育協會的旅行團到中國觀光，行程規劃 6 月 13 日到北京，參訪北大英語系，丁先生特別寫信給段先生，希望能在北京和民間文藝研究會的同仁見面談談。這一次會面時，民研會提出邀請，希望丁先生能到中國作短期講學，丁先生回美國後便積極計劃，伊利諾大學也願意給丁先生爲期一年的研究休

〔註15〕 丁先生在 1987 年 9 月 10 日給段寶林先生的信中說：「我致力那本書，Eberhard 給我的刺激，確是個因素。」

〔註16〕 見丁乃通著、李揚譯：〈答愛本哈德教授〉，《故事研究資料選》（武漢：中國民間文藝家協會湖北分會編印，1989 年 9 月），頁 287。

〔註17〕 「雙頭鳳」故事最早見於佛經，故事內容是說：感情很好的兩個朋友死了以後變成一隻雙頭鳳凰鳥，時刻都在一起。國王知道了非常嫉妒他們的感情，要大臣設法拆散他們。大臣每天故意在固定一個頭的耳邊假裝說悄悄話，久而久之另一邊的頭便懷疑大臣要和朋友謀害自己，最後負氣硬把身體拆成兩半與朋友分開了。

〔註18〕 見賈芝：〈序二〉，書同註6，頁5。

〔註19〕 見賈芝：〈我與丁乃通先生〉，未刊稿。

〔註20〕 這段過程是段寶林先生寫信告知筆者的。

〔註21〕 案：「民間文藝研究會」已於 1987 年更名「民間文藝家協會」。

假。於是在 1981 年 7 月 10 日至 8 月 10 日間，丁氏夫妻第三次到中國訪問。行前丁先生去信表示特別希望能參觀西南。1985 年丁夫人獲得一筆美國的獎助金，讓她到中國武漢教授圖書館學十一個月，丁先生考慮之後決定同行，這是丁先生第四次回訪中國，也是時間最長的一次。丁氏夫妻於 8 月先到上海探親，27 日到北京，此後丁夫人隻身前往武漢講學，丁先生在北京多留兩週，後來又到華中師大、西南師大進行短期講學。

筆者曾趁 2009 年 12 月 19 日劉守華先生到台北參加學術研討會之空，請教他關於丁先生到華中師大講學時的情形，劉先生回憶：丁先生待在華中師範大學的時間約有一個月，每週講兩次課，主要是講湯普遜的《世界民間故事分類學》（The Folktale）。〔註 22〕當時丁先生爲了準備這次講課，帶了一紙箱的書來，裡頭還有湯普遜的《民間故事母題索引》（Motif-Index of Folk-Literature）六大本。〔註 23〕這些書沒有中譯本，他一面翻譯一面跟我們講，講課非常認真。聽課的成員就是當時我的民間文學課堂上對民間文學特別感興趣的學生，大約有十幾個，後來有相當多學生進了研究民間文學的領域，像是黃永林、陳建憲等。丁先生非常客氣，學校想要給他講課費，他不肯收，連學校補貼給他的機票費，他都捐給了系上買書櫃。當時丁先生有增補《中國民間故事類型索引》的計畫，所以買了很多故事書，帶回美國去，我們也幫著他蒐集。

丁先生捐出在大陸的講學費、稿費，或者買書送給學人。這件事筆者曾聽劉守華先生提起，也在段寶林先生的來信中見到同樣的記述。〔註 24〕當然丁先生當時已在美工作多年，經濟條件肯定較大陸優渥，但這也顯示出丁先生是個慷慨的人。

筆者曾寫信至北京大學向段寶林先生詢問與丁先生交遊的過程，段先生寄來一批他與丁先生、丁夫人往來通信的複印本，共有 35 封，第一封爲 1979 年 4 月 29 日，最後一封爲 1989 年 9 月 5 日，時間長達十年。這批信件非常

〔註 22〕此書後來由鄭海等人譯爲中文，由上海文藝出版社出版。

〔註 23〕Stith Thompson, *Motif-Index of Folk-Literature,* Bloomington, Indiana University press, 1975, 6 Volumes.

〔註 24〕劉先生於 2009 年 12 月至台灣參加學術研討會時，曾告訴筆者丁先生在華中師大講學的演講費都捐給中文系採購書籍和書櫃，書櫃至今仍保存著。段先生在 2010 年 7 月 7 日寫給筆者的信中提到：「此書（指《中國民間故事類型索引》）稿費 6000 多人民幣，丁先生不要，全部買書，分送國內的有關專家、學者。」

珍貴，對於了解丁先生的學術活動有很大的幫助。這批信件中，1979 年 4 月 29 日至 1980 年 12 月 20 日之間的五封信由丁夫人代筆，1981 年 2 月 24 日以後的信才是丁先生親筆撰寫。丁先生解釋說他甚少寫中國字，寫字速度慢，因此寫信給不太熟的朋友都由丁夫人代筆。從這封信可以推知丁先生在 1978、1980 年兩次訪問中國，又經過往來通信以後，已將段先生視為好友。

　　由這批信件的內容可以看出丁先生非常希望大陸學術界能夠走向國際，因此他幫助賈芝、段寶林先生加入國際性的學會，如「國際民間敘事研究會」。也鼓勵他們參加國際學術研討會，主要是 1983 年 8 月在加拿大舉行的「民族和人類學人世界大會」以及 1984 年在挪威卑爾根舉行的「國際民間敘事研究會年會」，這兩次會議賈先生與段先生最後都沒有能夠出席。不過卑爾根的會議賈先生與段先生都提出了論文，由丁先生及丁夫人代為宣讀。丁先生也多次透過演講、贈書的方式，希望大陸民間文學界能夠了解西方的研究狀況。信中也幾次提到，希望大陸能夠出版英文刊物，讓西方了解中國民間文學界的採錄情況、研究成果，並表示自己願意擔任吃重的編輯工作。這些建議，在在都可見出丁先生期望中國民間文學界能夠走向國際的用心。

　　除了加入國際學會，丁先生也介紹賈芝結識芬蘭民俗學會主席、國際民間敘事研究會主席航柯（Lauri Honko，1932～2002），間接促成中、芬兩國合作搶救侗族民間文學。〔註 25〕

　　丁先生也在這批信件中提到了自己對於民間文學的看法，例如在 1982 年 4 月的信裡，丁先生提到他認為以故事（folktale）而論，中、日兩國不屬於同一個區域，但在傳說（legend）方面，因為日本人讀中國書，所以受中國影響較深，共通點不少。因此丁先生主張中、日兩國不需要一起合作編輯故事索引。關於這個觀點，丁先生在信中說自己曾經寫過一篇文章，但尚未發表，當時曾想修改後發表，不過似乎沒能實行。

　　又例如在 1984 年 5 月 1 日的來信中丁先生說：

　　　　烏（丙安）先生說我的書（案：指《中國民間故事類型索引》）用處
　　　　不大，也許是有幾分道理的，因為中國民間故事多半是 legend，是
　　　　我極力設法排除的。要包含中國所有的 legends 和 myths，這一點我
　　　　屢次和同仁說過，必須另外再出好幾本索引，用別的分類方法才行，
　　　　可是硬要把我書中已列入的大部分或幾乎全部適合國際類型的故

〔註 25〕文同註 19。

事，照另一方法，用另外的號碼來排列，在我看來是不但毋須，而
且會是可笑的。

從這一段內容來看，鍾敬文先生在《中國民間故事類型索引》的〈序一〉中說：
「（AT 分類法）作為一種故事的整理、研究的主要觀點和方法，它跟我們所奉
行的，不能說沒有一定的距離。儘管如此，我們今後還要用一定的人力去編纂
《中國故事類型索引》乃至於編纂《中國傳說類型索引》（這是前幾年丁教授回
國講學時，親口向我提議的）。它是我們這門科學（故事學）發展的需要，是『面
向世界』和未來的需要。」〔註26〕其實，丁先生認為中國學者應致力編纂的是
「傳說」（legends）和「神話」（myths）的類型索引，至於「故事類型索引」，
丁先生指的應該是為他已編就的《索引》做增補，而毋須另外重編。

阿爾奈（Antti Aarne）與湯普遜（Stuth Thompson）原來設計故事類型索
引的目的，就是為了方便各國同型故事間相互比較，尋找出故事的源頭與流
變。因此阿爾奈在發表《民間故事類型索引》時，便建議各國的學者都能使
用這套索引編輯法，後來得到湯普遜和各國學者的認可，紛紛以 AT 分類法編
輯索引。現在若各國只編輯自己國家的索引，那麼進行研究時便只看見自己
的材料，對於事事講求國際化的現代而言，反倒是開倒車了。

根據丁先生寫給段寶林先生的信，自 1987 年 6 月起，丁先生便常向段先
生提到自己的健康不佳，包括視力退化、腿不方便以及血管硬化症。雖然身
體不適，丁先生卻仍為他所倡議的英文刊物編輯工作而努力，每天都在進行
譯稿的修訂工作，自己還為雜誌的創刊號寫了一篇〈評〈絲綢之路的傳說〉〉，
這也是丁先生所寫的最後一篇文章。〔註27〕

丁先生於 1989 年 4 月 22 日因心臟病逝世於伊利諾州，4 月 26 日安葬在麥
克伯城（Macomb）的歐克沃德（Ockwood）墓地。〔註28〕西伊利諾大學感念丁
先生的貢獻，降半旗表示哀悼。〔註29〕丁夫人也用丁先生的名義，以英文系的
學生為對象，設置了一個獎學金，至今仍可申請，獎金為每年每人 750 元美金。
〔註30〕至於英文刊物，丁夫人將英文譯稿寄給了加拿大的何萬成教授，或許迫

〔註26〕鍾敬文：〈序一〉，書同註6，頁4。
〔註27〕文同註19。
〔註28〕見賈芝：〈懷念丁乃通先生〉，《民間文學》1990年第二期，北京：民間文學雜
　　　　誌社，1990年，頁58。
〔註29〕見 1989 年 4 月 26 日的西伊利諾大學校刊 Courier。
〔註30〕見西伊利諾大學網頁：

於經費不足、人力不夠的無奈，始終未能出刊。〔註31〕金榮華先生於 1989 年出版了《台灣卑南族口傳文學選》，特別於書名頁後註記「謹以此書紀念丁乃通教授（1915～1989）及其對中國民間文學的研究與貢獻」，〔註32〕用以感念丁先生的成就，以及金先生與丁先生的交遊。

丁先生的逝世，對於中國民間文學界是莫大的損失，最主要的原因是，與中國學界關係良好，對西方學界狀況又甚為了解，且願意為促進中國民間文學走向國際付出努力的學者並不多。丁夫人在寫給賈芝的信中便提到：「近日我在想乃通的去世對中國民間文學研究確實是不可彌補的損失。不久前，匈牙利維・沃伊格特先生來信說，歐洲近年來逐漸覺悟到中國民間文學資料的豐富及重要。乃通去世後，還沒有一個像他那樣聲望和經驗的人接棒在國際上為中國民間文學仗義執言的人，這是很可惜的事。」〔註33〕

為了解丁先生過世後文件、書籍、資料的處理方式，筆者曾試圖透過西伊利諾大學英國文學系聯絡丁夫人，最後由許靖華先生處得知丁夫人已於 2005 年過世。從金茂年女士的〈丁乃通夫人向中國民協捐贈珍貴資料〉一文，可知丁夫人將丁先生撰寫《中國民間故事類型索引》收集和書寫的中外文資料、手稿、相關書信、照片、膠卷等，捐贈給當時正在籌建的中國民間文化博物館，〔註34〕希望這批資料能在中國民間文學研究上繼續發揮其影響力，可惜此館並未建成。再由金榮華先生向金茂年女士打聽後續消息，金女士寄來了賈芝的〈我與丁乃通先生〉一文未刊稿，才清楚事情的始末。

丁先生過世後，丁夫人確實寄贈了一批書籍資料給賈芝先生，這批書費了很大的功夫才輾轉運到北京，暫由賈芝先生保管。2007 年 10 月這批書籍捐給了「中國社科院民族文學研究所」收藏，原本說好要舉行開箱儀式，廣邀專家學者開一次座談會來紀念丁先生，並造冊妥善保管，不知怎麼卻一直沒有履行。2011 年元月筆者收到段寶林先生的賀年卡，提到丁先生的書在民族文學研究所已可查閱。不過究竟是特別集中保管，還是打散入民族文學研究

---

http://www.wiu.edu/Scholarship/scholarships.php?action=show&id=19。

〔註31〕文同註 19。

〔註32〕金榮華：《台灣卑南族口傳文學選》，台北：中國文化大學中國文學研究所，1989 年 8 月。

〔註33〕同註 28。

〔註34〕金茂年：〈丁乃通夫人向中國民協捐贈珍貴資料〉，《民間文學論壇》（北京：民間文學論壇雜誌社，1990 年 11 月），頁 80。

所的藏書之中則不可知。民族文學研究所的網頁上也未刊載相關訊息。依丁先生對中國民間文學界的貢獻，這批書籍應該得到妥善的整理和保管才是。

除了北京的一批資料外，丁夫人也曾贈送一部份書籍給金榮華先生，金先生將這批書籍蓋上「丁乃通　許麗霞藏書」紀念章，妥善收藏在中國文化大學的民間文學討論室中，書目如下：

《九頭鳥》，龍泉蒐集整理，通化：吉林人民出版社，1984年3月。

《人蔘故事》，中國民間文藝研究會吉林分會編，北京：中國民間文藝出版社，1984年。

《大冶民間傳說故事集》，大冶縣文教局創作室、大冶縣民間文藝研究部編，1984年5月。

《山西民間文學資料》，中國作家協會山西分會編，1980年3月。

《中國少數民族寓言故事選》，中央民族學院漢語文學系民族文學編選組編，蘭州：甘肅人民出版社，1982年4月。

《中國水生動物故事集》，王一奇、凉汀編，北京：中國民間文藝出版社，1984年10月。

《中國民間愛情故事》，胡銀仿編選，潛江：長江文藝出版社，1980年5月。

《天台山遇仙記》，北京：中國民間文藝出版社，1984年10月。

《天鵝姑娘的傳說——東北少數民族民間故事選》，隋書金蒐集整理，瀋陽：春風文藝出版社，1982年2月。

《太湖傳說故事》，北京：中國民間文藝出版社，1982年5月。

《仙女青竹華（山東民間故事集）》，呂書謙蒐集整理，北京：中國民間文藝出版社，1984年。

《布儂族民間故事》，貴陽：貴州人民出版社，1982年2月。

《布儂族民間故事集》，汛河蒐集整理，北京：中國民間文藝出版社，1982年。

《白族民間故事》，昆明：雲南人民出版社，1983年4月。

《壯族民間故事選》，藍鴻恩編，上海：上海文藝出版社，1984年9月。

《沔陽民間傳說故事集》，沔陽文化館編。

《岳麓山的傳說》，長沙市民間文藝研究會編，長沙：湖南人民出版社，1983 年 8 月。

《東鄉族民間故事集》，郝蘇民、馬自祥編，北京：中國民間文藝出版社，1981 年。

《河南民間故事》，河南師範大學民間文學研究組編，1982 年 8 月。

《河南民間故事》，開封師範學院中文系編，開封：河南人民出版社，1980 年 3 月。

《青海湖的傳說》，道榮朵蒐集整理、安柯欽夫譯，呼和浩特：內蒙古人民出版社，1983 年 12 月。

《青海藏族民間故事》，喬永福等蒐集、董紹宣等整理，西寧：青海人民出版社，1984 年 2 月。

《南岳的傳說》，衡山縣文化局編，長沙：湖南人民出版社，1981 年 10 月。

《桂林山水傳說》，鍾建星編著，南寧：廣西人民出版社，1982 年 1 月。

《泰山民間故事大觀》，陶陽、徐紀民、吳綿編，北京：文化藝術出版社，1984 年 5 月。

《笑話大王》，香港：祥記書局，。

《聊齋漢子》，董均倫、江源記，北京：中國民間文藝出版社，1982 年。

《連雲港民間傳說》，鎮江：江蘇人民出版社，1981 年 6 月。

《絲路傳說》，蘭州：甘肅人民出版社，1983 年 7 月。

《嵩山的傳說》，《中岳》編輯部編，北京：中國民間文藝出版社，1982 年 3 月。

《達斡爾族民間故事》，孟志東編，上海：上海文藝出版社，1979 年 6 月。

《蒙古族寓言故事》，額博力圖、謝仲元、仁欽冬日布編譯，呼和浩

特：蒙古人民出版社，1983 年 11 月。

《蒙藏民間故事》，李翼、王堯整理，香港：今代圖書公司，1958
年 9 月。

《熱河民間故事（第一輯）》，《熱河》編輯部。

《藏族民間故事選》，上海：上海文藝出版社，1980 年 5 月。

《鎮江民間故事》，鎮江市民間文藝研究會編，北京：中國民間文藝
出版社，1982 年 8 月。

《蘇文納和她的兒子（傣族民間敘事長詩）》，昆明：雲南人民出版
社，1978 年 12 月。

《傈僳族民間故事》，昆明：雲南人民出版社，1984 年 1 月。

這批書籍全為故事集，其中《笑話大王》、《蒙藏民間故事》為丁先生編輯《中
國民故事類型索引》用書。〔註35〕另外《桂林山水傳說》出版年代雖為 1982
年，但丁書編輯時曾使用該書 1959 年的版本。〔註36〕其餘書籍並非丁先生撰
寫《中國民故事類型索引》所使用的參考書籍，應是丁先生幾次參訪大陸時，
自其他學者處獲贈，〔註37〕或自己蒐集來預備往後修訂《中國民故事類型索
引》時使用的書籍。

第四節　丁乃通先生與許麗霞女士

　　由以上三節的敘述，不難了解許麗霞女士在丁乃通先生的生活與學術生
命中，都佔有重要地位，因此本節介紹許女士的背景與生平，以期更了解許
女士對丁先生的重要性。

　　許麗霞女士於 1923 年 2 月 7 日出生於揚州，成長在家道中落的大戶人家。
當時政局紛亂，因此家中經濟情況便隨著父親的工作而起落，小時候吃過不
少苦頭。這和丁先生成長背景的優渥大不相同。幼時成長經驗大概使得許女
士養成了不管在什麼惡劣環境下都能沉穩以對的生活態度。1949 年共產黨接
管大陸，許女士毅然接下了英國大使館文化專員的工作，把親英可能遭受政

〔註35〕書同註6，見參考書目頁 375、381。
〔註36〕同前註，頁 397。
〔註37〕如《壯族民間故事選》書名頁前有題字：「丁乃通先生指正，藍鴻恩敬贈，1985
　　　　年 12 月 4 日」。

府清算的恐懼擺一邊，用那份薪水接濟親戚，讓大家撐過了一段時間。〔註38〕更不用說丁氏夫妻預計避走香港時，許女士特地去學習廣東話，好取得探親證明。由於許家是書香門第，父親又曾經留洋，〔註39〕因此即便家中經濟情況不穩又時逢戰亂，許家子女皆得到良好的教育，女孩子也不例外。許女士天資聰穎，程度極好，據許靖華先生的回憶，小時候每到大考，許女士經常充當弟妹的補習老師。〔註40〕在美國唸書時成績也鮮少低於 A。〔註41〕

許女士大學畢業後，在中央大學擔任助教，期間結識丁先生，兩人交往並訂婚。1945 年日本投降後許女士赴美，在荷猶克大學（Mount Holyoke College）攻讀英國文學。1948 年完成學業回中國與丁先生結婚，並在金陵大學教書。〔註42〕此後便受限於大環境而顛沛流離，輾轉到香港，最後在 1956 年移居美國。

定居美國以後許女士又進入學校讀書，1965 年在德州大學取得圖書館學碩士學位，1970 年又在芝加哥大學取得圖書館學博士學位，是該校第一位取得此一學位的華人女性。其後任教於美國芝加哥大學、北伊利諾大學以及西伊利諾大學，並於 1993 年退休，2005 年 1 月在美國逝世。〔註43〕

如果對照丁先生的生平來看，丁先生於 1968 年開始為撰寫《中國民間故事類型索引》而在各大圖書館蒐集資料，此時許女士已開始攻讀圖書館學博士學位，想必能以她的專業給丁先生許多協助，而不僅僅只是做些整理或謄寫資料的工作，因此兩人後來便合出了《中國敘事書目》一書。〔註44〕二人合作的研究還不僅於此，丁先生曾在寫給劉守華的信中提到，「〈中國童謠〉一文，是麗霞和我合寫的，她在 1979 年愛丁堡的民間詩歌研究會國際大會上宣讀後，在《民間文化與語言》上出版」。〔註45〕從信件內容來看，丁氏夫妻赴美後學術興趣轉向的其實不只有丁先生，許女士也夫唱婦隨，由原來的專

〔註38〕書同註3，頁 319。
〔註39〕書同註3，頁 63。
〔註40〕書同註3，頁 101。
〔註41〕書同註3，頁 319。
〔註42〕書同註3，頁 319。
〔註43〕許女士生平資料參考自網頁：
　　　　http://www.chiamonline.org/People/quwas/leehsiating.htm
〔註44〕Nai-tung, Ting and Lee-hsia Hsu Ting：*Chinese Folk Narratives A BibliographicalGuide*. San Francisco, Chinese Materials Center,Inc. San Francisco, 1975。
〔註45〕書同註8，頁 263。

長英國文學，轉向了民間文學與圖書館學。他們不僅僅是夫妻，更是研究夥伴。

另外由本章第三節所言，許女士經常替丁先生寫信這一點來看，正印證了許靖華先生所言：丁夫人還兼職丁先生的秘書。的確，在段先生寄來的信中，有一份丁先生爲中文版《中國民間故事類型索引》所寫的〈中譯本再序〉，是丁夫人的字跡。另外英文版的《中國民間故事類型索引》書末有手抄的參考書目，同樣是丁夫人的字跡。〔註 46〕丁先生因爲眼睛不好，許多譯稿的校對工作都由丁夫人完成。〔註 47〕丁先生在〈民間文學民間辦〉一文中，也不斷提起丁夫人爲他奔走蒐集資料的情況。〔註 48〕這是丁夫人在丁先生的研究工作中，扮演的秘書角色。

丁先生因爲一條腿不太方便，加上小時候家庭環境優沃，不擅做家事，因此所有的家務都由許女士一手包辦。這是丁夫人在婚姻生活中，扮演的妻子角色。

於是我們看見一位智慧賢淑的中國傳統女性，一面攻讀學位，一面工作，一面操持家務，一面進行研究工作。她不僅是丁夫人，更是丁先生的研究夥伴與秘書。除此之外，她自己的研究工作也做得有聲有色，1985 年還曾經受邀到武漢擔任客座教授。她不僅成就自己，也成就丈夫。許靖華先生在回憶他這位二姐時，便曾形容她總是很忙碌，一個人當好幾個人用。瞭解了丁夫人的生平後，便不難理解許先生爲什麼這麼說。

丁先生過世之後，丁夫人以丁先生的名義在西伊利諾大學設置的獎學金，特別要求每年得到獎學金的學生必須到丁先生墳上獻一枝花。除了紀念丁先生，更是因爲兩人沒有子女，許麗霞女士希望每年能有人到丁先生墳上看看、走走。一個妻子對丈夫的體貼與深情於此展露無疑。〔註 49〕

第五節　著述概況

丁乃通先生的著作實際數量究竟有多少？劉守華、陳建憲在〈身居海外

〔註 46〕 Ting Nai-tung, *A Type Index of Chinese Folktales*（FFC223）Helsinki,1978.見頁 267～271 及頁 278～279。
〔註 47〕 見陳建憲、黃永林：〈編譯後記〉，書同註 8。
〔註 48〕 見丁乃通：〈民間文學民間辦── 一個新生事物在中國〉，書同註 8，頁 251。
〔註 49〕 文同註 7，頁 80。

戀祖國　留取丹心照汗青沉痛悼念美籍華裔民間文藝學家丁乃通先生逝世〉
一文中提到：「（丁先生）先後在歐美一些有影響的學術刊物與學術討論會上
發表了五十多篇論文，贏得了國際聲譽。」〔註50〕而根據《中西敘事文學比
較研究》一書中的統計：「（丁先生）在歐洲及美國專業期刊發表學術論文三
十四篇。」〔註51〕陳麗娜在《中國民間故事類型研究》中也提到丁先生的學
術論文共有三十四篇。〔註52〕這三篇文章都沒有列出文章的篇名及出處，因
此無法知道詳細資料。筆者曾寫信至西伊利諾大學詢問丁氏著作的正確數
字，不過英文系回覆他們並沒有資料。

　　由此可知丁先生的著作並沒有得到良好的搜集與整理，而台灣所能找到
的資料有限，筆者請求在美友人協助，目前所能搜集到的海內外丁氏著作共
有專書兩部、單篇論文二十二篇、書評九篇及對書評的回覆三篇。如果兩部
專書不計，其單篇論文、書評與回覆的總合正好就是三十四篇。這些著作有
些是筆者親見，有些只見到網頁或文章中著錄的篇名資料。親見的部份有些
篇章見到英文原文，有些只蒐集到中譯本，現根據性質予以分類，並按時間
先後次序表列如下：

一、專　書

書名及翻譯〔註53〕	出版社	備註	收集情況
Chinese folk narratives: a bibliographical guide／《中國敘事書目》	美國舊金山中文資料中心，1975	共 75 頁	○
A type index of Chinese folktales／《中國民間故事類型索引》	FFC NO.223，赫爾辛基，1978	共 294 頁	○
中國民間故事類型索引	瀋陽：春風文藝出版社，1983	春風文藝版共212 頁	○

〔註50〕劉守華、陳建憲：〈身居海外戀祖國　留取丹心照汗青——沉痛悼念美籍華裔
　　　　民間文藝學家丁乃通先生逝世〉，《民間文藝季刊》（上海：民間文藝季刊出版
　　　　部，1989 年第 4 期），頁 241。
〔註51〕書同註 8，目錄後一頁。
〔註52〕見陳麗娜：《中國民間故事類型研究》，花蓮：國立東華大學民間文學研究所
　　　　博士論文，2009 年 6 月，頁 79。
〔註53〕案：本表中之文章篇名若已經前人翻譯，則沿用譯名，以免造成讀者困擾。

	北京：中國民間文藝出版社，1986	民間文藝版共598頁	
	武漢：華中師範大學出版社，2008	華中師大版共430頁	
中西敘事文學比較研究	武漢：華中師範大學出版社，1994 武漢：華中師範大學出版社，2005（增訂本）	出版過兩次：2005年版共271頁	○

二、單篇論文

編號	篇名及翻譯	出處	備註	收集情況
1	Studies in English Prose and Poetic Romances in the First Half of the Seventeenth Century.／〈十七世紀前半期的浪漫詩及浪漫散文研究〉	Harvard Univ. Summaries of Ph.D. Theses, pp. 350～3.（1945）	博士論文	未見
2	Lao Tzu's Critique of Language／〈老子的語言批評〉	ETC.:A Review of General Semantics, vol.19, no.1（1962）pp.5～38		○
3	The Influence of Chatterton on Keats／〈查爾頓對濟慈的影響〉	Keats-Shelley Journal,5（1965）：103～108		未見
4	The Holy Man and the Snake-Woman. A Study of a Lamia Story ain Asian and European Literature.／〈高僧與蛇女——東西方白蛇傳型故事比較研究〉	Fabula 8, no. 1（1966）：145～191	收錄於《中西敘事文學比較研究》	○
5	〈民間故事類型第二次修訂版的介紹及評價〉	《清華學報》1969年8月新七卷第二期，頁233～238		○
6	AT Type 301 in China and Some Countries Adjacent to China: A Study of a Regional Group and its Significance in World Tradition.／〈雲中落繡鞋——中國及其鄰國的	Fabula 11, no. 1（1970）：54～125	收錄於《中西敘事文學比較研究》	○

	AT301 型故事群在世界傳統中的意義〉		
7	More Chinese Versions of AT 301./〈中國 AT301 型故事異文的補充研究〉	Fabula 12, no. 1（1971）：65～76	收錄於《中西敘事文學比較研究》	○
8	Chinese Weather Proverbs／〈中國氣象諺語〉	Proverbium 18（1972）：649～655		未見
9	The Cinderella cycle in China and Indo-China／〈中國和印度支那的灰姑娘型故事〉	FFC NO.213,赫爾辛基，1974	收錄於《中西敘事文學比較研究》	○
10	Chinesisches Erzahlgut von ca. 1850 bis heute／〈近代中國民間故事〉	原載 ENZYKLOPAD IE DES MARCHENS 二集五冊，1335～1362 頁，1979 年	收錄於《中西敘事文學比較研究》	僅見中譯
11	Years of Experience in a Moment: A Study of a Tale Type in Asian and European Literature／〈人生如夢——亞歐「黃粱夢」型故事之比較〉	Fabula 22, no. 1（1981）：183～213	收錄於《中西敘事文學比較研究》	○
12	Chatterton and Keats: a reexamination./〈再論查爾頓與濟慈〉	Keats-Shelley Journal（30）100～17.（1981）		JSTOR 應該有全文,但僅下載到第一頁
13	〈歷史地理學派及其方法〉	《民間文藝學參考資料》第一集，北京：北京師範大學中文系，1982 年 3 月	此文爲 1981 年 7 月 14 日丁先生於北京師範大學演講的錄音整理稿。	○
14	From Shangtu to Xanadu／〈從上都到桃花源〉	Studies in Romanticism 23:2（1984:Summer）p.205		JSTOR 應該有全文,但僅下載到第一頁

15	A Comparative Study of Three Chinese and North-American Indian Folktale Types／〈三個中國和北美印地安人故事類型比較研究〉	*Asian Folklore Studies*, Vol. 44, No. 1 （1985）, pp. 39～50		○
16	The use of folktales in the works of John Heywood.／〈約翰伍德作品對民間故事的應用〉	*International folklore Review*4 （1986）p.55～61		○
17	"Folk Literature Run by the Folk": A New Development in the People's Republic／〈民間文學民間辦〉	*Asian Folklore Studies*, Vol. 46, No. 2 （1987）, pp. 257～271	收錄於《中西敘事文學比較研究》	○
18	中國民間故事的分類	《中央日報》民國 77 年 11 月 17 日，〈長河〉第 17 版		○
19	Hemingway in China／〈海明威在中國〉	Sino-American Relations, 14:2, 1988 summer, pp.20～45		○
20	中國童謠	《民間文化與語言》	與丁夫人合寫	未見（這個篇目見於丁先生寫給劉守華的信）
21	中國民間敘事中的西方人〔註54〕	《文史雜誌》1992 年第二期		○
22	評〈絲綢之路的傳說〉			未見（這個篇目見於賈芝〈我與丁乃通先生〉）

〔註54〕 案：該篇名於《中西敘事文學比較研究》的附錄〈丁乃通關於出版《中西敘事文學比較研究》致劉守華的信〉中作「中國民間敘事的西方人」（見該書頁264），今據劉守華先生寄給筆者的信件原件影印本改之。

三、書　評

編號	篇名及翻譯	出處	備註	收集情況
1	Reviewed work（s）: Folktales of China by Wolfram Eberhard／書評：《中國民間故事》艾伯華著	The Journal of American Folklore, Vol. 82, No. 326（Oct. - Dec., 1969），pp. 381～384		○
2	Reviewed work（s）: Chinese Fairy Tales by Milada Štovíčková; Alice Denešová; Dana Šťovíčková／書評：《中國童話》	The Journal of American Folklore, Vol. 84, No. 332（Apr. - Jun., 1971），pp. 251～253		○
3	Reviewed work（s）: The Hsi-yu chi; A Study of Antecedents to the Sixteenth-Century Chinese Novel by Glen Dudbridge／書評：《西遊記：十六世紀中國小說前身研究》	The Journal of American Folklore, Vol. 85, No. 337（Jul. - Sep., 1972），pp. 284～286		○
4	Reviewed work（s）: The Golden Mountain: Chinese Tales Told in California by Jon Lee; Paul Radin／書評：《金山：中國故事在加州的流傳》	The Journal of American Folklore, Vol. 85, No. 338（Oct. - Dec., 1972），pp. 382～383		○
5	Reviewed work（s）: Studies in Taiwanese Folktales by Wolfram Eberhard; Lou Tsu-K'uang／書評:《台灣故事研究》	American Anthropologist, New Series, Vol. 75, No. 4（Aug., 1973），pp. 1048～1049		○
6	Reviewed work（s）: Folklore and Folkliterature Series of National Peking University and Chinese Association for Folklore by Lou Tsu-k'uang／書評：民俗與民間文學系列叢書	The Journal of American Folklore, Vol. 87, No. 343, Archer Taylor Memorial Issue （Jan. - Mar., 1974），pp. 94～95		○
7	Reviewed work（s）: Wu-chin li-su yao-yen （Folklore, Folkliterature of Wu-chin, Chiang-su） by	The Journal of American Folklore, Vol. 90, No. 355（Jan. - Mar., 1977），pp. 95～96		○

	Wu Chia-ch'ing Wu-chin min-chien ku-shih （Folktales from Wu-chin） by Wu Chia-ch'ing			
8	Reviewed work（s）：Folk Tales from Kammu III. Pearls of Kammu Literature by Kristina Lindell; Jan-Öjvind Swahn; Damrong Tayanin	Asian Folklore Studies, Vol. 44, No. 1 （1985）， pp. 139～142		○
9	Reviewed work（s）：Going to the People. Chinese Intellectuals and Folk Literature, 1918-1937 by Chang-tai Hung／書評：到 民間去　中國知識份子與 民間文學　1918～1937	Asian Folklore Studies, Vol. 47, No. 1 （1988）， pp. 153～161		○

四、對書評的回覆

編號	篇名及翻譯	出處	備註	收集 情況
1	Correspondence	Asian Folklore Studies, Vol. 41, No. 1 （1982）， pp. 145～146		○
2	On Type 449A／〈類型 449A〉	The Journal of American Folklore, Vol. 100, No. 395 （Jan. - Mar., 1987）， p. 69		○
3	答愛本哈德教授	《故事研究資料選》湖 北：中國民間文藝家 協會，1989 年 9 月		○

　　由上表可知丁氏的專書著作共有兩部，一部是《中國民間敘事書目》，由英文寫成，在美國出版。一部是《中國民間故事類型索引》，原先在芬蘭出版，後來譯為中文在大陸出版，中譯本一共有三個版本，由於華中師範大學於 2008 年出版的最新版本較易取得，因此本論文採用《中國民間故事類型索引》的中譯本時也以這個版本為主。

　　而筆者所能搜集到丁先生所撰寫的單篇論文共有二十二篇，其中有四篇與

英國文學相關，一篇談美國作家海明威，還有一篇談的是老子，顯示初到美國的丁先生，應該寫過幾篇向西方介紹中國文化的文章。其餘十六篇則涉及民間文學。與英國文學有關的是上表中第二類「單篇論文」的第一、三、十二、十四篇。這四篇文章筆者皆未能蒐集到英文或中譯全文，因此無法了解其詳細內容，以下僅就所知略作敘述。第一篇是丁先生的博士論文〈十七世紀的浪漫詩及浪漫散文研究〉，關於這篇文章僅在網站上瀏覽到篇名，〔註55〕詳細內容無從得知。第三篇為〈查爾頓對濟慈的影響〉，這個篇名是由丁先生另一篇討論查爾頓與濟慈的文章〈再論查爾頓與濟慈〉中得知，內容亦無從得知。僅知查爾頓與濟慈俱為英國著名詩人。第十二篇為〈再論查爾頓與濟慈〉，當是上一篇的延續。第十四篇為〈從上都到桃花源〉，這篇文章討論的是柯爾里奇（Samuel Taylor Coleridge，1772～1834）著名的〈忽必烈汗〉（*Kubla Khan*）一詩。英國文學本來就是丁先生的學術專長，從這幾篇文章的篇名來看，丁先生的英國文學學術興趣似乎偏向詩歌。

　　其餘十六篇論文皆與民間文學相關，這十六篇文章中，有七篇收入了華中師範大學出版的《中西敘事文學比較研究》一書中，由此可知這本書對於了解丁先生的學術研究有著很重要的地位。另外第八、十四、二十、二十二篇僅見篇目，未能搜集到文章。上述專書及單篇論文正是本論文的討論重點，將分別在第三章、第四章及第五章中做詳細的討論。三、四章將討論的是《中國民間故事類型索引》，第五章將討論其他著作。

　　至於書評的部份分為兩類，第一類是丁先生撰寫的對他人著作的評價，這一類的文章共有九篇。第二類是丁先生回覆其他學者對於他的著作的評價，這一類的文章共有三篇。

〔註55〕見 http://www.chiamonline.org/People/quwas/tingnaitung.htm.

第三章 丁乃通先生《中國民間故事類型索引》之編纂

第一節 編纂動機與過程

「故事類型」是爲了方便整理、研究故事,而提出的一種民間故事分類法。各國間有很多故事講法都非常類似,主要結構、情節常有雷同之處,這些都可以歸爲同一類型的故事。而這些講法相近的同型故事,都是同一個故事的不同講法。一個故事之所以會變異爲不同的講法,產生不同的細節差異,是故事爲了在流傳過程中順應流傳地區的地形、氣候、人文產生的變異,所以通常會帶有流傳地特殊的地域色彩,可以說這是故事爲了「求生存」所做的變化。研究者爲了方便,將這些講法大同小異的故事歸爲一類就是「故事類型」,如此一來研究者就可以一目瞭然的取得自己所需要運用的材料來進行研究。

「故事類型」概念的提出,早期最受人重視的是芬蘭阿爾奈教授(Antti Aarne,1867〜1925)在 1910 年發表的《民間故事類型索引》(*Verzeichnis der Marchentypen*)。阿爾奈教授也建議國際上的民間文學研究者使用同一套分類方法,以便進行各國故事間的比較研究,這個建議受到許多民間文學研究者的響應。後來美國的湯普遜教授(Stith Thompson)在 1935 年得到幾個基金會的贊助,對阿爾奈教授的成果進行擴編,在 1961 年重新出版,名爲《民間故事類型》(*The Types of the Folktale*)。這個分類方法因爲是阿爾奈和湯普遜教授共同完成的,所以就取兩人姓氏的第一個字母,稱爲「AT 分類法」,通行於全世界,成爲一個國際通用的分類法。

　　上述《民間故事類型》一書在民間文學的研究上的確起了相當大的作用，但是對於中國的故事貢獻則較有限，這是因爲當初在編輯時，參考的中國故事數量較少的緣故。後來德裔美人艾伯華（Wolfram Eberhard）在 1937 年編了《中國民間故事類型》一書，〔註 1〕但他並沒有使用 AT 分類法，處理的資料也不夠充分。〔註 2〕艾伯華還認爲中國的故事情況特殊，政治意味濃厚，研究價值不高。因爲當時並沒有人再爲中國的故事做類型索引，所以他的索引和中國故事價值不高的觀點在國際上傳播了相當長的一段時間。關於艾伯華對中國故事的誤解，丁先生在 1987 年 9 月 10 日寫給段寶林先生的信中提到：

> 我致力那本書（案：指《中國民間故事類型索引》），艾伯華給我的刺激，確是個因素。他當時說他要出版的新的類型中，將包括他在六十年代，在西德出版的一個集子。其中大部分是中國的建築工人，替人造房子時，怎樣在牆裡和天花板中，留下有詛咒性的魔術品，使得搬進去的屋主倒運生病的材料。這些資料，一定是曹葉松給他（他本人不會說中文，沒法出外獨自採集），□包括在他想出的書裡，一定要佔一大部分。給美國仇華的人看來，中國人正如美民間所說，是世界上最狡猾奸詐的異教徒。那樣的書出來後，我們如何在美國抬頭做人。所以我只能花時間精力，做鍾先生所說許多人不屑做的工作。

丁先生在信裡表明，自己編撰《中民間故事類型索引》很大部分因素是希望導正西方人對中國的誤解，並對艾伯華的觀點提出駁斥。在當時西方的氣氛中，我們可以說直到丁乃通先生編輯了《中國民間故事類型索引》，中國的故事類型才算是有了一次比較完整的整理和公允的評價。

　　丁先生何以選擇使用 AT 分類法來爲中國民間故事做分類？當時鍾敬文及艾伯華的故事類型都已發表，〔註 3〕他們都沒有使用 AT 分類法來分析中國故事。既然有了這兩個先驅者，丁先生爲什麼不利用他們留下來的規模繼續

〔註 1〕 艾伯華：《中國民間故事類型》，北京：商務印書館，1999 年 2 月。
〔註 2〕 艾伯華在《中國民間故事類型》書末所列參考文獻約三百本。
〔註 3〕 鍾敬文於 1930 年起在雜誌上連載「中國民譚形式」，前後共發表了四十五個類型。丁先生認爲艾伯華的《中國民間故事類型》就是以「中國民譚形式」爲基礎發展起來的，有些類型甚至完全照抄「中國民譚形式」。艾伯華的類型索引請參考註 1。

編寫？這個問題應該放到當時的時空背景下來看。首先，丁先生的同事羅伯特教授（Warren E. Roberts，1924～1999）曾與湯普遜合寫《印度口頭故事類型》（*Types of Indic Oral Tales*）一書，〔註4〕這本書就是用 AT 分類法來編寫的，因此可以想見丁先生在西伊利諾大學很容易可以接觸到 AT 分類法。其次，當時國際上以威爾海姆（Wilhelm Karl Grimm）為首的一派說法，認為中國的故事屬於完全不同的傳統，這個說法流行了相當長的一段時間。〔註5〕再者，當時西方有些學者對於大陸 1949 年共產黨執政後的田野調查成果抱持懷疑的態度，如艾伯華就曾說：

> 中國解放後出版的故事，……我們發現，一些民間文藝出版物，特別是戲曲等，都做了短注，由編者說明把很多事件和插話刪除了，一些發表故事的結局也被修改了，不少祭祀儀式都被刪除了（即便某個神祇被保留，也都顯得很笨，還不如一個農民能幹）。〔註6〕

綜合這些情況我們可以說，當時國際上對於中國民間故事的態度不是接觸甚少，就是懷有偏見，這是丁先生寫作《中國民間故事類型索引》時的背景。

究竟中國的故事是不是如當時西方人認為的，屬於一套完全不同的系統？解放後的田野調查成果到底可不可靠？這兩個問題都只有依賴對中國故事進行全面的分析研究才能夠得到解答。而研究的第一步，當然是要將千變萬化的民間故事進行分類，否則千頭萬緒，無從下手。丁先生決心編輯中國故事索引時，便面對了第一個問題，這套索引要採用哪一種分類系統？沿用鍾敬文、艾伯華的系統？AT 系統？或者另外自創一個系統？這個問題相信不會困擾丁先生太久，因為正如上文所言，這個問題只要放到它所產生的背景中來看，很容易就可以得到解答。既然丁先生所面臨的挑戰是，中國故事是否屬於另一套系統？而艾伯華的《索引》出版後，顯然沒有解決西方人的這個疑問，反而加深了困惑，因此丁先生自然不可能選擇沿用艾伯華的系統。那麼自創一套系統呢？當時 AT 分類法已在國際流行，許多國家的研究者都已經使用 AT 系統來編輯自己的故事類型索引，遵循國際傳統正好可以將中國故事與其他國家的故事進行比較，中國故事究竟屬不屬於另一個系統

〔註 4〕 Stith Thompson and Warren E. Roberts, *Types of Indic Oral Tales*, Helsinki 1991.

〔註 5〕 此說見於丁乃通：〈導言〉，《中國民間故事類型索引》（武漢：華中師範大學出版社，2008 年 4 月），導言頁 2。

〔註 6〕 艾伯華著、董曉萍譯：〈丁乃通的《中國民間故事類型索引》以口頭傳統與無宗教的古典文學文獻為主〉，《民族文學研究》，2008 年第 3 期，頁 169。

立即可以得到解答。在這種情況下，丁先生會選擇 AT 分類法來編輯中國的故事索引，就理所當然了。

　　確定了編寫故事類型索引所要採用的系統之後，第二步就要蒐集資料。丁先生自 1968 年起，開始在美國和歐洲各大圖書館蒐集材料，主要利用的圖書館有美國國會圖書館、哈佛燕京圖書館、芝加哥大學圖書館、加利福尼亞大學柏克萊分校的東亞圖書館、胡佛研究所圖書館、捷克布拉格的魯迅圖書館、巴黎國家圖書館和英國劍橋大學圖書館。〔註7〕這些材料中的一部份後來集結成《中國民間敘事書目》一書，在美國出版。〔註8〕

　　材料蒐集充分後，第三個步驟是取捨，丁先生說：

> 我們偉大的前輩之一，瓦爾特‧安德森（Walter Andeson），實際上已認定了許多中國故事的類型是和 AT 類型一致的。西方民俗學家所以會一度有過那樣錯誤的印象，大多是因為有人將中國神話、傳說、異聞等都當成童話整理（中國的動物故事和笑話便沒有像童話那樣地被人誤解）。只有通過一個在神奇故事中僅包括童話，而不包括其他種類（神話、傳說等等）的索引，人們才能按照國際的傳統來真正了解和研究中國民間故事。〔註9〕

丁先生認為西方的研究者，如艾伯華，之所以讓西方人對中國故事產生誤解，是因為將神話、傳說一類的敘事都當成一般的民間故事來看待，而實際上按照西方傳統，神話和傳說是應當要屏除在故事類型索引之外的，因此《中國民間故事類型索引》在編輯時，丁先生就排除了神話和傳說。

　　丁先生為了打破西方人的迷思，為中國故事找到合理的地位，因此選用 AT 分類法來撰寫《中國民間故事類型索引》。但在《中國民間故事類型索引》翻譯成中文，廣泛在中國流傳以後，反倒被中國學者指責丁書排除神話，傳說，不能夠顯現中國故事真正的面貌。聽見這樣的評論，在丁先生心中肯定是五味雜陳的吧。在寫給段寶林先生的信中，丁先生也特別解釋了這個問題：「AT 系統本來便是為國際性好玩的故事（童話）編的，對任何一國特有的主要傳統都不相合。這一點在西方的文字上很容易說清楚，因為 tale（märchen）

〔註7〕書同註5，頁23。

〔註8〕Nai-tung Ting and Lee-hsia Hsu Ting, *Chinese Folk Narratives： A Bibliographical Guide*, San Francisco Chinese Material Center, 1975.

〔註9〕書同註5，頁6。

和 legend（saga）的含義不同，即使是普通讀者，也能了解。在中文上，把所有都叫故事，沒有專門智識的人便不易懂了。」

　　第四個步驟是對故事進行分析歸類，並給予號碼。丁書編寫時主要參考 AT 母本、池田弘子（Ikeda Hiroko）的《日本民間故事類型及情節單元索引》、海達‧杰森（Heda Jason）的猶太故事類型、還有羅伯特的《印度口頭故事類型》。〔註10〕上述索引已編列的號碼就沿用，若中國的故事情節有更動就在號碼後加上英文字母、星號或小數字，以成新號。丁書不僅將找到的故事做出歸類，還將中國故事的特殊講法、情節更動的情況，都一一註明清楚。此外，原稿其實還寫出了流傳地點和民族，不過英文本出版時礙於經費不足，刪去許多內容，後來中文本出版時也未補入，相當可惜。丁書進入排印程序後，俄國的李福清（B.Riftin，1932～）得知丁先生正在編撰故事類型索引，又寄給丁先生一批微縮膠捲，其中有許多中國的民間故事集，丁先生分析這批資料後，放在「補遺」裡，〔註11〕後來譯為中文時，都補入正文當中。

　　從丁書末所附的參考書目，可以想見丁先生作學問的毅力和耐心。鍾敬文曾說：

> 就是比較熟悉這方面情況的我，看了這個書目，也覺得其中有些是自己從來不知道的。而遠居太平洋彼岸的著者，卻能找到並使用了它，這怎能不使人感佩呢？〔註12〕

編寫索引是一件艱鉅而又繁瑣的工作。中國故事類型索引的編輯雖然不始於丁先生，但他毅然的投入時間與精神，耗費將近十年的時間才完成這部書，從此對西方打開中國民間故事的大門，讓西方的學者得以一窺中國故事的堂奧。

　　丁先生也認識到隨著採錄成果的快速增加，類型索引有增訂的必要性，因此他幾次參訪中國，都曾經蒐購故事集，為增訂作準備。劉守華先生在接受筆者訪問時就提到，丁先生在華中師大參訪時買了好幾紙箱的書。可惜《中國民間故事類型索引》的增訂工作未完成，丁先生就過世了。所幸仍有學者瞭解增訂工作的重要性。在西方，近幾年大型的增訂工作由尤瑟（Hans-Jörg

---

〔註10〕書同註 5，頁 11。
〔註11〕見 Nai-tung Ting, *A Type Index of Folktales*, Helsinki 1978, p.272～279.
〔註12〕鍾敬文：〈序一〉，書同註 5，頁 2。

Uther，1944～）完成〔註 13〕；在中國，繼承這個工作的就是金榮華先生。
〔註 14〕

第二節　材料來源

　　丁先生編輯《中國民間故事類型索引》所使用的資料可分為古籍與現代
故事集。古籍包括了從先秦一直到清代的各式叢書、類書、筆記小說、笑話
集、劇本、傳奇等等，甚至包括了《孟子》、《戰國策》與《史記》等古書，
可以說只要是國外圖書館及手邊所能夠找的中國圖書，其中包括了民間故事
的，全都在丁先生過濾的清單上。

　　這種廣義的蒐羅曾引起一些爭議，汪燮在針對《中國民間敘事書目》所
寫的一篇書評中便認為：「如果楚辭及戰國策可列為民間故事的研究材料，詩
經及世說新語為何不可？」〔註 15〕這其實牽涉到書籍的內容是否以民間故事
為材料，丁先生對此的解釋是：

> 很多中國古典文學作品中都有一些民間傳統的知識、風俗、習慣、
> 歷史事件、宗教儀式等的描述，還有傳說、神話、奇聞軼事等的
> 簡要敘述，也有一些目前還在中國流傳的故事，不過有時是這些
> 故事較早期的形式而已。有些古老的故事，許多世紀以來一直保
> 存在一些著述中，後來在中國成了格言和諺語，十分通用，收集
> 者視為當然，差不多沒有把它們當作故事記錄下來。他們無疑是
> 中國口頭文學遺產的一部份，所以也包括在本書內。〔註 16〕

不過這些文人筆記的故事中，丁先生排除了太過文人化的故事，「只選擇了一
些認為『有民間風味的』或和已確定的類型相似的故事」，〔註 17〕來確定這些
文人筆下的故事不會離它原本的口頭說法太遠。這些說明應足以解釋上文中

〔註 13〕Hans-Jörg Uther, *The Types of International Folktales*, Helsinki 2004.
〔註 14〕見金榮華：《民間故事類型索引》上、中、下三冊，台北：中國口傳文學學會，
　　　　2007 年 2 月。
〔註 15〕汪燮：〈Ting, Nai-Tung and Ting, Lee-hsia Hsu. *Chinese Folk Narratives, A
　　　　Bibliographical Guide.* San Francisco: Chinese Materials Center, 1975.
　　　　（Chinese Materials Center, Bibliographical Aids Series, No.4）〉,《圖書館學與
　　　　資訊科學》第二卷第二期，民國 65 年 10 月，頁 265。
〔註 16〕書同註 5，頁 9～10。
〔註 17〕書同註 5，頁 10。

汪燮所提出來的疑問。

　　此外，古典文獻數量如此龐大，丁先生當然不可能以一己之力完成所有古籍的分析，因此丁先生主要設定的對象是筆記小說、散文小說、戲劇和話本。其他的文獻資料，如方志，取用的是從前進行研究時偶然的發現，並沒有特別再爲編纂《索引》進行全面系統的搜集。〔註18〕

　　　　事實上，關於中國古典文學方面，我也不過是適可而止，做到差
　　　　不多就算了。我集中精力翻閱的是那些新近有重印本，容易找到
　　　　的文集，以及對民間有影響，爲民間熟知的文人名著。〔註19〕

不過光是這樣，丁先生所使用的古籍資料就多達 113 種，其中還包括像《筆記小說大觀》、《筆記小說大觀續編》、《歷代筆記小說選》這樣的叢書，因此實際取用的古籍數量應多達數百種。其中當然有些是重複的，例如丁先生既採用北京 1961 年版的《莊子集釋》，又選取了李奕定《中國歷代寓言選集》裡的莊子寓言。

　　古籍之外，丁書更引用了大量的現代採錄成果，這些材料出自故事集、期刊及報紙。丁書一共分析了 513 種現代書刊，這之中，98 種在 1937 年以前出版的書籍，因爲經過長期的戰亂，現在幾乎都已經絕版。1949 年以後出版的書籍，由於故事集較不受重視，恐怕也有一大部分已經找不到了。丁書所列的資料很多都已不容易找尋，這是索引使用者的一大困擾，但也所幸丁先生在編寫索引時，對於故事情節的差異多有註明，讀者即便不能查到原書，對於故事的原貌也還能略知一二。

　　雖然丁先生的《中國民間故事類型索引》中所引用的現代資料有許多一時難以蒐求，但古籍部份還原的可能性則較高，如果讀者想要尋找某一類型的例子，可以從丁書所引用的古籍入手。然而丁先生對參考書目的著錄較爲簡略，通常僅錄出書名、作者、出版地及出版年。如參考書目「A」下第一條載：「《阿秀王》·山花文學雜誌出版社編。北京，1958。」〔註20〕略去出版社名稱。有時連出版時、地都未錄出，如「T」下第十四條僅載：「陶潛（365～427）：《搜神後記》。」〔註21〕著錄資料過於簡略，以致《索引》使

〔註18〕書同註 5，頁 10。
〔註19〕書同註 5，頁 11。
〔註20〕書同註 5，頁 374。
〔註21〕書同註 5，頁 390。

用者難以按本索頁，找到所需資料。本節試圖將丁氏《索引》使用各種古籍的版本盡可能找出來。但由於資料龐雜，部分古籍仍然無法找到原本，因此改依筆者搜尋結果，分爲五種情況，一一條列，並做討論說明。須先說明的是，本節所言之古籍定義較寬，凡書中所輯的內容爲清以前者，均屬古籍。

一、《索引》採用之版本

此類是指出版地與頁次均符合丁氏所著錄，但出版時間不一定符合丁氏著錄者。由於出版社可能一再複印同一本書籍，又由於《索引》的出版時間可能有誤植，因此還原時僅考慮出版地與頁碼符合者，即視爲丁氏所使用之版本，不考慮出版年份是否與丁氏所著錄相符。如《四遊記》丁氏於參考書目中著錄：「吳元泰（明朝）等：《四遊記》，台北，1969。」〔註22〕而《四遊記》在正文中一共出現三次，分別在類型681：「吳元泰：四遊記，24頁」〔註23〕、750D₁：「吳元泰：四遊記，29頁」〔註24〕及922＊：「吳元泰：四遊記，174～175頁」。〔註25〕台北世界書民國58年4月二版的《四遊記》出版地、出版年以及頁碼均符合丁氏的著錄，因此判定丁先生所使用的《四遊記》即爲此版本。又如《世說新語》一書，丁氏之著錄爲：「劉義慶（403～444）：《世說新語》，台北，1965。2卷。」〔註26〕而《世說新語》在正文中只出現一次，類型1886A：「劉義慶，23：463頁。」〔註27〕台北藝文印書館民國48年出版的《世說新語》雖出版年與丁氏著錄不相合，但出版地與卷數、頁碼均與丁氏著錄相同，因此判定丁氏所據應爲藝文印書館較晚出版之版本。以下所列均爲據此原則還原之丁氏所用資料，共五十八種：

> 《二刻拍案驚奇》，明・馮夢龍，台北：世界書局，民國47年3月
> 一版。
>
> 《三國演義》，明・羅貫中，台北：世界書局，未著出版日期。
>
> 《三異筆談》，上海：大達書局，民國25年6月再版。

〔註22〕書同註5，頁392。
〔註23〕書同註5，頁156。
〔註24〕書同註5，頁162。
〔註25〕書同註5，頁198。
〔註26〕書同註5，頁384。
〔註27〕書同註5，頁346。

《中國笑話書七十一種》，台北：世界書局，民國 81 年 12 月九版。

《中國歷代寓言選集》，李奕定，台北：臺灣商務印書館人人文庫版，民國 61 年 4 月六版。

《今古奇觀》，明・抱甕老人，台北：世界書局，民國 65 年 12 月七版。

《太平御覽》，台北：臺灣商務印書館，民國 57 年 1 月台一版。

《太平廣記》，出自《筆記小說大觀》，共十冊，台北：新興書局，民國 62 年 7 月版。

《世說新語》，台北：藝文印書館，民國 48 年版。

《仙佛奇踪》，明・洪應明撰，濟南：齊魯書社，1995 年 9 月，（收在「四庫全書存目叢書」子部二四七冊）。

《古今合璧事類備要》，宋・謝維新，台北：新興書局，民國六十年三月一版。

《古謠諺》，清・杜文瀾編，台北：世界書局，民國 49 年 11 月初版。

《四遊記》，明・吳元泰，台北：世界書局，民國 58 年 4 月二版。

《平妖傳》，台北：世界書局，民國 47 年 3 月一版。

《白孔六帖》，唐・白居易、宋・孔傳，台北：新興書局，民國 58 年 5 月新一版。

《石點頭》，明・天然痴叟，台北：世界書局，民國 47 年 4 月初版。

《列子注釋》，台北：華聯出版社，民 58 年 10 月出版。

《艾（憨）子雜俎》，明・屠本畯，台北：世界書局，民國 48 年 9 月初版（節選本，與《艾子雜說》《艾子後語》《艾子外語》《雪濤小說》《陶菴夢憶》合訂一本）。

《艾子外語》，明・屠本畯，台北：世界書局，民國 48 年 9 月初版（節選本，與《艾子雜說》《艾子後語》《艾（憨）子雜俎》《雪濤小說》《陶菴夢憶》合訂一本）。

《艾子後語》，明・陸灼，台北：世界書局，民國 48 年 9 月初版（節選本，與《艾子雜說》《艾子外語》《艾（憨）子雜俎》《雪濤小說》

《陶菴夢憶》合訂一本）。

《艾子雜説》，宋·蘇軾，台北：世界書局，民國 48 年 9 月初版（節選本，與《艾子後語》《艾子外語》《艾（憨）子雜俎》《雪濤小説》《陶菴夢憶》合訂一本）。

《西湖佳話》，清·墨浪子，台北：世界書局，民國 48 年 4 月初版。

《呂氏春秋集釋》，許維遹著，北京：中國書店，共兩冊。

《宋人笑話》，國立北京大學中國民俗學會民俗叢書，第六冊，民國 59 年版。

《夜譚隨錄》，清·霽園主人著，乾隆辛亥年刻本。

《孟子正義》，焦循撰、沈文倬點校，北京：中華書局，1987 年 10 月一版，共兩冊。

《初刻拍案驚奇》，明·凌濛初，台北：世界書局，民國 51 年版。

《雨山墨談》，明·陳霆，出自《叢書集成新編》第十二冊，民國 75 年 1 月台一版。

《括異志》，宋·魯應龍，四部叢刊廣編本，台北：台灣商務印書館，民國 70 年 2 月初版。

《施公案》，台北：台灣文友，民國 47 年版，共兩冊。

《星子縣志》，台北：成文出版公司，民國 78 年 3 月台一版，中國方志叢書第 834 冊。

《唐代叢書》，清·王文誥、邵希曾輯，台北：新興書局，民國 57 年 6 月新一版。

《唐宋傳奇集》，魯迅，魯迅全集出版社，民國 30 年 10 月 10 日出版。

《笑話大王》（笑林廣記），香港：祥記書局。〔註28〕

《清平山堂話本》，明·洪楩，台北：世界書局，民國 47 年 1 月初

〔註28〕 案：該書封面雖題名「笑話大王」，但內頁書名均作「笑林廣記」，且丁氏曾於參考書目中註明該書「也以《笑話大王》一書印刷過」，在《笑林廣記》書名之後又有「（笑話大王）」字樣（見丁書頁 375），因此確認丁氏所用即為該版。

版。

《清初鼓詞俚曲選》，台北：正中書局，民國 57 年 4 月台初版，線裝書，共四冊。

《聊齋誌異》，清・蒲松齡，台北：世界書局，民國 63 年 6 月四版。

《莊子集釋》，郭慶藩輯，北京：中華書局，1961 年 7 月版。

《野叟閒談》，清・杜鄉漁隱，台北：廣文書局，民國 59 年 12 月初版（收在「筆記三編」中）。

《雪濤小說》，明・江盈科，台北：世界書局，民國 48 年 9 月初版（節選本，與《艾子雜說》《艾子後語》《艾子外語》《艾（憨）子雜俎》《陶菴夢憶》合訂一本）。

《彭公案》，台北：台灣文友，民國 47 年版。

《敦煌變文集》，台北：世界書局，民國 52 年 2 月初版。

《筆記小說大觀》，共六冊，台北：新興書局，民國 49 年 7 月初版。

《筆記小說大觀續編》，共六冊，台北：新興書局，民國 51 年 8 月初版。

《新校搜神記》，晉・干寶，台北：世界書局，民國 71 年 9 月七版。

《漢魏叢書》，明・程榮，共兩冊，台北：新興書局，民國 59 年 2 月新一版。

《綠窗新話》，宋・風月主人，台北：世界書局，民國 47 年 4 月一版。

《說庫》，王文濡編，台北：新興書局，民國 52 年 6 月初版。

《說郛》，明・陶宗儀纂，共五冊，台北：新興書局，民國 52 年 12 月一版。

《說鈴》，清・吳震方，台北：新興書局，未著出版時間。

《廣博物志》，明・董斯張，台北：新興書局，民國 61 年 2 月版。

《醉翁談錄》，宋・羅燁，台北：世界書局，民國 47 年 5 月初版。

《戰國策》，台北：臺灣商務印書館，民國 45 年 4 月台初版，共四冊。

《醒世姻緣傳》，台北：世界書局，民國 61 年 2 月五版。

《薛丁山征西》，清·無名氏，台南：大東書局，民國 52 年 3 月出版（與《薛仁貴征東》合刊）。

《薛仁貴征東》，清·無名氏，台南：大東書局，民國 52 年 3 月出版（與《薛丁山征西》合刊）。

《續太平廣記》，清·陸壽名，台北：新興書局，民國 46 年 12 月，筆記小說大觀第十編冊七。

《續說郛》，清·陶珽纂，共七冊，台北：新興書局，民國 53 年 6 月一版。

二、《索引》採用版本有其它書肆之影印本

此類是指頁數符合丁氏所著錄，但出版地與出版時間不符合丁氏著錄者，如：《古今譚概》一書，丁氏於參考書目中所列資料爲：「馮夢龍（4）＝《古今譚概》，北京，1955，2 卷。」〔註29〕出版地爲北京，但丁氏於正文類型中所列四十個出處，均可於台北新文豐出版公司六十八年十月所出版的《古今譚概》尋得，且頁碼相同，因此推測新文豐的版本很可能爲丁氏所見版之影印本。由於本論文的重點不在進行嚴格的版本考或引書考，而在於還原丁書所引用之資料，使丁書的使用者能方便的利用資料，因此筆者所見雖非丁氏所據之版本，仍視爲可還原者。以下所列均爲據此原則還原之丁氏所用資料，共十三種：

《子不語》，清·袁枚，見《筆記小說大觀》二編第九冊，台北：新興書局，民國 67 年版。

《元曲選》，全兩冊，上海：世界書局，民國 25 年 4 月初版。

《元曲選外編》，全三冊，台北：台灣中華書局，民國 56 年 5 月臺一版。

《古今譚概》，明·馮夢龍，台北：新文豐出版公司，民國 68 年 10 月初版。

《明清笑話四種》，台北：華正書局，民國 76 年 9 月初版。

〔註29〕書同註 5，頁 377。

《俗話傾談》，清‧博陵紀棠氏評輯，上海：上海古籍出版社，收在「古本小說集成」中。

《剪燈新話》，明‧瞿佑，北京：古典文學出版社，1957 年 6 月一版。

《歷代小說筆記選》，江畬經編，台北：臺灣商務印書館，民國 54 年 5 月台一版。

《醒世恆言》，明‧馮夢龍，北京：人民文學出版社，1956 年 7 月一版。

《韓非子集解》，王先愼集註，台北：臺灣商務印書館，民國 45 年 4 月台初版，共四冊。

《舊小說》，清‧吳增祺，台北：臺灣商務印書館，民國 54 年 11 月臺一版（共二十冊，收在「萬有文庫薈要」中）。

《鏡花緣》，清‧李汝珍，北京：人民文學出版社，1955 年 4 月一版。

《警世通言》，明‧馮夢龍，北京：人民文學出版社，1956 年 1 月一版。

三、《索引》著錄卷次、回次之作用

此類是指找不到出版地、出版年份與丁氏所著錄相符之版本，但依丁氏所著錄之卷數仍可試圖還原資料者。中國古代圖書檢索的方式頁數不太重要，卷次、回次往往更重要，因此藉著丁氏著錄的卷次、回次，雖無法找到與丁氏相同之版本，仍可找到丁氏徵引之例。如《西遊記》一書，丁氏於參考書目中著錄：「《西遊記》，吳承恩（大約 1500-1582）著，台北，1971。」筆者未見 1971 年台北版的《西遊記》，但因正文所列《西遊記》之例，類型 325A：「西遊記，第 6 回和第 46 回。」〔註30〕及類型 960B1：「西遊記，第 9 回。」，〔註 31〕均列出回數，因此據台北世界書局民國 56 年 12 月之《西遊記》可還原之。以下所列均爲據此原則還原之丁氏所用資料，共十三種：

〔註30〕書同註 5，頁 58。
〔註31〕書同註 5，頁 216。

《七俠五義》，清‧石玉崑，台北：振文印刷公司，民國 75 年 1 月。

《中國歷代短篇小說選》，卜文，香港：上海書店，該書與《中國歷代短篇小說選》（郭雲龍校訂，台北：宏業書局，民國 62 年 10 月再版）部分頁數相同部份只差一頁，只能找到這個版本，故使用該版。

《水滸傳》，元‧施耐庵，台北：世界書局，2001 年二版一刷。

《史記會注考證》，瀧川龜太郎，台北：樂天出版社，民國 61 年 11 月再版。

《西遊記》，吳承恩著，台北：世界書局，民國 56 年 12 月再版。

《酉陽雜俎續編》，唐‧段成式，台北：台灣學生書局，民國 68 年 4 月再版。

《武王伐紂平話》，台北：河洛圖書出版社，民國 67 年 5 月台排印初版。

《封神演義》，陸西星著，台北：文化圖書公司，民國 53 年 8 月再版。

《博異志》，台北：新興書局，民 65 年 8 月，筆記小說大觀十四編。

《廣虞初新志》，北京：人民日報出版社，1997 年 3 月。

《醉醒石》，台北：河洛圖書出版社，民國 69 年 2 月台排印初版。

《諧鐸》，台北：新興書局，民國 67 年 2 月，筆記小說大觀二編。

《龍圖公案》，台北：天一出版社，民國 63 年 9 月影印初版（該版頁數雖與丁書使用版本相同，但該版只有五卷，丁氏所見卻有九卷以上）。

四、參考書目著錄而未見《索引》正文引用之古籍

部份書籍丁氏雖列在參考書目中，但在正文中實際被引用的數為零，這些書籍由於沒有可供對照的頁碼，因此無法還原。此類書籍一共有七種：《故事俗說白課》、《搜神後記》、《敦煌變文集》、《歷代笑話集》、《遯窟讕言》、《茶香室叢鈔》、《續夷堅志》。

這七種書籍中，王重民的《敦煌變文集》與楊家駱主編的《敦煌變文七

十八種》內文頁碼全同，卻重複列於參考書目中。王利器的《歷代笑話集》與《中國笑話書七十一種》內文全同，〔註32〕也重複列於參考書目中。很可能是丁先生先見到《敦煌變文七十八種》與《中國笑話書七十一種》這兩部書，且進行分析。後來又見到《敦煌變文集》與《歷代笑話集》，並發現內容全同。因此雖列在參考書目中，但正文中的引用次數為零。其餘五部何以引用次數為零則原因不明。

五、疑誤與待考

　　扣除上述四種情況，無法就出版地、出版時間及頁碼還原的尚有：《喻世明言》、《淮南子》、《雪濤諧史》、《剪燈餘話》、《汴京勼異記》、《大唐新語》、《集異志》、《明人百家小說》、《宋人百家小說》、《包公斷子》、《投轄錄》、《歙縣志》、《野叟曝言》、《春在堂叢書》、《俞曲園筆記》、《耳食錄》《眞正後聊齋志》、《西湖二集》、《明人雜曲選》、《小豆棚》、《儒林外史》、《藝文類聚》等二十二種。這些書都已設法覆核圖書館中的版本。如《淮南子》一書，丁書著錄的出版資料為：「劉安主編（？－紀元前122），在《四部叢刊》中。」丁書中引自《淮南子》的故事僅有一則，列於825A*之下：「淮南子，24頁 no.9（Ⅰa，g，n，Ⅱb，Ⅲa）。」〔註33〕以此為線索去尋找，但台灣商務印書館的《四部叢刊》《淮南子》為縮印本，〔註34〕版心被裁，無法確認頁碼。因此參看台北藝文印書館之《淮南子》，此二版本相同，不過「影鈔北宋本」卷九並無24頁。〔註35〕另參看名稱相近的《四部備要》本《淮南子》，卷九雖有24頁，〔註36〕但該頁並無825A*型故事。

　　此外筆者在進行故事還原工作時，見到丁書登錄參考資料的幾個問題，在此討論：

　　第一、有該型該書目丁書只記一條，但實際當頁有數則該型故事之情況。如類型554「感恩的動物」下記有「《太平御覽》，479：2325（Ⅰb，Ⅲb）」一

〔註32〕　案：二書內容全同但頁碼不同，《中國笑話書七十一種》楊家駱很可能經過重新排版。

〔註33〕　案：中譯本作：「淮南子，24頁（Ⅰa，g，n，Ⅱb，Ⅲa）。」缺「no.9」，據英文本補之。

〔註34〕　劉安：《淮南子》，台北：台灣商務印書館，民國64年6月。

〔註35〕　劉安：《淮南子》，台北：藝文印書館。

〔註36〕　劉安：《淮南子》，台北：中華書局，民國54年11月。

條，但實際翻查《太平御覽》第 479 卷，2325 頁共有五則該型故事，丁氏卻只記一條。又如類型 885A「好像死去的人」下記有「白居易、孔傳，90：1281頁」一條，但實際翻查《白孔六帖》1281 頁「再生」項下共有七則該型故事。但類型 201E*「義犬捨命救主」中同樣是一頁有多個同型故事的情況，丁先生卻記成「《太平廣記》，437：1200～1201 頁（三個故事）」。丁先生在參考書目中曾說明，書名前若加上星號，則表示該書並未進行全面分析。反言之，丁書參考書目所列 629 種書籍，只要書名前未加上星號的，丁先生便應該已對全書做過完整分析，但實際上並非如此，除本論文第一章第一節所舉《雪濤小說》、《雪濤諧史》及前文所列《太平御覽》、《白孔六帖》的例子外，又如《增廣智囊補》第 1399 頁共有三則 926「所羅門式的判決」型故事，但在型號 926 下卻只列了兩個該型故事，這些書都沒有加上星號。當然丁先生所要處理的資料實在太龐雜，闕漏在所難免，只是讀者在使用時必須注意覆核，不能夠完全依賴該書。此為丁書體例混亂之處。

第二、有該型該書目丁書記有多條，實際當頁只有一條之情況。如類型 1336B「農民、親戚和鏡子（水缸）」下記有「《中國笑話書七十一種》，162頁（Ⅰb，Ⅱa，Ⅲa，Ⅴa）」及「《中國笑話書七十一種》，162 頁（Ⅰb，Ⅱa，Ⅲb，Ⅴa）」各一條，但實際翻查《中國笑話書七十一種》頁 162 只有一則該型故事，且前條與「《明清笑話四種》，83～84 頁」之間有等號，表示這兩則故事全同，實際對照兩則故事的確一字不差，若《中國笑話書七十一種》被登記兩次，《明清笑話四種》也應該登記兩次。可能的情況是「《中國笑話書七十一種》，162 頁（Ⅰb，Ⅱa，Ⅲb，Ⅴa）」此條丁先生登錄頁碼有誤。

第三、有同一部書重複分析，歸類結果卻不一致的情況。如丁先生於參考書目「Y」下羅列了《茶香室叢鈔》一書，又分析了《筆記小說大觀》中的《茶香室叢鈔》中有 554D*與 736A 兩個類型。按照丁先生的體例，翻至類型 554D*與 736A 下，應可見登錄《筆記小說大觀》與《茶香室叢鈔》，且二者會以等號相連。但類型 554D*與 736A 下均只列《筆記小說大觀》，未列《茶香室叢鈔》。此為丁書體例混亂之處。

第四、有歸類疏漏的情況。如《唐代叢書》頁 295 錄有《搜神記》中的一則故事：韓朋的妻子被宋康王強佔，韓朋自殺，妻子亦自殺，遺願是要與韓朋合葬，宋康王卻故意讓兩墓有些距離，過了一夜忽然有兩棵樹分別從兩

座墓上長出，枝葉相纏。〔註37〕這個故事被丁先生歸在 888C*「貞妻爲丈夫報仇」，888C*的故事大要爲：

> Ⅰ.【失去丈夫】那位美麗的妻子的丈夫要麼（a）由於暴君妄圖霸佔他而遭到殺害，要麼被（b）放逐到荒涼地區替暴君做苦役（築長城等等）。
>
> Ⅱ.【尋找丈夫的屍骨】她（a）尋找他或（b）聽到關於他的死。（c）他的痛哭引起長城一部分倒塌，一些服役者向她提供有關於她丈夫屍體的情況。當她到達據說是她丈夫死去的場地時，她無法辨認他的屍骨。但她終於認出來了，通過（d）發現他的血滴在他的骷髏上時，就停留在上面不再流走了。（e）發現半個硬幣等等，另一半保留在她身邊。她終於認出丈夫的屍體。〔註38〕

從這段大要來看，前述韓朋故事只有類型 888C*中的Ⅰa情節，丁先生進行歸類時較仔細，即便只有部份情節與該類型相關，丁先生也列入。但韓朋故事的重心恐怕更要落在類型 970「連理枝」，丁書類型 970 下卻未見著錄「唐代叢書，295 頁」。此爲丁氏疏漏之處。

　　而現代資料雖不易找齊，但有些版本仍可找到，例如林蘭的 37 本故事集後來由台北的東方文化公司複印了一部份，收在「東方故事叢書」中。〔註39〕另外，丁夫人致贈給金榮華先生的書籍中，《桂林山水傳說》以及《蒙藏民間故事》，也是丁先生編撰《索引》所使用的版本。

　　最後筆者想說明的是，丁書參考書目的記錄簡略，很可能引發讀者「丁先生不具備版本概念」的聯想。不過記錄簡略不一定表示丁先生沒有版本觀念，可能只表示丁先生不太注意這些細節。另外丁先生編輯該書的時代能找到的版本原本就有限，當時的出版、校註活動都不如今日活躍，況且他身在國外，選擇更是有限，或許不能作爲他不懂版本的證據。

第三節　全書體例

　　本節要討論的是丁乃通先生撰寫《中國民間故事類型索引》的體例。丁

〔註37〕清・王文誥、邵希曾輯：《唐代叢書》（台北：新興書局，民國 57 年 6 月新一版），頁 295。

〔註38〕書同註 5，頁 189。

〔註39〕《東方故事叢書》，台北：東方文化，1988 年。

書以 AT 分類法寫成，因此在架構上遵循阿爾奈及湯普遜所建立的框架，分爲動物故事、一般民間故事、笑話、程式故事及難以分類的故事五大類。書前有凡例及導言，書末有參考書目及專題分類索引。

先看正文部份，金榮華先生於《中國民間故事與故事分類》第五章第一節〈丁乃通《中國民間故事類型索引》的變通及侷限〉已爲丁書做了體例說明，本節再爲申論。首先以類型 159A₁ 爲例：

159A₁ 【老虎吞下燒紅的鐵】

Ⅰ.〔等待著的動物〕人們（a）把食物從樓上扔下去，（b）把動物趕下山，（c）老虎（d）狼或（e）妖怪等在下面，吞下任何落下來的東西。

Ⅱ.〔吃錯東西〕爲了擺脫怪物，人們扔下（a）燒紅的鐵塊，（b）燒紅的石塊，怪物也吞了下去，很快就死了。

賈芝、孫劍冰，Ⅱ，302～305 頁（Ⅰa，e，Ⅱa）；肖崇素（1），48～52 頁（Ⅰe，Ⅱa）；小說世界，2・4：2～3 頁（Ⅱa，312A*+）……筆記小說大觀，2489 頁（Ⅰa，c，Ⅱa）；邊疆文藝，1956 年 10 月，71～74 頁（Ⅰe，Ⅱa）＝雲南各族民間故事選，43～46 頁＝王東，28～31 頁；……。〔註40〕

類型開頭的數字是類型號碼，形式共有六種：有單純爲數字的，如 2、513、1351 等；有數字加上英文字母的，如 8B、513B、1699C 等；有數字加上星號的，如 1*、551**、2205*；有數字加上英文字母加上星號的，如 122M*、935A*、1635A*；有數字加上英文字母加上數字的，如 313A₁、1526A₃、1642A₁ 等；也有數字加上英文字母加上數字再加上星號的，如 298C₁*、926Q₁*、1530B₁* 等。

類型號碼後的是類型名稱，類型名稱最好要能概括故事大要，或者點出故事的精髓，讓讀者一看就能聯想該型故事的大概內容，不過這一點很不容易辦到，丁書與母本相同的類型，便依從母本的類型名稱，這個部份因有文化上的差異，有些類型名稱讀者不易了解，這是遷就西方傳統造成的結果。至於丁先生替中國特有的類型設定的類型名稱也不一定容易聯想故事內容，如類型 1A* 的類型名稱爲「兔子、鷹和老人」，標題內只包括了角色，沒有動

〔註40〕書同註 5，頁 22。

作，讀者很難聯想其故事內容。不過切中故事要旨的標題本來就不容易想，丁先生要處理的資料又如此龐大，部分標題較不理想是可以理解的情況。

　　類型名稱底下列的是故事大要，若是故事的講法固定，便直接簡述故事情節。有時為方便敘述，或便於讀者了解故事情節的發展，會將故事拆成幾個情節段，如上例的Ⅰ、Ⅱ，便是將故事拆成兩個情節段落。若是該型故事的講法不固定，如上例 159A₁ 情節或角色有所變動，丁先生便會以小寫英文字母（a）（b）（c）將變動之處一一寫明。

　　故事大要之下便是該型故事的出處，丁先生有時只寫出作者，如上例的賈芝、孫劍冰；有時只寫出書名，如上例的《邊疆文藝》。詳細的出版資料可以查詢書末的「參考書目」，如「賈芝、孫劍冰」一例，在「參考書目」的「J」項下即可找到「賈芝和孫劍冰：《中國民間故事選》·北京，1962。2冊」。〔註41〕故事講法較不固定的類型，在每個出處之後，丁先生都會將出處的講法註明清楚，如「肖崇素（1），48～52 頁（Ⅰe，Ⅱa）」即是指該則故事在肖崇素的《騎虎勇士》第 48～52 頁，參照故事大要可知，「Ⅰe」是指該故事中等食物的是妖怪，「Ⅱa」代表最後妖怪吞下燒紅的鐵被燙死了。至於複合型故事，丁先生也會在出處中註明，如上例中的「小說世界，2·4：2～3 頁（Ⅱa，312A*＋）」，即表示《小說世界》第二卷第四期的 2～3 頁有該型故事，「Ⅱa」表示這個故事僅有妖怪被燒紅的鐵塊燙死這個情節，「312A*＋」則表示「Ⅱa」是接在 312A*「母親（或兄弟）入猴穴救女」這個類型之後。

　　另外早期中國的出版商經常互相抄襲翻印書籍，作者的著作權概念也比較薄弱，「而且對許多中國作家來說，民間文學是共同的財產，不是任何人的心血結晶，……這就是為什麼雖然中華人民共和國一再宣佈剽竊是一種罪行，連在那兒也會出現同樣的故事在兩種以上的出版物內出版而沒有適當說明的。」〔註42〕為了因應這種中國特殊的出版現象，凡是類型的出處中出現「＝」記號，便表示這些故事的內容是完全相同的，如「邊疆文藝，1956 年10 月，71～74 頁（Ⅰe，Ⅱa）＝雲南各族民間故事選，43～46 頁＝王東，28～31 頁」一例中，各出處之間以等號相連，而非以分號相連，就表示《邊疆文藝》71～74 頁的故事與《雲南各族民間故事選》43～46 頁的故事與王東的

〔註41〕 書同註 5，頁 380。
〔註42〕 書同註 5，頁 12。

《插龍牌》28～31頁的故事非常近似或完全相同。

段寶林的〈跋〉提到丁書編碼的原則和體例：

1. 與 AT 全符的，只用其號碼和標題名目點出主要內容，而不寫情節摘要。

2. 與 AT 大體相同而細節有別的，先用 AT 號碼，再簡述其差別之所在。

3. 與 AT 相似之處不多，一部份屬另一類型，就把此故事放在最接近 AT 的那個號碼中，打上*號，或作爲次類型，在故事情節摘要中將故事詳細描寫出來。

4. 與 AT 相似之處太少即用另一新的數碼來表示。〔註43〕

從段寶林的分析我們可以了解，丁書必須與 AT 母本相互參看，因爲與母本全同或大致相同的類型，丁書中並未寫出故事大要，僅註明差異，若不與母本參看，則無法了解這些類型的故事大要。而若中國的故事與母本所列故事大要差異較大，則作爲次類型，並詳細交代故事情節。什麼是次類型呢？丁先生曾說：「就我所知，我僅用了一個阿爾尼及湯普遜（AT）或上述權威們沒用過的新數字（1703）。當然這就是說許多中國故事特有的類型被列爲次類型了，許多這種次類型號碼後還加了星標*。」〔註44〕從這段話來推敲，加不加星號並不是判別次類型的唯一依據，因此所謂的次類型應該是指類型號碼中除了純數字以外，加上英文字母、星號的那些類型，都被統稱爲次類型。如類型 8 下共有 8、8B、8*三個相近類型，其中「8B 與 8*」就是次類型。丁書中共有 858 個類型，〔註45〕其中有 268 個是中國特有的類型，卻僅訂了 1703 一個新號，其餘皆列爲次類型，可見丁先生在訂定類型時相當謹慎，力求能與母本接近，這應該也是受到他希望證明中國故事與世界傳統一致的決心所影響。

1703 爲丁氏新訂類型，但在丁書正文中，1703「近視眼的趣聞」僅列出類型號碼和名稱，不見故事大要與故事出處。〔註46〕1703 下則有 1703A「蜻蜓與釘子」、1703B「描述大區」、1703C「黑狗和飯鍋」、1703D「鎖住自己」、

〔註43〕段寶林：〈跋〉，書同註 5，頁 429。
〔註44〕書同註 5，頁 11。
〔註45〕丁書〈導言〉統計全書類型數量爲 843，但實際爲 858 個，詳見本章第四節。
〔註46〕書同註 5，頁 335。

1703E「誤認糞便爲食物」、1703F「帽子和烏鴉」、1703G「油漆未乾」、1703H「不識熟人」等八個次類型。〔註47〕筆者推測《中國民間故事類型索引》出版時，丁先生很可能還沒有足夠的證據來判斷哪一個爲主型，可列於 1703，因此全部暫列爲次類型，等到蒐集足夠資料後，再行更動，可惜工作尚未完成便已辭世，留給後人無限感慨。

　　丁書中另有兩個類型僅有類型號碼、名稱與故事大要或說明，卻沒有類型故事出處，這兩個類型是 465「妻子慧美，丈夫遭殃」與 1812「打賭：和尼姑跳舞」。〔註48〕何以會有這種情況存在呢？1812 的情況較易解釋，類型 1812 載：

> 1812「打賭：和尼姑跳舞」
>
> 雖然受流氓欺騙的女孩不是尼姑，但是因爲古時中國社會異常保守，未婚的姑娘和西方的修女一樣，要十分矜持，不苟言笑，所以將下面幾個次類型歸入這一類型。〔註49〕

這段文字正在說明底下的 1812A*「打賭：摸姑娘腳」、1812B*「打賭：摸姑娘乳」、1812C*「打賭：讓陌生女子繫腰帶」、1812D*「打賭：讓女子從你口袋裡掏錢」四個次類型，〔註50〕角色並非母本 1812 中設定的修女或尼姑，而是一般女性，何以丁先生將這四個次類型歸於此？這是因爲中國社會風氣較西方保守，在這一點上，中國女性與西方的修女有同質性，因此丁先生將男子捉弄女性的故事歸於此。這樣來看，列於類型 1812 下的一段文字只具有說明的作用，因此未列出類型故事出處。

　　至於類型 465 的情況則必須與母本一起參看。母本中類型 465 下載：

> 465「妻子慧美，丈夫遭殃」
>
> Ⅰ. 獲得美麗的妻子。（a）英雄偷了正在洗澡的女孩（天鵝仙女）的衣服，除非她嫁給他，否則不還她衣服，或者（b）他從神那兒得到一個妻子。
>
> Ⅱ. 任務。（a）忌妒的國王垂涎美麗的妻子，邪惡的顧問（通常是理髮師）建議給英雄不可能達成的要求或任務：（a^1）尋找不知名的食物，（a^2）尋找會自己彈奏的豎琴，（a^3）去另一個世界尋

〔註47〕書同註 5，頁 335～338。
〔註48〕書同註 5，頁 96～97 與頁 342～343。
〔註49〕書同註 5，頁 343。
〔註50〕書同註 5，頁 343～344。

找神，（a⁴）尋找完美的花朵，（a⁵）帶著老虎的奶去治癒假病人，（a⁶）一夜之間收割整片田野裡的穀子，（a⁷）其他任務，（b）藉由妻子的幫助完成任務

Ⅲ．懲罰。（a）國王失敗，而且（b）理髮師被送往天國，因為他建議對英雄這麼做。〔註51〕

母本類型 465 下的次類型一共有 465A、465B、465C、465D、465A*、465B* 等六個，以 465A 和 465B 為例：

465A「尋找無名」

天鵝仙女。忌妒的國王垂涎美麗的妻子並給英雄不可能的任務，包括去尋找不知名的食物等等。交換物件。藉由妻子的幫助他成功了。

見 465 的分析：Ⅰa；Ⅱa，a¹，b；Ⅲ。

465B「尋找會自己彈奏的豎琴」

動物妻子。國王指定要尋找會自己彈奏的豎琴（還有其它東西）。藉由妻子的幫助他成功了。

見 465 的分析：Ⅰa；Ⅱa，a²，b；Ⅲ。〔註52〕

由 465A、465B 與 465 的對照來看，類型 465 的情況與前述 1703 的情況應該是相近的，即湯普遜編排 465 時無法決定主型是 465A、465B、465C、465D、465A*或 465B*，因此在類型 465 下仔細列出該型故事所有的講法，而各次類型下僅簡要說明故事特徵，註明參看類型 465 下的分析。丁先生編寫《中國民間故事類型索引》時，同樣無法決定各次類型何為主型，因此沿用母本的編法，在類型 465 下補充中國故事所見與母本所列不同的細節，並於新增的次類型 465A₁下註明須參看 465 的分析：Ⅰc（b¹，b²），Ⅱa 和 d（g，a¹⁵），Ⅲc¹（c）。〔註53〕

上文曾提到類型號碼的形式一共有六種，除單純為數字的外，其餘五種為次類型，那麼什麼時候要加星號？什麼時候使用英文字母呢？丁先生並沒有解釋這一點。在母本中，標示星號的類型字型會略微縮小，丁書中無論是

〔註51〕Thompson Stith, *The Types of the Folktale*（Helsinki, 1981），FFC 184 p.159.

〔註52〕書同註51，頁 159～160。

〔註53〕書同註5，頁 101。

英文本或中文本都未見這樣的安排，這些記號的安排到底有沒有什麼特殊作用呢？以類型926爲例做觀察，母本的926及其相近類型如下：

926　　所羅門式的判決

926A　　聰明的法官和罐子裡的妖怪

926B　　戒指被分爲兩半

926C　　案件以所羅門的方式解決

926D　　法官霸占引起糾紛的物件

926A*　　不要買比自己聰明的奴隸

926B*　　翻動石塊

926C*　　兒童訂婚〔註54〕

丁書的926及其相近類型如下：

926　　所羅門式的判決

926A　　聰明的法官和罐子裡的妖怪

926D　　法官霸占引起糾紛的物件

926*　　爭執的物件平分爲兩半

926B$_1$*　　誰的袋子

926D*　　誰偷去賣油條小販的銅錢

926D$_1$*　　審判驢和石頭

926E*　　鐘上（牆上）塗墨

926E$_1$*　　抓住心虛盜賊的其他方法

926F*　　洩漏秘密的物件

926G*　　誰偷了驢（馬）

926G$_1$*　　誰偷了雞或蛋

926H*　　失言

926L*　　假證人

926M*　　解釋怪遺囑

〔註54〕見 Stith Thompson, *The Type of the Folktale*, Helsinki 1981, p.323～324.

926N*　這些錢幣是什麼時候鑄造的

926P*　「這些不是我的財富」

926Q*　他嘴裡沒灰

926Q₁*　蒼蠅揭露傷處

從情節來看，母本的 926、926B、926C 都是法官以威脅或真的將物件分為兩半的方式，來判斷誰是真正的失主，926D 也是類似的判案故事，926A 則是法官智取妖怪。而 926A*、926B*、926C*不屬於法官巧計斷案故事。再看丁書，926、926A、926D 的類型號碼及類型名稱均依從母本，926*亦是法官將物件分為兩半判別失主的故事，丁先生應是認為這個故事最接近 926，因此將型號定為 926*。926D*及 926D₁*都是靠審判石頭來斷案，926G*及 926G₁*都是要找出誰偷了動物，926Q*及 926Q₁*則是靠著注意小細節來斷案。由此可知，AT 系統號碼編排的原則應該是，越相似的號碼，故事的特徵就越相近，926 型中唯一的例外是 926B、926B*與 926B₁*，這一群故事之間並沒有相似的特徵。

　　從上文來看，星號與英文字母加上數字的作用，應該都是用來在編好的類型之間插入新發現的類型，至於什麼時機使用星號，什麼時機使用數字，則有待研究。不過可以肯定的是，母本及丁書的排列次序為：926／926A／926*／926A*／926A₁*，但從情節相近程度來看，這樣的次序編排恐怕是更合理的：926／926*／926A／926A*／926A₁*。

　　AT 系統的編碼其實有些混亂，每個編者都可以依自己的喜好來給新訂類型做編碼，並沒有統一的編碼格式及符號，如傑森的《印度口頭故事類型》（*Types of Indic Oral Tales*）一書中就有「1426*-*A」這樣複雜的編碼，〔註55〕這使得後來的索引編輯者沒有辦法沿用，若沒有統一的格式，各國索引中同樣的故事很可能被重複編碼，AT 系統應該有每隔幾年就統一新訂類型號碼的必要性。

　　最後討論參考書目的體例，中英文本的參考書目排列順序不同，英文本依羅馬拼音排序，中文本則依漢語拼音排序，這是考慮到讀者習慣不同所做的調整。丁先生在參考書目中列出作者、書名、出版地、出版年，如：「成竹：《新笑林》．台北，1972」；有些還加上流傳地區及民族，如：「《阿秀王》．山

〔註55〕見 Heda Jason, *Types of Indic Oral Tales,* Helsinki 1988, p.48.

花文學雜誌出版社編。北京，1958。（苗族，貴州）」。大部分的資料僅寫明出
版地，未註明出版社，讀者若要還原資料容易產生困擾。另外參考書目中有
以人屬書的情況，也有以書屬人的情況，雖然丁先生在參考書前曾解釋：

> 多數書籍是用作者、蒐集者或編者的名字標明排列的；也有一些（例
> 如期刊、大部頭叢書、佚名的古典著作或集體作者的書）是用書名、
> 縮寫書名或縮寫字母標明排列的。〔註56〕

但《括異志》條載：「《括異志》，魯應龍（宋朝）著·在四部叢刊續編中。」
〔註57〕《括異志》並不屬於期刊、大部頭叢書、佚名的古典著作或集體作者
的書任何一項，卻以人屬書，足證丁書的體例的確有混亂的情況。

　　丁書「參考書目」前有一段話說：

> 有一些書由於各種原因只分析了其中的一部分，在這些書名前就加
> 了個星號。〔註58〕

參考書目中也有在書名前加上兩個星號的，丁先生解釋說：

> 一些不大為人所知的選集，我就沒有分析，但也列入了本書目，……
> 這一類的書名前面，加了兩個星號。此外還有些翻譯的選集，由譯
> 者辛辛苦苦著明原來出處的，我也加了兩個星號。〔註59〕

書名前加上兩個星號的共有 16 種書，皆為現代故事集，其中僅有斯托威克科
娃的《中國童話故事》是上述的第二種情況。〔註60〕其餘皆為第一種情況，
僅列入書目，未進行分析。由此來看，丁書的參考書目除了列出書中引用資
料的出處外，還兼有保存早期民間故事書目的功能。

第四節　故事類型之統計與解釋

　　上文已討論過丁先生撰寫《中國民間故事類型索引》所用的材料和體
例，本節則討論丁書中的類型所呈現的意義。在討論其意義之前，必須要先
了解丁書中究竟羅列了多少故事類型？丁先生在《中國民間故事類型索引》
的〈導言〉中曾自行統計書中的類型數量：「本書列入了 843 個類型和次類

〔註56〕書同註5，頁373。
〔註57〕書同註5，頁378。案：丁書該條誤植為「在四庫叢刊續編中」，今正之。
〔註58〕書同註5，頁373。
〔註59〕書同註5，頁373。
〔註60〕書同註5，頁388。

型，僅有 268 個是中國特有的。」〔註61〕實際統計丁書中的類型數量，中譯本中卻有 861 個。推測原因可能爲：丁撰寫〈導言〉時，可能還沒有收到李福清寄給他的資料，這批資料丁先生分析出來的類型有 15 個，英文本放在附錄中，中譯本則將其歸入正文，而中譯本的 861 個類型，其中有 3 個是譯者誤譯，應該刪除（詳情請見本論文第四章第三節）。丁先生統計的 843 個加上附錄中的 15 個，爲 858 個類型。中譯本中的 861 個減去誤譯的 3 個亦爲 858，數目便一致了，因此統計出《中國民間故事類型索引》所列類型和次類型共有 858 個。

丁先生還提到書中所列的類型有 268 個是中國獨有的，〈導言〉中也說在編碼時：

> 如果中國的類型是與印度、猶太和日本的類型一致或相類似，我就用了羅伯斯、海達・杰遜和池田弘子使用的數字。就我所知，我僅使用了一個阿爾尼及湯普遜（AT）或上述權威們沒用過的新數字（1703）。當然這就是說許多中國故事特有的類型被列爲次類型了。〔註62〕

這段話的意思應該是說，丁先生在爲類型編碼時，會先參考 AT 母本及羅伯斯、海達・杰遜和池田弘子的索引，〔註63〕若中國的故事和他們的相似，就沿用他們索引中的號碼。因此丁先生所言 268 個中國獨有的類型，當是類型總數858 個扣掉與母本、羅伯斯、海達・杰遜和池田弘子重複的類型號碼後，所得出來的數字。若將丁書的號碼與母本及羅伯斯、海達・杰遜和池田弘子的索引號碼進行比對，應可得出與丁先生的統計相同的結果。不過實際進行統計時發現並沒有那麼容易，因爲各索引在編輯時，經常使用相同或相似的號碼，但故事內容卻完全不同，如池田弘子的類型 1530*B 爲「誰在那兒？」，故事是說主角的屁聲聽起來像是「誰在那兒」，因此嚇退了小偷。〔註64〕而丁先生的 1530B*爲「小販受騙吃苦」，故事是說惡作劇者假稱要買東西，小販費了很

〔註61〕 書同註 5，頁 15。

〔註62〕 書同註 5，頁 11。

〔註63〕 案：海達・杰遜所編猶太故事類型索引應是指他所編寫的《以色列口頭故事類型》（*Types of oral tales in Israel*， Israel Ethnographic Society, 1975）。丁先生於〈導言〉中提到幾個猶太故事與中國故事相同或相似的類型，本章所涉及的猶太故事類型統計以丁先生所分析的爲依據。

〔註64〕 Hiroko Ikeda, *A Type and Motif Index of Japanese Folk-Literature*, Helsinki 1971, p.248.

大的工夫達到買主的要求，才發現上當。〔註65〕1530*B 與 1530B* 是很類似的
號碼，但類型名稱與故事內容卻完全不同。這個例子顯示各索引之間的比對
工作非常難以進行，因此丁先生雖然說自己沿用了羅伯斯、海達‧杰遜和池
田弘子索引中的編碼，但沿用的程度究竟如何，還需要進一步的仔細比對四
部索引才能了解。這也使我們了解到各國的索引除了有更新的需求之外，進
行類型號碼統一的作業恐怕也是不可少的。

　　各索引之間的比對難以進行，便使得哪些是「中國特有類型」難以判斷，
想要確定哪些是中國特有的類型雖然不易，筆者仍試著進行比對，以下論述
請參看本論文附錄二。首先，母本與丁書的編碼原來就是完全一致的，因此
丁書有，母本也有的號碼，就在母本相應的欄位中做記號「○」，空白的欄位
即表示該型號為丁先生新訂，或參考其他索引而訂立的型號。池田弘子、海
達‧杰遜和羅伯斯的索引也都按照與母本同樣的方式做上記號。另外丁先生
在《中國民間故事類型索引》一書的附錄中做了池田弘子索引與丁書的比對，
〔註66〕附錄的內容筆者已整理進本論文的附錄二當中，並以「※」為記。丁
先生也在〈導言〉中提到幾個與中國相近的猶太類型，筆者亦整理至附錄二
當中，以「◎」為記。如此一來便統計出丁書有，而其他索引沒有的型號共
有 298 個。與丁先生統計的 268 個有相當大的差距，很可惜丁先生沒有一一
註明究竟哪些是中國特有的類型。或許丁先生編寫時還參考了其它在〈導言〉
中沒有說明的索引，因此要弄清楚 268 這個數字如何統計出來難度甚高。雖
然這個比對沒有得到預期的結果，但仍可以得到幾點印象：池田弘子的索引
與母本差異較大，許多類型都做了更動；相較之下羅伯斯與海達‧杰遜的索
引則較保守，大致遵循母本，連新增類型的數量都不多。丁先生的索引也遵
循母本，但大量新增類型是他的特色。

　　在了解了中國獨有類型與國際型比對的困難後，另一個寫作本節需面對
的困境就是丁先生所引用、整理的中國民間故事書籍多達六百多種，其中近
代出版品多半已散失，所幸他所引用的一些古籍資料則仍然可以找到，還原
資料較容易進行。因此下文以本章第二節中已還原的丁書引用古籍故事為基
礎，進行分析，希望能夠了解中國民間故事類型上的一些特性。丁先生所使
用的 113 種古籍中，目前能夠確定版本的有 71 種，另外有些書籍雖無法找到

〔註65〕書同註 5，頁 271。
〔註66〕書同註 5，頁 362～363。

丁氏使用之版本，但仍可還原故事。雖然無法完全還原，但因能確定的 84 種古籍中包含叢書，因此丁書所列出的 1289 個古籍故事能夠還原的已佔了絕大多數。確定丁書所使用的古籍版本，往後需要利用這些材料做研究的學人就可以輕易的找出這些故事，正好可以補丁書參考書目未列出版社之不足，還原的結果請參考本論文附錄三。

　　說明了本節材料的處理狀況以後，以下便要進行丁書古籍故事類型的統計與分析，首先討論的是古籍類型的統計。

一、故事類型出現在古籍數量的比較

　　下表將列出《中國民間故事類型索引》所引用的古籍中故事類型出現的次數，並按出現次數的多寡排列次序：

　　表一

書　　名	在丁書中出現的次數	書　　名	在丁書中出現的次數
《中國笑話書七十一種》	207	《小豆棚》	4
《筆記小說大觀》	112	《醉醒石》	4
《太平廣記》	101	《明人百家小說》	4
《歷代小說筆記選》	62	《石點頭》	4
《太平御覽》	56	《七俠五義》	4
《中國歷代寓言選集》	48	《清初鼓詞俚曲選》	4
《明清笑話四種》	41	《仙佛奇蹤》	3
《笑林廣記》	41	《艾子外語》	3
《古今譚概》	40	《清平山堂話本》	3
《說庫》	31	《列子注釋》	3
《唐代叢書》	28	《封神演義》	3
《敦煌變文七十八種》	28	《西湖佳話》	3
《搜神記》	23	《四遊記》	3
《廣博物志》	21	《投轄錄》（在宋人說部中）	2

《筆記小說大觀續編》	20	《彭公案》	2
《舊小說》	19	《廣虞初新志》	2
《聊齋誌異》	16	《薛仁貴征東》	2
《初刻拍案驚奇》	16	《西遊記》	2
《元曲選》	15	《儒林外史》	2
《說郛》	14	《夜談隨錄》	2
《漢魏叢書》	13	《水滸傳》	2
《古今合璧事類備要》	12	《綠窗新話》	2
《喻世明言》	12	《耳食錄》	2
《白孔六帖》	12	《藝文類聚》	2
《二刻拍案驚奇》	11	《艾子雜說》	2
《警世通言》	11	《孟子正義》	1
《今古奇觀》	11	《宋人百家小說》	1
《春在堂叢書》	11	《續太平廣記》	1
《醒世姻緣傳》	10	《歙縣志》1936 年版	1
《宋人笑話》	9	《真正後聊齋志》	1
《醒世恆言》	9	《史記》	1
《韓非子集解》	9	《呂氏春秋集解》	1
《元曲選外編》	9	《博異志》	1
《鏡花緣》	8	《酉陽雜俎續集》	1
《說鈴》	8	《集異志》	1
《龍圖公案》	7	《淮南子》	1
《古謠諺》	7	《大唐新語》	1
《莊子集釋》	7	《世說新語》	1
《戰國策》	6	《唐宋傳奇集》	1
《艾子雜俎》	6	《括異志》	1
《續說郛》	6	《剪燈新話》	1
《新編醉翁談錄》	6	《三國演義》	1
《西湖二集》	6	《平妖傳》	1

《施公案》	5	《薛丁山征西》	1
《雪濤小說》	5	《諧鐸》	1
《雪濤小書》	5	《包公斷子》	1
《中國歷代短篇小說選》	5	《汴京勾異記》	1
《子不語》	5	《武王伐紂平話》	1
《艾子後語》	5	《俗話傾談》	1
《俞曲園筆記》	5	《星子縣志》	1
《野叟閒談》	4	《野叟曝言》	1
《明人雜曲選》	4	《剪燈餘話》	1
《三異筆談》	4	《雨山墨談》	1

　　排名的前五名分別是：《中國笑話書七十一種》的 207 次最高，其次是《筆記小說大觀》的 112 次，再者是《太平廣記》101 次。江畬經的《歷代小說筆記選》將各朝代一起統計，總和是 62 次，排名第四。《太平御覽》56 次，排名第五。

　　這個排名跟書的部頭大小當然擺脫不了關係，前五名皆為叢書或類書。我們可以了解，中國的笑話中有許多成型故事，這些笑話集和筆記小說的性質非常接近。專收筆記小說的集子出現故事類型的機率高，這是因為筆記小說雖然是由文人寫的，但大抵不脫先有「街談巷議，道聽塗說」這樣的過程，然後文人才用筆把聽到的內容記錄下來，我們可以說這些文人正是最早的田野調查工作者。正因為這些內容的來源是街談巷議，後來雖然可能經過文人潤飾，但只要核心情節不更改，就仍然和民間故事的類型相契合，事實上更動核心情節也就是情節單元的可能性很低，因為情節單元正是故事有趣而值得傳誦的部份。且叢書、類書因內容較博雜，收入民間故事的機率也較高。值得注意的是，照理說文人性格越強的作品，和民間故事的契合度就相對越低，但我們仍然可以在表中排名的前頭見到《元曲選》的身影，可見中國文人的作品中，最起碼在戲劇的表現上，與民間文學是息息相關的。另外子書中的《韓非子》、《莊子》、《列子》、《孟子》也都出現了成型的民間故事。

二、古籍所見故事類型之時代分佈

　　以下統計《中國民間故事類型索引》中所引用的古籍所在的朝代及各朝

代故事類型出現的次數。在統計引用書目數量時，所收內容跨多朝的叢書或類書不列入考量，如《太平御覽》雖是宋人著作，但所收內容涉及前朝著作，因此統計引用書目數量時不列入宋朝。但統計成型故事數量時，則已還原原書，納入正確的朝代，有些書籍無法判定朝代，如《醉醒石》，便不在表中統計。統計結果如下：

表二

朝　代	引用書目數量	丁書所引類型故事數量
秦以前	5 種	44
漢魏六朝	6 種	132
隋唐五代	6 種	163
宋	11 種	98
元	3 種	36
明	29 種	391
清	29 種	310

　　越是後期的朝代，著作數量就越多，丁先生引用的書目數量最多的卻是明代與清代，成型故事數量最多的落在明代。當然明代是城市興起的時代，各項娛樂需求擴大，因而通俗小說、劇本的需求也增大，作者拿大家耳熟能詳又有趣味性的民間故事做題材，運用在這些寫作活動中，這是明代成型故事數量較多的可能原因。結合本節表一來看，明代收有成型故事數量最多的是馮夢龍的《古今譚概》，是一本筆記小說，前文已提過筆記小說具有很強的口傳性格。另外《三言二拍》中所收的話本、擬話本，因為是通俗文學，自然經常採用民間故事做為題材，因此符合故事類型的就多。

　　清代在成型故事數量上排名第二，收有成型故事數量最多的是《笑林廣記》和《聊齋誌異》，笑話也是筆記小說的一種，性格接近民間故事。《聊齋誌異》是比較特別的一種，因為《聊齋》是中國文人文言小說的高峰，雖然書裡所寫的都是仙狐妖魅，但已有文人的寄寓在其中，雖然如此，《聊齋》書中的故事類型數量仍然在丁乃通所引的清代書目中排名第二，共出現 16 次，雖然佔《聊齋》全書五百篇不算多，但還是一個特殊的現象，這可能是因為《聊齋》的原始性格乃蒲松齡收集故事而成。

三、丁書所見古籍故事類型分佈與國際分佈情形的比較

附錄二已列出中國獨有的故事類型共有 298 個，其中有 138 個類型未見於古籍中，160 個見於古籍中，以下將列出這些中國獨有類型在古籍中出現的情況：

表三

類型號碼	見在古籍故事數量	類型號碼	見在古籍故事數量	類型號碼	見在古籍故事數量
43A	2	926L*	2	1528A*	1
111C*	1	926M*	4	1530A*	2
112A*	2	926N*	3	1530B1*	4
125E*	1	926P*	5	1534E*	4
125F*	2	926Q*	3	1539A	9
155A	1	926Q1*	5	1543E*	2
156D*	1	934A2	7	1551A*	7
176A*	1	934D2	4	1559D*	3
201F*	28	935A*	2	1559F*	2
222C	10	944A*	2	1562C	7
235A	4	958A1*	1	1565A	3
246A*	7	960B1	7	1567A*	7
278B	2	967A*	3	1568A**	1
293A	7	970A	8	1568B**	1
293B	4	978*	5	1572J*	4
298C1*	6	980E	2	1577A	1
301F	5	1215*	4	1620B	4
312A*	2	1241B	2	1623A*	2
325A	9	1241C	1	1623B*	1
400A	19	1242A1	1	1642A1	1
400B	8	1248A	6	1645B1	2
400C	5	1280*	2	1645C	5
400D	4	1286A	1	1681C*	3
403C1	2	1305D	2	1685B	1

505A	1	1305D2	7	1687*	8
505B*	8	1310D	2	1687A*	10
511B*	2	1313D	1	1689B2	6
554D*	7	1317A	1	1696D	2
592A*	2	1319N*	1	1696*	3
592A1*	3	1332D*	5	1697A	1
681A	8	1334A	2	1698E*	2
681B	7	1339F	6	1699A1	13
745A1	7	1341C1	4	1699C	2
750D1	4	1349P*	2	1702*	7
761A	1	1362C*	6	1703A	1
770A	5	1365E1*	2	1703B	2
775A	6	1375A*	5	1703D	1
809A*	2	1375B*	10	1703F	2
876B*	4	1375C*	9	1704A	7
881A*	7	1375D*	9	1704B	2
882C*	6	1378A	2	1704C	4
885B	1	1387A*	2	1704D	1
888C*	3	1408*	3	1807B*	3
889A	18	1419B*	5	1830*	2
901D*	7	1419F*	6	1862D	4
920C1	1	1441C1*	3	1862E	2
922*	6	1457A	1	1920C1	6
922A*	6	1459A**	4	1920D1	2
923C	1	1516E*	1	1920J	4
926E1*	5	1525T	4	1920K	2
926F*	3	1525W	3	1920K1	2
926G*	4	1525T*	1	1962A1	3
926G1*	5	1526A2	1		
926H*	3	1526A4	1		

　　表三的意義在於表明中國獨有又是古籍獨有的類型有哪些，這些類型源自於中國的可能性會比中國獨有但古籍中找不到的故事類型更高，因為這些類型出現在古籍中，表示他們在中國流傳的時間較長。清末以來由於西方列強入侵中國，西方文化隨之而來，因此清末以來的中國顯然接受了多方的文

化衝擊，比舊中國開放，古籍中保留的故事當然就比只見於現代故事集的中國獨有類型，更可能源自中國本土。中國獨有又是古籍獨有的類型中，故事數量特別多的類型有：201F*「義犬衛主，為主復仇」、222C「小人和鶴」、400A「仙侶失蹤」、889A「忠心的妓女」、1375B*「極端忌妒的妻子」、1687A*「忘掉的房子、親戚等等」、1699A「不懂方言引起誤解鬧笑話」，這些是文人最喜歡記錄的故事。

　　若將這些中國獨有又是古籍獨有故事類型放在 AT 的分類系統中觀察可以得到這樣的表：

表四

分類	丁書類型數量統計	古籍中的故事類型數量統計	中國獨有類型出現在古籍中的故事類型數量統計
一、動物故事	151	49	16
二、一般民間故事			
甲. 神奇故事	166	66	16
乙. 宗教故事	33	16	6
丙. 傳奇故事	120	63	32
丁. 愚蠢妖魔的故事	32	3	0
三、笑話	344	155	90
四、程式故事	13	1	0
五、難以分類的故事	2	1	0

　　由表四的統計中看出幾個特殊的現象，首先，中國獨有又是古籍獨有的故事中沒有愚蠢妖魔的故事、程式故事以及難以分類的故事。愚蠢妖魔的故事也許不符合中國人的想像力，整個古籍中只出現 3 個類型，反倒是 1949 年以後這一類故事大為興盛，增加到 32 個類型，金榮華先生還更訂這一個大類的名稱，改為「惡地主與笨魔的故事」。笨魔故事的大量增加可能與共產黨反地主的政策脫不了關係。而程式故事可以分成「連環故事」、「圈套故事」、「其他程式故事」三類。「連環故事」通常是一個小事件引發一連串的事件，而這一連串的事件之間環環相扣，可能還具有很大的共通性。「圈套故事」則是指故事本身就是一個圈套，是講述者用來開聽者玩笑的。無法歸入上面兩類的則歸入「其他程式故事」一類。實際上程式故事在中國的田調成果不僅在古

籍中罕見，僅有明代兩個、清代一個，在現代故事集中也同樣少見，整部丁書中只有 13 個型。從「程式故事」的特性來看，丁書所引用的古籍中，程式故事少見的可能原因有二：第一、程式故事不適合寫入中國曾經流行的文體裡面，因此沒有受到保存，而不是中國從未流傳過這類故事。第二、程式故事的形式重於內容，並不適合中國傳統的文以載道性格，因而這類故事並未被寫入古籍中流傳。

其次，神奇故事在古籍中有 66 個類型，但若將中國特有類型這個條件放進去統計，則只剩 16 個型，數量相差四倍之多，比例較爲懸殊，考慮到上文論述的愚蠢妖魔故事古籍中也少見，中國人講述故事的習慣似乎較喜歡貼近眞實生活面的題材，想像力太過豐富的故事就不受歡迎。

再者這個表也顯示了中國的笑話類型特別發達，中國獨有的類型中笑話就佔了 90 個，造成這種現象的可能原因是選材時用了較多的笑話集。另外也許中國人在嚴肅的儒家禮教規範下，需要多一點輕鬆的故事，因而笑話就大量的被民間創作出來了。

最後值得注意的是，不管是動物故事、一般民間故事或是笑話，1949 年後的類型數量都大大的增加了。中國與它國文化交流的機會，除了清末與西方列強因戰爭而交流機會較頻繁外，1949 年後的大陸基本上進入鎖國狀態，爲什麼類型數量反而大量增加呢？唯一的解釋是，從前的田野調查者文人，並非有意識、有目的性的進行田調工作，因此聽了故事回家並不一定做記錄，聽到的故事若不符合他的趣味，也不進行記錄。丁先生在研究「雲中落繡鞋」故事時也提到，筆記作者所願意記錄的多半是不尋常之事，因此當時最流行的講法多半不會成爲筆記作者記錄的對象，相反的那些少見的故事，或者常見故事的變異講法才是他們屬意的對象。〔註 67〕因此這些古籍筆記、笑話集中所記載的，便只是某些符合文人趣味、品味或特異的中國民間故事，而非中國民間故事的整體樣貌了。1949 年後中國有意識的進行大規模的整體田野調查工作，雖然被部分西方學者質疑這些成果造假，但在某種意義上，這些成果可能較全面的反應了中國故事的面貌。

〔註67〕 見丁乃通：〈雲中落繡鞋──中國及其鄰國的 AT301 型故事群在世界傳統中的意義〉，《中西敘事文學比較研究》（武漢：華中師範大學出版社，2005 年 7 月），頁 185。

第四章　丁乃通先生《中國民間故事類型索引》之漢譯

　　《中國民間故事類型索引》的中譯本一共有三個，按出版時間順序來看，最早的是春風文藝出版社 1983 年版，其次為中國民間文藝出版社 1986 年版，最新的版本是華中師範大學出版社 2008 年版。其中春風文藝出版社的版本為節譯本，其餘兩個版本為全譯本。本章討論這三個譯本產生的緣由、優劣，以及中譯本與英文本的比較。

第一節　漢譯過程與版本

　　《中國民間故事類型索引》於 1978 年在芬蘭赫爾辛基出版後，丁乃通先生將書寄給大陸學者做參考，如鍾敬文、賈芝、段寶林等。1979 年 12 月 10 日丁先生寄給段寶林的信中就提到，賈芝曾向丁先生提出將《中國民間故事類型索引》翻譯成中文的建議。後來這件事交給段寶林負責，這一段翻譯的過程由丁先生寫給段寶林的信中可以拼湊出概況。

　　1979 年底決定開始進行的翻譯工作，至 1981 年 7 月丁先生第三次到北京訪問時已完成部份，譯稿交由丁先生帶回美國校對。丁先生在 1981 年 10 月 2 日寫給段寶林的信上說：「譯者不小心看錯了很多，……將已改好的（926B$_1$ 至 1531A）先寄給你，其他（1533 至 1635A*，2028 至 2031 型）等諸位有了確定的初版日期和計畫再寄上。」其餘的譯稿由段先生寄至美國，丁先生收到後，在 1982 年 4 月寫給段先生的信上又說：「拙作譯文稿已收到，我只翻了一下序言，便發現不少錯誤，……我和麗霞都覺得改起來很費力氣。」

　　1983 年初，翻譯和校對工作應該都進入尾聲，因此 2 月 20 日的信提到附錄的取捨問題：「附表（APPENDIX I）因國內沒有人用艾伯華的書，我決定刪去，附表 II（案：附表 II 為丁書與池田弘子所編《日本民間故事類型索引》的相似型號對照表）對中日民間故事比較工作也許有用，我主張保留，改稱附錄。」艾伯華的《中國民間故事類型》至 1999 年才有中譯本，當時在大陸可能取得不易，沒有中譯，使用上也不方便，因此丁先生決定中譯本出版時要刪去英文本附錄 I 的艾、丁二書型號對照表。1983 年 8 月 26 日的信上更進一步對出版工作表示：「拙作譯稿已完工，希望不日便能出版。編輯加工這一步，我很感到擔心，希望能越審慎越好，原作中沒有的話不要隨便加進去。」可見丁先生對於中國的出版狀況有些不放心。

　　1984 年 3 月 10 日的信則談到了春風文藝出版社的譯本：「烏先生和他的學生給我的信總說北京民研會在著手的那譯本他們完全不知情形，……但是他們的譯本裡錯處實在太多，所以你經手的那本仍然是必要的。」這封信裡也談到台灣方面打算要翻印北京的本子，就等北京出版。1984 年 4 月 8 日的信中又談起此事：

> 上次收到來函，知道你們決定印中國民間故事類型索引後，便寫信給台灣的朋友，他即刻便找到願翻印的書商，只要我簽約便可。但是我對民研會（還是再上面的機構？）屢次反覆不定的作風實在有些怕了，這個翻譯本事，是否又會有變化？如果又不願出版了的話，能否將我重寫的原稿序言原稿寄來？我另外再寫一個序言加在前面便在台灣發行了，也是交代的辦法。遼寧大學的譯本錯誤實在太多，必須設法改正。

1984 年 7 月 5 日的信提到：「如果中國當局又不願出版那本書了，請趕早把那稿子全部寄還給我（郵費可由我出），以便我可把它再修正後，轉交給台灣。」由這些內容可以推測段寶林負責的譯本當時在大陸可能遇到一些困難，遼寧大學研究生翻譯的本子反倒先出版了，不過譯稿沒有經過丁先生的校訂，丁先生顯得不太滿意。

　　丁書出版一事到 1985 年時應該大致底定，但丁先生對於《中國民間故事類型》的出版又有了想法，他在 1 月 3 日的信上說：「照你上次的來信推測，中國的同仁，對於拙作類型一書，還是有不了解的。因此我又寫了幾句，暫名為『譯本再序』。」段先生曾將這篇〈譯本再序〉複印一份給筆者，比對的

結果，可知這篇文章後來並沒有收進《中國民間故事類型》的中譯本中。

1985 年丁先生最後一次訪問中國返美後，在 12 月 14 日的信上說：「我在北京時，民研會有人把拙作譯本的最後一部份（subject index）給我看過，可是我當時實在太累了，手頭又沒有原著，雖然發現其中錯誤很多（大概是譯者沒有查看本文之故），也只得算了。」從這封信的內容可以知道，民研會的譯本大致上是經過丁先生校改的，但部分內容也許礙於精神不濟，也許礙於時間不足，可能校改得比較粗略。無論如何，丁書翻譯工作至此終於完成。民研會從 1979 年開始，準備了六年的中譯本，終於在 1986 年 7 月由中國民間文藝出版社出版。

段寶林寄給筆者的信中也提起翻譯和出版過程，由此可知北京對於是否出版一事一度舉棋不定，和春風文藝出版社已搶先出版簡本有關：

> 爲了充分發揮丁先生的《中國民間故事類型索引》在中國的作用，我組織人進行翻譯（丁先生寄我一本，未收到，後來又寄了一本），因爲翻譯的人是外行，又比較粗心，雖找人校對了，還是有不少問題，我不放心，最後請丁先生改定，他非常認眞，在北京時就開始校對，但旅途勞累，身體不好，又帶回美國，還請他夫人幫忙，仔細校對。此書我參加翻譯，又作爲責任編輯反覆校對排印錯誤，另外，還把索引順序由英文改爲中文，十分費力。一、二、三校都是我校的。

> 此書交中國民間文藝出版社後，瀋陽的「春風文藝出版社」搶先出版了沒有索引的「簡本」。中國民間文藝出版社的領導人說：「瀋陽已經出了，北京就不出了！」爲此，我又找到鍾敬文、賈芝兩位先生，請他們寫序，他們對丁先生都很敬重，對此書也很重視，都寫了很長的序，丁先生也專門寫了中譯本序，我也寫了跋，還寫了一篇「凡例」。

> 由於鍾先生是中國民間文藝研究會的主席，賈芝先生爲副主席兼秘書長，是出版社領導的領導，所以此書才得以在 1986 年出版，還印得比較漂亮。此書稿費 6000 多人民幣，丁先生不要，全部買書分送國內的有關專家、學者。

段寶林先生對丁書的中譯可說是費盡苦心，先是參與翻譯，又擔任編輯工作，最後又在出版社拒絕出版的情況下盡力奔走，這才使得丁書譯本能夠問世，

今天中文讀者能夠見到完整的中譯本，段先生實在功不可沒。

另外從上文可知《中國民間故事類型索引》除了由段寶林組織、中國民間文藝出版社出版的譯本外，同時還另外有一個烏丙安組織研究生翻譯、春風文藝出版社出版的譯本。這是怎麼一回事呢？烏丙安在序言裡說：「這本書的英文原本據了解在我國目前不超過兩本，或者還有複印本流傳，在我國民間文學界被視為珍本。」〔註1〕這應該就是烏丙安之所以對翻譯《中國民間故事類型索引》有高度興趣的因素。序言中烏丙安還描述了翻譯的過程：「這本書列入遼寧大學民間文學專業研究生的必讀書目，引起了研究生的極大興趣，他們在我校任教的兩位美國專家幫助下，僅用了不到兩個月時間便譯出了第一稿。此後的幾個月裡，又進行了仔細校閱、核對、學術性鑒定，終於完成了現在的定稿。」〔註2〕而譯稿決定出版的理由是：「許多民間文學工作者聞訊，一致要求迅速公開出版此書，以滿足廣大民間文學工作者的急需。」〔註3〕

烏丙安的序言有些地方值得推敲。首先《中國民間故事類型索引》的英文本當時在中國當然是不易得到的，不過應該不至於到「在我國目前不超過兩本」的狀態，因為丁書於1978年在芬蘭出版後，至少把書寄給了賈芝和段寶林，所以1979年兩人才會提議翻譯該書，而1980及1981年丁先生都訪問過中國，沒道理不把自己的得意之作帶到中國來送給會面的學者。且照序言來看，若非遼寧大學較少與外界交流，就是段寶林組織翻譯小組一事很可能是不對外公開的。因為瀋陽與北京地理位置上如此接近，且民研會自1980年便開始著手進行翻譯工作，烏丙安的序言寫於1983年元宵節，序言中描述的工作時間不過幾個月，推測小組大概是1982年開始著手翻譯，此時離段寶林的小組開始進行已經有兩三年的時間，如果丁書正如烏丙安所說被廣大民間文學研究者所企盼，那麼段寶林早已動手翻譯，又有丁先生親自校訂的譯本應該早在民間文學界鬧得沸沸揚揚才是。但丁先生卻在寫給段寶林的信中說，烏丙安對於民研會的譯本完全不知情，就連丁先生自己也是在收到出版的中譯本之後，才知道自己的書在沒有授權的情況下被翻譯出版了。當然另

〔註1〕 烏丙安：〈《中國民間故事類型索引》中譯本序〉，《中國民間故事類型索引》（瀋陽：春風文藝出版社，1983年），頁4。

〔註2〕 同註1。

〔註3〕 同註1。

一種可能性是民研會的翻譯小組進度不對外公開，外界對於丁書譯本是否出版無法得知詳情。

　　於是烏丙安組織研究生進行的譯本搶在段寶林之前，於 1983 年在瀋陽出版了，這是《中國民間故事類型索引》的第一個譯本。二年後段寶林組織的譯本才在北京出版。2008 年華中師大考慮到《中國民間故事類型索引》中譯本絕版已久，因此華中師範大學出版社重新出版了中譯本，該書〈再版說明〉中提到：「經華中師範大學文學院民間文學教研室提議，並獲得原譯者北京大學段寶林（白丁）教授等的贊同，現由我社按版本校訂重印，以饗讀者。」〔註 4〕因此現在市面上流通的《中國民間故事類型索引》中譯版本一共有三種。

　　由上文可知，《中國民間故事類型索引》在大陸的出版對丁先生而言可謂一波三折。先是譯者對 AT 索引及其中所蘊含的西式思維理解不足，丁先生花了大量的時間力氣進行校改。接下來是在丁先生不知情的狀況下遼寧大學搶先出版，北京方面因而反悔不想印了，忙了許久的譯稿差點功虧一簣。還好有鍾敬文、賈芝出面，這件事才得以圓滿解決。由丁先生的信中，我們可以窺見丁先生對於遼寧大學的譯本有許多不滿。而中國民間文藝出版社的譯本雖未盡完美，但至少大部分內容是由丁先生審定後才出版的。關於這兩個譯本間的問題，下節將做更詳細的討論。

　　最後想在本節討論的問題是，丁先生在《中國民間故事類型索引》的〈中譯本序〉中提到，在中譯過程中：「有兩個中國特有的類型，改訂了號碼。」〔註 5〕丁先生並未在文中說明是哪兩個類型，但他指出這兩個是「中國特有的類型」，且既然類型號碼經過修改，那麼中譯本與母本的號碼就必然有出入，我們可以從這兩個線索去推理。首先段寶林先生主持的譯本與英文本之間有差異的類型號碼一共有四個，分別是 122H（英文本作 122Z）、926*D（英文本作 926D*）、1362C（英文本作 1362C*）、1696C（英文本作 1696D）。這四個類型若參照母本，122Z 與 926D*為國際類型，非中國特有類型（請參見附錄二），可以剔除。這兩個類型的中譯本之所以與英文本產生差異，很可能是打字時產生的錯誤。而剩餘的兩個類型 1362C「父母為子女擇偶」與 1696C「傻媳婦濫用客氣話」，是中國特有類型，看來似乎順理成章就是丁先生在中

〔註 4〕　見〈再版說明〉《中國民間故事類型索引》，武漢：華中師範大學出版社，2008
　　　　　年 4 月。
〔註 5〕　丁乃通：〈中譯本序〉，書同前註，頁 5。

譯過程中改訂的號碼。但事實並非如此，1696C 是另一個類型，名稱為「呆人呆福」，一個號碼不可能同時代表兩個不同的類型，這麼一來「傻媳婦濫用客氣話」的類型號碼應該還是 1696D。推論下來我們只能說，1362C「父母為子女擇偶」極可能就是丁先生改訂號碼的類型之一，而另一個改訂的號碼為何？實在無法推知。

第二節　漢譯本間之比較

由本章第一節可知《中國民間故事類型索引》一共有三個中譯本，下表為三個譯本的比較：

版　本	遼寧大學本〔註6〕	民研會本〔註7〕	華中師大本〔註8〕
書名	中國民間故事類型索引	同左	同左
出版社	春風文藝出版社，瀋陽，1983 年版	中國民間文藝出版社北京，1986 年版	華中師範大學出版社武漢，2008 年版
譯者	孟慧英、董曉萍、李揚譯	鄭建成、李倞、商孟可、白丁譯	鄭建威、李倞、商孟可、段寶林譯
序	烏丙安〈中譯本序〉孟慧英、董曉萍、李揚〈譯者的話〉丁乃通〈前言〉	鍾敬文〈序〉賈芝〈序〉丁乃通〈中譯本序〉白丁〈凡例〉丁乃通〈導言〉	鍾敬文〈序一〉賈芝〈序二〉丁乃通〈中譯本序〉白丁〈凡例〉丁乃通〈導言〉
附錄	無	中日故事對照表	一、本索引同 FFC209（日本故事索引）對照表二、劉守華〈一位美籍華人學者的中國民間文學情結〉
參考書目	無	有	有
專題分類索引	無	有	有
跋	無	段寶林〈跋〉	段寶林〈跋〉
頁數	212	598	430

〔註 6〕該版本為烏丙安組織遼寧大學研究生翻譯，因此以下簡稱遼寧大學本。
〔註 7〕該版本主要為民研會負責統籌翻譯事項，因此簡稱民研會本。
〔註 8〕該版本為華中師範大學教授主張重新出版，因此簡稱華中師大本。

　　由上表來看，民研會本與華中師大本差異甚少。在民研會本中，段寶林使用了白丁這個筆名，在華中師大本裏他則改爲使用本名。民研會本中的譯者「鄭建成」，在華中師大本中改作「鄭建威」，關於這個差異，劉守華寫給筆者的信中說明是民研會本弄錯了，華中師大本再版時改正。華中師大本版面略大，因此頁數少了許多。另外華中師大本在附錄中加入了劉守華的〈一位美籍華人學者的中國民間文學情結〉一文。除表中顯示的差異之外，這兩個版本是否完全相同呢？華中師大本於〈再版說明〉中提到：「（本書）獲得原譯者北京大學段寶林（白丁）教授等的贊同，現由我社按版本校訂重印，以饗讀者。」〔註9〕這個「校訂」的工作到底做到什麼程度？以下依兩個版本的類型號碼及類型名稱爲觀察對象進行比對，兩個版本有差異之處，以英文本作定奪。下表也將英文本與中譯本類型號碼及類型名稱有差異之處，一併進行比對。結果如下：

民研會本	華中師大本	英文本	校記
112A*「老鼠從罎子裡偷油」	112A*「老鼠從壜子裡偷油」	112A*「老鼠從罎子裡偷油」〔註10〕	華中師大本誤「罎」爲「壜」
122G『吃以前先把我洗乾淨，』或『讓我自己洗乾淨』」	122C『吃以前先把我洗乾淨，』或『讓我自己洗乾淨』」	122G『吃以前先把我洗乾淨，』或『讓我自己洗乾淨』」	華中師大本型號錯誤
122H「逃出捕獲者爪牙的其他伎倆」	122H「逃出捕獲者爪牙的其他伎倆」	122Z「逃出捕獲者爪牙的其他伎倆」	兩個中譯本皆型號錯誤
503E「狗耕田」	508E「狗耕田」	503E「狗耕田」	華中師大本型號錯誤
503M「賣香屁」	500M「賣香屁」	503M「賣香屁」	華中師大本型號錯誤
505B*「葬人者得好報」	505B「葬人者得好報」	505B*「葬人者得好報」	華中師大本型號錯誤
513C「獵人之子」	518C「獵人之子」	513C「獵人之子」	華中師大本型號錯誤
560C*「吐金玩偶，失而復返」	560*「吐金玩偶，失而復返」	560C*「吐金玩偶，失而復返」	華中師大本型號錯誤
592「荊棘中舞蹈」	582「荊棘中舞蹈」	592「荊棘中舞蹈」	華中師大本型號錯誤

〔註9〕同註4。
〔註10〕案：英文本之內容筆者已譯爲中文。

834A「一罈金子和一罈蠍子」	834A「一壇金子和一壇蠍子」	834A「一罈金子和一罈蠍子」	華中師大本誤「罈」爲「壇」
893*「秘密的慈善行爲」	890*「秘密的慈善行爲」	893*「秘密的慈善行爲」	華中師大本型號錯誤
926*D「誰偷去了賣油條小販的銅錢？」	926*D「誰偷去了賣油條小販的銅錢？」	926D*「誰偷去了賣油條小販的銅錢？」	兩個中譯本皆誤置「*」號
「誰偷了驢(馬)？」	「誰偷了驢(馬)？」	926G*「誰偷了驢(馬)？」	兩個中譯本皆缺漏型號
1059*「農民使魔鬼坐在倒立的耙子上」	1059*「農民使魔鬼坐在倒立的耙子上」	1059*「農民使魔鬼坐在倒立的耙子上」	兩個中譯本皆錯置「*」號
1088「比吃」	1008「比吃」	1088「比吃」	華中師大本型號錯誤
1313「自認已死」	1318「自認已死」	1313「自認已死」	華中師大本型號錯誤
1361「大災」	1361「大災」	1361「水災」	兩個中譯本皆誤「水」爲「大」
1362C「父母爲子女擇偶」	1362C「父母爲子女擇偶」	1362C*「父母爲子女擇偶」	兩個中譯本皆誤譯或是丁先生改訂了號碼
1426A「關在盒子裡的妻子」	1426A「關在盒子裡的妻子」	1426A「關在瓶子裡的妻子」	兩個中譯本皆誤譯
1620A「獻寶給明君或清宮」	1620A「獻寶給明君或清官」	1620A「獻寶給明君或清官」	民研會本誤「官」爲「宮」
1641「萬能醫生」	1641「萬能醫生」	1641「萬能博士」	兩個中譯本皆誤譯
1465B₁「夢得寶藏，賺贏酒食」	1465B₁「夢得寶藏，賺贏酒食」	1645B₁「夢得寶藏，賺贏酒食」	兩個中譯本皆型號錯誤
1696C「傻媳婦濫用客氣話」	1696C「傻媳婦濫用客氣話」	1696D「傻媳婦濫用客氣話」	兩個中譯本皆誤譯

　　由上表的比較可知，兩個中譯本型號及類型名稱的出入，僅有一個例子是民研會本錯誤，那是 1620A「獻寶給明君或清官」，民研會本將「清官」誤爲「清宮」，應是形近而誤。其餘的情況中，有十個錯誤兩個中譯本一致，十二個錯誤是由民研會本變爲華中師大本，在重新打字的過程中產生的。從這個情況來看，華中師大出版社並似乎沒有做全面的「校訂」工作，當然也沒有與英文本進行嚴密的校對。從內容的正確度來看，民研會本的正確度應較華中師大本爲高。

　　那麼遼寧大學本與民研會本的優劣又如何呢？民研會本是全譯本，而遼寧大學本是一個節譯本，因此每個類型下的資料出處僅擇一翻譯，並未全部譯出。且英文本中的附錄、參考書目、專題分類索引都捨棄未譯。丁先生在附錄中還添加了一些後來才看見的資料，這些資料中有幾個正文中未出現的類型，民研會的版本將它整理後補入正文當中，補的過程中產生了一些錯誤，這個問題將會在下節討論。而遼寧大學本對於這些後來才補入的資料也完全捨棄。

　　遼寧大學本在正文前〈譯者的話〉中提到了翻譯的幾個原則，共有六點，其中的第二、三、五、六點值得討論，論述於下，先討論第二點：

> 在部分故事類型前面，我們依據故事的內容加上了符合中國習慣的標題，如 888C*「孟姜女」（原文是「忠誠的妻爲死去的夫報仇」）。
> 〔註11〕

《中國民間故事類型索引》的類型名稱對於中國人來說，有些不易理解之處。不過丁書原本就是以西方人爲對象而寫的，所以這並不能算是丁先生的責任，而是譯者的責任了。西方人望而知義的標題不一定符合中國人的使用習慣，民研會本在翻譯時選擇盡量跟從原書，後來金榮華先生認識到這一點，對此做了很多修訂。〔註12〕但遼寧大學本是否達到了這個理想呢？以類型 1 至 100 號爲觀察對象：

型號	民研會本	遼寧大學本	備　註
1*	狐狸偷籃子	狐狸偷籃子	同
1A*	兔子、鷹和老人	兔子、鷹和老人	同
2	用尾巴釣魚	斷尾巴	遼寧大學本誤譯
5	咬腳	咬腿	同
6	誘騙抓住它的動物開口說話	獵手上當	均可
8	在草堆上畫畫	乾草染色（豹花點的來歷）	均可
8B	火燒老虎	火燒老虎	同
8*	狐狸用燒焦的熊骨，交換馴鹿	狐狸用一塊烤熊骨換馴鹿	同

〔註11〕見孟慧英、董曉萍、李揚：〈譯者的話〉《中民間故事類型索引》（瀋陽：春風文藝出版社，1983 年），頁 7。

〔註12〕請參見金榮華：《中國間故事與故事分類》（台北：中國口傳文學學會，2007 年 9 月），頁 92～94。

20C	害怕世界末日來臨，動物駭跑	逃避世界末日的故事	同
21	吃自己的內臟	自己吃自己	同
30	狐狸騙狼落下陷阱	狐狸把狼騙進陷阱	同
31*	狐狸把狼拉出陷阱	狼把狐狸推出陷阱	同
34	狼為乾酪的倒影跳入水中	水中撈月	遼寧大學本缺主詞
38	爪子卡在樹縫裡	笨熊露馬腳	民研會本較佳
40	狐狸搖鈴（異體）	（缺）	
41	狼在地窖裡吃得過多	自作自受	遼寧大學本較佳
43A	鵲巢鳩占	占窩	民研會本較佳
44*	狼要綿羊的毛	狼跟羊要毛	同
47A	狐狸（熊，或其他動物）咬住馬的尾巴而被拖走，兔子的嘴唇笑豁	咬馬尾	遼寧大學本缺主詞
47B	馬踢狼的嘴	馬踢狼	同
49	熊和蜂蜜	熊和蜂蜜	同
49A	黃蜂的窩當作國王的鼓	馬蜂窩	民研會本較佳
50C	驢子自誇曾經踢過病獅	死獅子	遼寧大學本缺主詞
51	獅子的一份（最大的一份）	分勝利品	遼寧大學本較佳
51***	狐狸分乾酪	狐狸評理	均可
55	動物挖井	動物打井	同
56A	狐狸以要推倒樹作為恐嚇	狐狸推樹	遼寧大學本句子不完整
56B	狐狸勸誘喜鵲帶著小喜鵲到牠家裡去	狐狸盜鵲雛	遼寧大學本較佳
56D	狐狸問鳥兒刮風的時候怎麼辦	狐狸問鳥兒刮風的時候她幹什麼	同
57	啣著乳酪的渡鴉	烏鴉和它嘴裡的東西	民研會本較佳
58	鱷魚揹豺狼	鱷魚揹狼	同
59*	豺狼挑撥離間	豺狼無事生非	均可
61	狐狸說服公雞閉眼唱歌	幸災樂禍	遼寧大學本誤譯
66A	「喂！房子！」	「喂！房子！」	同
66B	裝死的動物拆穿自己的西洋鏡	弄假成真	遼寧大學本誤譯

68A	瓶爲陷阱	自投羅網	均可
68*	狐狸嘲弄陷阱	狐狸裝相 蠢貓上當	均可
70A	兔子割開自己的嘴唇	兔子豁嘴的來歷	遼寧大學本較佳
75	弱者援救強者	弱者報恩	遼寧大學本較佳
75*	狼白白地等著保母扔掉孩子	與虎謀皮	遼寧大學本誤譯
76	狼和鶴	狼與鶴	同
77	公鹿在泉水邊自我欣賞	鹿腿和鹿角	民研會本較佳
78	動物爲了安全縛在另一動物身上	綑綁成交	民研會本較佳
78B	猴子把自己用繩子綑在老虎身上	猴子攀老虎	民研會本較佳
91	猴子的心忘在家裡了	猴子把心留在家裡	同
92	獅子看到自己在水裡的影子跳下水去	獅子捉影子	民研會本較佳

　　從上表首先可以觀察到遼寧大學本誤譯的情況相當嚴重，如型號 2 的類型名稱，民研會本譯爲「用尾巴釣魚」，遼寧大學本譯爲「斷尾巴」，意思差距甚大，查英文本的原文爲「The Tail-Fisher」，譯爲「用尾巴釣魚」較正確。又如型號 61 的類型名稱，民研會本爲「狐狸說服公雞閉眼唱歌」，遼寧大學本爲「幸災樂禍」。這個故事講的是狐狸不安好心，不斷讚美公雞的歌聲，趁公雞不注意時吃掉它。故事內容和「幸災樂禍」並沒有關係，這個翻譯並不恰當。另外型號 66B 與 75*也都可以看出遼寧大學的譯者希望用中國人慣用的熟語作爲類型名稱的用心，但都與故事內容不合。

　　除了誤譯，遼寧大學本的類型名稱還有句子不完整的問題。如類型 50C，民研會本的類型名稱爲「驢子自誇曾經踢過病獅」，遼寧大學本則爲「死獅子」。該型故事中的確有一隻奄奄一息或死去的獅子，但這個故事的重點在愚蠢的動物誇耀自己曾經對付過殘暴的肉食動物，其實那隻肉食動物是病的。從故事內容來看，遼寧大學本的類型名稱不夠完整，因此無法顯出故事的重點。又如 56A，民研會本的類型名稱爲「狐狸以要推倒樹作爲恐嚇」，遼寧大學本則爲「狐狸推樹」。遼寧大學本的類型名稱看不出來狐狸推樹的目的何在，這就變成一個語意不清的句子，無法現出故事的精神。

　　但也有遼寧大學本的翻譯較佳的例子，如 56B 的類型名稱，民研會本爲「狐狸勸誘喜鵲帶著小喜鵲到牠家裡去」，遼寧大學本爲「狐狸盜鵲雛」，「盜」

字是竊取或強取他人財物的意思，這麼翻譯的確較爲精簡，同時也能見出故事的大意。

從上面的比較及論述來看，遼寧大學本〈譯者的話〉強調自己「依據故事的內容加上了符合中國習慣的標題」，〔註13〕這個立意當然是非常好的，靈活的翻譯能夠幫助讀者正確的理解，但是在這個譯本中，這個理想並沒有良好地實踐。

遼寧大學本翻譯原則的第三點是：

> 每個故事類型後附一篇例。原著篇例較多，考慮到其中多屬國外資料，查閱不便，從讀者的實際需要出發，我們只選用了一個解放後出版的、讀者查閱方便的書刊篇例，其餘略去。有些故事類型後只附有解放前的、港台及國外的書刊篇例，也選擇一例備查。相同書刊的第一個篇例後都注有出版地和出版日期。〔註14〕

前文已提過遼寧大學本爲節譯本，最主要就因爲它並沒有將每個類型下所列的故事出處全數譯出，而是僅選擇一個 1949 年以後的例子譯出爲例，若是丁先生所舉的故事出處全在 1949 年以前，也從中選擇一個例子做翻譯。選擇 1949 年以後的例子做翻譯的原因是「考慮到其中多屬國外資料，查閱不便，從讀者的實際需要出發」，〔註15〕如果「國外資料」是指外國人編寫的外文資料，丁書的參考書目卻僅有 30 本爲「國外」資料。〔註16〕當然在當時的環境下香港與臺灣的資料大陸不易取得，因此譯者可能把香港及臺灣出版的書籍都算作是國外資

〔註13〕〈譯者的話〉，書同註 1，頁 7。

〔註14〕同註 13。

〔註15〕同註 13。

〔註16〕此 30 本國外資料是指出版地在大陸、香港、台灣以外者：艾伯華《中國神仙故事和民間故事》、艾伯華《華東華南短篇故事集》、奧加瓦·內奧約什和埃林·阿賽《台灣土著居民的神話與傳統》、曹葉松和艾伯華《華東華南民間傳說故事》、代維斯和周龍《中國寓言和民間故事》、《德國東方學會雜誌》、恩德曼·哥《中國傳說和寓言》、菲爾德《中國童話故事》、格雷海姆《川苗的歌和故事》、貫玲《了解突厥人的材料》、林憲德《中國故事》、歐康納《西藏民間故事》、錢歌川《中國童話故事》、斯托威克科娃《中國童話故事》、談少詩《中國民間傳說》、談少詩《中國民間故事》、談少詩《中國民間異聞》、談少詩《中國民間神話》、威爾海姆《中國民間故事》、薛爾頓《西藏民間故事》、薛爾頓《西藏的民間故事》、布朗《中國傳說和故事》、趙東垣《笑淫果報錄》、朱廉《白蛇與青蛇》、朱廉《印度故事和寓言》、《德國東方學會雜誌》、鍾豪爾《土耳其斯坦和西藏的故事》。

料了。此外，丁先生在書中分析了 115 部古籍的類型，若從讀者的實際需要出發來考量，古籍的資料可能較 1949 年後的故事集更易尋得，但遼寧大學的翻譯團隊卻沒有考慮翻譯古籍的例子，也許在當時 1949 年以後大陸出版的故事集取得尚稱容易，引用也不會觸犯政治忌諱，所以該本即取以爲例。

每個類型下僅選列一個例子還導致了一個問題，類型索引的功能原本就在提供讀者檢索該型故事的出處，僅在每個類型下提供一個出處的遼寧大學本，實際上喪失了索引最重要的功能。

遼寧大學本翻譯原則的第五點爲：

> 原文部分型號右上方的*號，著者説明表示選擇分析了此類型故事，
> **號表示對此類型故事未進行分析，但也列入了書目中。〔註17〕

這段陳述與丁書原意也有落差，如果型號右上方的「*」號表示丁先生「選擇分析了此類型故事」，那麼沒有「*」號的類型就表示丁先生放棄分析此類型故事嗎？分析是什麼意思？指撰寫故事大要嗎？有「**」號「表示對此類型故事未進行分析，但也列入了書目中」，若未對故事進行分析，如何將其歸至類型下？若有一個「*」號表示經過分析，「**」號表示未經分析，那麼「***」號又表示什麼呢？

其實這一段話原本出現在英文本的「參考書目」之前，丁先生的意思是，參考書目中「有一些書由於各種原因只分析了其中的一部分，在這些書名前就加了個星號。……一些不大爲人所知的選集，我就沒有分析，但也列入了本書目，……在這一類的書名前面，加了兩個星號。」〔註18〕 這段話在說明參考書目中星號的意義，遼寧大學的譯者卻將這段話誤爲在解釋正文類類型號碼中星號的意義。其實正文中類型號碼後的星號是丁先生在編輯索引時，不太肯定能否成型，因此暫時給個號碼，以星號爲標記。

遼寧大學本翻譯原則的第六點爲：

> 考慮到我國廣大民間文學工作者的實際需要，原文的附錄部份已相
> 應地編譯進了正文的有關部份，其他部分從略。將來如專業研究工
> 作者需要，待修訂時增補。〔註19〕

〔註17〕 同註 13。

〔註18〕 見 Nai-tung Ting, *A Type Index of Chinese Folktales*, Helsinki,1978, p.252。或丁乃通：《中國民間故事類型索引》，武漢：華中師範大學出版社，頁 373。

〔註19〕 同註 13。

本節開頭的表便提到遼寧大學本捨棄了所有的附錄，因此這段話中提到的「原文的附錄部份已相應地編譯進了正文的有關部份」應該是指翻譯原則第三點中說的「相同書刊的第一個篇例後都注有出版地和出版日期」。〔註20〕

　　由上面的討論不難看出，遼寧大學本的確是在短短數個月之內趕著完成的一個譯本，因此不僅誤譯頗多，譯者對於整部書體例的了解也相當有限。這個譯本的優點是，了解到針對不同文化區域的讀者，翻譯的方式應稍作調整，這一點考量的確較民研會的譯本深刻。從整體情況來看，民研會的譯本是比較符合學界需求的譯本。遼寧本雖然刪去出處篇例，但讓丁書變成是一個小冊子，反而方便翻檢。因此這本書一出版，金榮華先生在台北中國文化大學擔任民間文學研究教職，就曾取為教材，藉以說明故事類型的意義和類型索引的使用方式。

第三節　漢譯本與英文本之比較

一、漢譯本與英文本型號之差異

　　陳麗娜在《中國民間故事類型研究》一書的第四章第三節中提到：「在丁書新增的故事類型中，有九個是沒有類型名稱、故事提要的。……這是否是丁氏書寫上的疏漏或有其他原因，有待進一步探討。」〔註21〕這九個類型分別是：310A、333A、935A、950D₁、1365E₁、1624A₁、1635*、1725、1920C。取丁書中、英文本類型號碼及名稱相校對，就可以解決這個問題。

　　首先在中譯本與英文本正文中，有十八個型號見於中文本正文，而未見於英文本正文，而上述的九個類型正好就在這十八個類型中，茲表列如次：

號碼	類型名稱	英文本出現頁碼	正誤	類型名稱來源
40	狐狸搖鈴（異體）		應為 40A	來自 AT 母本 40A*
310A	雲南民族文學資料第二輯	275		誤植書名為類型名
326	青年要學習害怕	273		錄自 AT 母本

〔註20〕同註 13。

〔註21〕陳麗娜：《中國民間故事類型研究》，花蓮：國立東華大學民間文學研究所博士論文，2009 年 6 月，頁 125～126。

331	瓶中妖精	275		錄自 AT 母本
333A	缺類型名	275		AT 母本所列型號名稱爲「卡特瑞拉」
785A	獨腳鵝	272		錄自 AT 母本
935A	缺類型名	276		母本無此型
950D$_1$	缺類型名		併入 750D$_1$	
1117	缺類型名	273		AT 母本所列型號名稱爲「歐格的陷阱」
1266C*	呆子買油	277		英文本補遺III已列型號名稱
1352A	鸚鵡講七十個故事主婦得保貞操	274		錄自 AT 母本
1365E$_1$	缺類型名		應爲 1365E$_1$*	
1375E*	妻妾鑷髮		併入 1365E$_1$*	
1624A$_1$	缺類型名		併入 1642A$_1$	
1635*	缺類型名	273		AT 母本所列型號名稱爲「奧伊倫斯皮爾格的詭計」
1704D	肉貴於命	272		英文本補遺III已列型號名稱
1725	缺類型名	275		AT 母本所列型號名稱爲「愚笨的牧師在樹幹中」
1920C	缺類型名	275		AT 母本所列型號名稱爲「主人與佃農」

　　中譯本〈凡例〉第八條說：「原英文本中的「補遺」（ADDENDA）Ⅰ、Ⅱ、Ⅲ、Ⅳ等部分已插入正文。」〔註22〕由此可知上述十八個型號應可於英文本中的「補遺」部分尋得，但實際可尋得的僅有十四個，未能找到的是40、950D$_1$、1375E*及 1624A$_1$。陳麗娜注意到的九個類型僅餘 950D$_1$ 及 1624A$_1$來源不明。其中型號 40 若依中譯本所列書目「李喬：天鵝仙女，7 頁（1*+，+21）」〔註23〕去尋找，則可於英文本補遺Ⅰ的「Li Ch'iao.」條下尋得，但所列型號爲40A，〔註24〕故可知中文本所列型號 40 應爲 40A 之誤。而型號950D$_1$

〔註22〕書同註 4，凡例頁 2。
〔註23〕書同註 4，頁 4。
〔註24〕Nai-tung Ting, *A Type Index of Chinese Folktales*, Helsinki,1978, P.273.

若依中譯本所列書目「丹陵：金鴨兒，16～22頁。」〔註25〕去尋找，則可於英文本補遺 I 的「Tan Ling」條下尋得，但所列型號爲 750D$_1$，〔註26〕故可知 950D$_1$ 爲 750D$_1$ 之誤，中文本正文原列 950D$_1$ 下之書目應改列至 750D$_1$ 下。而型號 1624A$_1$ 亦是類似的情況，若依型號下所列書目資料「包公故事集，13頁（I b，e，II～另一判官顛倒裁決）。」〔註27〕去尋找，則可於英文本補遺 I 的「Pao Kung Ku-shihchi（Judge Pao's Cases）」條下尋得，但所列型號爲 1642A$_1$，〔註28〕由此可知 1624A$_1$ 爲 1642A$_1$ 之誤，中文本正文原列 1624A$_1$ 下之書目應改列至 1642A$_1$ 下。

至於型號 1375E* 的問題較複雜，必須和 1365E$_1$ 一起解決。先看 1365E$_1$，若依其型號下所列書目「何遲：笑話一百種，39頁。」〔註29〕來對照英文本，則可於英文本補遺 I 的「Ho Ch'in」條下尋得，但所列型號爲 1365E$_1$*，由此可知 1365E$_1$ 當爲 1365E$_1$* 之誤。而 1365E$_1$* 於英文本補遺 III 列有型號名稱、故事大要及書目，〔註30〕若將之與中文本型號 1375E* 下所列名稱、故事大要、書目相比，〔註31〕二者全同。故可知丁乃通的本意應是將「妻妾鑷髮」這一型歸於 1365E$_1$* 下，卻在翻譯成中文時誤植爲 1375E*。回歸 AT 母本來看，型號 1365 的類型名稱爲「頑固的妻子」，故事內容多爲妻子與丈夫唱反調。型號 1375 的類型名稱則爲「誰能治理他的妻子」，故事內容多爲丈夫怕老婆。「妻妾鑷髮」的故事是說，一名男子頭髮半白，妻怕自己看來比丈夫老，因此總拔他的黑頭髮，妾怕丈夫看來太老，因此總拔他的白頭髮，最終男子一根頭髮也不剩。這個故事並未牽涉到「怕老婆」的情節，故事情節特徵與 1375 較遠，而與 1365 較近，因此歸於 1365E$_1$* 下應是較合理的安排。原列於中文本 1375E* 及 1365E$_1$ 下的書目應改列於 1365E$_1$* 下爲是。

另外，由下表可見這十八個未見於英文本正文的型號，卻有多個擁有型號名稱，除部份來自於英文本補遺 III，〔註32〕其餘的型號名稱從哪裡而來呢？

〔註25〕書同註4，頁215。
　　　　案：該條英文本排版有誤，未另起一行，而接於前一條「Su Feng-lu」之後。
〔註26〕書同註24，頁275。
〔註27〕書同註4，頁302。
〔註28〕書同註24，頁274。
〔註29〕書同註4，頁249。
〔註30〕書同註24，頁277。
〔註31〕書同註4，頁250～251。
〔註32〕案：1266G*、1365E$_1$* 及 1704D 於補遺 III 載有型號名稱、故事大要及書目。

基本上若母本中有該型號，則丁書中譯本會直譯母本的類型名稱，如型號 326 的類型名稱「青年要學習害怕」，〔註33〕即是直譯自 AT 母本型號 326 下的「The Youth Who Wanted to Learn What Fear Is.」。〔註34〕不過也有例外，如型號 1725 下未列類型名稱，但 AT 母本於型號 1725 下卻列有類型名稱「The Foolish Parson in the Trunk.」，〔註35〕同樣的情況還見於 1920C。另一個中譯本未直接使用母本型號名稱的情況是，母本型號名稱中有人名，如丁書中文本型號 1117 下未列類型名稱，但 AT 母本型號 1117 下列有類型名稱「The Ogre's Pitff.」，〔註36〕類型 333A 與 1635*皆爲相同的情況。

二、漢譯本與英文本正文之差異

除上述型號差異外，漢譯本與英文本正文之差異還表現在：

1. 翻譯不當

如型號 300「屠龍者」，英文本下的出處第六行載：「Kan Pao, 19：146～147（IIa,b,IVf——girl dragon slyer）」，〔註37〕中譯本作「干寶，19：146～147 頁（IIa,b,IVf——女龍兇手）」，〔註38〕其中的「女龍兇手」一詞令讀者不知所云，應譯爲「女屠龍者」較爲恰當。

2. 手民之誤

如英文本型號 1426A，類型名稱爲「The Wife Kept in a Bottle.」〔註39〕中譯本作「關在盒子裡的妻子」，〔註40〕實際應譯爲「關在瓶子裡的妻子」較正確。究其原因爲型號 1426 的類型名稱爲「關在盒子裡的妻子（The Wife Kept in a Box.）」打字時涉上文而誤。此外如型號 78B「猴子把自己用繩子捆在老虎身上」，英文本下的出處第一個載：「Ebhard（2）　pp.264～265（177+ +126）」，〔註41〕中譯本作「艾伯哈德（2），264～265 頁（177+ +126+）」，〔註42〕兩相

〔註33〕書同註 4，頁 59。
〔註34〕Stith Thompson, *The Types of the Folktales*, Helsinki,1981, P.114.
〔註35〕書同前註，頁 486。
〔註36〕書同註 34，頁 360。
〔註37〕書同註 24，頁 47。
〔註38〕書同註 4，頁 40。
〔註39〕書同註 24，頁 179。
〔註40〕書同註 4，頁 256。
〔註41〕書同註 24，頁 29。
〔註42〕書同註 4，頁 10。

比較，中譯本衍一加號。

總觀中譯本的錯誤情況，多半是由於丁先生於出處部分所羅列資料太詳細，打字時很容易有增衍或脫誤，又沒有經過仔細的校對所造成。詳細情況可參見本論文附錄四之校勘表。

另外偶然也可以見到英文本有脫誤，中譯本反倒校正的情況，例如類型310「塔裡的少女」底下的故事大要英文本作「Only 848.1——girls's long hair as ladder（bridge）.」〔註43〕中譯本則作「僅 F848.1——女孩的長髮當作梯子（橋）。」〔註44〕中、英文本相比較，中譯本多一「F」，查湯普遜的《民間文學情節單元索引》「F」類收有「F848.1 以女孩的長髮為梯子上塔」，〔註45〕因此確定該故事大要指的正是這個情節單元，判定英文本脫一「F」。此為英文本可據中譯本校正之例。

三、漢譯本與英文本參考書目之差異

除比對中、英文本的正文，筆者亦仿效文獻學的方法，就中、英文本的參考書目進行校對，校對結果請參見本論文附錄五。經比對，中譯本與英文本在參考書目上有許多差異，這些差異可分為體例上的差異，和翻譯過程不慎造成的差異，以下先論屬於體例差異的部份：

1. 英文本的考書目以英文字母順序排列，中譯本則改用漢語拼音順序排列，因此兩書目所列各書順序不同。

2. 有英文本書目出版資料較詳，而中譯本較簡略者：

如《戰國策》英文本作「Chan-kuo ts'e （Plots and Conspiracies of the Warring States）. Resvied and rearranged by Liu Hsiang（79-8 B.C.）. Taipei, 1956.」，〔註46〕中譯本僅作「《戰國策》·台北，1956」，〔註47〕略去說明、編輯者姓名及時代。

3. 有英文本書目出版資料較略，而中譯本資料較詳者：

如：英文本參考書目「C」下的正文（4）《玉白菜》條，丁先生說明《玉

〔註43〕書同註24，頁52。

〔註44〕書同註4，頁48。

〔註45〕Thompson Stith, *Motif-Index of Folk-Literature,* Bloomington, Indiana University press, 1975, Volumes 3, P.227.

〔註46〕書同註24，頁253。

〔註47〕書同註4，頁396。

白榮》書中故事多出自「Wei and Chang, Ch'u Mu.」〔註48〕中譯本則詳作「韋木和張友：《太子灘》」。〔註49〕

4. 有中譯本出版資料有與英文本不同者：

如英文本參考書目「C」下，陳秋帆《花木蘭》條，英文本出版年作1966，〔註50〕中譯本則作1956。〔註51〕

5. 英文本中，李福清所提供書目因書已送印，來不及插入參考書目中，因而獨立編排在附錄IV中。〔註52〕中譯本則打散插入參考書目中。

除上述體例問題，還有翻譯不慎造成的問題，以下略作說明：

1. 翻譯時誤植標點符號而造成的錯誤：

如英文本參考書目「T」下的「Ts'ai and Wang ＝ Ts'ai Yeh and Wang Ling. *Pai-she chuan——ch'ao-chou ko-ts'e*（story of the White Serpent）. Kwangchow, 1954.（Chaochow, Kwangtung）」〔註53〕中譯本譯為「蔡和王＝蔡燁、王陵：《白蛇傳》《潮州歌冊》。廣州，1954。（潮州，廣東）。」〔註54〕該條中譯本將「*Pai-she chuan——ch'ao-chou ko-ts'e*」一個書名譯成「《白蛇傳》《潮州歌冊》」，若未參見英文本，還以為是兩本書，中譯本應改正標點符號為：「《白蛇傳潮州歌冊》」，才是妥當的。

2. 中譯本較簡略可能造成讀者誤解的情況：

如英文本參考書目「C」下的「Chiang Ying-k'o（2）＝ Hsüeh-t'ao hsieh-shih; in his Hsüeh-t'ao Hsiao-shu, Shanghai, 1948.」〔註55〕中譯本譯為「江盈科（2）＝《雪濤諧史》（雪濤小書）．上海，1948。」〔註56〕中譯本的寫法容易使讀者誤以為《雪濤諧史》與《雪濤小書》是同一部書的別名，但英文本的意思是江盈科的《雪濤諧史》收在他的另一部書《雪濤小書》中，因此中譯本應改作：「《雪濤諧史》（在他的《雪濤小書》中）」，才是正確的。

3. 中譯本自行增加英文本中沒有的字：

〔註48〕書同註24，頁253。
〔註49〕書同註4，頁397。
〔註50〕書同註24，頁253。
〔註51〕書同註4，頁375。
〔註52〕書同註24，頁278～279。
〔註53〕書同註24，頁264。
〔註54〕書同註4，頁376。
〔註55〕書同註24，頁254。
〔註56〕書同註4，頁380。

如英文本參考書目「P」下的「*Pei-fang wen-hsüeh* （North China Literary Magazine）. 1959.（Han and minorities）」〔註57〕中譯本作「《北方文學》‧1959。（漢族和少數民族，黑龍江）。」〔註58〕兩相比較，中譯本衍「黑龍江」三字。究其原因，《北方文學》是黑龍江作家協會主編的刊物，〔註59〕譯者了解這一點，因此將資料補入。但丁先生編輯的原意是將書中故事主要流傳地區或民族記錄在括弧內，譯者於此處添入出版地，似與體例不合，此條可修正為：「《北方文學》‧黑龍江，1959。（漢族和少數民族）。」較合體例。

此外也有校對之後發現英文本錯誤的情況，如「C」下的「Ch'iu Yü-lin, *Ch'ih-jen yü chiao-jen ku-shih*（Stories of Foolish and Cunning People）. Shanghai,1930. 2 vols. In 1.（Chaochow, Kwangtung）」〔註60〕中譯本作「丘玉麟：《癡人與狡人的故事》‧上海，1930。2冊。合訂本。（潮州，廣東）。」〔註61〕其中的「*Ch'ih-jen yü chiao-jen ku-shih*」中譯本翻為「《癡人與狡人的故事》」，經判斷，英文本脫一「的」字，也就是書名中的「Chiao-jen」應作「Chiao-jen's」。

經統計，丁書所列舉的629種參考書目，其中有60條的中譯出現問題。

第四節　專題索引之漢譯

一、中譯本「專題分類索引」的問題

民間故事索引所收故事數量龐大，為方便使用者檢索，書後往往附上關鍵字索引或主題索引，〔註62〕讀者可依關鍵字檢索資料，且可一併了解與該關鍵字相關之資訊，是相當便利的工具，節省不少查找的時間，亦可避免遺漏。

丁先生所編寫的《中國民間故事類型索引》書末亦附有「SUBJECT

〔註57〕書同註24，頁262。
〔註58〕書同註4，頁375。
〔註59〕資料來源：http://www.bfwx.org/a/zazhi/ksjj/2010/1016/230.html.
〔註60〕書同註24，頁254。
〔註61〕書同註4，頁387。
〔註62〕如艾伯華的《中國民間故事類型》書末便附有「民間故事拼音索引」，此為一種關鍵字索引，如檢索「吃」即可找到相關詞條「吃飯、吃人、吃白食、吃屎」，及與該詞條相關之類型。

INDEX」。〔註63〕丁書譯爲中文時，譯者將書末索引直譯成中文，名爲「專題分類索引」，〔註64〕改依漢語拼音排序。雖然改動不大，但中、西方的文化背景不同，因此直譯的「專題分類索引」對中文讀者來說可能造成不便，如「Y」區底下有「尤里亞式的信」條，即英文「Uriah letter」的直譯，意思是指送一封對自己不利的信，在西方是流傳甚廣的故事，但對中文讀者來說卻是很陌生的，因此不如譯爲「替人送一封謀害自己的信」，更容易爲中文讀者理解。

　　西方人熟知的故事譯成中文時應該配合情節，但中國人熟知的故事則可省略情節，使用廣爲人知的熟語或成語。如 L 區「老年」條下的「老人要移山」，型號爲911*。〔註65〕此即指愚公移山故事，對中國人而言這是個熟悉的故事，使用「老人要移山」一詞，則不如使用「愚公移山」一詞貼切。又如 M 區「馬」條下的「失馬焉知非福」，型號爲944A*。〔註66〕此即指最早見於《淮南子》的「塞翁失馬，焉知非福」故事，在中國爲著名寓言，因此與其使用「失馬焉知非福」一詞，不如改作「塞翁失馬，焉知非福」，更能使中文讀者直接聯想到正確的故事。

　　除了文化隔閡造成的認知差異，中文本的專題分類索引還有些翻譯上的問題，如 W 區「烏鴉」條下的「烏鴉誤認帽子」，型號爲1703F。〔註67〕這個翻譯句雖然主詞、動詞、受詞兼備，是一個完整的句子，但讀來難以理解其意，查其英文本原文爲「Crow mistaken for a hat」，句中使用的 mistaken 爲 mistake 的過去分詞，因此這是英文文法中的被動用法，整句應譯爲「烏鴉被誤認爲帽子」較爲正確。中文本除了文法上的錯誤，還有翻譯時選取詞彙的錯誤，如 C 區「吹牛」條下的「小動物擊退捕食者」，型號爲126。〔註68〕該型故事是說小動物吹噓自己曾打敗或吃過許多肉食動物，因而嚇退原先要捕食他的大型動物。故事的重心在於小動物靠著「吹噓」或「吹牛」度過難關，若使用「擊退」一詞，容易使讀者產生誤會，以爲故事主角是一隻有異能或特別強壯的小動物，可以打敗肉食動物，因此考慮情節內容，應譯爲「小動物唬退捕食者」較爲恰當。又如 Q 區「橋樑」條下的「奈何橋」，型號爲471。

〔註63〕書同註 24，頁 280～294。
〔註64〕書同註 4，頁 399～426。
〔註65〕書同註 4，頁 411。
〔註66〕書同註 4，頁 412。
〔註67〕書同註 4，頁 421。
〔註68〕書同註 4，頁 401。

〔註69〕英文本作「Bridge to the other world」，在 471 型下，丁書中、英文本皆無故事大要，還原 AT 母本，該型故事是說三兄弟通過橋到了另一個世界，看見許多奇異且無法解釋的事物。〔註70〕在中國文化裡，「奈何橋」是指跨越生、死兩界的橋樑，但故事中提到跨過橋到達的是「奇異的世界」，而非「死後的世界」，若譯為「奈何橋」容易引起中文讀者的誤解。

此外有些字詞有多種意思，翻譯時前後文未統一，這也容易引起讀者的誤解。如 S 區「蛇」條下的「把鰻魚當成蛇」，型號為 1316***。〔註71〕在索引中「eel」被譯為鰻魚，但在正文裡被譯為黃鱔。〔註72〕在英文中身形細長如蛇的魚都叫 eel，因此譯為鰻魚或黃鱔其實都沒有錯，但若能統一詞彙對讀者來說是較方便的。

造成上述問題的可能原因有：受限於人力或時間，使得校對不夠精確，部分錯誤沒有適當改正，如前述的文法錯誤等是。其次譯者不只一人，造成使用的詞彙未能統一，如前述對「eel」的翻譯即為此種情況。再者譯者可能沒有適當還原故事，單純就英文本直譯，如前述「尤里亞式的信」等是。其他還有一些情況是比較複雜的，如金榮華先生指出的：

> 「to carve」可作「切開」或「切割」解，也可作「雕刻」解。在「J」區的「家禽」標目下，索引條目是「象徵性的雕刻的家禽」，指引的類型是 1533。案，編號 1533 的類型名為〈智者分家禽〉，故事大要是：客人在餐桌上為主人分雞，他把雞頭給了主人，因為他是一家之首；把雞頸給了主婦，因為她是主人的支柱；接著又把雞腿和雞翅分給了主人的兩個兒子和兩個女兒，因為他們的健壯和活潑。剩下的雞身因無所對應，就都歸他享用。AT 和丁氏原書對這個故事的索引條目都是「Fowl symbolically carved」，譯作「象徵性的雕刻的家禽」不能說錯，但是依照故事內容，「carve」是割開或切開的意思。然而將它譯成「家禽被象徵性的切割」也顯然不妥。這涉及了兩個方面：一是西方的用餐習俗，當整隻烤雞在盤中被端上餐桌後，一般是主人加以切割並分給同桌的其他人。所以，這裡所謂的「切

〔註69〕書同註 4，頁 415。

〔註70〕書同註 34，頁 162。

〔註71〕書同註 4，頁 419。

案：中文本將型號誤作「1313***」。

〔註72〕書同註 4，頁 239。

割」，還含有接著的「分給」。而且，如何「分給」才是重點。另一
方面，「象徵性地切割」在中文裡的意思是「做一下樣子的切割」，
而故事重點則是「做出有象徵意義的分配」。因此，面對這種條目，
譯者一定是很無奈的，照句直譯，怎麼都不會妥當。〔註73〕

以上論述僅簡略說明漢譯本書末之「專題分類索引」的問題，更多實例請參
見金先生的〈論丁乃通《中國民間故事類型索引》中譯本之〈專題分類索引〉〉
一文。〔註74〕

二、情節索引的編輯

　　由於中譯本書末所附專題分類索引有上述問題，金榮華先生自民國九十
八年七月起，召集研究生規劃重編《中國民間故事類型索引》的索引部分，
筆者亦為小組成員。其編輯步驟是先逐一閱讀丁書所收類型的故事大要，以
丁先生所歸納的故事大要為準，將故事中的核心情節列出，再將情節中的關
鍵詞抓出，依關鍵詞歸類，最後以漢語拼音排序。如「虎姑婆」故事的核心
情節為：老虎精冒充女性長輩來吃小孩，卻被機警的孩子識破、殺害。讀者
若想尋找這個故事，最可能使用的關鍵字為「虎」，除了老虎以外，第二重要
的角色為「小孩」，因此抓出這兩個關鍵詞，在「虎」這個關鍵詞底下列出「冒
充小孩子的外婆」這個情節及型號；在「孩子」這個關鍵詞底下列出「計敗
老虎精」這個情節及型號。最後將「虎」依漢語拼音歸入字母「H」下，將「小
孩」依漢語拼音歸入字母「X」下便完成編輯。讀者檢索時，只要依循「虎」
或「小孩」這個關鍵詞，再搜尋關鍵詞底下的核心情節描述，便可以很容易
的找到虎姑婆故事的型號為「333C」。

　　編寫時之所以用丁先生所列故事情節大要為準，不再參考其他說法，是
因為這個索引原本就是為了檢索丁書的內容而編，若再參酌其他講法則容易
混淆。由於該書編輯時考慮的核心是「情節」而非「主題」，因此訂名為《丁
乃通《中國民間故事類型索引》情節檢索》。目前此書已由中國口傳文學學會
出版。〔註75〕

〔註73〕金榮華：〈論丁乃通《中國民間故事類型索引》中譯本之〈專題分類索引〉〉，
　　　　《丁乃通《中國民間故事類型索引》情節檢索》（台北：中國口傳文學學會，
　　　　2010年3月），頁9～10。
〔註74〕同註73，頁1～10。
〔註75〕書同註73。

　　除了避免上文所列之錯誤外，這部書的一大特色在於為中文讀者填補了丁書的空白。丁書英文本於赫爾辛基出版時受限於經費，刪去了與母本重複的內容，讀者必須參照母本一起閱讀，因而丁書中多有型號下無故事大要的情況，這對手頭上沒有母本的讀者造成困擾，中文本出版時譯者並未填補這個空缺。此次編輯《丁乃通《中國民間故事類型索引》情節檢索》，採行的原則是，若遇見型號下無故事大要的情況，便參酌母本，找出關鍵情節補入。因此這部書對於《中國民間故事類型索引》的檢索可說帶來許多便利。

第五章 丁乃通先生研究民間文學
之方法

　　本章擬討論丁乃通先生的民間文學研究法，主要是指丁先生撰寫民間文學論文時採行的研究方式。《中國民間故事類型索引》前面各節論述已多，本章不復正面討論，但會論及研究方法與故事類型之間的關係。本章首先將針對丁先生所撰寫的民間文學相關研究論文做一敘錄。接著說明由這些研究論文歸納而出的民間故事研究原則和書寫模式。最後透過丁先生研究故事的方式，延伸討論情節單元和故事類型這兩個概念在故事研究中的意義。

第一節　相關著述敘錄

　　據本論文的收集，得知丁乃通先生所著，除《中國民間故事類型索引》以外，有專書一種及研究論文十一篇，以下為做敘錄。敘錄時專書在前，論文則按發表時間順序排列：

《中國民間敘事書目》（Chinese Folk Narratives）

　　此書以英文寫成，1975 年由美國舊金山中文資料中心出版（Chinese Materials Center, Inc），據段寶林提供的丁先生來信上看來，這本書曾在台灣印行三百本。〔註1〕

　　此書由丁乃通先生與夫人許麗霞女士聯合編寫，從內容來判斷，應該是《中國民間故事類型索引》的副產品。丁先生與夫人自 1968 年開始遍訪歐美

〔註 1〕 資料來源：丁先生於 1984 年 5 月 1 日寫給段先生的信。

重要圖書館，為撰寫《中國民間故事類型索引》蒐集資料，這本書就著錄了當時蒐集到的書目，蒐羅的出版品不限大陸，也包括了香港和台灣出版的資料。

這個書目分為古典與現代兩個部份。古典書目依所收書籍是否跨朝代分為兩個部份：I.跨朝代的叢書。II.單一朝代的叢書或別集。I部分錄有《筆記小說大觀》、《說庫》、《白孔六帖》等叢書，共二十二部。II部份又區分為A.漢以前、B.漢至隋、C.唐至宋、D.元、明和清四個部份。漢以前著錄了《山海經》、《楚辭》、《莊子》等六部書。漢至隋著錄了《戰國策》、《說苑》、《抱朴子內篇》等十一部書。唐至宋著錄了《瀟湘錄》、《宣示志》、《酉陽雜俎》等十二部書。元、明、清則著錄了《庚巳編》、《西湖二集》、《棗林雜俎》等二十八部書。現代書目以 1937 年為界限，也畫分成前此的 I 及此後的 II 兩個部份。以 1937 年為劃分點的原因是，在此之前的中國出版品較為西方所知。在此之後由於戰爭及政局不穩定的影響，出版品較為混亂。〔註2〕現代書目中著錄的不僅有書籍，也有如《小說月報》、《少年雜誌》等的雜誌出版品。

每項書目資料下以著錄作者、作者生卒年、出版地、書中故事數量、頁數、譯成西文的情況等資料為正例。書末還附有索引。就當時的情況來看，應該可以說是一部十分詳盡的書目。汪燮在為這本書所寫的書評中就提到：

> 這本書目指南，可以說是首次地對民間故事這個專題的研究資料作一提綱扼要的陳述。它不但可供學者參照而得到指引，而且也具有鼓舞與提倡的效用。實是一部值得推薦的參考書。〔註3〕

〈高僧與蛇女—東西方「白蛇傳」型故事比較研究〉

這篇文章最早於 1964 年發表在德國的 *Fabula* 期刊上，後來譯成中文收在《中西敘事文學比較研究》一書中。這篇文章可能是丁先生使用歷史地理學派的研究觀點所撰寫的第一篇論文，所討論的是白蛇傳故事在東西方流傳的情況。

文章分成四個部份，第一部份討論美女蛇在亞洲民間文學中的根源。丁

〔註2〕 見 Nai-tung Ting and Lee-hsia Hsu Ting, Chinese Folk Narratives A Bibliographical Guide, San Francisco ,Chinese Material Center, p.Ⅶ.

〔註3〕 汪燮：〈Nai-tung Ting and Lee-hsia Hsu Ting,eds ,Chinese Folk Narratives, A Bibliographical Guide.〉，《圖書館學與資訊科學》第二卷第二期，1976 年 10 月，頁 264。

先生雖然沒有找到這個故事最原始的說法，但他認為印度的「拉彌亞」（lamia）大概就是東西方美女蛇的原型；這個故事是說國王在野外碰見了一個美麗的女子，就將她帶回王宮一起生活，後來有個得道者警告國王那個女子是拉彌亞（即蛇精），國王起初不信，後來終於遵照得道者的指示給拉彌亞吃很鹹的食物，並且讓她找不到水喝，夜裡拉彌亞果然變成一條蛇到湖中去喝水。嚇壞了的國王造了一座大爐子，騙拉彌亞進去做麵包時把她燒死，國王從此以後便隱居了。「拉彌亞」的故事最早應該是不帶宗教意義的，不過後來被寫入佛經，便帶著宗教色彩分別向東西方傳播，然後各自產生了變化。因此文章的第二部份就討論這個故事在歐洲文學中的發展，第三部份則討論這個故事在中國文學中的發展。這兩個部分採用的材料都是作家撰寫的書面文學，而非田野調查的成果。丁先生透過「美女蛇並沒有害人，何以得道者非要置她於死地」這個線索來貫穿，討論東西方的作家們如何彌補這個故事空缺。丁先生並發現，東西方作家彌補的方式居然有些相似。

從這篇文章中我們可以看見丁先生對英詩的專長和喜愛，他花了特別多的篇幅在評論濟慈的〈拉彌亞〉一詩，這在研究民間故事的論文中不是常見的情況，但也由此可見他研究民間故事時，並沒有排斥民間文學與文人文學相互影響的因素。

〈民間故事類型第二次修訂版的介紹及評價〉

這篇文章於 1969 年發表在台灣清華大學的《清華學報》上。當時丁先生已開始著手撰寫《中國民間故事類型索引》，可能因此希望向台灣介紹 AT 分類法而撰寫了這篇文章。文中提到 AT 分類法誕生的前因後果，並主要向讀者介紹湯普遜的《民間故事類型》（*The Types of the Folktale*）一書的編輯形式，以及該書採用的中國資料。

在文章中，丁先生也利用《民間故事類型》中所記載的印度資料，與中國的成型故事做比較，得出幾個結論：

> 一、在中國流傳的國際性故事類型，多半是雅利安各民族共有的類型，不易從印度傳來，而且許多是不太可能從印度傳來的。二、好些在中國膾炙人口的國際性類型，在印度卻沒有。有好幾個在中國流傳不廣的國際性類型，在印度也沒有紀錄。三、印度最盛行的幾個故事，在中國只流傳於少數民族間，在漢族少得可以說是沒有。

其它印度特有的故事，照本書上的資料，漢族裡完全沒有。據筆者
所知，也只有極少數的例外。〔註4〕

這些觀察正好推翻了「中國故事源自印度說」，丁先生也藉此比對向中國讀者
展示了故事類型索引的功用。文末還簡略介紹了湯普遜的《民間故事情節單
元索引》（*Motif-Index of Folk-Literature*），丁先生建議讀者最好能兩書一起使
用，可做爲補充參考。

〈雲中落繡鞋——中國及其鄰國的 AT301 型故事群在世界傳統中的意義〉

這篇文章相當長，最早於 1970 年發表在德國的 Fabula 期刊上，文章完成
的隔年，丁先生發現了一些新的異說，〔註5〕因此又寫了〈中國 AT301 型故事
異文的補充研究〉一文，同樣發表在 Fabula 期刊上，後來這篇文章譯成中文
收在《中西敘事文學比較研究》一書中時，〈補充研究〉被列爲附錄，收在第
一篇文章之後。

這篇文章之所以很長的原因之一是，丁先生把五十個異說都做了摘要，
足見丁先生作學問之用心。劉守華曾說這篇文章是丁先生的代表作，丁先生
自己恐怕也有希望這篇文章能成爲歷史地理研究法論文範本的志氣。

AT301 型的故事是說，有個妖怪劫走了兩個或更多的少女，一個獵人出
發去營救她們，少女等蛇在山洞中睡著時讓獵人進去，蛇醒來與獵人搏鬥，
最後獵人贏了，並與兩名少女結婚。

這個故事的講法非常多樣，因此丁先生採行的研究方法是將現代故事異
說的情節單元素一一做比較、歸納，選取出現次數最多的情節單元素拼湊成
一個故事，丁先生稱呼這個拼湊成的故事爲「現代中國口傳異文的原型」，
將其與古代的異說做比較，以顯示故事流傳的變異。經過精細而複雜的分
析，中國能夠找到的四個亞型（301、301A、301B、301F）中，丁先生認爲
301A 型極有可能起源於中國，因爲最早的該型異文見於中國。該型故事是

〔註4〕 丁乃通：〈民間故事類型第二次修訂版的介紹及評價〉，《清華學報》（台北：
清華學報出版社，民國 58 年 8 月），頁 235～236。

〔註5〕 金榮華先生認爲民間故事乃是流傳於口頭之間的，因此使用「異說」一詞當
較「異文」來得妥當。說見陳勁榛：〈校讎心理與民間文學〉，《2009 海峽兩岸
民俗暨民間文學學術研討會論文選》（台北：中國口傳文學學會，2010 年 7
月），頁 178。

說有個英雄見到天上飄來一團奇怪的雲，便把手中的武器扔上天，雲中落下了一隻繡花鞋和幾滴血，英雄和同伴循著血滴來到一處地洞，英雄獨自攀著繩子下地洞，留同伴在上面看守，自己殺死妖怪，救出公主，並尋得地洞中的寶物後，英雄要同伴先將公主和寶物拉上地面，自己卻被遺棄在地洞中。後來英雄得到其他動物的幫助回到地面，趕去阻止同伴和公主的婚禮，公主也認出英雄才是真正解救她的人。特徵是只有一個失蹤的少女。

而 301F 尋找的不是公主，通常是值錢的人蔘、寶物、蜂蜜等等，這個亞型的最早記載雖然也出現在中國，但它與《梨俱吠陀》中的一則故事非常相近，因此 301F 很可能從印度傳來，在中國產生變異。不過丁先生也在文末特別說明，這個故事流傳的樣貌實在太多樣化，因此這只是個暫時的結論，若要清楚 AT301 型完整的故事生命史，必須要瞭解世界各個區域的 AT301 型故事，再作整合性的研究才能辦到。

〈中國和印度支那的灰姑娘型故事〉

這篇文章原來於 1974 年在芬蘭發表，後來譯成中文收在《中西敘事文學比較研究》一書中。文章內容討論的是國際型的「灰姑娘」型故事，但材料侷限在亞洲，以二十一則中國異說和九則印度異說為對象，分析其故事情節的異同。分析的結果，丁先生以為儘管該型故事最早的記錄出現在中國，但中國並非真正的發源地，從〈葉限〉故事情節混雜了越南和中國的元素這一點來看，它更像是民族複合的產物。該型故事更原始的發源地可能在越南。不過丁先生對這個推測也做了保留，因為仍有許多地區的故事未做詳盡的考察。

灰姑娘故事傳到中國後產生了變異，最常見的特徵是它與蛇郎故事的後半段產生複合，這樣的講法在中國南部十分流行。但是灰姑娘故事儘管已經中國化，卻沒有普遍流行；中國的東部和北部沒有任何該型故事的紀錄。丁先生以中國文化的特性來解釋這個現象。他認為北方社會裡，繼女被送去當童養媳是很常見的，因此繼母與繼女的衝突不常發生。而故事裡母親變成牛來幫助灰姑娘的情節，與中國佛教因果報應的觀念相衝突；中國人相信這輩子行惡，下輩子才會變成牛。且姑娘「失鞋」這樣的情節單元在禮教嚴密的北方社會裡是不可能被鼓勵的。基於這些理由，灰姑娘故事只能在中國南方流傳。

〈近代中國民間故事〉

這篇文章最早於 1979 年在西方發表，後來譯成中文收錄在《中西敘事文學比較研究》一書中。此文撰寫目的在向西方介紹中國自五四運動以來民間文學發展的情況。因此文章開頭先說明五四時期民間文學研究的情況，包括重要學者，如胡適、顧頡剛等，以及這個時期出版的民間文學刊物，如最早以白話文寫作的民間故事集是唐小圃的《京語童話》及雜誌《小說月報》等等。

接著文章分爲兩部份，前半部討論 1927 至 1937 年中日戰爭爆發以前的情況，後半部則討論 1949 至 1966 年文化大革命發生以前的情況。丁先生分別介紹兩個時期的出版品、重要的學者、學派、主要的研究論文、時代的傾向與盲點等民間文學現象。在這個部份中，丁先生似乎有意解決西方學者指責中國故事調查整理「經過加工」的問題。基本上丁先生承認這種現象存在，但是他認爲即便是最受抨擊的 1949 年以後出版的故事：

> 在編著我的《中國民間故事類型索引》時，我把它們同早期出版的及外國民俗學者蒐集的資料進行了比較，發現：儘管它們中有的外加不當的開頭，有的故事改動了人物的社會經濟地位，也有個別故事是與其它故事黏合而成，但正如其編者所宣稱的，大部分故事的主要情節是眞實的。〔註6〕

丁先生的觀點是，從主要情節來看，這些改動對故事的影響不大，這大概是因爲 AT 分類法主要以故事情節爲判斷分型的基準，若換成了以主題爲分型基準的分類法，改動人物的社經地位可能就會對故事分類產生很大的影響。

文章後半部則集中在介紹丁先生編撰《中國民間故事類型索引》後，對於中國類型特徵的幾點心得。例如與西方相較，中國婦女的地位較低，但大量的巧婦和巧女故事，卻顯示中國民間有提高婦女地位的傾向。〔註7〕丁先生於文末表現了他對神話和傳說的關注，並表達他對編輯神話和傳說索引的期待。

〈歷史地理學派及其方法〉

這篇文章是 1981 年 7 月 14 日丁先生至中國訪問時，於北京師範大學講

〔註6〕 見丁乃通：〈近代中國民間故事〉，《中西敘事文學比較研究》（武漢：華中師範大學出版社，2005 年 7 月），頁 243。

〔註7〕 文同註6，頁 246。

學的錄音整理稿。由紀言整理，文末附記該文未經過丁先生校閱，可能因此
有些句子語焉不詳。文章收錄在北京師範大學中文系編印的《民間文藝學參
考資料》第一集上冊當中。

　　整理者將這次講課分成兩個部份：第一部份主要在說明歷史地理學派的
發展以及研究步驟。並說明這些研究步驟的意義，例如在蒐集完要研究的故
事後，歷史地理學派的學者通常會按國家及講述者所使用語言的縮寫給予故
事代碼，丁先生就提到這麼做的意義是：

> 通過編號可以知道某個故事哪國最多。另外，各地故事有的沒有名
> 字，有的名字很不一樣，還有的名字很古怪，不易懂、不易記（如
> 中東的故事），用符號代表，研究起來很方便。〔註8〕

這種代碼的使用，還可以應用在標示特殊情節上，例如「狼外婆故事」中的
小孩數量牽涉到情節的發展，「比如中國北方的故事說小孩從樹上把狼外婆吊
起來摔下去，這只有一個小孩就不可能」。〔註9〕因此研究的時候可以把這些
特殊情節標上代碼，例如一個小孩就用 A1 表示，兩個小孩就用 A2 表示，通
過比較看看 A1 或 A2 的故事是否具有某種特徵。

　　第二部份中，丁先生介紹了西方四位運用歷史地理學派研究法進行學術
工作，且卓然有成者。這四位是：德國學者枯特・布郎德（Kurt Ranke Zenei
Brüder，1908～1985）、窩德・安德遜（Walter Anderson，1885～1962）、美
國學者史提斯・湯普遜（Stith Thompson）以及瑞典學者卡爾豐・塞都（Karlvon
Sydo，1832～1904）。丁先生分別介紹了這幾位學者著名的研究論文，以及
他們對於歷史地理學派觀點所提出的批評與補充。例如卡爾豐認爲故事傳播
的方式不一定是波浪式的一波傳一波，而是有時會發生跳躍。比如說講述者
乘船或飛機到很遠的地方去，就有可能把故事直接帶往該地，不必透過中間
地的傳播。〔註10〕

　　這些觀念現在看來像是常識，不過在 1980 年代可能還是新潮的觀念，丁
先生在課綱中安排這些內容，讓大陸學界能接觸西方的觀念，這在 1981 年時
的大陸社會環境，應該具有重要意義。

〔註8〕　丁乃通：〈歷史地理學派及其方法〉，《民間文藝學參考資料》（北京：北京師
　　　　大中文系，1982 年 3 月），頁 265～266（上冊）。
〔註9〕　文同前註，頁 266。
〔註10〕　文同註8，頁 273～274。

〈人生如夢──亞歐「黃粱夢」型故事之比較〉

這篇文章最早在 1981 年發表於德國的 Fabula 期刊上，後來譯成中文收在《中西敘事文學比較研究》一書中。文章內容討論的是著名的「黃粱夢」型故事在世界的流傳與發展情況。丁先生共蒐集了六十三則異說，從異說的時代先後排列，推測該型故事最早應發源於西亞，其後向世界各地傳播。西亞的故事描述的是人短暫到仙界一遊，被稱為基本 A 型。古老程度僅次於西亞的中國故事因加入了「人生如夢」的思想，自仙界返回的人總會對自己汲汲營營追尋的事物有所體悟，被稱為基本 B 型。丁先生接著將流傳於中世紀（8～15 世紀）的異說按照故事特徵分為幽靈型、拜神入夢型、教訓懷疑者型、儀式考驗型、性別改變型等亞型（subtype），並分別討論這幾個亞型變異的可能性。文章的第三部份則在討論十六世紀以後，這些基本型、亞型流傳的情況，丁先生並為十六世紀以後的故事另外訂出佛教型、詼諧型與猶太型等亞型，以表現故事變異後產生的情節差別。

丁先生認為這個故事特別的地方在於文獻異文比口傳異說多，因此這篇文章採用的研究方法不全然是故事學的，還加入了文學史、比較文學以及文藝批評的概念。

這篇文章破除了兩個前人對該型故事的誤解，第一個誤解是十九世紀由英國人提出的，他們認為故事中幻境的真正根源是由大麻菸創造的，但丁先生找到的六十三個異說僅有一個提到大麻菸。第二個誤解是克拉普（Alexander Haggerty Krappe，1894～1947）主張該型故事起源於愛爾蘭，經由丁先生的研究，起源於西亞的可能性應該更高。〔註11〕

〈三個中國和北美印地安人故事類型比較研究〉

這篇文章發表於 1985 年，並沒有中譯。文中提出了三個中國和北美都有的故事，比較兩個地區故事之間的異同。第一個故事是「鐘上塗墨」，第二個是「狐狸妻子」，第三個是「忘了的詞字」。行文讀來非常輕鬆流暢，但有許多獨到而一針見血的見解，因此不失其學術性。以「鐘上塗墨」為例，這個故事在中國的講法是說聰明的縣官為了找出誰是小偷，把鐘塗上墨，並宣稱只要真正的小偷摸了它，這口鐘就會發出聲響。小偷心虛不敢真摸這口

〔註11〕丁乃通：〈人生如夢──亞歐「黃粱夢」型故事之比較〉，書同註 6，頁 86～87。

鐘，只做做樣子，因此只有小偷的手沒有沾上墨。西方的講法把縣官換成了牧師，塗墨的鐘換成了沾煤灰的鍋子，會發出聲音的則是蓋在鍋子下有靈性的雞。這顯然是同型故事因文化背景不同而產生的情節變異，丁先生認爲該型故事應該起源自中國，因爲就西方的宗教文化背景來看，「很難想像基督教或猶太教牧師將超自然的力量歸結到一隻雞上，而且他的信眾還相信這種說法」〔註12〕。而就丁先生的了解，這個故事只在北美和中國流傳，因此產生於中國的可能性較高。

　　看出故事間的差異點不難，但要針對差異提出文化解釋就不是人人能做到的，這正是丁先生功力獨到之處。另外，這個故事在阿爾奈及湯普遜的《民間故事類型》以及湯普遜的《民間文學情節單元索引》中皆未見收錄，丁先生將其收入《中國民間故事類型索引》中，給定的類型號碼爲926E*。〔註13〕

〈約翰伍德作品對民間故事的應用〉

　　這篇文章於1986年發表，沒有譯成中文。丁先生以十六世紀中期著名的英國作家約翰伍德（John Heywood，1497～1580）的作品爲例，說明作家經常利用民間做爲題材來創作的現象。丁先生舉例：〈蘆葦與橡木〉（Of Reeds and Oaks）一詩，使用的就是 AT298C*型「無用的植物能保身」這個故事做爲材料。而〈虱子和跳蚤〉（A Louse and a Flea）一詩，使用的是 AT282C*型「虱子招待跳蚤」這個故事做爲材料。除了故事類型，丁先生也舉了許多約翰伍德使用情節單元爲材料的例子。這說明了作家文學的確經常向民間文學借用材料。因此丁先生認爲，作家文學中若出現民間故事，也都應該編入故事類型索引中，這樣索引的效用會更大。

〈民間文學民間辦——一個新生事物在中國〉

　　這篇文章最早於1987年發表在日本的《亞洲民俗研究》雜誌上，〔註14〕

〔註12〕Nai-tung Ting, "A Comparative Study of Three Chinese and North-American Indian Folktale Types", Asian Folklore Studies, Vol. 44, No. 1 （1985）, pp. 41.

〔註13〕見,丁乃通：《中國民間故事類型索引》（武漢：華中師範大學出版社，2008年4月），頁206。

〔註14〕Nai-tung, Ting："Folk Literature Run by the Folk": A New Development in the People's Republic, Asian Folklore Studies, Vol. 46, No. 2 （1987）, pp. 257-271.

1988 年譯成中文，發表在《中南民族學院學報》，〔註15〕後來又收入《中西敘事文學比較研究》一書中。內容寫湖北大冶縣在 1985 年前後，由農民採錄、出版了幾部民間故事、歌謠集的情況，包括採錄者的姓名、背景、集子的大概內容等，在文中皆做了介紹。丁先生在文中相當讚許「民間文學來自群眾，最終也將必回到群眾中去。換句話說，民間文學終將由農民來調查和保存」。〔註16〕這個觀念和一般由學者調查進而研究的態度不同。丁先生並沒有正面的解決農民調查的故事究竟可不可靠這一問題，不過他在文章中對這幾部故事集進行了故事類型及情節單元的分析，這應該表示了一種支持的態度，藉此丁先生也對「中國故事不存在類型」這個觀點進行反駁。丁先生也認為經過賈芝等中國民間文藝研究會成員提倡「忠實紀錄、慎重整理」之後，「被西方學者懷疑甚至是完全否定的這種標準，無疑在 1978 年來中國再次展開的（田野調查）活動中仍起著重要的作用」。〔註17〕但丁先生也認為，「農民在全國範圍內開展民間文學活動的設想離實現之日還相差很遠」。〔註18〕這篇文章最重要的一個貢獻是替這些大致上已經失傳的故事集留下足跡，正如丁先生自己所言「如同大多數民間文學資料一樣，這些資料也將是短命的，這將是不可挽回的損失。」〔註19〕

〈中國民間故事的分類〉

這篇文章刊載在民國七十七年（1988）十一月十七日的台灣《中央日報》第十七版上，以中文寫作。此文乃是丁先生應金榮華先生之請而作，金先生希望丁先生能以《中國民間故事類型索引》編者的身分，向國內學者談一談故事分類的問題，一方面可作為教材，一方面也讓台灣學界對故事類型的概念有更深的認識。

丁先生雖未在文中明言，但這篇文章應該是有意的要對大陸學術界針對《中國民間故事類型索引》提出的問題做出回應。文章的前半部顯然在反駁

〔註15〕丁乃通著、黃永林譯：〈民間文學民間辦──一個新生事物在中國〉，《中南民族學院學報》1988 年第 3 期（武漢：中南民族學院，1988 年 5 月），頁 8～15。
〔註16〕見丁乃通：〈民間文學民間辦──一個新生事物在中國〉，書同註 6，頁 249。
〔註17〕文同註 16，頁 252。
〔註18〕文同註 16，頁 258。
〔註19〕文同註 16，頁 251。

許多大陸學者主張「以 AT 來歸類中國故事有削足適履的嫌疑」〔註20〕這一觀點。丁先生在文章中說：「民間故事有很多『四不像』，除非把每個稀奇古怪的故事都成立一型，否則便不可能把那些四不像都包括進去。」〔註21〕如果中國故事不能依照情節來拆解，而是要把每一個複合型都新立一個型，那就有立不完的類型了。

　　文章的後半部則在說明丁先生編撰《中國民間故事類型索引》時，所注意到的幾個中國故事的特殊現象，如：中國社會一向被視爲男性中心，但巧女的故事卻遠比西方國家要多。丁先生也認爲中國的類型大多和西方類型相近，不過在細節上有差異。另外，故事類型不爲傳說做歸類，但傳說和故事往往互相混雜。在這篇文章中，丁先生對於編撰《中國民間故事類型索引》時如何界定傳說和民間故事作了說明：

> 如果已有一般所公認爲民間故事特徵之「情節單元」的，便算作故事；沒有的便不算。例如梁祝故事裡，只要結尾有兩人的靈魂化爲雙飛的蝴蝶的說法，我都列入我的書裡。此外，還有一個特殊現象，很可能和盛行的說唱文學有關。民間故事的人物應該是不固定的，地點也是模糊的，可是，在傳說裡地名和人名都是固定的，中國有許多無疑是國際性的類型，但都是有人名的，所以我便把各類型中至少有兩個不同主角的說法才算作民間故事，不然算爲傳說，便不列入。我書中許多徐文長類的笑話，便屬於這種情形，那些笑話多半也拉到別人身上。〔註22〕

從這段引文我們可以歸納出丁先生判定何謂傳說、何謂民間故事的標準有二：一、文中是否包含學界公認的民間故事情節單元。二、同樣的情節是否附會在兩個以上的人身上。傳說只要符合這兩個條件，就算是民間故事，可以編入民間故事類型索引中。相反的，若傳說只有固定主角，又沒有民間故事的情節單元，就不編入民間故事類型索引中。

〔註20〕　如劉守華便曾說：「它（AT）主要是依據歐洲民間故事的實際狀況構成的，同基於中國歷史文化傳統的中國民間故事，難免有格格不入的地方：將所有的中國故事楔入這個體系，有時就會出現削足適履的不協調情況。」見劉守華：〈導論〉，《中國民間故事類型研究》（武漢：華中師大出版社，2002 年 10 月），頁 16。
〔註21〕　丁乃通：〈中國民間故事的分類〉，《中央日報》民國七十七年十一月十七日第十七版。
〔註22〕　文同註21。

　　文中丁先生認爲中國民間故事的記錄傳統太長，導致故事與傳說的分際不像西方那麼明確，因此丁先生利用這兩個判別標準來策略性的區分故事與傳說，從寬處理的態度可以包容更多故事，就索引的使用者來說，無疑是更方便的，利用索引就可以掌握更多資料。丁先生應該也有意藉此回應大陸學者質疑《中國民間故事類型索引》未處理「傳說」的問題。

第二節　探討故事源流的原則與步驟

　　依前一節對丁乃通先生著作所做的敘錄來看，丁先生應該是自認其研究方法來自歷史地理學派的。因此在討論丁先生的研究方法以前，應該先了解歷史地理學派的研究方法。湯普遜在〈民間故事的生活史〉一文中，詳細說明了這一套研究方法。他提到研究工作的開端是必須尋找充分的材料，而「要更徹底地研究故事，就不能僅限於研究書籍與手稿之間的相互關係，而必須準確論述由口頭流傳所保持下來的傳說」。〔註23〕研究者對書面資料和口頭資料的處理方式是不同的。在書面資料中，研究者重視的是它們的「系譜」，也就是它們之間的傳承關係，亦即用歷史的角度進行考察，比如由手稿而印刷品等各種版本間的相承關係。口頭資料則較複雜，「因爲口傳故事有許多因素影響流傳過程，既有地理的和歷史的，也有社會和心理的因素」。〔註24〕或者可以說，手稿和印刷物因爲有紙本可以爲依據，傳承線索容易追查；而口傳故事沒有固定的載體，因此它的傳承線索，就必須要多方考察始能得出看法。

　　找到足夠的材料以後，下一步是對故事進行排列，標上符號，「見於文獻的異文按編年順序標記，口傳異文按地理區域標記」。〔註25〕芬蘭學派有一種按國家名稱縮寫標記的方式，如挪威的縮寫是 GN，因此見於挪威編號第一號的故事就是 GN1，第二號爲 GN2，……以此類推。〔註26〕

　　將故事標上代號以後，接著就進入故事分析的步驟。要以什麼單位來分析故事，似乎並沒有定論。湯普遜主張要以情節單元做單位，但阿爾奈似乎是反

〔註23〕湯普遜：〈民間故事的生活史〉，《故事研究資料選》（武漢：中國民間文藝家協會湖北分會，1989 年 9 月），頁 35。案：該譯本有些段落晦澀難解，因此筆者亦參看湯普遜：《世界民間故事分類學》（上海：上海文藝出版社，1991年 2 月）一書中對同一篇文章的翻譯。

〔註24〕文同註 23。

〔註25〕文同註 23，頁 36。

〔註26〕湯普遜於文中列出了常用國家的縮寫表，文同註 23，頁 37。

對的，〔註27〕有些研究者則將故事所有的細節變化都分析排列出來。〔註28〕無論以什麼單位進行故事分析，下一步是統計這些單位出現次數的多寡，以求出故事的原型，「不過，這種統計的大多數並不能作為結論，而只能作為證據之一」，〔註29〕還要參考故事流傳的歷史、地理等因素。〔註30〕但是要考察出故事所有特點的來龍去脈往往不是那麼容易，「在這個階段所能做到最好的結果，通常是得出一個試用原型（trial archetype，或可譯作構擬原型）」。〔註31〕然後可以就某個時期，如中世紀；或某個區域，如北亞，共同擁有的情節特徵做分析，以訂出副型〔註32〕（subtype，或譯作亞型、次類型）。接著將原型與副型放在一起比對，「就可以清楚看出能產生出它的全體來的最初原型。這種研究還可從展示出的地理群來清楚地指明故事的發源地」，〔註33〕但這只是一種研究成果的理想，通常透過研究僅能指出故事產生的大概時間或大致的地理區塊。

最後研究者要透過情節差異的比對，解釋故事可能的流傳方式。對此阿爾奈提出了十五個故事變化的規律（見下文），研究者可用以輔助了解故事的變異情況。〔註34〕至此研究者便可在地圖上畫出故事發源地與流傳的方向，也可清楚的說明故事的原貌與變異的情況，等同於構擬出故事的「生命史」，這便是歷史地理學派期望達成的研究成果。由於研究過程中須不斷的考慮歷史與地理特徵對故事產生的影響，因此得名。

上面對歷史地理研究法的陳述可以歸納為七個步驟：

1. 尋找足量的故事材料，包含書面文獻和口頭文獻。

2. 對故事進行編號。

3. 分析故事（可用情節單元或情節段為單位）。

〔註27〕文同註23，頁44～45。

〔註28〕文同註23，例見頁39。

〔註29〕文同註23，頁39。

〔註30〕阿爾奈曾提出九個考察的重點：1. 出現頻率。2. 分布範圍。3. 分佈方向上整個類型的一致性。4. 在保存良好的不同異文中它所體現的風格。5. 找出特徵本身中容易記住的特質。6. 將這特徵的原始狀態與其他異文中的非原始狀態加以比對。7. 故事中不可缺少的基本情節，沒有它們故事便聯繫不起來。8. 僅僅在這個故事中出現的特點。9. 從這個特徵中可以很容易發展出其他形式。文同註17，頁39。

〔註31〕文同註23，頁39。

〔註32〕文同註23，頁40。

〔註33〕同註23。

〔註34〕文同註23，頁41～42。

4. 統計情節單元，以找出故事原型或試用原型。

5. 訂出副型。

6. 拿原型與副型進行比較，以看出故事真正的原型並找到故事發源地。

7. 解釋故事的流傳方式，可畫圖表示。

由本章第一節的敘錄可知，〈高僧與蛇女──東西方「白蛇傳」型故事比較研究〉、〈人生如夢──亞歐「黃粱夢」型故事之比較〉、〈中國和印度支那的灰姑娘型故事〉、〈雲中落繡鞋──中國及其鄰國的 AT301 型故事群在世界傳統中的意義〉及〈三個中國和北美印地安人故事類型比較研究〉這五篇文章，是丁先生的著作中涉及探討故事源流的篇章。但其中的〈三個中國和北美印地安人故事類型比較研究〉一文，雖也涉及故事源流，卻較簡略，因此不列入本節的討論重心。以下將列出上述四篇文章的研究步驟，來與前述的歷史地理研究法做比較，以了解丁先生在探討故事源流時的原則及模式。

〈高僧與蛇女東西方「白蛇傳」型故事比較研究〉一文的研究步驟如下：

1. 蒐集異說。

2. 列出東西方最早記錄本的故事梗概。

3. 列出七個印度異說的故事梗概。

4. 比較 2、3，以推導出構擬原型。

5. 順時的談論美女蛇故事在歐洲各時期的樣貌，並比較這些故事和印度故事之間的差異與關係。

6. 討論馮夢龍及後世白蛇故事在中國文人筆下的樣貌，並比較其與印度故事間的差異與關係。

7. 說明故事的流傳方向，並以表展示。〔註35〕

丁先生在研究白蛇故事時，是從他心目中最可能的故事發源地──印度，所找到的異說去推出構擬原型，而前述歷史地理學派的研究法則是要從所有故事流傳地的異說去推導出構擬原型，就這一點來說丁先生的研究方法與湯普遜所舉稍有不同。丁先生在心裡似乎已經有了關於發源地的主觀假設。另外，

〔註35〕表格請見丁乃通：〈高僧與蛇女──東西方「白蛇傳」型故事比較研究〉，書同註6，頁44。

除了發源地，其他地區僅採用書面異說來進行研究，並未蒐集口頭材料，這一點也與歷史地理學派「盡量蒐集異說」的原則不合。

〈雲中落繡鞋中國及其鄰國的 AT301 型故事群在世界傳統中的意義〉一文的研究步驟如下：

1. 列出 301 型故事在湯普遜類型索引中的大要。

2. 在湯普遜的基礎上補充中國異說的細節。

3. 將所有異說列表，說明其來源、民族和流傳範圍，並給予 1 至 50 的編號。

4. 列出每個異說的故事摘要，並以湯普遜的情節代碼列出每個異說的故事發展。

5. 歸納中國異說分屬四個型：301、301A、301B、301F。

6. 統計情節單元，以得到「現代口頭異說原型」。

7. 比較各異說與「現代口頭異說原型」之間的差異。

8. 將該型故事最早的講法合併成為「過渡性異文」。

9. 比較「過渡性異文」與「現代口頭異說原型」之間的差異，以說明該型故事由晉至唐，再到現代的發展與演變。

10. 列表說明該型故事分布情況。

與湯普遜所舉研究法相較，丁先生這篇文章的寫法多了「過渡性異文」一個步驟，可能丁先生認為該型故事的古代異說數量較少，若直接將所有的故事不分時代進行統計，容易得出偏頗的結論，因此先進行現代異說情節單元數量的統計，歸納出「現代口頭異說原型」，再針對古代異說提出「過渡性異文」，最後綜合二者，討論故事從古至今的變化，這樣進行研究所得出的成果是較為嚴謹的。

〈中國和印度支那的灰姑娘型故事〉一文的研究步驟如下：

1. 收集異說，給予每則故事國家縮寫編號。

2. 將所有的異說分地區（中國、印度）排列。

3. 討論故事間情節單元差異所展現的文化特徵，以找出中國異說在漢人和少數民族間傳播的情況。

4. 將印度異說和中國最早的該型故事記錄做比較。

    5. 歸納出該型故事的中國特有傳統說法。

    6. 說明該故事流傳的地區文化限制。

丁先生在研究這一則故事時,並沒有企圖找出故事的構擬原型,僅以該型故事最早的講法—即段成式的〈葉限〉,作爲討論的基準,但丁先生在文章結尾時卻又說:「ch1(案:指〈葉限〉)的出現並不是偶然的,在它之前可能有一個更爲古老的豐富的傳統。」〔註36〕

    〈人生如夢—亞歐「黃粱夢」型故事之比較〉一文的研究步驟如下:

    1. 收集異說,並依國家給予故事代號。

    2. 將故事分爲古代、中世紀、現代,順時排列故事,比較其異同。

    3. 把講法相近的故事排列在一起,訂出基本型,並分出六種亞型。

    4. 說明故事的流傳方向,並討論舊有研究成果的盲點。

丁先生將中世紀流傳最廣的講法視爲「基本類型」,且認爲這是發展出其他講法的構擬原型,並將其它的異說視爲亞型。丁先生訂出構擬原型的目的並不是爲了推出故事最原始的講法,而僅是爲了與其他異說進行差異比較,與湯普遜所舉歷史地理學派的研究步驟相比較,在研究步驟的應用上兩者略有不同。

    丁先生爲黃粱夢故事所分出的十種亞型,其中一種爲「性別改變型」,這一亞型的特徵爲,魔法師或神讓主角透過水缸或水池變成了女人,體驗另一種人生,主角受盡屈辱後又透過水,發現自己回到原來的水缸或水池邊,而時間只過去一下子,從此便改變了信仰。這個故事很容易讓人聯想起唐傳奇〈杜子春〉,杜子春爲修道被道士囑咐不論看見什麼都不得發出聲音,進入幻境受考驗,後來在幻境中受閻王懲罰變爲女人,體驗各種折磨,看到愛子被殺終於忍不住驚叫了一聲,發現自己仍在修道的山洞中,道士對杜子春作的第一個動作是「提其髮投水甕中」。〔註37〕李復言所寫的這一段情節與「性別改變型」有許多相似之處,很可能李復言寫作時就運用了這一段民間故事。若是如此,丁先生在文中說:「性別改變型,已在印度和西亞發現。」〔註38〕流傳地應可補上中國,且最晚在唐代中後期已見流傳。

〔註36〕丁乃通:〈中國和印度支那的灰姑娘型故事〉,書同註6,頁124。

〔註37〕李復言:〈杜子春〉,《唐人小說選注》(台北:里仁書局,2002年),頁568。

〔註38〕丁乃通:〈人生如夢——亞歐「黃粱夢」型故事之比較〉,書同註6,頁76。

　　由上述的討論來看，丁先生研究故事源流的方式似乎並沒有期待能找出每一則故事完整的生命史。湯氏所舉歷史地理研究法的研究步驟也僅在研究〈雲中落繡鞋〉故事時應用的較完整，不過研究方法本來就該隨材料靈活的改變，不能夠死守生硬步驟。總的來說，丁先生研究故事源流的方式，取意於歷史地理研究法，應該是可以肯定的。以下舉丁先生的文章爲例，一一說明丁先生對歷史地理研究法的應用。

　　首先，足量的異說收集是絕對必要的。收集工作可透過各國的類型索引以及大量的閱讀故事集來進行。故事的數量不夠，便不足以呈現該型故事的流傳特徵，也會使得論證缺乏證據力。丁先生研究 AT301 型故事便搜集了五十個異說。〔註39〕研究「黃粱夢」故事則蒐集了亞洲異說四十六個，歐洲異說十七個。〔註40〕丁先生曾有與段寶林先生合作研究虎姑婆故事的計畫，在1983 年 12 月 29 日寫給段寶林的信中提到，研究虎姑婆故事首先要蒐集故事：

> 我過去找到了一百另幾個，以它在中國流傳之廣而論，決計是太少了，我想如果好好的找尋，兩千個異文都應可以找到的（事實上異文並不一定要故事內容不同，只要語言或任何細節有差別便可算了）。

兩人合作研究之事後來沒有完成丁先生便過世了，不過從這封信裡我們可以了解芬蘭學派的方法對於異說的數量是很要求的。異說的搜集對象並不限於嚴格的採錄成果，如丁先生在「白蛇傳」故事的研究中，甚至採用了濟慈的詩作。〔註41〕

　　透過類型索引蒐集異說時必須注意，不能只翻查鎖定單一類型，必須靈活的在所有可能的相近類型裡尋找相似的情節，因爲那些全都是可以應用的研究材料。搜集大量異說以後，便要針對這些異說提取情節單元，並進行情節單元的比較。這種比較必須非常仔細，不能夠抽象化，例如「繼母命令繼女提破桶子去挑水」和「繼母命令繼女拿破布包去揀栗子」，這兩個雖然都是與繼母不合理的要求有關的情節單元，但在分析時必須一一挑出來看，否則

〔註39〕 見丁乃通：〈雲中落繡鞋——中國及其鄰國的 AT301 型故事群在世界傳統中的意義〉，書同註 6，頁 133～136。

〔註40〕 見丁乃通：〈人生如夢——亞歐「黃粱夢」型故事之比較〉，書同註 6，頁 89～91。

〔註41〕 見丁乃通：〈高僧與蛇女——東西方「白蛇傳」型故事比較研究〉，書同註 6，頁 19～25。

研究者就不能注意到「拿破布包揀栗子」是日本特有的情節單元，在其它地方都沒有被發現。〔註42〕

　　一面說明故事在不同時代不同區域的發展，一面比較其情節單元的相異點之後，丁先生會將最常見的講法視為「基本型」，如在「灰姑娘」故事的研究中，丁先生發現多數的異說都在結尾加上與蛇郎故事後半相同的連續變形情節，因此儘管中國文獻所載最早的講法是唐代的〈葉限〉故事，丁先生仍將帶有連續變型情節的故事當作基本型，或中國的傳統型。如果蒐集的故事中沒有適當的故事可以作為基本型，便採用拼湊的方法，如研究「雲中落繡鞋」故事時，便一一分析該型故事現代異說的情節單元，將每個情節段中最流行的情節單元組合起來，當做現代中國口頭異說的原型。〔註43〕這裡所說的基本型、傳統型或原型並不一定就是該型故事在全世界最早的源頭，但它大概是研究者心目中在該地區廣泛流傳或進行變異的源頭。找出基本型的目的是為了設立一個比對的基準，讓說明更順暢。

　　找出基本型後，便可將各異說與基本型比對，找出特徵，列為亞型。如丁先生在研究「黃粱夢」故事時，便列出了基本型、幽靈故事型、拜神入夢型、教訓懷疑者型、儀式考驗型、性別改變型、詼諧型、猶太型、佛教型、動物引路型等十個亞型。〔註44〕訂亞型時，著眼的除了是故事間的「異」，也注意故事中的「同」，所以才能看出同一時期同一地區所流傳故事的共同傾向，以歸納出亞型。

　　最後必須針對這些比對出來的情節差異進行說明，例如「灰姑娘」故事中，「死去的母親變成牛回來幫助灰姑娘克服繼母出的難題」這個情節單元不可能出自中國，因為在中國人的信仰中，作惡多端的人下輩子才要做牛做馬，善良的人死後不應該變成一頭牛。因此儘管丁先生認為該型故事的原產地及可能在中越邊界，這個情節單元在中國出現卻說明了「灰姑娘」故事曾向西傳播而又回傳到中國。情節單元在流傳過程中不斷受到中國、西亞和西方文化的影響，使得講法複雜多樣，唯有靠著細心的研究者來一一理出頭緒。呂微曾提到：「（AT分類法）最大的問題就是，當我們將某一民族性、文化性的

〔註42〕見丁乃通：〈中國和印度支那的灰姑娘型故事〉，書同註6，頁123。

〔註43〕見丁乃通：〈雲中落繡鞋——中國及其鄰國的AT301型故事群在世界傳統中的意義〉，書同註6，頁164～167。

〔註44〕見丁乃通：〈人生如夢——亞歐「黃粱夢」型故事之比較〉，書同註6，頁69～85。

民間故事類型模式——情節單元的組合方式——上升爲世界性的範疇時，民族性、文化性的類型模式就會從經驗的抽象轉化爲先驗的規定。」〔註45〕實際上許多大陸學者都提出這樣的觀點，認爲在 AT 的框架下，故事中的民族文化特色將消失。但透過上面的說明我們可以了解，在芬蘭學派的故事研究方法中，各民族的文化特徵將不斷的被提出來討論，所以除非這個國家的故事在類型索引編成之後便不再被研究，否則故事的文化特徵仍將不斷被提起，並沒有消失。

　　上面對研究步驟的說明呈現了歷史地理研究方法可能存在的兩個問題。第一，故事蒐集得靠一點運氣，研究者若未對故事進行全面的蒐集，很可能得出偏頗的研究成果。第二，故事的文化詮釋得靠研究者擁有豐富的學識涵養，對故事流傳區域的文化認識若不足，研究者很可能就沒辦法做出正確的理解。由此我們不難了解，爲什麼芬蘭學派的研究者可能窮盡畢生的精力只能研究幾個類型故事了。

　　除此之外，劉守華認爲這個研究方法還有兩個缺點。其一，對故事同出一源的假設未必是正確的。其二，這個研究法對故事的思想內容及故事傳承的心態很少涉及。〔註46〕第一個問題很有道理。研究者不如不要預設故事是否同出一源，而讓材料在正確的推導過程中自行呈現一源或多源的解答。至於第二個問題，雖也自有慧見，但任何一種研究方法都有侷限性，換了其他的研究方法，未必能對故事的情節進行這樣詳細的考察。最重要的是，歷史地理研究法是通過科學的方式，有一分證據說一分話，得到的結論都建立在可靠的基礎上。

　　丁乃通先生安排文章章節的方式都相當簡單明瞭，不是以時間安排，就是以區域做安排。如研究「白蛇傳」故事時的章節安排爲：一、在亞洲民間文學中的根源。二、在歐洲文學中的發展。三、在中國文學中的發揚光大。四、結論。這個安排基本上是以故事的流傳區域作爲基準。又如研究「黃粱夢」故事時，丁先生將章節安排爲：一、古代異文。二、中世紀異文。三、現代異文。四、結論。這篇文章就是以時間順序作爲章節安排的基準。這可

〔註45〕見呂微：〈故事類型劃分的經驗與標準〉，《河南教育學院學報》，2008 年第 6 期，頁 26。
〔註46〕見劉守華：〈民間文學研究方法泛說〉，《湖北民族學院學報》2002 年第 1 期，頁 5。

能正是芬蘭學派特別強調歷史、地理這兩個概念的展現。

從這四個篇章的題目及內容來看，丁先生做研究時，喜歡以中國材料爲基礎，進行中國與西方或與其他亞洲國家的研究比較。除了因爲丁先生本身具有的中國學識背景之外，他大概也是有意的想向西方介紹中國故事，彌補西方對中國民間故事的認識缺口。另外從丁先生的研究題目我們也可以得到一些啓示，學者進行研究時，礙於資料的收集並不充足時，對於世界性的故事也可以只進行部分區域的研究，不一定要做世界性的研究，像是「雲中落繡鞋」故事在世界各地都有發現，但丁先生在設定研究目標時認爲「還沒有人描述這個故事在中國的各種異文，研究它們傳播及可能的發展，並站在世界傳統的高度加以考察」，〔註47〕因此丁先生將題目設定爲〈雲中落繡鞋──中國及其鄰國的 AT301 型故事群在世界傳統中的意義〉，僅考察亞洲的故事，其它洲的講法則略去。

最後必須說明的是，討論故事的源流史，對於故事變化的規律必須要有些了解。湯普遜在〈民間故事的生活史〉中曾歸納阿爾奈提出的故事變化規律，共有十五點：

1. 講述者忘掉一個細節，特別是不重要的細節。這也許是引起故事變化最常見的原因。

2. 講述者增補一個原型中沒有的細節。儘管有時也有新創造的情節，但大多數卻取自其他故事中的一個情節單元。增補通常發生在故事的開頭和結尾。

3. 講述活動中，兩個或更多的故事偶然被串在一起。動物或精靈的短故事和流氓無賴的惡作劇特別容易串起來。

4. 細節的增殖──往往由一個變成三個。

5. 重複原故事中只出現一次的事件。

6. 一種普遍特徵的特殊化（用一隻麻雀替換了一隻鳥），或是專有特徵的一般化（以一隻鳥代替一隻麻雀）。

7. 從其他的故事中取來材料替換，特別容易發生在故事結尾處。

8. 角色的變換常有相對的特點：聰明的狐狸與愚蠢的熊可能互換。

〔註47〕見丁乃通：〈雲中落繡鞋──中國及其鄰國的 AT301 型故事群在世界傳統中的意義〉，書同註6，頁 129。

9. 動物故事中可能以人替換動物。

10. 人的故事中可能以動物的特徵來替代男人或女人。

11. 同樣，動物和精靈或魔鬼也可以替換。

12. 雖然講述者不是故事中的角色，但他卻能用第一人稱來講述。

13. 故事的一個變化將導致其他部分也產生變化，以保持其連貫性。

14. 故事在流傳中必須使自己適應新的環境：不熟悉的風俗或事物被熟悉的取代。例如在美國印地安人的講法中，王子與公主變爲酋長的兒子和女兒。

15. 同樣，過時的特點被現代的特點代替。例如主角搭著火車而不是魔毯去冒險。〔註48〕

丁先生在研究「黃粱夢」故事的文章中提到，歐洲所蒐集到的異說都有缺陷，因爲它們都遺漏了「夢」這個情節單元，故事中也缺少時間參照物，而且魔法師讓主角經歷了另一種生命經驗，只是爲了證明主角德行上的缺點——忘恩負義，而非讓主角了解人生虛幻，這些都是這個故事類型不起源於歐洲的證據。〔註49〕丁先生的這段論述正是對上述故事變化規律第一條的應用。

第三節　故事類型與情節單元在民間文學研究中的作用

丁先生對於故事類型與情節單元並不曾給予明確的界定，因此本論文對此二概念的理解是根據金榮華先生的《中國民間故事與故事分類》一書，〔註50〕並據此來理解丁先生對故事類型與情節單元的應用。

十九世紀下半期起，歐洲學者開始嘗試編撰故事類型。〔註51〕至二十世紀初，芬蘭的阿爾奈撰寫了《故事類型索引》，〔註52〕引起民間文學研究者的

〔註48〕 文同註23，頁41～42。原文較爲簡略，引用時依文意增補字詞，使文句較暢通。

〔註49〕 見丁乃通：〈人生如夢——亞歐「黃粱夢」型故事之比較〉，書同註6，頁68。

〔註50〕 金榮華：《中國民間故事與故事分類》，台北：中國口傳文學學會，2007年9月。

〔註51〕 劉魁立：〈世界各國民間故事情節類型索引述評〉《劉魁立民俗學論集》，上海：上海文藝出版社，1998年10月，頁356。

〔註52〕 Antti Aarne, *Verzeichnis der Marchen typen*, Helsinki 1910.

迴響，增訂工作由美國的湯普遜完成，這一套分類法便被稱爲 AT 分類法，流傳廣遠。後來湯普遜注意到，世界民間文學還有更爲共同的東西，它們表現在單個情節單元上比表現在整個故事中更多。湯普遜沿著這個想法編撰了第一部《情節單元索引》，被許多學者應用在民間故事的研究上。

故事類型與情節單元是研究民間故事時經常會使用的兩套分類系統，這兩套系統究竟有什麼不同呢？金榮華先生在《中國民間故事與故事分類》一書中談到，基於一個完整故事常由一到數個更小的情節組成，因此故事的分類可以從兩方面著手：

> 一種是把各別情節從故事中分析出來，做情節單元的分類；另一種是就整個故事的性質和結構歸納出各種類型，做故事類型的分類。
> 〔註53〕

從這段話我們可以知道，情節單元是比故事類型更爲細部的概念。情節單元的分析是指將故事中值得傳述、罕見的、新奇的要素一一挑出來，進行分類。例如「老虎報恩」是新奇的事件，這就是一個情節單元。故事類型著重的則是故事的形式和故事重心，只要重心和形式相同或相似，就可歸爲同型故事。而所謂故事的形式指的是情節單元綴連的方式，而故事重心指的是故事的內容。雖然不同的民間故事經常使用同一個情節單元，但因爲情節單元綴連的方式不同，所以不會被誤會爲同一個故事。例如「灰姑娘」和「白雪公主」都有壞心的後母，但不會被誤認爲同一個故事。

有的時候一個類型會被講到其他的故事裡，變成複合型，在 AT 的系統裡並不會爲複合故事訂立新的類型，而是在類型故事大要下方的故事出處中以「＋」號註明，說明該出處中的故事與其他類型產生複合的情況。部份大陸學者則主張這是 AT 系統的缺失，因此認爲重新發展一套適合中國的索引系統是有必要的。但是新的系統迄今未見有人著手規劃編著，因此我們不能了解新的分類系統將如何處理龐大的複合類型問題。實際上一個故事類型會和多種其他故事類型結合，如：幻想故事中的 AT460A 型「事出有因難題可解」，就與男人的笑話和趣事中的 1534 型「似是而非連環判」、生活故事中的 926 型「孩子到底是誰的」以及 926A.1「到底誰是物主」複合，〔註54〕像這樣跨

〔註53〕書同註 50，頁 5～6。
〔註54〕見金榮華：《民間故事類型索引》，台北：中國口傳文學學會，2007 年 2 月，頁 164～165。

類複合的情況會讓訂型變得更複雜，新的系統對於複合型的故事是否能發展出適當的解決辦法無從檢驗，不過可以肯定的是，我們不可能為每一個複合故事都新訂一個類型，實際上也沒有這種必要。

情節單元與故事類型的差別又表現在，故事類型的編撰需力求概括化，不能強調個別差異，才能涵括最多的故事；但情節單元的分析卻往往不能概括化，而是要力求具體，因為故事中一個個微小的差異，都可能成為探討其流變的關鍵。

分析了故事類型和情節單元的差別後，接著討論這兩者在實際進行故事研究中所扮演的功能。從上節所歸納的研究步驟來看，「故事類型」的概念在故事研究上只是一個入門的、蒐集材料的工具，真正在故事研究上扮演重要角色的是「情節單元」。

故事類型的功用主要在於可以使研究者按圖索驥，找到自己需要的研究材料，這一點對於故事學、民俗學和比較文學都有很大的幫助。此外，透過各國故事類型索引中相同或相似的型號，我們可以輕易的比較各國民間故事的概況。對於想了解其他國家民間故事的人來說，類型索引也是一個很好的窗口。對於眼光較銳利的讀者來說，故事類型索引可以提供的不只有民間故事，也包含有民族文化的訊息在其中。

在研究方法的應用上，首先如果沒有類型的概念，丁先生的這幾篇探索故事源流的文章根本不可能寫成，這一點在丁先生所訂的篇名裡清楚的顯現，像是〈高僧與蛇女東西方「白蛇傳」型故事比較研究〉這樣的題目，已經告訴讀者研究的材料是以「白蛇傳型故事」為對象，而非以單一的白蛇故事為對象。民間文學與作家文學的性質不同，作家文學的作者固定，民間文學則是集體的產物，因此進行單一故事的比較意義不大。若將研究工作以類型為框架，則可得出較全面而系統的成果。另外，將故事依特徵分為幾個亞型或副型，對於故事傳播的研究也很重要，例如在丁先生研究「雲中落繡鞋」的論文中，透過將故事依特徵歸納為四個亞型的步驟，發現四個亞型分別流傳於不同的地理區。〔註55〕

在利用故事類型索引進行研究的過程中，研究成果也可能反饋故事類型。例如丁先生在〈人生如夢亞歐「黃粱夢」型故事之比較〉一文的結尾建

〔註55〕 丁乃通：〈雲中落繡鞋——中國及其鄰國的 AT301 型故事群在世界傳統中的意義〉，書同註6，頁 158～159。

議《民間故事類型》第二版應修改該型故事的大要,以更符合該型故事的特徵。並且由於這個類型和宗教密切相關,應將該型故事自「神奇故事」改列入「宗教故事類」。〔註56〕由這個建議我們可以了解到類型索引和故事研究是相輔相成的。通過類型索引,研究者可以快速的找到研究材料;而透過對一個類型故事進行澈底的研究,又可以反省類型索引對故事的敘錄與分類是否正確。

在研讀丁先生的論文時,我們也注意到一個問題。「黃粱夢」故事原來就被歸在 AT681 型,但丁先生在研究過程中卻又將「黃粱夢」故事分成基本型、幽靈故事型、拜神入夢型、教訓懷疑者型、儀式考驗型、性別改變型、詼諧型、猶太型、佛教型、動物引路型,一共十個型。〔註57〕讀者不禁要感到疑惑,類型索引的亞型不正是為了表現故事情節的差異,而在主型號以外另設的嗎?難道故事類型的設計無法呈現這些差異嗎?研究時竟然還需要另外進行分類?這是因為類型索引在編輯之時,故事僅經過簡略的分析,並未經過完整的研究,所以可能沒有考慮到這些細微的差異。學者在研究時視情況進行較細緻的分類,應該是有必要的。

劉守華先生認為以類型為主的故事研究有幾個優點:第一是可以進行較全面的故事研究。若沒有類型的概念來統合,故事研究便經常只是毫無系統的找幾個故事來漫談,很難把握故事的全貌。因此劉先生說:

> 類型研究的主要特點就是把同一故事的多種異文集合起來進行比較、分析、綜合,既可以從「大同」之中看出它們共有的母題、思想文化內涵及藝術情趣等等,展現出故事的原型;也可以從「小異」之處看出不同文本的民族地域色彩以及講述人的個性風格等。這樣,我們對一個故事就可以獲得比較完整而確切的印象了。〔註58〕

第二是方便追索故事的生活史。若沒有類型的概念作後盾,便不可能瞭解一則故事傳播的方式和方向,而瞭解一則故事的流傳方式,「還有更重要的意義,就是可以由此切入探索人類文化傳播演化規律的深層研究,這是其他文學研究所難以企及的。」〔註59〕

〔註56〕 丁乃通:〈人生如夢——亞歐「黃粱夢」型故事之比較〉,書同註6,頁87。
〔註57〕 同前註,頁71~85。
〔註58〕 劉守華:〈導論〉,《中國民間故事類型研究》(武漢:華中師範大學出版社,2002年10月),頁23。
〔註59〕 文同前註,頁24。

　　而情節單元最重要的功能在於，可以針對故事情節進行更細微的比對和分析。一個完整的故事原本就由一個以上的情節所組成，這些情節可能受不同區域的文化影響，如果將故事拆成一個個情節單元分別來進行觀察，就可能透露很多社會文化的線索。另外，情節單元索引也可以提供和故事類型索引同樣的功能，那就是方便各國的索引進行比較，以見出各國的異同與特色。一個講法所包含的情節單元完整與否，有時還可用以判斷這個講法是否爲原始講法。在變化多樣的民間故事中，要如何判斷哪一個講法最接近原始講法呢？遺落某些重要情節或情節要素的可能就不是原始講法，例如「黃粱夢」故事，若少了「夢」，或少了時間參照物（在中國的該型故事中，參照物通常是還沒煮熟的穀類），就是不完整的講法。一般而言，原始講法通常較爲完整，後來經過流傳，與異地文化融合未盡，原本完整的情節或情節要素就會出現漏洞。關於這個觀點金先生在「多男爭娶一女」的研究論文中也提出過相似的看法。「多男爭娶一女」的故事是說有眾兄弟各自懷有絕技，一起出發去救被妖怪帶走的公主，大家各顯本事，順利救出公主後問題來了，公主只有一個，該嫁給誰呢？這個故事的趣味就在於裁決的理由。十七世紀義大利故事集《五日談》中，少女被嫁給了父親，因爲他把兒子們教養成人，又讓他們出去學習本事，因而解救了少女，所以他才是少女生命的泉源。有些講法則把問題推給公主，要她選擇自己所愛。金先生認爲這一型故事中印度古老的故事集《尸語故事》的講法非常好，三個英雄一起出發救公主，善占卜者算出公主所在地，善造戰車者造出能火速到達公主所在森林的車子，勇士則奮力殺死巨龍，公主該嫁給誰呢？最後國王判決公主應該嫁給勇士，因爲其他兩位只是因緣際會的提出幫助，冒死的則是勇士。金先生認爲這段裁決：「析理細微，呼應了前面的佈局，也很有啓發性。故事在後世各地的流傳，結構固然不變，但結尾已有種種不同，對照《尸語故事》裡的這則敘述，那些不同的結尾顯然都使故事失去了早期的意義。」〔註60〕

　　歷史地理研究法原本就建立在異說的比對上，但這種比較必須以比類型更小的單位來進行，湯普遜認爲最好的單位是情節單元。通過情節單元的比較，才能見出異說之間的文化差異。例如丁先生在研究「黃粱夢」型故事時

〔註60〕　金榮華：〈言情說裡談嫁娶——中外「多男爭娶一女」故事綜論〉，發表於2010年5月15～16日國立東華大學民間文學研究所舉辦之「2010民俗暨民間文學國際學術研討會」上。

發現：

> 隨著時間的推移，我們這個故事類型的基本情節單元——好像很長
> 實際很短的夢——逐漸變成一種純粹的文學習慣。當夢中插入夢
> 時，詼諧的效果和嚴肅的宗教故事形成一種諷刺。〔註61〕

隨著故事演變，「好像很長實際很短的夢」這個情節單元從原本嚴肅的教人看
破塵世的宗教故事，居然與 AT1430「夫妻建築空中樓閣」結合，產生了一支亞
型，丁先生所舉的例子出自《諧鐸》，故事是說一位孝廉帶著老僕赴試，夜間投
宿廟裡，出門散步途中看見一座漂亮的庭園，門沒關，便入內觀賞，走至園內
建築，出迎的僕人稱他為主人，夫人也住在裡面，得意的孝廉不禁想，要是能
有幾個妾就更完美了。夜裡正要休息，僕人卻來稟報有人送來美女四名，孝廉
正開心卻被太太喚醒，原來美女只是一場夢。太太得知孝廉做的夢後醋勁大發，
兩人正在爭吵，這時老僕走來喚醒了孝廉。〔註62〕黃粱夢與夫妻建築空中樓閣
結合以後，勸人看破塵世追逐的宗教故事變成了諷刺人貪得無厭的笑話。這樣
的演變是透過對情節單元的觀察而得悉的。丁先生在研究「雲中落繡鞋」故事
時，也曾利用情節單元的統計來找出故事的構擬原型，〔註63〕再透過構擬原型
與其他異說的比對，推測出故事的演變方式。此外，上節末所述阿爾奈對故事
演變規則所做的歸納，也都必須建立在對情節單元的考察上。

陳建憲在〈論比較神話學的「母題」概念〉一文中提到了情節單元的功
用。這篇文章討論的雖然是神話學，但是對其他民間敘事散文應該也是有效
的。他認為在故事研究中，情節單元無論對歷史學的研究角度、社會學的研
究角度或是文學的研究角度都有幫助。〔註64〕所謂的歷史學的角度，是指追
尋故事的生命史，這本來就是歷史地理學派的研究目標，因此這個學派學者
所設計的情節單元研究方法當然可以用來追索故事的生命史。而情節單元對
於故事研究的社會學角度的幫助，則在於透過情節單元，了解該民族的文化
特點。所謂的文學的研究角度，則在於透過情節單元，了解故事被傳誦不止、

〔註61〕丁乃通：〈人生如夢——亞歐「黃粱夢」型故事之比較〉，書同註6，頁83。
〔註62〕沈起鳳：《諧鐸·夢中夢》，《筆記小說大觀》（台北：新興書局，民國62年7
　　　月），頁2425。
〔註63〕丁乃通：〈雲中落繡鞋——中國及其鄰國的 AT301 型故事群在世界傳統中的意
　　　義〉，書同註6，頁164～166。
〔註64〕陳建憲：〈論比較神話學的「母題」概念〉，《華中師範大學學報》第39卷第1
　　　期，頁43～44。

有魅力的原因。如陳勁榛先生的〈台灣「白賊七」故事情節單元聯繫模式試探〉一文，即是透過研究白賊七故事情節單元間的聯繫模式，歸納出連鎖式與並列式兩個大類，來討論講述者運用這兩種模式給欣賞者帶來的感受，以及白賊七的道德形象問題。〔註65〕除了民間文學，這個研究角度已經被發揚至通俗文學的研究上，劉淑爾就曾利用這個概念研究元雜劇，透過對情節單元的統計，討論劇本所包括情節單元的多寡對於觀眾的吸引力，以及情節單元對文化結構、觀眾的審美習慣所產生的影響。〔註66〕

〔註65〕陳勁榛：〈台灣「白賊七」故事情節單元聯繫模式試探〉，《華岡文科學報》第21期，頁177～190。
〔註66〕劉淑爾：〈「情節單元」在元雜劇審美批判中的運用意義〉，《勤益學報》第十五期，頁169～180。

第六章 中外對丁乃通先生之評價

　　本章討論中、西方學者對丁乃通先生的評價，這些評價當然主要集中在討論丁先生最重要的著作《中國民間故事類型索引》上。不過在開始討論以前，我們有必要先了解西方學者對於整個 AT 分類法的評價，如此或者我們更可以看清丁先生的學術地位。

　　據美國民俗學者阿蘭‧鄧迪斯的分析，在西方針對阿爾奈與湯普遜發展出來的故事類型索引和情節單元索引的檢討意見主要有五點：第一點是部分學者，如本特‧霍爾貝克（Bengt Holbek，1933～1992）認為類型根本是不存在的。但西方整體的主流看法，相信故事類型確實存在。第二個批評意見是 AT 僅適用於歐洲故事，因為 AT 系統是以考察歐洲資料為基礎發展出來的。但在學者以此系統考察了非洲的故事之後，這個觀點也同樣被推翻。第三點是故事類型與情節單元的重複問題，有些類型僅有一個情節單元，那麼哪些應該放入情節單元索引中？哪些又該放入類型索引中呢？此外，類型與類型之間同樣也有重複的問題，這是因為 AT 的架構並不只有一個分類標準，同樣的故事情節，若採得的故事有時主角是人，有時主角是動物，可能就會產生需要重複歸類的情況，如動物故事中 AT123 的情節等於一般民間故事中的AT333，就是中國流傳甚廣的「虎姑婆故事」，只是 AT123 的主角是小羊，AT333的主角則是小孩。AT 的第四個檢討意見為略去了大部分淫穢的材料，雖然湯普遜在情節單元索引中保留了 X700 到 X749 的位置給這些故事，但阿蘭‧鄧迪斯認為這是遠遠不足的。阿蘭‧鄧迪斯稱第五點為「名存實無的條目」，例如情節單元索引 B31.1「一隻巨大的鳥把人用爪子帶走」下，有一個互見條目K186.1.1「英雄被縫在獸皮之中以便被鳥帶上天」，但實際上 K186 下並沒有這

一條，這種情況應該是龐雜的編目過程中的偶疏。〔註1〕

　　儘管 AT 系統有這麼多的檢討意見，但阿蘭‧鄧迪斯仍舊認爲「它們的使用畢竟可以把民間敘事的學術研究與許多業餘愛好者和半吊子的研究區分開來。通過母題或故事類型編目來確定民間敘事，在眞正的民俗學家中間已經變成一個國際化的必備條件」。〔註2〕也就是說阿爾奈與湯普遜的努力，提供給民間文學研究者一個研究方法，透過方法，使得民間文學研究不再停留在漫談感想或教化功能，而能像其他學科一樣邁向科學化之路。且透過 AT 分類法，各國的研究有了共通的基礎，使得民間文學研究能夠邁向國際化。在阿蘭‧鄧迪斯的眼中，能否運用 AT 系統，也成爲辨別國際化民俗學者的重要指標了。

第一節　國際學界之評價

　　了解了國際上對 AT 系統的看法以後，我們回過頭來看看學界如何評斷丁先生的著作價值。關於《中國民間故事類型索引》，最早提出批評的是艾伯華（或譯作「愛本哈德」）。丁書發表以前，艾氏已於 1937 年發表《中國民間故事類型》一書，該書是第一部較具規模的中國民間故事類型索引，但並非以 AT 分類法編撰。丁書英文本於 1978 年在芬蘭出版，1980 年艾伯華就在德國發表〈丁乃通的《中國民間故事類型索引》：以口頭傳統與無宗教的古典文學文獻爲主〉一文，〔註3〕說明站在中國民間故事類型索引編輯者的立場，對於丁書的看法。艾伯華對丁書的批評主要有下列幾項：

　　一、丁書未給予艾書評價。

　　二、對於丁氏刪去神話傳說、佛教故事、狐仙故事、解釋鳥獸歌聲意義
　　　　的故事、行業故事，艾氏不以爲然。

　　三、中國故事不能適應 AT 分類系統。

　　四、丁書無法解決民間故事中角色變異問題，造成讀者檢索困難。

　　五、「大中國」的觀點使得丁書不能展現各地風俗特點。

〔註1〕見阿蘭‧鄧迪斯：〈母題索引與故事類型索引〉，《民俗解析》（桂林：廣西師
　　　　範大學出版社，2005 年 1 月），頁 229～234。

〔註2〕同註1，頁 228。

〔註3〕艾伯華著、董曉萍譯：〈丁乃通的《中民間故事類型索引》以口頭傳統與無宗
　　　　教的古典文學文獻爲主〉，《民族文學研究》（2008 年第 3 期），頁 165～170。

六、中國故事是否忠實記錄的問題。

丁乃通於〈答愛本哈德教授〉一文中提出了四點反駁，這四點分別針對艾氏提出來的第一、三、五項進行答辯。關於第一項，丁先生認爲艾伯華的《中國民間故事類型》乃是繼承鍾敬文早年草創的類型，更遠地推溯，其實是仿自雅可布遜（Jeseph Jacobs）的《印歐民間故事形式表》。丁先生在文中說：「民國時期，中國民俗學家們用於描述故事類型的風格大都是模糊而又抽象的，顯然利用的是記憶而不是手頭的資料。鍾教授承認如此，認爲他的類型是粗略的產品，……艾伯華教授在個人著作裡花費大量筆墨去補正其缺點——這是一種沒有幾個民俗專家欣賞的佔用篇幅的過去作法。」〔註4〕另外，艾伯華的《中國民間故事類型》裡收羅了傳說、神話和笑話，這顯示艾伯華與丁先生對故事類型採行的系統不同，既然觀念不同，自然沒必要在自己的著作中給予評價。另一個丁書未提及艾伯華的原因是，艾伯華對異文數量很少的類型也下結論，這是很冒險的。如艾伯華在「老虎和驢」下，只引用了一個唐人柳宗元記錄的故事，便認定「這一類型唐以前在中國就很出名了」。〔註5〕另外，若依照 AT 系統的標準，必須要蒐集到一則故事兩個以上的異說，〔註6〕才能夠判定故事是否成型，但「聰明的小偷」型下只引了一個出處，〔註7〕艾伯華便判定成型。同樣的情況在全書中屢見不鮮，〔註8〕看在丁先生的眼中，證據力是不足夠的。

關於第三項，丁先生認爲使用 AT 分類法只是繼承「傑出的先驅者留給我們的遺產」，〔註9〕至於艾伯華懷疑丁先生在面對複雜故事的處理態度，是將其分列在多個類型下，如此可能歪曲資料，並混淆讀者觀感，這一點後來也成爲大陸學者反對 AT 分類法的主要原因之一，關於這一點下文會有詳細的論

〔註4〕　見丁乃通著、李揚譯：〈答愛本哈德教授〉，《故事研究資料選》（武漢：中國民間文藝家協會湖北分會編印，1989 年 9 月），頁 285。
〔註5〕　見艾伯華：《中國民間故事類型》（北京：商務印書館，1999 年 2 月），頁 13。
〔註6〕　見金榮華：《中國民間故事與故事分類》（台北：中國口傳文學學會，2007 年 9 月），頁 69。
〔註7〕　書同註5，頁 413。
〔註8〕　如頁 36 的「砍柴的人」型、頁 58～59 的「變形男孩」型、頁 84～85「青蛙變妖人」型、頁 99 的「新生兒」型等等，在這些類型下，艾氏都只舉了一個出處便判定成型。
〔註9〕　見丁乃通著、李揚譯：〈答愛本哈德教授〉，《故事研究資料選》（武漢：中國民間文藝家協會湖北分會編印，1989 年 9 月），頁 286。

述。針對第五項，丁先生認爲自己採行的是「國家」觀點，而非「民族」觀點，在 AT 的系統裡這並沒有什麼不對，編輯索引並不需要把少數民族或邊陲地區特別分立出來。艾伯華主張要把少數民族另外獨立出來的觀點也遭到大陸學者的詬病，賈芝就認爲「艾伯華的這種言論如果不是出於某種政治目的，也只能說明他的無知和偏見」。〔註 10〕

筆者還想特別指出艾伯華在文中對丁氏及整個中國文學傳統的一點誤解。艾伯華在說：中國的文人雅士經常可以從傭人口中得知下階層流通的故事，而廣大農民也絕對不是我們所想像的那麼不了解書面文獻，「在中國，這種不同階級互相學習的觀點好像一度不太受歡迎，我想，也可能丁教授是出於這個原因，才在他的著作中，把中國民俗學者早期提到的文人筆記資料都擱置了，沒有列入他的參考書。」〔註 11〕關於這種民間文學上下互通的情況，在中國應該是一種常識，筆記小說作者有時甚至會在記錄故事之前或之後，說明故事來源，如明代公安派文人江盈科在他的《雪濤小說‧心高》一文中就記錄了一個成型故事，類型編號爲 750D.1，名稱爲「井水變成酒，還嫌無酒糟」，江盈科在文中便註明他之所以得知這個故事是「父老相傳」而來。〔註 12〕只要是讀過中國文人筆記的讀者，一定不難了解這個情況。至於艾伯華所指稱的丁氏擱置了歷代文人筆記資料，這一點顯然有誤解，翻閱丁書文末所附參考書目，不僅筆記小說頗多，丁氏還引用了像《筆記小說大觀》初編、續編，以及《說郛》、《說庫》這樣的筆記叢書，應無擱置歷代文人筆記的嫌疑。

關於丁先生在文章中並未回覆的第二、四、六點，第二點將在下文中與第三點一起談。關於第四點，艾伯華指出，丁書的檢索系統不夠周全，例如「有時狐狸出現在故事類型的標題中，卻不知道它是否也出現在故事的內容中，……有時狐狸已被某中國故事提到了，卻又在『狐狸』的索引標題下找不到它」，〔註 13〕因此造成讀者的困擾。這的確是丁先生在編輯時盡量不改動 AT 系統造成的不便，金榮華先生在編輯《民間故事類型索引》時已針對這些

〔註 10〕賈芝：〈序二〉，《中國民間故事類型索引》（武漢：華中師範大學出版社，2008年 4 月），頁 4。

〔註 11〕艾伯華著、董曉萍譯：〈丁乃通的《中民間故事類型索引》以口頭傳統與無宗教的古典文學文獻爲主〉，《民族文學研究》（2008 年第 3 期），頁 167。

〔註 12〕江盈科：〈心高〉，《江盈科集》（長沙：岳麓書社，1997 年 4 月），下冊，頁 694。

〔註 13〕文同註 11，頁 168。

問題進行調整，並且也爲檢索不易的丁書另外編寫了《丁乃通《中國民間故事類型索引》情節檢索》。〔註14〕但是必須說明的是，會造成這樣的現象，是因爲民間故事的角色原本就會適應各地的情況而改變，在沒有老虎的地方，虎姑婆可能被說成狼外婆或熊外婆，只要民間故事仍活著，角色變易的情況就會不斷發生，因此索引的編輯要面面俱到十分不容易，只要參看丁先生寫的故事梗概，就可以知道他已經儘可能詳細的記錄每個故事的樣貌。

　　而第六點，關於中國故事的眞實性問題，則是中國故事最爲西方詬病之處，在極權時期迫於政治氣氛的無奈以及故事採錄者的專業不足，很多故事的確遭到更動。這在張弘的《民間文學改舊編新論》裡寫的很清楚，他在〈黃泥崗群眾自發改舊的調查報告〉一文裡，提到田野工作者要求講述者「修改」故事的情況：

> 徐桂芳（案：講述者）在談故事的來源時說：「有一些瞎話過去是眞事：你傳我，我傳他，就傳下來；你加點，我又編幾句，越來越玄了，就成了瞎話。」談故事的作用時說：「唱本、瞎話都是勸人方，講的都是忠奸好壞，沒有這個，就沒有意思啦。」又說：「舊瞎話在新社會講，有的適合，有的不適合：大公無私，爲民除害就適合；鬼神迷信，升官發財就不適合。」據此，我們請他講幾個「適合的」，再講幾個「不適合的」。他對《孫克讓》的評語是「孫克讓大公無私，爲民除害，好樣的，有立場，這個適合。」他對《一條鮎魚兩個頭》的評語是「鬼神迷信，循環報應，不適合。」他評《飛毛腿除害》時感到爲難。他說：「爲民除害，是好事，行俠仗義，也不錯，這些適合；治妖精得靠天，升皇表，請玉皇，是迷信，這些不適合。」他雖然認識的比較清楚，但卻未達到推陳出新的高度，從未想過動手改一改。當我們提出請他修改時，他說：「我是大老粗，改不了；才子才能改，你們拿回去改吧！」經過我們用他自己的理論動員之後，他立即答應「試試」。經過了兩次修改，排出了糟粕，雖不是什麼精彩的東西，但孩子們聽了也不受害。……呂希路講的故事無論在思想上還是在藝術上質量都很高。但其中有一篇《有緣千里來相會，無緣對面不相逢》的故事，主題損害了人物。硬逼著老太太殺

〔註14〕金榮華：《丁乃通《中國民間故事類型索引》情節檢索》，台北：中國口傳文學學會，2010 年 3 月。

「緣兒」（故事裡給一個大鳥取的名字），破壞了老太太純樸善良的性格。討論這個故事時，呂希路說：「故事壞倒不壞，就是受了那句話（指故事的標題）的害。」當請他修改時他說：「我哪行，才子才能編書，你們回去一編一串連就行了。」經過說服，他說：「好，我給它糾正糾正。」但不巧的是第二天，孩子病了，他到處請醫生，「沒有閒心」，把這件事放下了。可見，這種人儘管思想上有阻力，但經過動員之後都能接受「推陳出新」。〔註15〕

張弘是當時民間故事「改舊」的推動者，他要求故事家檢討自己所講述的故事內容是否有益，若對民眾的思想沒有助益，便要求故事家改動自己所講述的故事，當時雖然有民間文學工作起來反對這種改舊活動，如賈芝便曾行文批評改舊活動不科學，應當盡量保存故事的原貌，〔註16〕但民間故事的改舊仍在中國許多地方推行，甚至動員吉林大學中文系的學生「在吉安搞了一次輔導群眾『改舊編新』的實驗」。〔註17〕這個活動簡直是共產黨批鬥與自我批判的餘緒，當時受影響的民間故事數量究竟有多少無法考據，但可以想見的是，有很多故事因政治力，已改變了原來的講法，更可能有很多故事，講述者擔心思想不正確，已悄悄埋入記憶深處，再也不流傳。這確實給民間故事的真實性帶來懷疑的空間，但是站在索引編輯者的立場來說，這是政治問題導致的歷史事實，編輯者的責任在於看到一個成型故事，就將它歸入索引當中，即便他看到的是經過改動的故事。時代背景、特殊環境對故事的影響是研究者的責任，而不是索引編輯者的原罪。況且在這些現代故事集已不易找尋的現在，恐怕我們還得感謝丁先生的努力，使我們得以一窺這些書的樣貌。

丁書除了遭到艾伯華的反對，大陸學者對此也寫了不少文章，祁連休不採 AT 分類法，將中國古籍中的同型故事進行歸納，寫成了《中國古代民間故事類型研究》，他在〈中國故事的獨特魅力〉一文中指出，自己之所以不用 AT 分類法，是因為這套系統：1. 類型名稱不符合中國的使用習慣。2. 未將傳說

〔註15〕 張弘：〈黃泥崗群眾自發改舊的調查報告〉，《民間文學改舊編新論》（長春：時代文藝出版社，1991 年 4 月），頁 51～52。

〔註16〕 賈芝：〈論民間文學的整理〉，《賈芝集》（北京：中國社會科學出版社，2009 年 3 月），頁 269～282。

〔註17〕 張弘：〈論整理〉，《民間文學改舊編新論》（長春：時代文藝出版社，1991 年 4 月），頁 137。

編入。3. 中國故事常常被拆解，分別納入不同的類型當中，表示中國故事不適合 AT 系統，進行編輯便有削足適履的嫌疑。〔註18〕這三點中的二、三點，正好與前文艾伯華提出的二、三點相同，在此一併討論。

關於第一點，的確是丁書使用不便的地方，因此金榮華先生在編寫《民間故事類型索引》時，特別針對這一點做了很多修訂。如型號 910K 的故事是說：不知情的主角要去送一封會害死自己的信，後來他想起曾得到的戒言並遵從之，因此逃過一劫。丁書的類型名稱為「誡言和尤利亞式的信」，〔註19〕在西方這一型故事最有名的出處是《聖經》，當中的主角名字就叫尤利亞，〔註20〕這正是類型名稱的由來，但不熟悉聖經故事的中文讀者就無法理解了，因此金先生將類型名稱改為「謹守誡言　躲過送死陷阱」，〔註21〕便能一目了然。既然這個問題只要針對中國的文化情況稍作調整就能解決，似乎便不能視為 AT 系統的重大缺陷。

關於第二點，AT 系統原先的設定就是不收神話及傳說的，這不能視為丁先生的缺失。為什麼 AT 系統不收神話、傳說呢？這個問題一直是大陸學者最不滿意 AT 系統之處。什麼是神話呢？所謂神話，「是遠古時代人們解釋自然現象、解釋人與自然的關係、說明人類和物種起源等具有高度幻想性的故事，而其特色則是來自當時人們的思考方式」，〔註22〕如遠古時代人類認為天和地原本是相連的，現在之所以天地分開，是盤古每天長高一點，因而將天撐高。既然神話是指初民解釋自然現象的方式，嚴格地說，人類進入文明社會後神話便不易再生，數量已經固定下來，只能被傳講。神話通常較短，只有一個情節單元，因此將它放在情節單元索引裡處理即可，湯普遜《民間故事情節單元索引》中的「A」部分，處理的便是「神話、諸物起源」。〔註23〕而傳說「是指所說事情的主體，無論是人、是地、是物，或是風俗，都是真實存在的，或是曾經真實存在過的。但所說關於這個主體的種種，則完全是想像的，

〔註18〕 祁連休：〈中國故事的獨特魅力〉，《河南教育學院學報》，2008 年第 6 期。

〔註19〕 丁乃通：《中國民間故事類型索引》（武漢：華中師範大學出版社，2008 年 4 月），頁 194。

〔註20〕 見《聖經·撒母耳記》第十一章。

〔註21〕 見金榮華：《民間故事類型索引》（台北：中國口傳文學學會，2007 年 2 月，共三冊），頁 352。

〔註22〕 書同註 6，頁 67。

〔註23〕 見 Stith Thompson, *Motif-Index of Folk-Literature,* Bloomington, Indiana University press, 1975, 6 Volumes.

或者是添加了高度想像的」。〔註24〕傳說常見的分類是依人、地、物或風俗分，例如「人物傳說」或「地名傳說」，那是另一種分類系統。傳說中的情節單元分類同樣也可見於湯普遜的《民間故事情節單元索引》，但並未如神話一樣集中在一起，而是散見於各個類目底下的。

至於神話和傳說的情節如果成型，AT 系統仍是就情節作類型索引的。例如希臘羅馬神話中有則故事說，米達斯國王親切的款待了酒神又醉酒又邋遢的客人，酒神非常高興，便答應實現米達斯國王的一個願望，米達斯許願他碰過的東西都變成黃金，酒神慷慨的應允，但到了吃飯時間，米達斯發現自己碰到的食物都變成黃金，根本沒辦法吃東西，只得再請酒神收回他的贈與。〔註25〕這個故事出現在希臘羅馬神話中，理當是個神話，照艾伯華與許多大陸學者的理解，丁書所屬的 AT 系統是不處理這個故事的，但實際上這是個成型故事，AT 母本將其歸在 775「米達斯短視的願望」。〔註26〕關於米達斯國王還有另一個故事，他因爲得罪了阿波羅，阿波羅便把他的耳朵變成了驢耳朵。米達斯怕別人發現，就用特製的帽子蓋住耳朵，唯一知情的是理髮師，理髮師雖然發誓不洩漏國王的秘密，但秘密積壓在心裡很痛苦，於是他就到野外挖了個洞，對著洞說出心裡的秘密，隔年那片荒野裡長出了蘆葦，風一吹就沙沙地說出了國王的秘密。〔註27〕這個故事同樣出自希臘羅馬神話，也被 AT 視爲成型故事，編在 782「米達斯王和驢耳朵」。〔註28〕

除了希臘羅馬神話，我們也可以在中國的神話傳說中找到例子，像是民間喜歡傳講的包公傳說，主角確爲北宋時期以公正聞名的官員包拯（999～1062），因此附會在他身上的故事便是傳說，依艾伯華與許多大陸學者的理解，AT 系統是不處理的，但實際上專記包公傳說的《龍圖公案》，就出現在丁書的參考書目中，〔註29〕丁先生在《龍圖公案》中歸出 160「感恩的動物；忘恩的人」、301F「尋寶」、672D「蛇液石」、780「會唱歌的骨頭」、825A*「懷疑的人促使預言中的洪水到來」、910「買來的或者別人提供的警言證明是正

〔註24〕書同註6，頁68。

〔註25〕見赫米爾敦著、宋碧雲譯：《希臘羅馬神話故事》，台北：志文出版社，2010年 11 月，頁 340～341。

〔註26〕見 Stith Thompson, *The Types of the Folktale*（Helsinki,1981）,FFC184, p.268.

〔註27〕書同註 25，頁 341～342。

〔註28〕書同註 26，頁 270。

〔註29〕書同註 19，頁 385。

確的」、1642A」「流氓在法庭上冒認財物」七個類型。〔註30〕此外例如《中國民間故事集成》的西藏卷中，「傳說」類下有藏族〈國王朗達瑪頭上長角啦〉及〈朗達瑪與拉隆・白吉多杰〉故事，〔註31〕這兩個故事與希臘神話的驢耳朵國王是同型故事，金榮華先生將其編在《民間故事類型索引》的734「國王驢耳」型下。〔註32〕另外如海南卷中有一則黎族神話〈天狗〉，是說遠古時候天地相連，世上還沒有人，由天皇主宰一切。天皇非常信任天狗，什麼事都交代他做。後來天狗愛上了天皇的女兒娑女，就設計讓黃蜂咬了娑女，再告訴天皇自己可醫治娑女，條件是娑女必須嫁給自己。天皇起初不願意，但確實無計可施，便同意了。天狗果然治癒了娑女，天皇覺得讓女兒跟天狗結婚有失面子，於是神鞭一揮，就把天地分開，天狗與娑女留在地面成親，天皇則隨雲登天，人也因此產生。〔註33〕這是則創生神話，金先生則將其編在類型430F「靈犬醫病娶嬌妻」下。〔註34〕

　　綜上所述，AT並非不處理神話與傳說，並不是採取漠視的態度，只是將它分開放在不同的系統裡處理。結構較穩定、單純的神話、傳說，就放在情節單元索引中處理；而結構近似於故事的神話、傳說，就放在故事類型索引中處理。這似乎不僅不能算作是一種缺失，反而是一種更精細的作法。AT系統處理與否的關鍵在於結構，而非這則敘事在分類上是屬於神話、傳說或者民間故事。以分析的眼光來看，「AT或丁書忽略了神話、傳說」，這樣的陳述顯然是未經仔細思考的錯誤印象。

　　關於第三點，艾伯華在文中舉丁書的8*型底下的資料出處「《民間文學》1957年5月，第25～29頁（1509*+ +1536A+21）」為例，艾伯華指出光從這樣的紀錄，即便讀者循著順序一一翻看類型（1059*型的類型名稱是「農民使魔鬼坐在倒立的耙子上」，8*型的類型名稱為「狐狸用燒焦的熊骨交換馴鹿」，

〔註30〕書同註19，頁23、47、153、165、168、193、311。
〔註31〕〈國王朗達瑪頭上長角啦〉《中國民間故事集成・西藏卷》（北京：中國ISBN中心，2001年8月），頁48。〈朗達瑪與拉隆・白吉多杰〉《中國民間故事集成・西藏卷》（北京：中國ISBN中心，2001年8月），頁50。
〔註32〕書同註21，頁255～256。案：金先生將母本及丁書中，原列於「神的賞罰」類下的類型782「米達斯王和驢耳朵」，改列於「幻想故事」類下的「其他神奇故事」，型號定為734，類型名稱為「國王驢耳」。
〔註33〕〈天狗〉《中國民間故事集成・海南卷》（北京：中國ISBN中心，2002年9月），頁18～19。
〔註34〕書同註21，頁151～152。

1536A 的類型名稱爲「箱子裡的婦女」，21 型的類型名稱爲「吃自己的內臟」），仍然無法拼湊出故事的原貌，反而會看越迷糊。艾伯華及許多中國學者抓著這點，認爲這是中國故事具有「特殊性」的證據，因此中國故事不適用 AT 系統。但詳細觀察，這恐怕不是中國故事的特殊性，而是中國「現代故事」的特殊性。以丁書中的類型 160「感恩的動物忘恩的人」爲例，〔註35〕160 下引了二十個出處，即二十則故事。其中有五個故事出自古籍，另外十五個則出自現代故事集，這二十個故事中有十個作了「+」號的註記，也就是說這十個故事的講法和其他類型複合了，但這十個故事只有一個出自古籍，其餘皆出自現代故事集。不僅型號 160 如此，在丁書中，被作了「+」號註記的多是現代故事，出自古籍的數量甚少，出自古籍的故事即便被加上「+」號註記，多半也只有一個「+」號，偶然有兩個「+」號的，若出現三、四個「+」號都是現代故事。這種現象表示出自古籍的故事較適合 AT 系統，而現代採集的故事反而不適合 AT 系統。這可能反映了中國故事在流傳過程中，正朝著複雜化的方向發展，另一個不可忽視的可能因素是，丁書採用的原始資料可能有一部分是「整理」後的結果，未必是故事的原始面貌。

實際上類型索引只是一個工具，索引編輯者將材料分門別類的歸在號碼裡，就像圖書館員採購圖書後，依據類別給每本書一個號碼，讀者需要時就能輕易的找到資料。同樣的，類型索引幫助研究者快速的找到需要的材料，它只是研究的開始，而不是研究的結束。只要能利用它有效、快速的找到材料，那就是一套好的索引系統。更何況 AT 分類法行之有年，早已成爲國際通用的一套分類系統，雖然它仍有一些問題，但即使將來能有一套更爲完善、大家願意使用的分類系統，它仍是無法棄之不顧的一套分類法。

在艾伯華發表文章批評丁書，丁先生也回覆一篇文章，說明自己的立場後，日本學者加藤千代綜合兩人的意見，發表了〈關於中國民間故事類型索引——艾伯華的書評與丁乃通的答辯〉一文，加藤千代的結論偏向同意艾伯華的意見：「我的結論肯定了艾伯華的觀點，推測到將來的第三部故事類型索引是 EB 索引（案：指艾伯華的《中國民間故事類型》）基礎上的延長。」〔註36〕加藤千

〔註35〕書同註 19，頁 23。

〔註36〕見〔日〕加藤千代著、陳必成譯：〈關於中國民間故事類型索引——艾伯哈德的書評與丁乃通的答辯〉，《故事研究資料選》（武漢：中民間文藝家協會湖北分會編印，1989 年 9 月），頁 270。

代的預言沒有成真，現在第三部索引已經出爐了，是金榮華先生依據 AT 分類法所編寫的《民間故事類型索引》，而非艾伯華系統的延伸。

　　在日本反對以 AT 編輯民間故事類型的學者似乎不僅有加藤千代，丁先生在 1984 年 5 月 1 日寫給段寶林的信中曾經提過：「日本人反對我的書主要的原因是：1. 艾伯哈特通過他的學生和朋友，在日本大爲我作反宣傳。2. Ikeda 寫的一本日本民間故事類型也是用 AT 分類法的，可是她的書牽強附會太過分了，容易引起人反感。日本人認爲中日兩國民間故事，同屬一個系統，所以也反對中國用 AT 系統。」

　　除了艾伯華與加藤千代，賀大衛（David Holm）與王靖獻都曾寫過《中國民間故事類型索引》的書評，這兩篇書評除了介紹丁書的內容外，也對丁書的優、缺點做出評價。賀大衛認爲丁書的缺點在於將材料限制在童話、書末的主題索引（subject index）編輯不恰當，而丁書中收錄了稀有且罕見的出版品則是它最大的優點。〔註 37〕這些觀點因爲是書評而非正式論文，並未做出清楚的陳述與舉例，而且很可能受到艾伯華的影響。王靖獻則認爲丁書最大的優點在於精鍊的描述故事功力，但內容批判了中國傳統社會，而未能帶給讀者這些故事的正確評價。〔註 38〕這些觀點也同樣沒有清楚的論述與例證，因此我們無法理解這些觀點的實質意涵。

第二節　大陸學界之評價

　　繼艾伯華與加藤千代之後，對於丁書的批評聲浪並沒有止息，反在大陸民間文學界掀起了一場論戰，有褒有貶。誇讚的主要意見代表有賈芝：

> 丁先生的這本《中國民間故事類型索引》，恰好填補了我國民間故事
> 研究中的一頁空白。他是根據中華人民共和國成立以後我國出版的
> 五十多個民族的大量的民間故事分類編纂成書的。他以嚴謹的治學
> 態度作了細緻的研究、比較和選擇，完成了這本引人入門，也引人
> 入勝的工具書。對於我國研究者，這本書是引向與世界民間故事進
> 行比較研究的橋樑；對於國外學者，這本書則是將他們領入中國民

〔註 37〕David Holm, Book Reviews: A Type Index of Chinese Folktales. By NAU-TUNG TING, The China Quarterly, No.84（Dec., 1980），pp.783～784.

〔註 38〕C. H. Wang, Book Reviews: A Type Index of Chinese Folktales. By NAU-TUNG TING,, The Journal of Asian Studies, Vol. 40, No.2（Feb., 1981），pp.367～368.

間故事寶庫的大門。〔註39〕

劉魁立則認爲丁先生的著作改變了西方對中國故事的隨意想像：

> 丁乃通所編索引的分類和編輯原則以 AT 索引爲基礎，採用了國際
> 通用的編碼。這不僅是對所謂東方故事特殊論的一種有力的辯駁，
> 同時也爲各國學者進行民間故事的國際間的比較研究提供了極大的
> 便利，即對我國民間文學工作者來說，也不失爲一部有價值的工具
> 書。〔註40〕

丁書所收材料較艾伯華的《中國民間故事類型》多出甚多，〔註41〕因此劉守
華讚許丁書：

> 從反映中國民間故事的實際風貌而言，丁乃通的著作無疑前進了一
> 大步。還有，由於許多類型所含異文常常達到數十篇之多，著者認
> 眞辨析其異同，並在情節提要中將大同小異之處一一說明，對故事
> 型態的描述達到精細入微的程度，這也是超越前人的。〔註42〕

綜合以上各家說法，丁先生的《中國民間故事類型索引》最爲人稱道的有幾
點：處理的資料量大，足以反映中國民間故事的實際風貌。採用 AT 分類法，
使得東西方故事方便拿來互相比較，並以實際的分析成果反駁了中國故事特
殊論。仔細分析故事情節的異同，並詳加說明，用功之勤，超越前人甚多。

在批評方面，大陸學者的意見大概不脫前節艾伯華所提出的意見，如劉
守華認爲丁書的缺點在於：

> 完全沿用 AT 分類法所存在的問題也不能不看到的。它主要是依據
> 歐洲民間故事的實際狀況構成的，同基於中國歷史文化傳統的民間
> 故事，難免有格格不入的地方；將所有的中國故事楔入這個體系，
> 有時就會出現削足適履的不協調情況。〔註43〕

劉守華認爲丁書採用 AT 分類法，無法適應中國文化傳統下的民間故事。他舉

〔註39〕賈芝：〈序二〉，書同註19（武漢：華中師範大學出版社，2008 年 4 月），頁 6
～7。
〔註40〕劉魁立：〈世界各國民間故事情節類型索引述評〉，《劉魁立民俗學論集》（上
海：上海文藝出版社，1998 年 10 月），頁 384。
〔註41〕艾伯華：書同註 5，北京：商務印書館，1999 年 2 月。
〔註42〕劉守華：〈導論〉，《中國民間故事類型研究》（武漢：華中師範大學出版社，
2002 年 10 月），頁 15。
〔註43〕劉守華：〈導論〉，《中國民間故事類型研究》（武漢：華中師範大學出版社，
2002 年 10 月），頁 16。

了三個例子來說明這種情況，第一、丁書所列中國的宗教故事，非純宗教性文學，「屬宗教性與世俗性交融之作，不宜列入『宗教故事』內」。〔註44〕第二、「丁著將長工和地主故事楔入『愚蠢魔鬼』編號之內，顯然也有些勉強」。〔註45〕第三、丁書保留了 AT 原書中中國讀者難以理解的故事類型名稱，如327A「亨舍爾和格萊特」等是。關於第一點，AT 母本在編寫之初，編號750～849 的「宗教故事」，就不是設定在收納「純宗教性文學」，因此將中國的「宗教性與世俗性交融之作」納入宗教故事內，似無不妥。第二點則應該看成是丁書為使 AT 分類和中國故事互相適應所做的努力，因為愚蠢妖魔故事在西方常見而中國較少，長工地主故事在中國流傳甚多而西方不常見，但兩種故事都具有權大力盛者要欺負弱勢者反而被害的特徵，所以丁書不另立類名而將長工地主故事歸入此處。丁先生的這個想法沒有表現在類目的修訂上，後來金榮華先生將丁書「愚蠢妖魔的故事」這個類目名稱改為「惡地主與笨魔的故事」，〔註46〕此一問題應可算是解決了。第三點關於丁書類型名稱不妥當之處亦已由金榮華先生改正，詳細的改定結果下節將有更詳細的介紹與說明。

　　反對以 AT 分類法分析中國故事的大陸學者甚多，除劉守華外，第一章第三節已提過的祁連休、高丙中、呂微、林繼富、戶曉輝等學者，都寫文章提過類似的看法。〔註47〕甚至連劉魁立都在〈論中國螺女型故事的歷史發展進程〉一文中，推翻自己原先認為丁書採用 AT 可說是「對所謂東方故事特殊論的一種有力的辯駁」這個觀點，〔註48〕轉而認為「我關於 AT 分類法是否完全

〔註44〕同註43。

〔註45〕同註43。

〔註46〕見金榮華：〈中國民間故事和 AT 分類〉，《中國民間故事集成類型索引（一）》（台北：中國口傳文學學會，2000 年 1 月），頁 15～16。

〔註47〕祁連休：〈中國故事的獨特魅力〉，《河南教育學院學報》（2008 年第 6 期），頁16。

高丙中：〈故事類型研究的中國意義〉，《河南教育學院學報》（2008 年第 6 期），頁 20。

呂微：〈故事類型劃分的經驗與標準〉，《河南教育學院學報》（2008 年第 6 期），頁 26～27。

林繼富：〈「中國民間故事類型索引」研究的批評與反思〉，《思想戰線》（2003 年第 3 期），頁 91。

戶曉輝：〈類型：民間故事存在的方式〉，《河南教育學院學報》（2008 年第 6 期），頁 21。

〔註48〕同註40。

符合我國各民族民間故事實際情況的疑慮，就變得越來越濃重了」。〔註49〕當然針對問題進行更多的思考以後，有可能超越自己從前的想法，但劉魁立改變想法的原因何在呢？

　　劉魁立在研究螺女故事時，發現中國螺女型故事的發展可分爲兩支。情節較爲單純的稱爲 A 系統，是說主角得一螺，攜回家養於水中，此後主角每日工作回家，桌上便有煮好的飯菜。一日主角佯裝出門，暗中窺伺，發現竟是螺化爲少女替他操持家務。主角現身後螺女即離去不再回來。講法較爲複雜的稱爲 B 系統，前半段與 A 系統差異不大，但螺女被拆穿後並未離去，反與主角結爲夫妻，但縣官覬覦螺女美色，便要主角完成各種難題，否則就要殺他，難題皆爲螺女化解。劉魁立在文中曾自言，B 系統「實際上已經是一個複合的故事，如果要以丁乃通 AT 分類法來對應的話，那就是 400C 類型＋465類型」。〔註50〕B 系統顯然是 A 系 400C 在流傳過程中與 465 的結合，祇要有一個講述者覺得螺女故事若接上 465「妻子慧美，丈夫遭殃」的情節順暢有趣，聽眾覺得有意思，便是現在的 B 系統。從另外一個角度，也可能是 465的講述者，希望給女主角一個神奇的來歷，便在前面加上 400C 的情節，如此便也成爲 B 系統。實際上類型 465 前面若爲 400「凡夫尋仙妻」、400A「鳥妻」、400B「畫中女」、400D「動物便成的妻子」、400D.1「植物或物品變成的妻子」〔註51〕、555D「龍宮得寶或娶妻」〔註52〕、592A「樂人和龍王」〔註53〕的情節均相當合理，民間故事中也不乏這樣的組合，由此可知劉魁立歸納的 B 系統確實是 400C＋465 兩個類型的複合，而非一個類型。但不知爲什麼劉魁立的結論卻是：

　　　　這一故事類型在編入 AT 系統的類型索引時，是列在第 400 號下的。
　　　　這總使人感到有些不妥，彷彿是讓一個身材魁梧的中年漢子，穿上
　　　　一件七歲女孩兒的彩衣，只能一隻袖子套在胳膊上，其餘的就隨他
　　　　去。對中國民間故事分類和著錄有所貢獻的丁乃通教授，在編製索
　　　　引時，也不得不單列一個亞類型 400C。但這樣仍使人感到未盡如

〔註49〕劉魁立：〈中國螺女型故事的歷史發展進程〉，《民間敘事的生命樹》（北京：中國社會出版社，2010 年 12 月），頁 65。
〔註50〕同註49，頁 57～58。
〔註51〕案：此類型未見於丁書，乃金榮華先生新訂類型。
〔註52〕丁書中，此類型號碼爲 555*。
〔註53〕丁書中，此類型號碼爲 592A*。

意。〔註54〕

劉魁立這段話的意思當是，把螺女故事的 A、B 系統皆列於 400C 下是不恰當的，但前文已分析過 A 系統與 B 系統的前半部是相同的，因此同歸於 400C 下並無不當。B 系統的後半部則屬 465，這也是劉魁立自己同意的，因此對丁先生的指責似乎有矛盾的嫌疑。若依劉魁立的意思，似乎要將每一種複合型都另立一個新類型，才是一部盡合人意的索引系統，可是民間故事的樣貌千變萬化，替複合型訂立新類型的工作恐怕是怎麼樣都做不完的，就算真完成了一部這樣的索引，也可能檢索困難而失去索引的意義。例如日本的《今昔物語集》中有這樣一則故事：男子的美麗妻子受到上司的覬覦，上司便給他出了個難題，輸了就要把妻子獻給上司，最後出面解決問題的是觀世音菩薩，而非神奇的妻子。AT 系統會將這個故事歸在類型 465 下，但若依劉魁立的理想，這個故事須另立新型。明明是相似的故事結構，卻要分立不同的類型，對索引的使用者而言，恐怕不是恰當的作法。另外劉魁立雖然認為 AT 的編排並不恰當，但卻未能在文中提中具體的建議，這些反對 AT 系統的意見似乎都有這樣共通的問題，即指出問題是容易的，但改善的辦法或者能取代 AT 的新系統，卻始終未能提出。

除了質疑以 AT 分析中國故事的恰當性外，劉魁立還認為：

提要部份，編者或因考慮到使用者可以借助於其他同類索引，所以在歸納和表述時，部分類型似有過分簡略之嫌。〔註55〕

丁書需藉助 AT 母本補充之處太多，讀者使用上不便。關於這一點確實給中國讀者帶來困擾，但丁書原稿並未將母本已有的內容刪略，只是付印時發現成本太高，因此不得不刪去那些內容，這對西方的使用者來說問題不大，但中譯本未能改善這個缺失，確實不便。好在段寶林先生曾在寫給筆者的信中提到，大陸方面有意出版母本的中譯本，希望能夠早日付梓，以補丁書之不足。除此之外，金榮華先生的《民間故事類型索引》，在每個類型下皆註明故事大要，可作為參考。

由上文羅列的觀點我們可以看見矛盾點，丁書採用 AT 分類法來分析中國故事，既是優點，也是缺點。追究原因，陳連山的理解是：

在中國追求國際化的時代，丁乃通的作法受到追捧，彷彿艾伯華有

〔註54〕同註49，頁65。
〔註55〕文同註40，頁385。

> 貶低中國民間故事普遍價值的嫌疑；而當前時風一轉，國人又從強
> 調中國故事特殊論的艾伯華身上發現了價值，AT 分類法大遭懷疑。
> 可是，即使 AT 分類法不適合中國故事，我們也應該參照它去重新
> 建立更加具有普遍性、更加完善的世界民間故事類型，畢竟目前還
> 沒有一個比它更好的類型體系。假如我們想要建立民間故事研究的
> 世界視野的話，AT 分類法是無論如何也繞不過去的。〔註56〕

說穿了一切都是意識形態在作祟，對於這個問題，難道沒有一個比較中立的
理解方式嗎？這個問題將擺在第七章第三節中討論。

　　最後，關於丁先生所寫的幾篇論文則評論較少，僅有劉守華對此提出批
評：

> 作為丁乃通教授代表作的是對四個著名故事——白蛇傳、黃梁夢、
> 灰姑娘和雲中落繡鞋分別進行比較研究的精彩論文。這幾篇故事是
> 中國讀者頗為熟悉乃至家喻戶曉的，然而他又在中國周圍鄰近地區
> 乃至歐亞大陸廣為流傳，既以口頭方式傳播，又進入通俗文學領域
> 和著名作家詩人筆下，其藝術生命力延續千年不衰。論文作者就在
> 這廣闊的時間空間背景上將這些作品的眾多異文進行比較，像清理
> 一團亂麻似的探尋它們的來龍去脈，解析它們在世界範圍內生存演
> 化的謎團。文章雖然較長，細心讀來卻有理有據，能使讀者從不同
> 角度獲得啟示與教益。〔註57〕

評論丁先生單篇論文的人不多，可能的原因有：了解地理歷史研究法的人不
多，因此這幾篇文章閱讀的人不多。此外當然也受限於丁先生的著作多以英
文寫成，發表在國外期刊上，國內不易尋得，若不是對丁先生有相當的研究
興趣，是不會特意去找來閱讀的。

第三節　臺灣學界之評價與對丁書的增訂

　　台灣學界對丁乃通先生《中國民間故事類型索引》的研究，用力最深的
是金榮華先生，實際上他進行的不僅是對丁書的研究，而是針對整個 AT 系統

〔註56〕陳連山：〈普遍性與特殊性之爭：確定中國民間故事類型的兩種思路〉，《河南
　　　　教育學院學報》2008 年第六期，頁 19。
〔註57〕劉守華：〈序〉，《中西敘事文學比較研究》（武漢：華中師範大學出版社，2005
　　　　年 7 月），頁 2。

進行反省。他認爲漢譯的《中國民間故事類型索引》對中國的使用者而言並不方便，因爲 AT 系統編輯時，雖然兼顧世界各地的民間故事，但是歐洲以外地區的材料是相對貧乏的，而且英文漢譯後的名詞也有表達上的障礙。金氏最後歸納出這套系統及漢譯後的《中國民間故事類型索引》有三個不便之處：

> 一是 AT 分類本身的問題，主要是有些故事類型分類不當，檢索不
> 易。二是丁著在譯成中文後，因缺少故事大要的說明和用詞差異引
> 起之不便。三是關於中西各自具有之吃人笨魔和長工鬥財主等角色
> 不同的同型故事，中國民間文學工作者如何就中國故事檢索相關之
> 西方資料。〔註58〕

第一點是指東西方對於同一個故事中角色的設定不同，這個差異可能造成故事歸類上的困擾。例如中國的「何不食肉糜」故事主角爲男性，但西方的此型故事主角多爲女性。〔註59〕按照 AT 分類法，此型故事被歸在「女人的笑話類」，從中國的材料來看這個分類就不適當了，金氏認爲此型故事應當在「傻子」的區號 1675～1724 之間重新定位。〔註60〕

　　第二個缺點是指丁書寫成之後，礙於出版經費不足，因而刪除了與 AT 母本重複的故事大要，這對於西方的讀者並不構成困擾，只要在利用丁書時參看母本即可。但對中國的讀者來說，一方面母本取得不易，再者母本並沒有譯本，對於手邊只有丁書中譯本的讀者而言，不僅類型名稱下常無故事大要，有些故事大要還沒頭沒尾，例如類型 68*「狐狸嘲弄陷阱」的故事大要僅有「臭鼬便這樣被抓住了」一行文字，〔註61〕沒有其它陳述，讀者根本無法從這樣簡單的敘述了解故事情節。若沒有母本一同參看，丁書在應用上確實有許多不便之處。第二個缺點也包括中西方文化差異所造成的慣用語理解問題，例如型號 851A 的類型名稱是「都浪多」，這是西方一個公主的名字，都浪多公主要求她的求婚者猜三個謎語，猜對了就可以成婚，猜錯了就要被處死。這是西方人熟知的故事，因而被用來當成類型名稱，但對東方人而言卻是陌生

〔註58〕　金榮華：〈中國民間故事和 AT 分類（代序）〉《中國民間故事集成類型索引
　　　　　（一）》，台北：中國口傳文學學會，2000 年 1 月，頁 17。

〔註59〕　中國的「何不食肉糜」故事最早見於《晉書》，是說晉惠帝不能體恤民間疾苦，
　　　　　聽見百姓沒有飯吃，便問大臣，百姓何不食肉糜？此型故事在西方主角多爲
　　　　　皇后，聽聞百姓沒有麵包吃便說，那就讓他們吃糕餅好啦。

〔註60〕　文同註58，頁 2～3。

〔註61〕　書同註19，頁 8。

的，更麻煩的是在丁書中刪除了故事大要，因爲已見於 AT 母本，型號 851A 下的故事大要只有「用的謎語不同」幾個字，這眞是使讀者不知如何是好了。於是在金氏《民間故事類型索引》中，便將類型名稱改爲「出謎給人猜的公主」，〔註62〕使用者一目了然。

第三點則指許多中國文化傳統下產生的故事，在 AT 系統中沒有適合的歸屬。例如西方有關吃人笨魔的故事流傳很廣，因此在 AT 系統中被歸爲「笨魔的故事」類，但這一類故事在中國很少見。中國常見的是佃農和長工與地主、惡霸鬥爭的故事。笨魔的故事與長工的故事在結構上常常是相同的，都是愚蠢的妖怪或地主想要欺負人，情勢卻被人或長工巧妙的運用智慧扭轉。丁先生在編寫《中國民間故事類型索引》時注意到這兩類故事結構上接近，因此他把一部分的「長工佃農鬥地主惡霸」故事歸入「笨魔的故事」類，另一部分則歸入「笑話」類中的「男人的故事」。丁先生這樣的劃分在形象上十分貼近，似無不妥，不過金先生注意到另一個問題：

> 經由這樣的處理後，若不在類目的名稱上有所標示，那麼西方的民間文學工作者固然能經由關於笨魔故事的編號檢索到同型的佃農長工智巧鬥惡地主的中國故事，而中國的民間文學工作者大概是想不到要把這類故事歸入標示爲「笨魔故事」類的。〔註63〕

金先生的目標是把 AT 分類法修改爲適合中國人使用，並且增入大量的中國民間故事，因此必須以中國人的思考模式去做考慮，他便將「笨魔的故事」擴充爲「惡地主與笨魔的故事」，使中國的使用者也能順利的找到相應的西方材料。〔註64〕

儘管 AT 分類法有一些缺點，但不能否定的是，這套系統對於世界各國的民間文學工作者來說，具有重大的意義，它不僅已被許多國家的民間故事研究者使用了數十年，也顯示了它所帶來的檢索跨國材料之方便，也有助於中國故事置身國際而呈現自有特色或相互關係。一個系統若獲得國際上普遍的認可，那麼它的價值便不可能因爲一些小缺點便被抹滅。金先生改良 AT 系統的工作是以《中國民間故事集成》、《中華民族故事大系》、《中國民間故事全集》等書爲材料，進行情節分析，將成型故事納入 AT 系統，一面進行類型歸

〔註62〕書同註 21，頁 308。
〔註63〕書同註 6，頁 95。
〔註64〕同註 58。

類，一面思考歸類過程中碰見的問題，進行修訂。修訂工作主要分爲三方面：

一是編號方式的修改，二是某些類型和類目名稱的重擬，三是若干
故事型號的調整。〔註65〕

丁先生編寫《中國民間故事類型索引》時的編號方式完全依照 AT 原書，但
AT 原書的編號方式相當複雜，本論文第三章第三節已提過它的編號方式一共
有六種，數字、星號與英文字母混用，「這樣的編號方式，使各故事類型的先
後或統屬關係非常模糊」。〔註66〕金先生將新增的類型編號簡化，盡量不用星
號，並將英文字母後面接的小數字改以小數點表示，如將 300A$_1$ 改爲 300A.1，
這樣編號的優點是，以後若發現介於 300A.1 與 300A.2 之間的新類型，可以編
碼爲 300A.1.1，大大增加了系統的容量，這個方法應當是從情節單元索引的編
碼系統中借用的。

關於類型名稱的重擬有三種情況：第一是 AT 原書以西方的文學典故爲類
型名稱，不熟悉西方文學者便不易了解，例如本章第一節所提到的 910K「誠
言和尤利亞式的信」，金先生則將其改爲「謹守誠言，躲過送死陷阱」。第二
種情況是 AT 原書的類型名稱採用西方俗語，考慮到中國讀者的用語習慣，金
先生將其改爲符合中國習慣用語，例如類型 700 的「拇指湯姆」，就改爲「小
不點兒」。第三種情況是 AT 原書的類型名稱太過簡略，無法表現故事重點，
如類型 613「二人行」，故事的基本結構是精怪無意中洩漏了秘方，使得受害
者得以絕處逢生，因此金先生將類型名稱改爲「精怪大意洩密方」，以符合故
事重點。〔註67〕

關於類目名稱的修訂也有三種情況：一是 AT 原有類目沒有充分顯示類別
的內容。例如「動物故事」下分爲七個小類，第七個小類的類目爲「其他動
物和物品」，但這一類中除了動物和物品之外，還登錄了植物和自然天體的故
事，因此金先生將第七小類的類目改爲「其他」。二是原有的類目名稱不能顯
示中國同性質的故事。例如 AT 母本中「生活故事」中的第一個小類是「公主
出嫁」，第二個小類是「王子娶親」，但中國沒有那麼多的王子、公主，中國
的婚嫁故事主角多是一般人，因此金先生將「公主出嫁」改爲「選女婿和嫁
女兒的故事」；「王子娶親」改爲「娶親和巧媳婦的故事」。三是原有類目名稱

〔註65〕書同註 6，頁 91。
〔註66〕書同註 6，頁 92。
〔註67〕書同註 6，頁 92～94。

不能顯示丁乃通先生修改後的內容。例如前文所提及的丁先生將「長工佃農
鬥地主惡霸」故事歸入「笨魔的故事」類，很可能造成中國讀者的檢索困擾，
因此金先生將「笨魔的故事」改爲「惡地主與笨魔的故事」。〔註68〕

　　最後，對於 AT 原書故事類型歸類不妥之處，金先生也做了修改。例如丁
書類型 763「尋寶者互相謀害」，故事是說兩個人在山裡尋得寶藏，必須等到
夜深才能將寶藏帶下山，因此一人留守，一人下山買食，買食者打算獨吞寶
物，於是在飯菜中下毒，留守者也想獨吞寶物，於是在半路埋伏，襲殺買食
者，得手後吃光了被下毒的食物，便毒發身亡。763 是「宗教神仙故事」大類
下的「神的賞罰」，但是這個故事的主要情節與神仙無關，因此金先生認爲應
該放在「傳奇故事／生活故事」中的「盜賊和謀殺」類才合理，所以將其歸
號 969，類型名稱訂爲「奪寶互謀俱喪命」。〔註69〕

　　經過上述調整，改良版的 AT 系統，應當塡補了丁書的不足，也更符合中
國人的使用習慣，不過也有些人有不同的看法，如劉守華先生曾評論金先生
的《中國民間故事集成類型索引》（一）及（二）說：「作爲《中國民間故事
集成類型索引》，顧名思義，應該包括神話、傳說類型在內，而這樣的索引也
是人們所期待的。現在的這部『索引』卻是取狹義的民間故事做爲對象，它
涵蓋的作品數量實際上大約只有集成卷本的一半。」〔註70〕林繼富教授則說：
「集成活動中採錄的民間故事上百萬篇，編者卻僅僅以國家出版的集成爲藍
本來做，材料顯得極爲單薄；故事的情節提煉有許多不盡人意；類型的文化
含量遠遠比不上前兩部索引。」〔註71〕萬建中教授也有相同的說法。〔註72〕
爲什麼會有這樣的情況呢？

　　最主要的原因還是在於他們對 AT 性質的誤解。許多學者常常認爲 AT 系
統的不足就是沒有把神話、傳說納入，但是 AT 本來就不是處理神話和傳說的
索引，神話和傳說是另有分類和檢索系統的，這也牽涉到對神話和傳說的性
質認知。上述評論意見提到的《中國民間故事集成類型索引》（一）、（二）「涵

〔註68〕書同註 6，頁 94～95。

〔註69〕書同註 21，頁 411。

〔註70〕劉守華：〈導論〉《中國民間故事類型研究》，武漢：華中師範大學出版社，2002
　　　　年 10 月，頁 20。

〔註71〕林繼富：〈「中國民間故事類型索引」研究的批評與反思〉，《思想戰線》，2003
　　　　年第 3 期，頁 91。

〔註72〕見萬建中：《20 世紀中國民間故事研究史》，北京：北京師範大學出版社，2011
　　　　年 10 月，頁 160。

蓋的作品數量實際上大約只有集成卷本的一半」，這是 AT 分類法必然得出的
結果，因為並非所有的故事都是成型故事。

其次，對於金先生的索引，上述三位學者似乎也有誤解，他們都提到了
《中國民間故事集成類型索引》（一）、（二）材料數量不足的問題，這大概是
指該書主要用力在省卷本上。但這是因為省卷本為各種地方卷本的精華，較
有代表性，因而在編纂初期，宜列為優先處理的緣故。事實上從書名《中國
民間故事集成類型索引》（一）、（二）來看，讀者也很容易聯想這只是一個試
驗性的開端。書名頁上亦已清楚標示《中國民間故事集成類型索引》（一）所
處理的只有「四川、浙江、陝西」三個省卷本，《中國民間故事集成類型索引》
（二）所處理的只有「北京、吉林、遼寧、福建」四個卷本，〔註73〕顯然金
先生還有繼續編輯的打算，而且當時省卷本也還沒有出齊，因此光憑這兩本
書就得出「材料單薄」的結論，似乎有點急躁。事實上金先生於 2007 年在這
兩書的基礎上擴充出版了《民間故事類型索引》，〔註74〕這部書不僅分析了《中
國民間故事集成》、《中國民間故事全集》、《中華民族故事大系》，還取用已譯
成漢文的外國故事集，據知還有將之擴充成「世界民間故事類型索引」的計
畫。屆時我們將有一套方便的工具書，學者不僅可用以對照古今中外的各個
成型故事，且隨時能取之與西方任一以 AT 分類法編成的類型參看，將提昇研
究者的視野與研究材料的廣度。

此外，這些評論的用詞不夠清楚，例如前引林繼富教授所謂「類型的文
化含量」指什麼？作者並未說明，對照文章的前後文也不能理解這個詞的意
義。再說所謂的「故事情節提煉不盡人意」又是指什麼呢？似乎應該舉示一
個故事，然後寫出一個「盡人意」的情節，這樣才能說明何處「不盡人意」，
但作者並未提出任何具體例證解釋，這樣的空泛之論反而使讀者疑惑。

從上面的敘述，我們可以了解丁乃通先生的《中國民間故事類型索引》
及其所使用的 AT 系統，經由金榮華先生的《中國民間故事集成類型索引》
（一）、（二）以及稍後擴編成的《民間故事類型索引》，在形式上在內容上都
有了大量的改良和補充。

〔註73〕金榮華：《中國民間故事集成類型索引（一）》，台北：中國口傳文學學會，2000
　　　年 1 月。金榮華：《中國民間故事集成類型索引（二）》，台北：中國口傳文學
　　　學會，2005 年 10 月。
〔註74〕金榮華：《民間故事類型索引（上）、（中）、（下）》，台北：口傳文學學會，2007
　　　年 2 月。

第七章　丁乃通先生在民間文學研究中的貢獻與影響

第一節　成就與貢獻

丁乃通先生的貢獻可從三方面來討論：

一、編製索引，嘉惠中外

丁先生以十年的時間完成了《中國民間故事類型索引》，[註1] 這是第一部以 AT 分類法撰寫的中國民間故事類型索引。對中國而言，中國人第一次能夠透過索引較為全面的關照中國民間故事，一改只能對部分故事發表片面意見的狀況；對西方而言，西方人第一次能以自己的傳統去理解中國故事，擺脫了僅能以偏見去臆測中國故事的情況。

儘管這部書有許多批評意見，但在當時的條件下，丁先生能夠秉持著西方的傳統，編撰出這樣一部對中國、對西方學界都很有幫助的索引，不僅有開創之功，也開啓了中國民間文學界的新視野。此外，丁先生所分析的一批 1949 年以前的故事集現在許多已失傳，僅能靠丁先生的記錄一窺原貌，使得這本索引有無可取代性，即便往後這本索引的部份材料被其他索引吸納，也不影響丁書的文獻價值。除此之外，丁先生更重要的貢獻還在於使中國人認識「類型研究」的意義。

〔註 1〕 Nai-tung Ting *A Type Index of Chinese Folktales*（FFC223）Helsinki,1978.

二、研究故事，溯源及流

丁先生對「白蛇傳」、「黃梁夢」、「灰姑娘」及「雲中落繡鞋」這四個故事的考察，〔註2〕帶領中國學術界接觸西方故事學的研究方法，認識歷史地理學派的研究方法是要重構故事的「生命史」。中國的民間文學研究終能與西方接軌。

不過丁先生對這四個故事的研究仍有繼續進行的空間，例如：丁先生在《中國民間故事類型索引》中曾提到 AT433D 蛇郎故事與西方的 425C「美女和獸」及 408「三個橘仙」相關，〔註3〕但在撰寫〈中國和印度支那的灰姑娘型故事〉時，丁先生雖注意到中國的灰姑娘故事「在結婚後，所有五種異文都接上了一個情節中國蛇郎故事的後半部份」，〔註4〕但他並未將這種情況與撰寫《中國民間故事類型索引》時的發現連結起來，反而認為灰姑娘與蛇郎後半結合的複合型故事「是最大和最重要的中國故事群，顯然代表了中國吸收同化這個故事的努力」。〔註5〕丁先生在文章中並未深究連續變形情節的來龍去脈，單憑這個描述易使讀者誤以為連續變形的情節乃是中國特有的，灰姑娘與連續變形複合是故事中國化的表現。據金榮華先生的研究，蛇郎故事的後半連續變形的情節是由歐洲流傳很廣，但中國罕見的〈三個橘仙〉故事中借過來的，〔註6〕〈三個橘仙〉故事傳到中國，前半部份消失，僅留下連續變形的情節，故事講述者不知基於什麼理由特別喜愛這個情節，不僅將它與「美女和獸」結合成為蛇郎故事，也將它和灰姑娘故事結合。

三、對民間文學的推廣

丁先生勤於溝通中、西學術界，四次訪問中國，每次均將西方的學術介紹到中國，帶來重要的學術性書籍，拓展中國民間文學界的眼光。並介紹賈芝及段寶林等人參加國際學會及學術會議，自己也幾次代表中國在西方發

〔註2〕 丁先生對這四個故事的考察文章請見丁乃通：《中西敘事文學比較研究》，武漢：華中師範大學出版社，2005年7月。

〔註3〕 見丁乃通：《中國民間故事類型索引》（武漢：華中師範大學出版社，2008年4月），頁84。

〔註4〕 丁乃通：〈中國和印度支那的灰姑娘故事〉，書同註2，頁104。

〔註5〕 文同前註，頁105。

〔註6〕 見金榮華：〈〈蛇郎〉故事探源〉，《2009海峽兩岸民俗暨民間文學學術研討會論文集》（台北：中國口傳文學學會，2010年7月），頁20。

聲，希望喚起西方學界對中國民間文學的重視，並扭轉西方人對中國民間文學的看法。

　　丁先生最重要、使他能在中國民間文學史上留名的貢獻，就是編撰《中國民間故事類型索引》一書。這部書不僅對東西方都有開創性的意義，而且影響廣遠。接下來我們就要討論丁先生其人及其著作對台灣及大陸民間文學界所產生的影響。此外，除了擁 AT 與反 AT 的聲浪外，近幾年身體力行編輯故事類型索引的學者除了前文已提及的金榮華、祁連休先生外，還有袁學駿、胡萬川等人，下文也將論及這些故事類型索引的情況。

第二節　對台灣民間文學界的影響

　　筆者曾詢問許靖華先生，丁乃通先生自 1953 年離開中國前往香港後，是否曾經考慮要到台灣來？許先生當時回覆筆者應該沒有。〔註7〕但丁先生可能怎麼也想不到，這塊他從未踏上的土地，卻默默的受著他的影響，小小的島國上的民間文學研究者，正實踐著他的民間文學志業與理想。這之中的重要推手就是金榮華先生。

　　金先生自丁先生處得知故事類型與情節單元的概念，又經過多年的苦心鑽研，也與丁先生交換過意見，終於開始在中國文化大學講授民間文學課程。三十多年來培育無數學子，部分對民間文學特別有心得的學生，畢業後又到其他學校講授民間文學，使得故事類型與情節單元的概念在台灣能廣為流傳。金先生又組織採錄小組，其足跡遍佈台灣本島及離島，採錄對象除了漢人，也專訪原住民。〔註8〕臺灣早期的田野調查工作多由人類學者進行，金先

〔註7〕　筆者曾於 2010 年 7 月 5 日中央研究院院士會議期間，於中研院與許靖華先生
　　　　訪談。

〔註8〕　採錄成果見金榮華下列諸書：《台灣卑南族口傳文學選》，台北：中國文化大
　　　　學中國文學研究所，1989 年 8 月。《台東大南村　魯凱族口傳文學》，台北：
　　　　中國文化大學中國文學研究所，1995 年 5 月。《金門民間故事集》，台北：中
　　　　國文化大學中國文學研究所，1997 年 3 月。《台北縣烏來鄉　泰雅族民間故
　　　　事》，台北：中華民國民間文學學會，1998 年 12 月。《澎湖縣民間故事》，台
　　　　北：中國口傳文學學會，2000 年 10 月。《台灣桃竹苗地區民間故事》，台北：
　　　　中國口傳文學學會，2000 年 11 月。《台灣花蓮阿美族民間故事》，台北：中
　　　　國口傳文學學會，2001 年 10 月。《台灣賽夏族民間故事》，台北：中國口傳文學
　　　　學會，2004 年 3 月。

生的團隊成為台灣最早以文學為目標的一群採錄者。〔註9〕

除此之外，金先生也踏著丁先生的步伐，編寫了《民間故事類型索引》，書中整理了文革以後大陸大規模的進行田野調查工作的成果，也兼及部分古籍及已經漢譯的外國故事集。〔註10〕還大量修訂 AT 原書及丁書中歸類不妥當之處，也增訂了新的類型，使得 AT 分類法更符合中國人的使用習慣並容納有中國傳統的民間故事。對於丁先生並未深入涉獵的情節單元索引，金先生也以六朝的志怪小說為對象，編寫了情節單元分類索引甲、乙編，甲編按中國人的習慣，靈活的運用類書的分類法編寫；乙編則依湯普遜的框架編寫。〔註11〕這不僅是中國的第一部情節單元索引，也標誌著金先生超越丁先生的層面，為台灣的民間文學研究立下標竿。

對於「motif」一詞的譯名，也在金先生的手上確立下來。在此之前，「motif」一詞多譯為「母題」，但「母題」總給人一種還有子題的感覺，然而「motif」是指故事中最小的單位，這就顯得這個翻譯並不恰當。此外，「母題」也常被當成「主題」的同意詞，如謝靜國的《論莫言小說的幾個母題和敘述意識》〔註12〕、陳金蓮《沈石溪動物小說中愛的母題之探討》〔註13〕、邱靖絨《海因里西‧伯爾戰後作品中的沉默母題及其敘述風格》，〔註14〕這三篇論文中的「母題」都是指「主題」而言，「主題」與「故事中最小的單位」這兩個概念天差地別，在在顯示了「母題」這個譯名的不恰當。劉魁立曾對「motif」的譯名問題發表意見：

只要我們大家約定俗成，使它變成一個確切的科學術語，久而久之中可排除這種錯誤的聯想，正如當我們說「主題」的時候，並不會

〔註9〕 見陳勁榛、張百蓉：〈台灣原住民口傳故事採錄四題〉，《原住民教育季刊》（台東：台東師院原住民教育研究中心，2002 年 8 月，第二十七期），頁 115。

〔註10〕 金書中引用的參考書目請見金榮華：《民間故事類型索引》（台北：中國口傳文學學會，2007 年 2 月），頁 881～893。

〔註11〕 金榮華：《六朝志怪小說情節單元分類索引》（甲編），台北：中國口傳文學學會，2007 年 9 月。
金榮華：《六朝志怪小說情節單元分類索引》（乙編），台北：中國口傳文學學會，2008 年 3 月。

〔註12〕 謝靜國：《論莫言小說的幾個母題和敘述意識》，淡江大學中國文學研究所碩士論文，1999 年。

〔註13〕 陳金蓮：《沈石溪動物小說中愛的母題之探討》，台東師範學院兒童文學研究所碩士論文，2003 年。

〔註14〕 邱靖絨：《海因里西‧伯爾戰後作品中的沉默母題及其敘述風格》，輔仁大學德國語文學研究所碩士論文，2001 年。

　　想到在主題之外，還有一個什麼「副題」。所以在我們找到更好的譯

　　名來代替它之前，只好暫且使用「母題」這個術語。〔註15〕

問題是把「母題」視爲「主題」的同義詞，已經是一種習慣，要打破這種習慣，

扭轉爲另一種約定俗成，恐怕是很困難的。如上述謝靜國、陳金蓮、邱靖絨等

三人的論文，這三篇論文的作者分別來自三所不同的學校、不同的科系，但都

將「母題」當作「主題」的同義詞來使用，因此「母題」一詞的實際使用狀況

恐怕並不如高永所言：「在漢語界，『母題』這一譯法的歷史更長（案：指與『情

節單元』相較而言），也基本上爲大多數研究者所熟知。」〔註16〕金先生主張

「motif」應譯爲「情節單元」，或者說「情節單元」是「motif」在中文裡的的

對應詞，〔註17〕這才是一個恰當的作法。丁先生面對這個譯名問題時，一度也

想譯成題旨，後來贊同金先生的看法，譯爲「情節單元」。現在也有越來越多的

研究者在提到「motif」時，捨「母題」轉而採用「情節單元」這個詞。〔註18〕

　　對於撰寫民間文學相關研究論文，金先生則並未堅持採用歷史地理學派

的觀點，相較於守住理論、方法，金先生更重視的是情理，利用人情事理的

法則來研究故事，往往可以見出不平凡的觀點。如〈言情說理談嫁娶——中

外「多男爭取一女」故事綜論〉一文中便展示了金先生在研究故事時對情理

的重視。這個故事的大意是，公主被惡龍擄走，國王宣佈誰能救回公主就可

以當駙馬，才藝高強的四兄弟分別貢獻己力，共同救回公主，公主該嫁給誰

呢？其中一個異說的結局與 AT926「所羅門式的判決」複合，國王決定將公主

一分爲四，兄弟各得其一，其中一人不捨公主立即退出，國王便將公主嫁給

了他。金先生對這個講法的意見是：

　　國王既然不惜一切代價要救公主，豈有在她脫險後爲了救她的人爭

　　吵不休而讓她喪生之理？就故事論故事，國王這樣說，也難讓技藝

　　超人的四兄弟信以爲眞。所以，這個情節的移入，雖然避開了難題，

　　卻未免生硬和粗糙。〔註19〕

〔註15〕見劉魁立：〈世界各國民間故事情節類型索引述評〉，《劉魁立民俗學論集》（上海：上海文藝出版社，1998 年 10 月），頁 376。

〔註16〕高永：〈「母題」術語的翻譯問題〉，《當代小說》2009 年第 2 期，頁 39。

〔註17〕見金榮華：〈「情節單元」釋義〉，《華岡文科學報》第 24 期，2000 年 3 月，頁 174。

〔註18〕見劉守華：〈導論〉，《中國民間故事類型研究》（武昌：華中師範大學出版社，2002 年 10 月），頁 3。

〔註19〕金榮華：〈言情說理談嫁娶——中外「多男爭取一女」故事綜論〉，發表於「2010

像這樣思索情節的合理性，排除講法不合理的故事，研究者也可以找到故事較原始的面貌，不一定非得利用情節單元來分析歸納不可。面對不同的材料就要靈活的運用不同的方法來處理，這是金先生在指導學生進行民間故事研究時經常提及的概念。〔註20〕

　　金先生的學生也都能將情節單元與故事類型的概念應用在研究民間文學上。在採錄故事集方面，如許端容、劉秀美、陳麗娜等人的採錄成果都附上故事類型索引及情節單元索引。〔註21〕在進行研究方面，專書如許端容的《梁祝故事研究》〔註22〕；單篇論文如許端容的〈泰雅族口傳故事類型試探〉、陳妙如的〈中國 AT745A 型故事研究〉、蔡春雅的〈《諧鐸》〈奇婚〉篇與 AT313型故事試探〉〔註23〕、陳麗娜的〈〈雲南省常見民間故事類型索引〉的型號商榷〉〔註24〕、林靜慧的〈「狗耕田」故事類型探論〉〔註25〕等等，都是利用類型的概念來進行故事研究。在指導論文方面，如許端容指導曾友志撰寫《寶卷故事之研究》，第四章及第五章處理的是寶卷故事的情節單元及其應用方式。〔註26〕陳勁榛先生指導林彥如撰寫《《六度集經》故事研究》，第三章處理《六度集經》中的情節單元，第四、五章處理故事類型。鄭慈宏指導陳文之撰寫《台灣原住民口傳故事研究》，第三章處理的是原住民口傳故事的情節單元，第四章處理的是原住民口傳故事的故事類型。〔註27〕

　　民俗暨民間文學國際學術研討會」上，未刊稿。

〔註20〕案：此外如金先生的〈〈拾金者的故事〉試探〉一文，是利用鈔票的歷史演變來討論該故事可能的起源。又如〈〈不怕老虎衹怕漏〉故事試探〉一文，是利用聲韻學來討論故事起源地。上述二文請見金榮華：《禪宗公案與民間故事》，台北：中國口傳文學學會，2007 年 9 月。

〔註21〕許端容：《台灣花蓮塞德克族民間故事》，台北：中國口傳文學學會，2007 年 3 月。劉秀美：《台灣宜蘭大同鄉泰雅族口傳故事》，台北：中國口傳文學學會，2007 年 10 月。陳麗娜：《屏東後堆客家民間故事》，台北：中國口傳文學學會，2006 年 6 月。

〔註22〕許端容：《梁祝故事研究》，台北：秀威資訊科技出版，2007 年 3 月。

〔註23〕以上三文見金榮華主編：《民間故事論文選》，台北：中國口傳文學學會，2005 年 5 月。

〔註24〕陳麗娜：〈〈雲南省常見民間故事類型索引〉的型號商榷〉，《美和技術學院學報》2006 年 4 月，頁 33～42。

〔註25〕林靜慧：〈狗耕田故事類型探論〉，《2009 海峽兩岸民俗暨民間文學學術研討會論文選》（台北：中國口傳文學學會，2010 年 7 月），頁 255～276。

〔註26〕曾友志：《寶卷故事之研究》，中國文化大學中國文學研究所碩士論文，1998 年。

〔註27〕陳文之：《台灣原住民口傳故事研究》，中國文化大學中國文學研究所碩士論

　　若在國家圖書館的「台灣博碩士論文知識加值系統」〔註28〕中，以「故事類型」或「情節單元」爲關鍵字去搜尋，可得附錄六的結果，共可尋得博碩士論文五十一篇。附錄六的表展現了台灣博碩士論文對於「故事類型」與「情節單元」概念理解與使用的情況。首先我們可以注意到不僅中文系所、民間文學所會應用到這兩個概念，其它如歷史語言研究所、兒童文學研究所、臺灣文化研究所的研究生也都能利用這兩個概念來撰寫論文。另外從題目來觀察，這兩個概念不僅能應用在研究民間文學上，其它如戲劇、小說、佛經、童書、文人筆記的研究也都在應用的範圍之內，可以說是一組適應性廣闊的概念。此外這五十二篇論文中，有十八篇出自中國文化大學、花蓮教育大學五篇，成功大學、中興大學、台東大學各三篇，台灣大學、政治大學、東海大學、南華大學、高雄師範大學、銘傳大學各兩篇，台灣師範大學、輔仁大學、中正大學、淡江大學、靜宜大學、台北教育大學、嘉義大學、台南大學各一篇。

　　除了故事類型與情節單元索引以外，對於大陸學者經常惦念著，但卻遲遲沒有進行的傳說類型索引，〔註29〕金先生也指導唐蕙韻在他的博士論文《中國風水故事研究》中，試著將風水傳說進行分類，並給予號碼。〔註30〕唐蕙韻將風水故事分成七大類，分別是：一、風水的作用　二、風水命定　三、取風水的故事　四、破風水的故事　五、風水與報應　六、風水師的故事　七、因風水產生的笑話。每個大類下的類型用阿拉伯數字給予三碼的編號，如第一大類「風水的作用」下，第一個類型爲「101 葬地佳者福子孫」，第二大類「風水命定」下，第一個類型爲「201 天葬地」，這種編排方式方便後人增添新的類型。類型號碼與類型名稱下有情節梗概及出處，有些類型還分析了情節單元。〔註31〕此外，張百蓉的博士論文《高雄都會區台灣原住民口傳故事研究》，在第四章的第三節與第四節中也提到許多應可成型的原住民神話

　　　　文，2004 年 12 月。

〔註28〕http://ndltd.ncl.edu.tw/cgi-bin/gs32/gsweb.cgi/login?o=dwebmge&cache=
　　　　1292337975546（2011 年 4 月查詢）。

〔註29〕如劉魁立便曾在〈世界各國民間故事情節類型索引述評〉一文中建議：「我們
　　　　急需有一部關於傳說的類型索引，以便於我們更好地掌握和研究我國的傳說
　　　　資料。」（書同註15，頁388。）

〔註30〕唐蕙韻：《中國風水故事研究》，中國文化大學中國文學研究所博士論文，2004
　　　　年 6 月。

〔註31〕書同註 30，見附錄四。

與傳說，張百蓉僅給予歸納和類型名稱，並提出故事基本結構，但並未給予類型號碼。〔註32〕關於傳說類型索引的編輯工作丁先生相當關心，他在 1984 年 3 月 10 日寫給段寶林的信中便曾詢問：「民研會有沒有計劃進行中國傳說分類的工作？」丁先生也曾向鍾敬文提議，要編輯一部《中國傳說類型索引》。〔註33〕雖然唐蕙韻處理的材料僅限風水故事，但這項丁先生掛念、中國民間文學界殷殷企盼的傳說類型索引編輯工作，終於在金先生的指導下，有了一個嘗試性的開端。

除了指導學生與進行研究，金先生也邀集志同道合的學者，組成中國口傳文學學會。學會不僅經常與各大專院校合辦學術研討會，也常與大陸方面進行學術交流。學會並設有出版組，經常出版各種與民間文學相關之學術論著、工具書及故事集。

在台灣，AT 分類法的價值是比較被肯定的，不僅廣泛的運用在學術研究上，編撰類型索引時也都採用 AT 系統，除金先生的《民間故事類型索引》外，如胡萬川的《台灣民間故事類型》也採用 AT 系統來編寫。〔註34〕胡氏索引是第三部以 AT 分類法撰寫的中國民間故事類型索引，參考書籍共 183 種，引用 873 篇故事，歸出 162 個類型，其中有 1 個新類型，107 個新子類型，〔註35〕該書最大特色是完全以台灣的故事為材料。

台灣學者似乎較能體會這一套系統的優點，以及研究必須與國際接軌的重要性，大陸學者則不停的想發展具有中國特色的類型系統。丁先生雖然不曾親自來到台灣，但是透過金先生，台灣的民間文學界卻對情節單元與故事類型的概念、對西方研究民間故事的方法與態度，有更完整的認識。

第三節　對大陸民間文學界的啟迪

丁先生自 1978 年起四次訪問中國，與大陸民間文學界頻繁交流，自然對大陸的民間文學界起了一定的影響，除了前文已經提過的丁先生將歷史地理

〔註32〕見張百蓉：《高雄都會區台灣原住民口傳故事研究》，中國文化大學中國文學研究所博士論文，2003 年 12 月，頁 303～410。

〔註33〕見鍾敬文：〈序一〉，書同註3，頁4。

〔註34〕胡萬川：《台灣民間故事類型》，台北：里仁書局，2008 年 11 月。該書〈凡例〉中提到：「本類型索引編碼依據 AT 民間故事類型分類。」

〔註35〕見胡萬川：〈序〉，書同前註，頁ⅩⅡ。

學派的研究方法介紹給大陸，使他們了解國際上研究民間故事的方式，丁先生也鼓勵大陸學界能用科學的態度蒐集故事。面對西方人質疑大陸田調成果的眞實性，丁先生替大陸發聲，不惜多次爲文對抗西方的指責聲浪，丁先生在〈近代中國民間故事〉一文中說：

> 這一時期（案：指 1949～1955 年間）出版的無數故事是不可靠的嗎？在編著我的《中國民間故事類型索引》時，我把它們同早期出版的及外國民俗學者蒐集的資料進行了比較，發現：儘管它們中有的外加不當的開頭，有的故事改動了人物的社會經濟地位，也有個別的故事是與其它故事黏合而成，但正如其編者所宣稱的，大部分故事的主要情節是眞實的。〔註36〕

丁先生以自己撰寫《中國民間故事類型索引》時的觀察爲後盾，對 1949 年後至文化大革命以前的中國田野調查成果作了背書。這番話應該具有相當的權威意義，因爲在當時沒有人對中國故事進行了比丁先生更多的整理工作。除了〈近代中國民間故事〉外，丁先生在《中國民間故事類型索引》的〈導言〉以及〈民間文學民間辦〉兩篇文章中，也都討論了這個問題。在〈導言〉中丁先生說：

> 與早期 20 年代或 30 年代出版的集子比較，某些讀者也許會覺得 1950 年之後出版的集子顯然不同，不過這不是因爲傳統的民間敘述被人廣泛地修改了，而是因爲出版的故事是經過精心選擇的。例如，解放前笑話最普遍，也出版得最多，而解放後，僅在少數民族的故事裡才有很多笑話。……與階級鬥爭有關的一些故事，例如 465 和 1568 類型，卻出現得更多。〔註37〕

丁先生的態度大致上相當委婉，他承認故事遭改動的情況是確實存在的，但是強調這些改動不致影響主要的情節，對於類型的判斷也不會造成困擾。另一方面他也要求大陸學者們盡快修正進行田調時的態度，以科學的方式來進行，丁先生在 1979 年 12 月 10 日寫給段寶林的信上提到：

> 我對《民間文學》，尤其是最近的第十一期，卻不免感到失望，我的印象是國內同仁到現在還不能把宣傳和民間文學分開，這一點李福清給我的信上也屢次強調，可見別的社會主義國家對這點也是不贊

〔註36〕見丁乃通：〈民間文學民間辦〉，書同註2，頁243。
〔註37〕見丁乃通：〈導言〉，書同註3，導言頁9。

成的。最初的幾期中還提及原敘述者的姓名、出身、背景等，最近
幾期上，除了新故事偶然提起外，其餘反倒不提了，而且每一篇故
事都說明是經過「整理」的，「整理」兩字沒有非常妥切的英文翻譯，
可以很容易被人歪曲意義，上次停刊前出版的故事中倒還有些沒有
自稱經過整理的，因此一眼看來反倒開了倒車。現在藝術、音樂、
純文學等工作都有向列國看齊的表現，民間文學工作者還是不能有
科學化的方法和態度，是很難使人了解的。我這個印象不知對不對，
請轉述現在民間文學負責人，不然以後反華的「民俗學家」（如 Alsaee
Yen、Eberhard 等）再抓著小辮子罵的時候，想為祖國辯護的人也就
會很難解釋了。

面對大陸學者，丁先生的態度就比較嚴厲，他很清楚的指出大陸的田調工作
者必須改變自己的作法，以詳實記錄採集到的故事。除了應該記下講述者的
背景資料，最重要的是，不要隨意「整理」故事，否則將無法面對未來國際
上的指責聲浪。

　　丁先生以 AT 分類法編寫了《中國民間故事類型索引》，引起大陸學者對
類型索引編寫的熱烈討論，詳細的情況在本章第一節已有說明。這樣熱烈的
討論當然對於大陸學界編輯故事索引、討論類型的興趣是有所助長的，不過
距丁先生寫成《中國民間故事類型索引》，轉眼三十年過去了，大陸另編類型
索引的工作，迄今未見較完整的成果。大規模研究類型的著作則有劉守華主
編的《中國民間故事類型研究》與祁連休的《中國古代民間故事類型研究》。
《中國民間故事類型研究》一書中提出了六十個類型，多是討論已經成型的
故事。〔註38〕祁連休的《中國古代民間故事類型研究》把大量可以成型的古
代故事匯為一編，書中每個類型下雖有類型名稱、故事梗概，也舉了許多例
子，但祁書的編輯體例是將故事類型分為春秋戰國時期、秦漢時期、魏晉南
北朝時期、隋唐五代時期、宋元時期、明代時期與清代時期。〔註39〕書末並
未編列關鍵字索引或其他任何檢索方式。由於一個故事可能出現在好幾個時
期，讀者如果要了解這個故事在整個中國歷史的演進面貌，就必須一個時期

〔註38〕劉守華：《中國民間故事類型研究》，武漢：華中師範大學出版社，2002 年 10
　　　　月。
〔註39〕祁連休：《中國古代民間故事類型研究》（上、中、下三冊），石家庄：河北教
　　　　育出版社，2007 年 5 月。

一個時期地搜尋，仍未稱便，因此該書較偏向類型研究，而非索引。

此外，袁學駿的《中國民間故事基本類型》提出了一個中國民間故事類型索引的框架，〔註40〕他將中國民間故事分成十二個大類，分別為創生類、爭戰兵謀類、婚愛類、孝悌類、君臣忠奸類、善惡恩仇類、尋獲類、教考修行類、鬼魂類、測預驗證類、競比智巧類、愚拙類等。每個大類之下有若干類型，全書共列出 678 個型，每個類型都有號碼、名稱、故事梗概以及出處，若該類型已出現在丁先生、艾伯華、鍾敬文的索引中，也做了說明。祁連休曾表示自己主編《中國古代民間故事類型研究》是受了丁先生的啟發，〔註41〕因而我們可以說中國民間文學的研究之路，至少在故事類型的編輯、研究方面，丁先生擁有無比重要的地位。袁書也處處可見丁書的影響，該書編輯體例向 AT 系統借鑒之處頗多，像是大類與大類之間留下數個空白號，如第一大類「創生類」編碼至 18 號，第二大類「爭戰兵謀類」則由 39 號開始編，中間便有 21 個空白號可供新發現的類型使用，如此類型系統便充滿彈性，以適應時時在變化之中的民間故事。又如亞型以數字加上英文字母表示，像是類型 40 為「龍爭虎鬥型」，「龍鬥型」為類型 40 的亞型，因此編號為 40A。〔註42〕

袁學駿編寫此提綱，是基於對丁書的不滿，他指責丁書不收神話與傳說，認為中國故事不能適用 AT 系統，且以情節為出發點的分類系統忽略了故事的藝術特徵，再者 AT 系統的類型名稱對中國讀者來說是不便的。〔註43〕基本上袁學駿所提出來的丁書缺點和前人差異不大，所不同的是，前人只是紙上談兵，而袁學駿看見了這些缺點，並為了改正缺點而編輯了《中國民間故事基本類型》，因而使我們有機會思考，避免這些缺點而編成的故事類型索引是產生更多弊病？或者更臻完美？

袁學駿認為「AT 類型只重編號，在稱呼上沒有中國人的語言特點和文化風格，比如其 122G 是『吃以前先把我洗乾淨或讓我自己洗乾淨』，這長長的

〔註40〕　見袁學駿：《中國民間故事基本類型》，收錄於《民間文藝論集》，北京：中國文史出版社，2001 年 6 月，頁 3～196。案：袁學駿自言，《中國民間故事基本類型》因無力出成單行本，因此附在《民間文藝論集》中。

〔註41〕　見祁連休：〈中國故事的獨特魅力〉，《河南教育學報》2008 年第 6 期，頁 15。劉守華：〈《中國民間故事類型研究》的方法論探索〉，《思想戰線》2003 年第五期，頁 120。

〔註42〕　書同註 40，頁 34～35。

〔註43〕　書同註 40，頁 4。

一段話使用起來很不方便」。〔註44〕AT 絕非只重編號，也力求在類型名稱上表現出故事的精髓。上述袁學駿所舉之例「吃以前先把我洗乾淨或讓我自己洗乾淨」，這個故事是說兩棲動物建議獵食者吃他以前先把他放進水裡洗去泥巴，獵食者上當，兩棲動物便趁機游走了。這個類型名稱雖然略長，但索引使用者卻能快速把握故事情節的重點。反觀袁學駿所擬類型名稱，未必能讓中國讀者全面理解，例如類型 70 的「插艾不殺型」、類型 102G 的「蠶馬型」、類型 164E 的「三個女兒型」、類型 176A 的「小三分家型」，這些類型名稱既無法與故事內容做聯想，也未必體現了「中國人的語言特點和文化風格」。

再者，袁學駿認為 AT 系統以情節為分類依據，故事「許多思想內容不能得到體現，甚至有被抹殺的感覺。尤其是某些故事的莊嚴感、陽剛美，都被淡化了，被類型編號後面的一句解說弄得變味了。為什麼不設法保持和顯示中國故事的思想個性和藝術個性呢？」〔註45〕因此袁學駿「將中國歷代各民族的神話、傳說和故事三大類，統一按作品的主題思想進行歸類」。〔註46〕

> 克服 AT 方法只看母題、情節的形式主義、「結構主義」弊端，從宏
> 觀上另起爐灶，抓住故事講述人的出發點、落腳點，體現作品的思
> 想教育等功能，突出中國五千年文明的東方風範，運用辯證思維，
> 適當淡化母題和情節，試造新的分類體系。〔註47〕

袁學駿認為棄情節改由主題思想切入故事，更可以突出中國故事的特徵。這個觀點看似新穎，其實正是艾伯華「中國故事特殊論」的延伸。丁先生以 AT 系統編輯《中國民間故事類型索引》，力證中國故事與西方故事可以用同一套系統來分類，中國故事並不如艾氏所宣稱的那樣特異。而袁學駿則認為以主題來對中國故事做分類，便可「突出中國五千年文明的東方風範」，真是如此嗎？袁學駿透過透過主題分類，究竟能向讀者們揭示什麼中國民間故事的特性？

> 無論怎樣劃分，中國故事普遍有一個千年不變的主題，那就是懲惡揚
> 善。這正是十分鮮明的中國特色、東方特色。……現在，我將戰爭兵
> 謀、孝悌、君臣忠奸和善惡恩仇各分為一個大類，這正是要體現我們
> 民族文化的特點，以給它們一席之地，讓它們明晰起來。〔註48〕

〔註44〕書同註40，頁5。
〔註45〕書同註40，頁7。
〔註46〕書同註40，頁7。
〔註47〕書同註40，頁7。
〔註48〕書同註40，頁10。

這段話乍看十分有道理，但仔細一想就能看破其間隱藏著邏輯上的矛盾，世界上有哪一個國家的民間故事找不到懲惡揚善、戰爭兵謀、孝悌、忠奸的主題？如果這些是各國民間故事普遍存在的主題，我們還能夠說這些是中國特色嗎？

況且後現代主義早就向世人宣告文本具有多義性，〔註49〕不同背景的讀者可能對同一個故事產生不同的解讀，哪一個才是故事隱含的正確主題呢？不同的講述者、講述環境、聽講者都可能造成同一故事的主題差異，例如「小紅帽」故事，講給兒童聽可能強調「不要隨便跟陌生人講話」的主題，但佩羅版的「小紅帽」故事則充滿「性暗示和道德警告」，〔註50〕同一則故事便有了不同的主題。袁學駿發展的這一套故事分類要如何涵蓋這些現象呢？更何況一套每個人操作後都可能產生不同成果的分類方式，早已喪失其科學性、客觀性，這就使得這一套系統無法使讀者信服了。

另外，儘管袁學駿宣稱這一套系統「絕大多數故事都能涵蓋入型」，〔註51〕而且可以避免 AT 系統分類過於繁瑣的問題，〔註52〕但檢索起來卻相當的不便。例如讀者想尋找中國流傳相當廣的「虎姑婆」故事，就難以判斷要從十二個大類的哪一類開始尋找，是「善惡恩仇類」？「教考修行類」？還是「競比智巧類」？結果翻遍全書，竟沒有虎姑婆型故事，單看類型名稱最接近的一個故事是 282「虎吃婆型」，但其故事大要為「老虎或狼、熊瞎子，要在夜間來吃一位大娘。大娘哭，招來針、蠍子、雞蛋皮、西瓜皮等，大家各佔其位，使老虎喪生」。〔註53〕這並不是虎姑婆故事，而是 AT 中的類型 210「公雞、母雞、鴨子、別針和針一齊旅行」。〔註54〕袁著的其它缺失，如「類」與「類型」的概念分不清等，請參見陳麗娜的《中國民間故事類型研究》。〔註55〕綜合以上所述，可見

〔註49〕 如高宣揚在《後現代論》一書中說：「一切文學文本實際上都是境遇性的。他們都是在特定的時間和地點中寫出並被一再閱讀的文本。因此，根本不存在具有普遍性和先驗性的文學作品。……文學作品的這種性質，使一切文學作品不可能受到真正的恰如其分的評論。」（北京：中國人民大學出版社，2010年 2 月，頁 408）

〔註50〕 凱瑟琳・奧蘭斯汀著、楊淑智譯：《百變小紅帽》，北京：三聯書店，2006 年 10 月，頁 17。

〔註51〕 書同註 40，頁 9。

〔註52〕 書同註 40，頁 8。

〔註53〕 書同註 40，頁 103。

〔註54〕 書同註 3，頁 27～28。

〔註55〕 見陳麗娜：《中國民間故事類型研究》，花蓮：國立東華大學民間文學研究所

袁氏這一套系統需要補充、改良之處尚多。

袁學駿在〈前言〉中還舉了尤瑟（Hans-Jörg Uther）的話來替自己背書，〔註56〕尤瑟儘管曾經批評 AT 系統的闕失，但他於 2004 年發表了《國際故事類型》，〔註57〕這一套書還是以 AT 系統編成，可見尤瑟對 AT 的態度是修訂而非否定。

自 1983 年《中國民間故事類型索引》第一個中譯本問世以來，近三十個年頭過去了，檢討 AT 的聲浪在大陸也呼喊了二十多年，大陸學者基本上仍主張神話、傳說一定要編在類型索引中，才符合中國的情況。〔註58〕實際上 AT 並不是不處理神話與傳說，只是將它們擺在其它的系統中處理。大陸學者計畫聯合中、日、韓三國一同進行索引編寫工作，但仍停留在開會磋商的階段。符合中國特色的索引仍在學者殷殷的期待之中。發展出完美的類型索引系統並非不可能的事，只是我們能從當前索引的缺失中得到多少啓示？卻不能不想清楚。新的索引系統又該如何超越情節，展開全新的分類視野？鍾敬文曾說索引「最普遍的作用，是作爲一種工具書去供檢查」，〔註59〕因此在發展系統的當時，我們也不能忘記它的索引功能。這些問題，考驗著全體民間文學研究者。依現今的情況來看，AT 仍然是較完善的索引系統，又具有世界通用的優勢。我們冀望不久的將來，繼承 AT 所有優點，改善 AT 所有缺點的分類法能在學者共同努力下完成。

對於未來索引的編輯，孫正國建議了一條新道路。透過故事資料庫的建立，讓索引與故事出處結合。往後讀者不需要查了類型索引以後，再到圖書館尋找故事集，只要透過資料庫聯結，研究者便可迅速的找到需要的故事，這確實是電腦時代故事類型索引進化的一個走向。〔註60〕

除了類型的概念，歷史地理學派的研究方法也由丁先生引進大陸學術界，但是實際運用在研究上的論文卻不多，劉守華便曾說：

建國後，由於種種原因，在民間文藝研究領域中的這種方法很少被

博士論文，2009 年 6 月，頁 268～269。
〔註56〕書同註 40，頁 5～6。
〔註57〕Hans-Jörg Uther, The Types of International Folktales, Helsinki 2004.
〔註58〕見劉守華：〈導論〉，《中民間故事類型研究》（武漢：華中師範大學出版社，2002 年 10 月），導論頁 19～20。
〔註59〕鍾敬文：〈序一〉，書同註 3，頁 4。
〔註60〕孫正國：〈「多維切分、開放發展」原則與索引智能化——編寫《民間故事類型索引》的媒介視角〉，《長江大學學報》2005 年 10 月第 3 期。

採用。近年來因爲『比較文學』的熱潮流入，民間文學研究方面，

也有人在新的學術基礎上採用了這種科學方法。現在盡力進行這種

工作的學者還不多，但是，預計不久它將會熱鬧起來。」〔註61〕

較爲集中實踐此一研究方法的大概是華中師範大學，劉守華在主編《中國民間故事類型研究》後曾說：「總體來看，《中國民間故事類型研究》的成書，可以說是自覺運用芬蘭學派的歷史地理方法對中國民間故事所作的雖然不深入卻是較爲集中的一次科學觀察。」〔註62〕

　　此外，在丁先生與大陸學界密切交流的時期，當時大陸的氣氛相對封閉，沒有爲自己在國際上發聲的管道，丁先生不僅介紹大陸學者參加國際學會，鼓勵他們發表論文，也多次表達自己願意幫忙編輯英文刊物的意願。可以說丁先生對整個大陸民間文學界最重要的貢獻就是帶領他們走向國際化，雖然大陸學者未必接受國際的研究風氣，但在當時的大陸，丁先生的啓迪無疑爲他們開展了一扇通往國際的門。賈芝曾這樣盛讚丁先生：「當我國還處在閉關鎖國的年代，在國際上代表中國發言、宣傳中國民間文學的，丁乃通先生可謂唯一的代言人。」〔註63〕

〔註61〕見劉守華：〈民間文學研究方法泛說〉，《湖北民族學院學報》2002 年第 1 期，
　　　　頁 1。

〔註62〕見劉守華：〈《中國民間故事類型研究》的方法論探索〉，《思想戰線》2003 年
　　　　第 5 期，頁 121。

〔註63〕見賈芝：〈懷念丁乃通先生〉，《民間文學》，北京：民間文學雜誌社，1990 年
　　　　第 2 期，頁 58。

第八章 結 論

　　本章將透過本論文第二章至第七章的研究與討論，總結在第一章緒論裡所提出來的幾個問題與研究目標。

　　丁先生早年專攻英國文學，在哈佛取得碩士與博士學位後，1941 年回到中國任教。1943 年爆發中日戰爭，丁先生轉往南京，在中央大學結識了他一生的伴侶兼助手許麗霞女士，兩人在 1948 年結婚。1949 年共產黨接管中國，丁先生先設法往香港，1956 年在內弟許靖華先生的幫助下赴美，從此定居美國。

　　1966 年丁先生到西伊利諾大學執教，就在丁先生赴美的這幾年之間，丁先生的學術興趣漸漸轉向民間文學。1966 年他發表了自己第一篇民間文學論文〈高僧與蛇女——東西方「白蛇傳型」故事比較研究〉，〔註 1〕並於 1970年開始為編撰自己的代表作《中國民間故事類型索引》蒐集資料。〔註 2〕此後丁先生的學術工作便主要集中在民間文學上。筆者蒐集了丁先生的單篇論文共二十二篇，其中四篇屬於英國文學，十六篇屬於民間文學的範疇，其餘則為丁先生赴美初期，為想了解中國的西方人寫了一些介紹中國文化的文章。雖然學術重心轉向，不過丁先生仍活用自己在研究英國文學時所得的知識，將其應用在研究民間文學上。例如前述的〈高僧與蛇女〉，文中就提及了英國著名詩人濟慈所撰寫的美女蛇詩篇。又如〈約翰伍德對民間故事的應

〔註 1〕 丁乃通：〈高僧與蛇女——東西方「白蛇傳型」故事比較研究〉，《中西敘事文學比較研究》（武漢：華中師範大學出版社，2005 年 7 月），頁 1～60。

〔註 2〕 Nai-tung Ting *A Type Index of Chinese Folktales*（FFC223）Helsinki,1978.
　　　丁乃通：《中國民間故事類型索引》，武漢：華中師範大學出版社，2008 年 4 月。

用〉一文，〔註3〕論述的便是英國作家約翰伍德在作品中應用民間文學的情況。

　　丁先生的交遊中，在台灣最重要的是金榮華先生。金先生不僅受丁先生之請，接下發揚民間文學與民俗學的棒子，更將之有計畫、有系統的開展起來。不僅從事研究工作、著書立說，也組成學會、指導學生，使得科學化的民間故事採錄工作、故事類型與情節單元索引的編纂和應用，都在台灣生根。金先生近年更致力編輯《民間故事類型索引》，〔註4〕不僅修正 AT 系統的不合理之處，調和中西文化差異，更將材料由大陸、台灣擴及外國資料，目前更有繼續擴充資料，出版修訂本的計畫。

　　丁先生曾在 1978～1985 年間四次到中國訪問，這期間，丁先生最重要的友人，早期是民研會的段寶林、賈芝等人。他們密切的與丁先生保持聯繫，熱心的翻譯、出版《中國民間故事類型索引》，丁先生則回饋以國際上的研究態度與方法，並介紹段、賈二人參與國際學會，開啟大陸民間文學界的國際視野。後期與丁先生交流密切的則有華中師範大學的劉守華等。丁先生曾在華中師大停留講學一個月，期間與劉先生交換了許多研究心得。後來劉先生蒐集丁先生的七篇民間文學論文，翻譯出版成《中西敘事文學比較研究》一書。丁先生的《中國民間故事類型索引》原先絕版已久，2008 年也由華中師範大學出版社就著段寶林等人翻譯的舊版本重新打字出版。

　　雖然大陸上與丁先生的往來甚為密切，但在類型索引的編纂上，學者卻多數採取反對 AT 分類法的態度，主張應重新編輯符合中國故事特徵的類型索引，還邀請日、韓一起進行。近年出版的索引為袁學駿的《中國民間故事基本類型》，〔註5〕並未採行 AT 分類法。另外，祁連休的《中國古代民間故事類型研究》一書，〔註6〕雖然將古籍中的成型故事匯為一編，也註出丁書型號，但編輯時未將檢索功能列入考慮，僅按時代區分，因此不能算做嚴格意義的索引。筆者以為「中國的故事類型索引到底該怎麼編」這一問題應該回歸到

〔註3〕 Nai-tung Ting, The use of folktales in the works of John Heywood. *International folklore Review4*（1986）p.55～61.

〔註4〕 金榮華：《民間故事類型索引》，台北：中國口傳文學學會，2007 年 2 月，共三冊。

〔註5〕 袁學駿：《中國民間故事基本類型》，收錄在《民間文藝論集》一書中，北京：中國文史出版社，2001 年 6 月。

〔註6〕 祁連休：《中國古代民間故事類型研究》，石家庄：河北教育出版社，2007 年5 月。

索引的功能面來考量。索引是一種工具書，既是工具書，只要能讓讀者快速且方便的找到需要的材料，且越豐富越好，那就是一本好索引。以 AT 分類法編輯的故事類型索引不僅類別清楚，相較於以主題分類的袁著，更是檢索方便。AT 分類法通行世界，各國均以此編輯類型索引，因此只要懂得運用，世界各國的故事皆可成為研究材料，這個優點恐怕難以取代。

關於丁先生的《中國民間故事類型索引》一書，雖然丁先生自言一共有843 個類型，加上附錄中的 15 個類型，實際應該有 858 個。中譯本有 861 個類型，其中 3 個，即 950D1、1375E*、1624A1 乃是誤譯，應分別併入 750D1、1365E1*、1642A1 中，如此一來英文本與中譯本的類型數目都是 858 個。而丁先生曾自言這 858 個類型中，有 268 個是中國獨有的，不過丁先生並未說明是哪幾個。筆者利用丁先生曾參考的類型索引進行統計，結果為 298 個，與丁先生的統計結果不同。

丁先生所分析的材料可以分為古籍與現代故事集，現代故事集由於經歷戰亂與文革，甚多散失。古籍尋得的機會反而較高，因此筆者試著還原丁先生所使用的古籍版本。

丁書所使用的 113 種古籍中，有 71 種順利還原，利用這些可還原的古籍進行統計，可以看出古籍所載民間故事的一些特性。首先除了筆記小說和類書外，文人撰寫的小說和戲劇也經常使用民間故事。其次丁先生所使用的古籍中，明代的成型故事數量最多，這可能和明朝的城市文化有很大的關連。再次，愚蠢妖魔的故事、程式故事在古籍中出現的數量甚少或根本沒有，顯示這一類故事可能較不符合中國人的想像習慣。最後需要注意的是，拿古籍的類型與現代故事集的類型相比較，1949 年以後，動物故事、一般民間故事、笑話的類型大量增加，但是這個時期的中國進入鎖國狀態，何以類型數量反而大增？部分原因當然是政治因素，如前述愚蠢妖魔的故事，因符合資產階級鬥爭的觀點，數量大幅增加。另一個可能的因素是，計畫性、大規模的田野調查工作正在此時展開，丁先生便稱 1955 至 1965 年為「中國民間文學工作的第二個黃金時代」，[註7] 有組織性的工作成果，當然比從前文人偶然為了樂趣才進行的田野調查成果要豐富許多。此外，還原丁書所使用的版本，也給丁書的使用者有查找資料的依據。

丁書一共有三個中譯本，分別為烏丙安主持翻譯工作的遼寧大學本、段

〔註 7〕　丁乃通：〈近代中國民間故事〉，書同註 1，頁 240。

寶林主持的民研會本以及最新的華中師大本。〔註8〕遼寧大學本因翻譯時間匆促，或有偶疏，且每個類型下只譯出一個出處，索引意義較弱。而華中師大本基本上是照著民研會本重新打字排版而成，民研會本的錯誤並沒有校正，且打字的過程又產了些許錯誤，因此這三個譯本還是以民研會本的正確性較高。

陳麗娜在撰寫博士論文《中國民間故事類型研究》時發現：「在丁書新增的類型中，有 9 個是沒有類型名稱、故事提要的」。〔註9〕本論文對此提出解釋。這九個類型分別是 310A、333A、935A、950D$_1$、1365E$_1$、1624A$_1$、1635*與 1920C。其中 950D$_1$、1365E$_1$、1624A$_1$ 乃是譯者誤譯，其餘的是譯者由附錄移植至正文。這批被擺在附錄裡的資料是丁先生於英文書稿付印後，才自李福清處獲贈，因而來不及納入正文，只能補充在附錄中，後來中文本翻譯時才補入正文。這批資料所能新增的類型實際共有十四個，僅有 1266G*、1365E1*、1704D 這三個類型丁先生給了完整的類型名稱與故事大要，其餘的都只有類型號碼，這便是這些類型沒有類型名稱、故事提要的原因。

另一個譯本的大問題是，自英文本直譯的「專題分類索引」對文化背景差異甚大的中國讀者來說並不便利。如「尤里亞式的信」在西方是人人熟知的典故，但對中國讀者來說卻是陌生的，這樣的專題索引對中國讀者而言沒有多大意義。金榮華先生有感於此，編寫了《丁乃通《中國民間故事類型索引》情節檢索》一書，〔註10〕該書以詳細的情節分析為基礎，改善了譯本「專題分類索引」中不合理之處，希望能使讀者在使用丁書時能更為便利。

另外，以丁氏《索引》中譯本與英文本相互比對，中譯本在翻譯過程中，由於誤譯與打字錯誤，與母本有相當多的差異。本論文在附錄四與附錄五分別呈現了中、英文本正文與參考書目的差異，中譯本的使用者可藉此校正自

〔註 8〕 遼寧大學本指：丁乃通著，孟慧英、董曉萍、李揚譯：《中國民間故事類型索引》，瀋陽：春風文藝出版社，1983 年。
民研會本指：鄭建成、李倞、商孟可、白丁譯：《中國民間故事類型索引》，北京：中國民間文藝出版社，1986 年 7 月。
華中師大本指：丁乃通編著，鄭建成、李倞、商孟可、段寶林譯：《中國民間故事類型索引》，武漢：華中師範大學出版社，2008 年 4 月。
〔註 9〕 陳麗娜：《中國民間故事類型研究》，花蓮：國立東華大學民間文學研究所博士論文，2009 年 6 月，頁 125。
〔註 10〕 金榮華：《丁乃通《中國民間故事類型索引》情節檢索》，台北：中國口傳文學學會，2010 年 3 月。

己手邊的丁氏《索引》，以利日後查找類型資料時使用。

關於丁先生採用歷史地理研究法撰寫的四篇論文：〈高僧與蛇女—東西方「白蛇傳」型故事比較研究〉、〈人生如夢—亞歐「黃粱夢」型故事之比較〉、〈中國和印度支那的灰姑娘型故事〉、〈雲中落繡鞋—中國及其鄰國的 AT301 型故事群在世界傳統中的意義〉，〔註11〕透過這四篇文章的研究步驟分析，與湯普遜所舉歷史地理研究法的標準研究步驟比對，可知丁先的研究論文多不合於嚴格意義的歷史地理研究法論文，當然研究者應該靈活的運用材料與方法，不應死守步驟。從「建構故事生命史」這一點來看，丁先生較專注於建構故事在部份地區的生命史，如中國和印度，意不在了解故事在全世界的流傳情況。這或許是受限於材料的掌握與取得吧！不過丁先生身在美國，卻不見他以美國故事為材料進行大規模的考察，僅有〈三個中國和北美印地安人故事類型比較研究〉一文，〔註12〕對三個印地安故事與中國同型故事之間的關係略做了說明，這是比較奇特的一點。另外從研究步驟的分析也可以了解，在故事研究中，應用較廣的是「情節單元」，而非「故事類型」。而情節單元的分析目前已被應用到通俗文學的研究上，想必未來它的應用性將會更廣。

丁先生的著作中，價值最高、最常被利用的是《中國民間故事類型索引》，這部書引起了大陸學術界對 AT 系統的爭議，至今沒有平息。丁先生其它的著作則較少為學界進行研究。

整體而言，丁先生其人及其著作對整個中國民間文學界都起了很大的作用，最主要的影響就在於帶領中國學界走向「國際化」之路。

綜上所述，本論文最重要的貢獻為：

一、首度計劃性的蒐集丁氏著述，並予以分類、整理。丁氏與民間文學相關的著作均給予敘錄。

二、訪問丁先生的親人與友人，以勾勒丁氏生平與學術活動概況。

三、從丁氏生平、學界評價、貢獻與影響等角度切入、分析，使學界了解丁先生與《中國民間故事類型索引》的歷史定位。並試圖對觀察到的各種現象提出說明或分析。

〔註11〕 這四篇文章請見丁乃通：《中西敘事文學比較研究》，武漢：華中師範大學出版社，2005 年 7 月。

〔註12〕 Nai-tung Ting, A Comparative Study of Three Chinese and North-American Indian Folktale Types, *Asian Folklore Studies*, Vol. 44, No. 1 （1985）, pp.39～50.

　　四、梳理丁氏《索引》中、英文本的各種資料，包括引用材料、與它國
AT 索引的比較、體例分析、故事類型數量比較、中英文本校對、各中譯本
之間的優劣比較等等，以便利研究者使用丁書。並對統計、分析結果提出解
釋。

　　五、分析丁氏的研究方法，可供寫作論文參考。並使學界更了解情節單
元與故事類型的應用方法。

引用文獻

本論文涉及之口頭訪問及書信因未出版，不列入引用文獻中。

一、民間文學專書

1. Ikeda Hiroko, A Type and Motif Index of Japanese Folk-Literature, Helsinki 1971.

2. Jason Heda, Types of Indic Oral Tales, Helsinki 1988.

3. Thompson Stith and Warrem E. Roberts, Types of Indic Oral Tales, Helsinki,1991.

4. Thompson Stith, Motif-Index of Folk-Literature, Bloomington, Indiana University press, 1975, 6 Volumes.

5. Thompson Stith,The Types of the Folktale（Helsinki,1981），FFC184.

6. Ting Nai-tung A Type Index of Chinese Folktales（FFC223）Helsinki,1978.

7. Ting Nai-tung, and Ting Lee-hsia Hsu：Chinese Folk Narratives A BibliographicalGuide. San Francisco, Chinese Materials Center,Inc. San Francisco,1975.

8. Uther Hans-Jörg, The Types of International Folktales, Helsinki 2004.

9. 〔美〕阿蘭‧鄧迪斯：《民俗解析》，桂林：廣西師範大學出版社，2005年1月。

10. 丁乃通：《中西敘事文學比較研究》，武漢：華中師範大學出版社，2005年7月。

11. 丁乃通：《中國民間故事類型索引》，瀋陽：春風文藝出版社，1983年。

12. 丁乃通：《中國民間故事類型索引》，北京：中國民間文藝出版社，1986年7月。

13. 丁乃通：《中國民間故事類型索引》，武漢：華中師範大學出版社，2008年4月。

14. 王甲輝、過偉主編：《台灣民間文學》，上海：上海文藝出版社，2005 年 5月。

15. 北京師大中文系民間文學教研室編：《民間文藝學參考資料》，北京：北京師大中文系，1982 年 3 月，共兩冊。

16. 艾伯華：《中國民間故事類型》，北京：商務印書館，1999 年 2 月。

17. 祁連休：《中國古代民間故事類型研究》（上、中、下三冊），石家庄：河北教育出版社，2007 年 5 月。

18. 金榮華：《丁乃通《中國民間故事類型索引》情節檢索》，台北：中國口傳文學學會，2010 年 3 月。

19. 金榮華：《中國民間故事集成類型索引（一）》，台北：中國口傳文學學會，2000 年 1 月。

20. 金榮華：《中國民間故事集成類型索引（二）》，台北：中國口傳文學學會，2005 年 10 月。

21. 金榮華：《中國民間故事與故事分類》，台北：中國口傳文學學會，2007 年 9 月。

22. 金榮華：《六朝志怪小說情節單元分類索引》（乙編），台北：中國口傳文學學會，2008 年 3 月。

23. 金榮華：《六朝志怪小說情節單元分類索引》（甲編），台北：中國口傳文學學會，2007 年 9 月。

24. 金榮華：《民間故事類型索引（上）、（中）、（下）》，台北：口傳文學學會，2007 年 2 月。

25. 金榮華：《禪宗公案與民間故事》，台北：中國口傳文學學會，2007 年 9月。

26. 金榮華主編：《民間故事論文選》，台北：中國口傳文學學會，2005 年 5月。

27. 胡萬川：《台灣民間故事類型》，台北：里仁書局，2008 年 11 月。

28. 段寶林：《中國民間文學概要》，北京：北京大學出版社，2009 年 4 月。

29. 袁學駿：《民間文藝論集》，北京：中國文史出版社，2001 年 6 月。

30. 許靖華：《孤獨與追尋》，台北：天下文化出版公司，1997 年 4 月。

31. 許端容：《梁祝故事研究》，台北：秀威資訊科技出版，2007 年 3 月。

32. 凱瑟琳・奧蘭斯汀著、楊淑智譯：《百變小紅帽》，北京：三聯書店，2006年 10 月。

33. 張弘：《民間文學改舊編新論》，長春：時代文藝出版社，1991 年 4 月。

34. 湯普遜著、鄭海等譯：《世界民間故事分類學》，上海：上海文藝出版社，1991 年 2 月。

35. 賈芝：《賈芝集》，北京：中國社會科學出版社，2009 年 3 月。

36. 劉守華：《中國民間故事類型研究》，武漢：華中師範大學出版社，2002 年 10 月。

37. 劉魁立：《劉魁立民俗學論集》，上海：上海文藝出版社，1998 年 10 月。

38. 劉魁立：《民間敘事的生命樹》，北京：中國社會出版社，2010 年 12 月。

二、敘事文集與故事集

1. 《中國民間故事集成・西藏卷》，北京：中國 ISBN 中心，2001 年 8 月。

2. 《中國民間故事集成・海南卷》，北京：中國 ISBN 中心，2002 年 9 月。

3. 王文誥、邵希曾輯：《唐代叢書》，台北：新興書局，1968 年 6 月新一版。

4. 江盈科：《江盈科集》，長沙：岳麓出版社，1997 年 4 月。

5. 李昉等編撰：《太平御覽》，台北：台灣商務印書館，1968 年 1 月台一版。

6. 金榮華：《台灣卑南族口傳文學選》，台北：中國文化大學中國文學研究所，1989 年 8 月。

7. 金榮華：《台東大南村，魯凱族口傳文學》，台北：中國文化大學中國文學研究所，1995 年 5 月。

8. 金榮華：《金門民間故事集》，台北：中國文化大學中國文學研究所，1997 年 3 月。

9. 金榮華：《台北縣烏來鄉，泰雅族民間故事》，台北：中華民國民間文學學會，1998 年 12 月。

10. 金榮華：《澎湖縣民間故事》，台北：中國口傳文學學會，2000 年 10 月。

11. 金榮華：《台灣桃竹苗地區民間故事》，台北：中國口傳文學學會，2000 年 11 月。

12. 金榮華：《台灣花蓮阿美族民間故事》，台北：中國口傳文學學會，2001 年 10 月。

13. 金榮華：《台灣賽夏族民間故事》，台北：中國口傳文學學會，2004 年 3 月。

14. 許端容：《台灣花蓮塞德克族民間故事》，台北：中國口傳文學學會，2007 年 3 月。

15. 陳麗娜：《屏東後堆客家民間故事》，台北：中國口傳文學學會，2006 年 6 月。

16. 赫米爾敦著、宋碧雲譯：《希臘羅馬神話故事》，台北：志文出版社，2010 年 11 月。

17. 劉秀美：《台灣宜蘭大同鄉泰雅族口傳故事》，台北：中國口傳文學學會，2007 年 10 月。

18. 劉安：《淮南子》，台北：台灣商務印書館，民國 64 年 6 月。

三、單篇論文

1. Ting Nai-tung, "A Comparative Study of Three Chinese and North-American Indian Folktale Types", Asian Folklore Studies, Vol. 44, No. 1 （1985）.

2. Ting Nai-tung, "Lao Tzu's Critique of Language", ETC.:A Review of General Semantics, vol.19, no.1 （1962） pp.5～38.

3. Ting Nai-tung, "A Comparative Study of Three Chinese and North-American Indian Folktale Types", Asian Folklore Studies, Vol. 44, No. 1 （1985）, pp. 39-50.

4. Ting Nai-tung, "The use of folktales in the works of John Heywood." International folklore Review4（1986）p.55-61.

5. Ting Nai-tung, "Hemingway in China", Sino-American Relations, 14:2, 1988 summer, pp.20～45.

6. Yung –hwa King, "On Fu-Sang in Shih-chou-chi" Chinese Culture Quarterly （台北：ⅩⅤⅠ～1, march 1975）pp.85～92.

7. 〔日〕加藤千代著、陳必成譯：〈關於中國民間故事類型索引—艾伯哈德的書評與丁乃通的答辯〉，《故事研究資料選》，武漢：中國民間文藝家協會湖北分會，1989 年 9 月。

8. 〔美〕湯普遜：〈民間故事的生活史〉，《故事研究資料選》武漢：中國民間文藝家協會湖北分會，1989 年 9 月。

9. 丁乃通：〈民間故事類型第二次修訂版的介紹及評價〉，《清華學報》新七卷第二期，台北：清華學報社，1969 年 8 月。

10. 丁乃通：〈歷史地理學派及其方法〉，《民間文藝學參考資料》第一集，北京：北京師範大學中文系，1982 年 3 月。

11. 丁乃通：〈中國民間故事的分類〉，《中央日報》民國 77 年 11 月 17 日，〈長河〉第 17 版。

12. 丁乃通著、黃永林譯：〈民間文學民間辦—一個新生事物在中國〉，《中南民族學院學報》1988 年第 3 期，武漢：中南民族學院，1988 年 5 月。

13. 丁乃通著、李揚譯：〈答愛本哈德教授〉，《故事研究資料選》，武漢：中國民間文藝家協會湖北分會編印，1989 年 9 月。

14. 丁乃通：〈中國民間敘事中的西方人〉，《文史雜誌》1992 年第二期。

15. 戶曉輝：〈類型：民間故事存在的方式〉，《河南教育學院學報》，2008 年第 6 期。

16. 艾伯華著、董曉萍譯：〈丁乃通的《中國民間故事類型索引》以口頭傳統與無宗教的古典文學文獻爲主〉，《民族文學研究》，2008 年第 3 期。

17. 呂微：〈故事類型劃分的經驗與標準〉，《河南教育學院學報》，2008 年第 6

期。

18. 汪燮：〈丁氏夫妻《中國敘事書目》書評〉（Ting, Nai-Tung and Ting, Lee-hsia Hsu. Chinese Folk Narratives, A Bibliographical Guide. San Francisco: Chinese Materials Center, 1975. （Chinese Materials Center, Bibliographical Aids Series, No.4））,《圖書館學與資訊科學》第二卷第二期，民國 65 年 10 月。

19. 林靜慧：〈狗耕田故事類型探論〉,《2009 海峽兩岸民俗暨民間文學學術研討會論文選》，台北：中國口傳文學學會，2010 年 7 月。

20. 林繼富：〈「中國民間故事類型索引」研究的批評與反思〉,《思想戰線》, 2003 年第 3 期。

21. 祁連休：〈中國故事的獨特魅力〉,《河南教育學院學報》, 2008 年第 6 期。

22. 金茂年：〈丁乃通夫人向中國民協捐贈珍貴資料〉,《民間文學論壇》，北京：民間文學論壇雜誌社，1990 年 11 月。

23. 金榮華：〈〈蛇郎〉故事探源〉,《2009 海峽兩岸民俗暨民間文學學術研討會論文集》，台北：中國口傳文學學會，2010 年 7 月。

24. 金榮華：〈「情節單元」釋義〉,《華岡文科學報》第 24 期，2000 年 3 月。

25. 金榮華：〈言情說理談嫁娶——中外「多男爭取一女」故事綜論〉，發表於「2010 民俗暨民間文學國際學術研討會」上，未刊稿。

26. 金榮華：〈論丁乃通《中國民間故事類型索引》中譯本之〈專題分類索引〉〉,《民間文化論壇》（北京），2010 年第 5 期，頁 108～110。又見於《丁乃通《中國民間故事類型索引》情節檢索》一書中之代序。

27. 金榮華：〈治學因緣〉,《廣西師範學院學報》（哲學社會科學版）24 卷 4 期 2003 年 10 月，頁 79～80。又見於《金榮華教授七秩華誕祝壽論文集》，台北，中國文化大學中國文學系，2007 年 2 月。

28. 施愛東：〈中日韓民間故事類型索引編撰工作預備會在京閉幕〉,《民間文化論壇》，2005 年第 5 期。

29. 段寶林：〈快速編印「民間故事類型索引」的方法〉,《民間文化與立體思維—兼及藝術規律的探索》，北京：大眾文藝出版社。

30. 孫正國：〈「多維切分、開放發展」原則與索引智能化—編寫《民間故事類型索引》的媒介視角〉,《長江大學學報》2005 年 10 月第 3 期。

31. 高永：〈「母題」術語的翻譯問題〉,《當代小說》2009 年第 2 期。

32. 高丙中：〈故事類型研究的中國意義〉,《河南教育學院學報》, 2008 年第 6 期。

33. 陳勁榛、張百蓉：〈台灣原住民口傳故事採錄四題〉,《原住民教育季刊》，台東：台東師院原住民教育研究中心，2002 年 8 月，第二十七期。

34. 陳勁榛：〈台灣「白賊七」故事情節單元聯繫模式試探〉,《華岡文科學報》

第 21 期。

35. 陳勁榛：〈校讎心理與民間文學〉,《2009 海峽兩岸民俗暨民間文學學術研討會論文選》,台北：中國口傳文學學會,2010 年 7 月。

36. 陳建憲：〈論比較神話學的「母題」概念〉,《華中師範大學學報》第 39 卷第 1 期。

37. 陳連山：〈普遍性與特殊性之爭〉,《河南教育學院學報》,2008 年第 6 期。

38. 陳麗娜：〈《雲南省常見民間故事類型索引》的型號商榷〉,《美和技 術學院學報》2006 年 4 月。

39. 湯普遜：〈民間故事的生活史〉,《故事研究資料選》,湖北：中國民間文藝家協會湖北分會,1989 年 9 月。

40. 賈芝：〈懷念丁乃通先生〉,《民間文學》,北京：民間文學雜誌社,1990 年第 2 期。

41. 賈芝：〈一段難忘的回憶〉,《北京興華大學學報》雙月刊,第 43 期,1999 年 9 月。

42. 賈芝：〈我與丁乃通先生〉,未刊稿。

43. 劉守華、陳建憲：〈身居海外戀祖國　留取丹心照汗青—沉痛悼念美籍華裔民間文藝學家丁乃通先生逝世〉,《民間文藝季刊》,上海：民間文藝季刊出版部,1989 年第 4 期。

44. 劉守華：〈《中國民間故事類型研究》的方法論探索〉,《思想戰線》2003 年第 5 期。

45. 劉守華：〈一位美籍華人學者的中國民間文學情節—追憶丁乃通教授〉,《民間文化論壇》,2004 年 03 期。

46. 劉守華：〈民間文學研究方法泛說〉,《湖北民族學院學報》,2002 年第 1 期。

47. 劉守華：〈關於民間故事類型學的一些思考〉,《民族文學研究》,2004 年第 3 期。

48. 劉淑爾：〈「情節單元」在元雜劇審美批判中的運用意義〉,《勤益學報》第十五期。

49. 劉魁立：〈中國螺女型故事的歷史發展進程〉,《民間敘事的生命樹》,北京：中國社會出版社,2010 年 12 月。

四、學位論文

1. 唐蕙韻：《中國風水故事研究》,中國文化大學中國文學研究所博士論文,2004 年 6 月。

2. 張百蓉：《高雄都會區台灣原民口傳故事研究》,中國文化大學中國文學研究所博士論文,2003 年 12 月。

3. 陳文之：《台灣原住民口傳故事研究》，中國文化大學中國文學研究所碩士論文，2004 年 12 月。

4. 陳麗娜：《中國民間故事類型研究》，國立東華大學民間文學研究所博士論文，2009 年 6 月。

5. 曾友志：《寶卷故事之研究》，中國文化大學中國文學研究所碩士論文，1998年。

附錄一　丁乃通先生生平與著作年表
（1915～1989）

年　代	事　件	著　作
1915	4 月 22 日出生於浙江杭州。	
1936	畢業於北京清華大學西方語文學系。	
1938	獲得美國哈佛大學英國文學碩士學位。	
1941	獲得美國哈佛大學英國文學博士學位。 旋即回中國講學。	博士論文：Studies in English Prose and Poetic Romances in the First Half of the Seventeenth Century.
1941	任教杭州基督大學	
1941～1942	任教上海之江大學	
1942～1943	任教嵩縣河南大學	
1943～1950	因日軍侵華，避走重慶。任教重慶及南京中央大學	
1948	與許麗霞女士結婚。 12 月計劃遷居台灣，未果。	
1951～1952	任教廣州嶺南大學	
1953	與妻子避走香港。	
1955	赴美至耶魯大學。	
1955～1956	任教香港新亞書院	
1956	由香港到美國定居。	
1957～1966	任教美國泛美大學、威斯康辛州立大學。	

1962		發表〈老子的語言批評〉
1965	許麗霞女士在德州大學取得圖書館學碩士學位。	
1966		發表〈高僧與蛇女——東西方「白蛇傳型」故事比較研究〉。
1966-1985	任教西伊利諾大學	
1968	開始爲撰寫《中國民間故事類型索引》蒐集資料	
1969		發表書評 Folktales of China by Wolfram Eberhard 發表〈民間故事類型第二次修訂版的介紹及評價〉
1970	丁先生與金榮華先生結識於美國柏克萊的加州大學。 許麗霞女士取得芝加哥大學圖書館學博士學位。	發表〈雲中落繡鞋——中國及其鄰國的 AT301 型故事群在世界傳統中的意義〉。
1971		發表〈中國 AT301 型故事異文的補充說明〉及書評 Chinese Fairy Tales by Milada Štovíčková; Alice Denešová; Dana Štovíčková
1972		發表書評 The Hsi-yu chi; A Study of Antecedents to the Sixteenth-Century Chinese Novel by Glen Dudbridge、The Golden Mountain: Chinese Tales Told in California by Jon Lee; Paul Radin
1973		發表書評 Studies in Taiwanese Folktales by Wolfram Eberhard; Lou Tsu-K'uang
1974		發表〈中國和印度支那的灰姑娘型故事〉及書評 Folklore and Folkliterature Series of National Peking University and Chinese Association for Folklore by Lou Tsu-k'uang。
1975		與妻子合著《中國民間敘事書目》由美國舊金山中文資料中心出版。
1977		發表書評 Wu-chin li-su yao-yen （Folklore, Folkliterature of Wu-chin, Chiang-su） by Wu Chia-ch'ing Wu-chin min-chien ku-shih

		（Folktales from Wu-chin） by Wu Chia-ch'ing
1978	七月第一次到中國訪問，結識賈芝、段寶林先生	《中國民間故事類型索引》英文本在芬蘭首都出版。
1979	賈芝、段寶林提議翻譯《中國民間故事類型索引》 協助中國學者參加愛丁堡召開的第七次民間敘事文學研究會	發表〈近代中國民間故事〉。
1980	六月率領美國全教育協會的旅行團到中國觀光、訪問北大	
1981	民間文藝研究會邀請丁氏夫妻於 7/10～8/10 到大陸訪問	發表〈人生如夢——亞歐「黃粱夢」型故事之比較〉、Chatterton and Keats: a reexamination.
1982		發表〈歷史地理學派及其方法〉
1983	8月在加拿大召開的第十一屆人類學與民族學國際學會上倡議成立中國與北美印地安人民民俗關係小組。	《中國民間故事類型索引》中文節譯本由春風文藝出版社出版。
1984	六月協助中國學者參加在卑爾根召開第八次民間敘事文學研究會	發表 From Shangtu to Xanadu
1985	丁夫人獲美國獎助金到中國武漢講學十一個月，二人八月先至上海，8/27 到北京，後丁夫人先到武漢，丁則至北大、華中師大、西南師大講學。	發表 A Comparative Study of Three Chinese and North-American Indian Folktale Types 及書評 Folk Tales from Kammu III. Pearls of Kammu Literature by Kristina Lindell; Jan-Öjvind Swahn; Damrong Tayanin
1986		7 月《中國民間故事類型索引》中文全譯本由中國民間文藝出版社出版。發表 The use of folktales in the works of John Heywood.
1987		發表 On Type 449A、〈「民間文學民間辦」———一個新生事物在中國〉。
1988		發表書評 May Fourth Intellectuals and Chinese Folk Literature 發表〈中國民間故事的分類〉 發表〈海明威在中國〉
1989 年	4 月 22 日病逝於伊利諾州。	

1993	許麗霞女士於西伊利諾大學退休。	
2005	一月，許麗霞女士於美國辭世。	7 月《中西敘事文學比較研究》由華中師範大學出版社出版。
2008		4 月《中國民間故事類型索引》中文全譯本由華中師範大學出版社出版。
2010		中國口傳文學學會出版《丁乃通《中國民間故事類型索引》情節檢索》。

附錄二 丁書、母本、池田弘子本、海達・杰遜本、羅伯斯本類型號碼比較表

本表使用之記號說明：

1. 若丁書使用的類型號碼也見於母本、池田弘子的《日本民間故事故事類型與情節單元索引》（ *A Type and Motif Index of Japanese Folk-Literature* ）、海達・杰遜的《印度口頭故事類型》（ *Types of Indic Oral Tales* ）、羅伯斯的《印度口頭故事類型》（ *Types of Indic Oral Tales* ），且故事內容差不多，則在每本書下相應的類型號碼欄位上打「○」號為記。

2. 丁先生的《中國民間故事類型索引》「附錄一」為自己的索引與池田弘子的索引對照表，雖然丁先生所用的號碼與池田弘子的號碼不同，但丁先生已確認為同型故事者，則在對應的欄位上打「※」號為記。

3. 丁先生在〈導言〉中指出海達・杰遜歸納的猶太故事類型中，有五個也見於中國故事，這五個與丁先生使用的號碼也不同，因此在對應的欄位上打「◎」號為記。

4. 表中類型號碼無任何對應記號者，則本論文暫時視為中國獨有的類型。但是否確為中國獨有類型，則有待更廣泛的研究。

丁書類型號碼	丁書類型名稱	母本	池田弘子本	杰遜本	羅伯斯本
一、動物故事					
1*	狐狸偷籃子	○	○		○
1A*	兔子、鷹和老人				
2	用尾巴釣魚	○	○		○
5	咬腳	○		○	
6	誘騙抓住它的動物說話	○	○		○
8	在草堆上畫畫	○			
8B	火燒老虎				
8*	狐狸用燒焦的熊骨，交換馴鹿	○			
20C	害怕世界末日來臨，動物駭跑	○			
21	吃自己的內臟	○		○	○
30	狐狸騙狼落下陷阱	○			
31*	狐狸把狼拉出陷阱	○			
34	狼為乾酪的倒影跳入水中	○			
38	爪子卡在樹縫裡	○			○
40A（一二版均誤作40）	狐狸搖鈴（異體）				
41	狼在地窖裡吃得過多	○		○	○
43A	鵲巢鳩占				
44*	狼要綿羊的毛	○			
47A	狐狸（熊，或其他動物）咬住馬的尾巴而被拖走，兔子的嘴唇笑豁	○	○		○
47B	馬踢狼的嘴	○			
49	熊和蜂蜜	○	○		
49A	黃蜂的窩當作國王的鼓	○		○	○
50C	驢子自誇曾經踢過病獅	○			
51	獅子的一份（最大的一份）	○		○	
51***	狐狸分乾酪	○		○	
55	動物挖井	○			
56A	狐狸以要推倒樹作為恐嚇	○		○	

號碼	類型				
56B	狐狸勸誘喜鵲帶著小喜鵲到牠家裡去	○			
56D	狐狸問鳥兒刮風的時候怎麼辦	○			
57	啣著乳酪的渡鴉	○		○	○
58	鱷魚揹豺狼	○	○	○	○
59*	豺狼挑撥離間	○			○
61	狐狸說服公雞閉眼唱歌	○			
66A	「喂！房子！」	○	○	○	○
66B	裝死的動物拆穿自己的西洋鏡	○	○	○	○
68A	瓶為陷阱	○			
68*	狐狸嘲弄陷阱	○	○		
70A	兔子割開自己的嘴唇				
75	弱者援救強者	○	○	○	○
75*	狼白白地等著保母扔掉孩子	○	○		
76	狼和鶴	○		○	○
77	公鹿在泉水邊自我欣賞	○			
78	動物為了安全縛在另一動物身上	○		○	
78B	猴子把自己用繩子綑在老虎身上				
91	猴子的心忘在家裡了	○	○	○	○
92	獅子看到自己在水裡的影子跳下水去	○		○	○
101*	狗要模仿狼	○			
105	貓的看家本領	○			○
106	動物間的會話（模仿動物呼叫的聲音）	○			
110	給貓戴鈴鐺	○		○	
111	貓和老鼠談話	○		○	
111A	狼無故譴責小羊，並吃了牠	○		○	○
111B	老鼠造反				
111C*	狡猾的老鼠				
112	鄉下老鼠拜訪城裡老鼠	○	○	○	○
112*	老鼠搬蛋	○			
112A*	老鼠從罈子裡偷油				

113B	貓裝聖者	○		○	
114A	驕傲的公雞				
120	第一個看到日出的	○	○		
121	狼「疊羅漢」爬到樹上	○	○	○	○
122	狼失去牠的獵獲物	○	○	○	
122A	狼（狐狸）尋食	○			
122B	老鼠勸貓在吃飯前先洗臉	○		○	○
122C	綿羊勸狼唱歌	○			
122D	「讓我帶給你更好的獵物。」或「帶給你更好吃的東西！」	○		○	○
122F	「等到我長得夠肥了」	○		○	○
122G（二版誤作122C）	「吃以前先把我洗乾淨」或「讓我自己洗乾淨」	○			○
122Z（二版誤作122H）	逃出捕獲者爪牙的其他伎倆	○		○	
122M*	公羊直衝狼的肚子	○			
122N*	驢子勸狼騎在牠的背上	○			
123	狼和小羊	○		○	○
123B	狼披羊皮混進羊群	○			
125B*	驢子嚇唬獅子	○			
125E*	驢子用叫聲威嚇別的動物				
125F*	喊叫有狼，或發假警號				
126	羊趕走狼	○		○	○
155	忘恩負義的蛇再度被捉	○		○	○
155A	忘恩負義的狼吃掉救命恩人				
156	獅爪上拔刺	○	○		○
156B*	女人做蛇的助產士	○	○		
156D*	老虎重義氣				
157	學習怕人	○			○
157B	人會用火				
159A$_1$	老虎吞下燒紅的鐵		※		
160	感恩的動物；忘恩的人	○	○		○
160*	女子欺瞞熊	○			

160A*	鷸蚌相爭	○			
162*	人處罰狼	○			
175	黏娃兒和兔子	○			○
176A*	人以智勝猴				
177	賊和老虎	○	○	○	○
178A	主人和狗	○			○
178B	義犬作抵	○		○	
179	熊在他耳邊悄悄說了些什麼	○			
181	人洩露了老虎的秘密	○			○
200A₁	狗上貓的當				
200*	貓的權利		※		
201E*	義犬捨命救主	○			
201F*	義犬衛主，為主復仇				
210	公雞、母雞、鴨子、別針和針一起旅行		○	○	○
211	兩頭驢子	○		○	
214B	身披獅皮的驢子一聲大叫，現出原形	○			
214B*	身披偽裝冒充為王的動物丟臉				
217	貓和蠟燭	○		○	○
220	群鳥大會	○			
220A	烏鴉跋扈，老鷹審判	○			
220B	烏鴉和老鷹的戰爭	○			
221	選舉鳥王	○			
222A	蝙蝠在鳥獸之戰當中	○		○	○
222B	老鼠和麻雀的戰爭	○			
222C	小人和鶴				
223	鳥和獸做朋友	○			○
224*	烏鴉婚禮借羽毛	○			
225	鶴教狐狸飛	○		○	○
225A	烏龜讓老鷹帶著自己飛	○	○		○
231	蒼鷺（鶴）運魚	○			
232A*	烏鴉濺污了天鵝	○			

233B	鳥兒帶著網飛走	○		○	○
234	夜鶯和蜥蜴	○	○		
234A	兩種植物調換住處				
235	鰹鳥借用杜鵑的毛	○			
235A	動物向鳥（或別的動物）借角或別的東西				
236*	其他模仿鳥鳴的故事	○			
239	烏鴉幫助鹿逃出陷阱	○			○
243	鸚鵡裝上帝	○			○
244	烏鴉借羽毛	○			
244A*	鶴向蒼鷺求愛	○			
245	家禽和野鳥	○			
246A*	黃雀伺蟬				
248A	象和雲雀	○			○
250A	比目魚的歪嘴	○			
275	狐狸和蜥蚰賽跑	○	○		○
275A	龜兔賽跑	○			
275D*	蝸牛（青蛙）和老虎在泥中賽跑				
276A	螃蟹欺騙了母牛（或水牛）				
277A	青蛙妄想像牛那樣大	○	○		
277*	破了肚皮的青蛙				
278B	坐井觀天				
281A*	水牛和蚊蚋	○			
282C*	蝨子招待跳蚤	○			
285D	蛇拒絕腹交	○			
291A	猴子和蜻蜓打仗				
293	肚子和人體其他的器官爭大	○			
293A	身體兩個部份不合				
293B	茶和酒爭大				
295*	甲蟲、稻草和羊毛				
297B	磨菇的戰爭	○			
297C	昆蟲類的戰爭：蚊子、蜘蛛、蜜蜂、蜥蜴等				

298C*	蘆葦迎風而彎	○			
298C₁*	無用的植物能保身				

二、一般的民間故事

300	屠龍者	○	○	○	○
301	三個公主遇難	○		○	○
301A	尋找失蹤的公主	○	○		○
301B	大漢、夥伴與尋找失蹤的公主	○	○		○
301F	尋寶				
301G	桃太郎		※		
302	食人妖（魔鬼）的心在蛋裏	○	○	○	○
302B	英雄的生命和劍不能分開	○			○
303	孿生兄弟或親兄弟	○	○		○
304	獵人	○			
310	塔裡的少女	○			○
310A					
311	妹妹救姊姊	○			
312A	虎穴救妹	○	○		○
312D	龍口救兄妹	○	○		
312A*	母親（或兄弟）入猴穴救女				
313A	女孩助英雄脫險	○			○
313A₁	英雄和神女				
313C	遺忘了的未婚妻	○			
313H*	逃開女巫	○			
314	青年變馬	○	○	○	○
314A	牧童和三巨人	○			
315	不義的姐妹	○			○
315A	吃人的姐妹	○	○		○
325	術士和弟子	○			○
325A	兩術士鬥法				
326	青年要學習害怕	○			○
326E*	藐視鬼屋裡妖怪的勇士		※		
327	孩子們和吃人的妖精	○	○	○	○

327A	亨舍爾和格萊特	○	○		○
327B	矮子和巨人	○	○		○
328	男孩偷巨人的財寶	○	○		○
329	和魔鬼捉迷藏	○			
330A	鐵匠和死神	○		○	○
331	瓶中妖精	○	○		○
333A		○	○		
333C	老虎外婆		※		
366	從絞刑架來的人	○			
369	孝子尋父	○			○
400	丈夫尋妻	○	○	○	○
400A	仙侶失蹤				
400B	畫中女				
400C	田螺姑娘				
400D	其他動物變成的妻子				
403	黑白新娘	○		○	○
403C$_1$	繼母偷天換日				
403A**	受苦女郎，神賜美貌		※		
407	女郎變花	○			○
408	三個橘仙	○		○	○
411	國王和女妖	○		○	
412	魂居項圈	○			○
425C	美女和獸	○			○
425N	鳥丈夫	○			
426	兩個女孩、熊和侏儒	○			
433C	蛇郎和妒女	○			○
433D	蛇郎		※		
440	蛙王或亨利	○			
440A	神蛙丈夫				
449A	旅客變驢		※		
461	三根魔鬚	○			
461A	西天問佛：問三不問四	○		○	

462	廢后與妖后	○		○	○
465	妻子慧美，丈夫遭殃	○	○	○	○
465A	尋找「無名」	○			○
465A₁	百鳥衣		※		
465C	上天入地	○			
465D	獸兄獸弟助陣	○			○
467	尋索奇花異寶	○			○
470	生死之交	○	○		
471	奈何橋	○			○
471A	和尚與鳥	○			
471B	老父陰曹尋子				
480	泉旁織女	○		○	
480D	仁慈少婦和魔鞭				
480F	善與惡的弟兄（婦女）和感恩的鳥		○		
500	猜名字	○			
502	野人	○			○
503	小仙的禮物	○		○	○
503E（二版誤為508E）	狗耕田		○		
503M（二版誤為500M）	賣香屁				
505A	死屍和棺材				
505B*（二版誤為500B）	葬人者得好報				
506	公主得救	○			○
507A	妖怪的新娘	○			
507C	蛇女	○			○
510	灰姑娘和粗草帽	○		○	
510A	灰姑娘	○	○		○
510B	金袍、銀袍和星袍	○	○		○
511	一隻眼兩隻眼三隻眼	○		○	○
511A	小紅牛	○			○

511B*	異母兄弟和炒過的種子				
511C*	金銀樹				
513	超凡的好漢兄弟	○			
513B	陸地行舟	○			
513C（二版誤爲513C）	獵人之子	○			
516	誠實的約翰	○			○
516B	公主落難	○		○	○
518	群魔爭法寶	○		○	○
519	大力新娘	○			
531	眞假費迪南	○		○	○
533	能言馬頭	○			○
535	虎的養子	○			○
545	貓當幫手	○	○	○	
545B	穿靴子的貓	○			○
546	聰明的鸚鵡	○			○
550	找金鳥	○		○	○
551	子爲父（母）找仙藥	○	○		○
551**	三兄弟尋寶	○			
552A	三個動物連襟	○			
552B	獸婿和仙食	○			○
554	感恩的動物	○	○	○	○
554D*	蜈蚣救主				
555	漁夫和妻子	○	○	○	
555A	太陽國				
555B	含金石像				
555C	聚寶盆和源源不絕的父親				
555*	感恩的龍公子（公主）		※		
560	寶貝戒指	○	○	○	○
560C*（二版誤爲560*）	吐金玩偶，失而復返	○			
561	阿拉丁	○		○	○
563	桌子、驢子和棍子	○	○	○	○

565	仙磨	○	○		
566	三件法寶和仙果	○			○
567	寶鳥心	○	○	○	○
567A	寶鳥心和兄弟分離	○		○	○
570	牧童兔	○			
571	黏在一起	○	○	○	○
575	有翅王子	○			○
576F*	隱身帽		※		
592（二版誤爲582）	荊棘中舞蹈	○			
592*	險避魔箭				
592A*	樂人和龍王				
592A₁*	煮海寶				
611	侏儒的禮物	○			
612	三片蛇葉	○	○	○	○
613	二人行（眞與僞）	○		○	○
613A	不忠的兄弟（同伴）和百呼百應的寶貝		※		
650A₁	神力勇士	○			
650B₁	尋索壯漢爲侶	○			
653	才藝高強的四兄弟	○	○		○
653A	稀世奇珍	○			
653B	少女復甦	○			○
654	三兄弟	○			
654*	自命不凡的兄弟				
655	聰明的弟兄	○		○	○
670	動物的語言	○	○		○
671	三種語言	○	○		
672D	蛇液石	○			
673	白蛇肉	○	○		
676	開洞口訣	○	○	○	○
678	王魂鸚鵡	○		○	○
681	瞬息京華	○	○		

681A	夢或眞				
681B	夫妻同夢				
700	拇指湯姆	○	○	○	○
704	嬌嫩公主（豌豆上的公主）	○		○	
707	三個金兒子	○	○	○	○
709	白雪公主	○		○	
720	媽媽殺我，爸爸吃我（杜松樹）	○	○	○	○
729	斧頭落水	○	○	○	
736A	魚腹藏指環	○			
737B*	幸運的妻子	○			
738*	蛇鬥	○			
745A	命中注定的財寶	○			
745A₁	命中注定貧窮				
745*	負債人同病相憐，雙雙得救				
750A	願望	○	○	○	○
750B	好施者得到報答	○	○		○
750B₁	用有神力的布報答好施者				
750D₁	用取不完的酒報答好施者				
750*	好施者有福	○		○	
751	貪婪的農婦	○			
751A	農婦變成了啄木鳥	○	○		
751C*	富則驕	○			
754	快樂的修道士	○			
756	三根青嫩枝	○			
761A	前世有罪孽投胎爲畜牲				
763	尋寶者互相謀害	○	○	○	○
770A	（觀音菩薩）保護無辜				
775	米達斯短視的願望	○		○	
775A	點金指頭				
780	會唱歌的骨頭	○	○	○	○
780D*	歌唱的心				
782	米達斯王和驢耳朵	○			○

785	誰吃了羊羔的心？	○			○
785A	獨腳鵝	○			
804	彼得的母親從天上掉下來	○	○		
809A*	一件善事使人富貴				
821B	熟了的雞蛋生小雞	○			
825	諾亞方舟中的魔鬼	○			
825A*	懷疑的人促使預言中的洪水到來		※		
831	不誠實的僧侶	○	○		
834	窮兄弟的財寶	○		○	
834A	一罈金子和一罈蠍子	○	○	○	○
836	驕傲受到懲罰	○			
837	惡毒的主人如何受到懲罰	○			○
838	教養無方	○		○	○
841A*	乞丐不知有黃金		※		
842	把財富踢開的人	○			○
851	猜不出謎語的公主	○		○	○
851A	都浪多	○		○	
851A*	對向公主求婚者的考試		※		
851B*	決心去做似乎做不到的事或者冒生命危險作為結婚的先決條件				
851C*	賽詩求婚				
852	英雄迫使公主說出「這是謊話」	○			○
855	更換新郎	○		○	
856	和一個假冒的男人私奔的姑娘	○		○	○
875	聰明的農家姑娘	○	○	○	○
875B₁	公牛的奶	○			○
875B₅	聰明的姑娘給對方出別的難題				
875D	在旅途終點遇到的聰明姑娘	○		○	○
875D₁	找一個聰明的姑娘做媳婦				
875D₂	巧媳婦解釋重要的來信				
875F	避諱				
876	聰明的仕女與求婚者們	○			
876B*	聰明的姑娘在對歌中取勝				

876C*	聰明的姑娘幫弟弟做功課				
876D*	巧婦思春				
879C*	巧女使兒弟免遭監禁	○			
881A	被遺棄的新娘化裝爲男人	○		○	○
881B	王子化裝姑娘				
881A*	夫妻離散各執信物終得團圓				
882	對妻子的貞節打賭	○	○		○
882C*	丈夫考驗貞潔				
883A	遭受誹謗的無辜少女	○			○
884	被遺棄的未婚妻當佣人	○			
884A₁	一個姑娘化裝成男人和公主結婚				
884B	女子從軍	○			
885A	好像死去的人	○			
885B	忠貞的戀人自殺				
888	忠實的妻子	○		○	
888C*	貞妻爲丈夫復仇				
889A	忠心的妓女				
893*（二版誤爲890*）	秘密的慈善行爲				
896	好色的「聖人」和箱子裡的女郎	○	○	○	○
900	畫眉嘴（Thrushbeard）國王	○			○
901	馴服潑婦	○		○	○
901D*	潑辣的妻子被嚇壞而且改正過來了				
910	買來的或者別人提供的警言證明是正確的	○		○	○
910B	僕人的忠告	○	○	○	○
910C	三思而後行	○		○	○
910E	父親的忠告人	○			○
910F	爭吵的兒子和一把筷子	○	○	○	○
910K	戒言和尤利亞式的信	○			○
910*	飢餓是最好的調料				
910A*	金錢並非萬能				

號碼	類型	丁書	母本	池田弘子本	海達・杰遜本	羅伯斯本
910B*	誠心的勸告					
911*	父親臨終時的忠告	○				
911A*	老人和山		※			
916	警衛國王寢室的兄弟們和蛇	○			○	○
$920C_1$	用對屍體的感情來測驗愛情					
921	國王與農民的兒子	○	○		○	○
922	牧羊人替代牧師回答國王的問題	○	○		○	○
922*	熟練的手藝人或學者防止了戰爭的危機					
922A*	卑微的女婿解答謎語或問題					
922B*	智者羞辱縣官					
923	像愛鹽那樣愛	○			○	○
923A	像大熱天吹來的風	○				
923B	負責主宰自己命運的公主	○			○	○
923C	輕信的父親和虛偽的女兒們					
924A	僧侶與商人（Jew）用手勢討論問題	○				
924B	以手勢代語言而被人誤解	○			○	
926	所羅門式的判決	○	○			○
926A	聰明的法官和罐子裡的妖怪	○			○	○
926D	法官霸占引起糾紛的物件	○			○	
926*	爭執的物件平分爲兩半					
$926B_1$*	誰的袋子				◎	
926D*（二版作926* D）	誰偷去賣油條小販的銅錢				◎	
$926D_1$*	審判驢和石頭					
926E*	鐘上（牆上）塗墨				◎	
$926E_1$*	抓住心虛盜賊的其他方法					
926F*	洩漏秘密的物件					
926G*（二版闕漏）	誰偷了驢（馬）					
$926G_1$*	誰偷了雞或蛋					
926H*	失言					

926L*	假證人				
926M*	解釋怪遺囑				
926N*	這些錢幣是什麼時候鑄造的				
926P*	「這些不是我的財富」				
926Q*	他嘴裡沒灰				
926Q$_1$*	蒼蠅揭露傷處				
927A**	中毒者報仇				
930	預言	○	○	○	○
930A	命中注定的妻子	○	○		○
934A	命中注定的死亡	○	○		
934A$_2$	命中注定要死亡的鸚鵡				
934D$_2$	如何避免命中注定的死亡				
935	浪子回頭	○			
935A					
935A*	浪子識世情惜已太晚				
944A*	「失馬焉知非福;得馬焉知非禍」				
945	幸運和智慧	○		○	○
947A	厄運無法改變	○			
950D$_1$ （750D$_1$之誤）					
951A	國王與強盜	○		○	
951C	化了裝的國王加入賊群	○			○
954	四十個大盜	○			○
956	土匪進屋時，他們的頭被一個一個地砍掉	○		○	○
956B	聰明的少女，在家隻身殺賊	○			○
958	牧羊青年陷於賊手	○			
958A$_1$*	寬大使賊改邪歸正				
960	陽光下真相大白	○			○
960B$_1$	兒子長大後才能報仇				
961B	錢在手杖中	○			
967	蛛網救人	○	○		○
967A*	烏龜和魚給英雄搭一座橋				

970	連理枝	○		○	
970A	分不開的一對鳥、蝴蝶、花、魚或其他動物				
976	哪一個行動最高尚	○		○	
976A	一個故事使賊顯露了眞相	○		○	○
978*	謊言久傳即成眞				
980A	半條地毯禦寒	○	○		○
980E	誤殺親子				
980F	兒子比財產可貴		※		
980*	畫家和建築師	○			○
980A*	智服伯母				
981	隱藏老人智救國王	○	○		○
982	想要一箱金，子女才孝順父親	○			○
990	似死又活	○			
1000	說好不許動怒	○		○	○
1004	泥中的豬；空中的羊	○			○
1013	給祖母沐浴或取暖	○			○
1030	分莊稼	○	○	○	○
1059*	農民使魔鬼坐在倒立的耙子上	○			
1060	擠（假定的）石頭	○			○
1061	（虎）咬石頭	○	○		○
1062A*	擲柴比賽				
1062B*	負重賽跑				
1064	頓足起火	○			
1074	長跑競賽，欺詐獲勝	○	○	○	○
1082A	士兵騎死神	○			
1086	跳入地下	○			
1088（二版誤為1008）	比吃	○			○
1092*	誰能殺螞蟻				
1097A*	建築比賽				
1115	小斧謀殺計	○			○
1117		○			

1117A	吃人妖魔滾落下來				
1121	吃人妖魔的妻子在自己的爐灶內燒死	○			○
1122	其他殺死吃人妖魔妻子的詭計	○		○	○
1137	吃人妖魔（獨眼巨人）失明	○			○
1138	鬍鬚塗金	○			○
1141	喝下女孩在水中的倒影	○	○		○
1148*	吃人女妖怕雷死於沸水中				
1153A*	怕金子（食物）的人		※		
1154	樹上掉下來的人和魔鬼	○			○
1157	槍當做煙管	○			
1164D	魔鬼和人聯合作祟	○		○	○
1164E	惡魔和流氓				
1174	做一條沙的繩子	○			
1180	用篩子打水	○			○
三、笑話					
1201	耕地	○			
1204	傻子口中念念有詞	○			
1210*	吊驢上塔	○			
1214	能言善語的拍賣商	○			
1215	磨坊主，他的兒子和驢子：想對人人討好	○			○
1215*	傻子和他的兒子、他的父親				
1216*	藥方被雨水淋掉	○			
1218	笨人孵卵	○			
1240	坐在樹上砍樹	○		○	○
1241B	揠苗助長				
1241C	傻瓜拔樹，妥藏室內				
1242A	減輕負擔	○			
1242A₁	背負驢子				
1242C	豬重相等				
1246A*	傻子建塔				
1248A	長竿進城				

1260B*	笨人試火柴	○			
1264*	粥鍋沸騰	○			
1266B*	傻瓜買雁				
1266C*	呆子買油				
1271C*	爲石披衣取暖	○			
1275A*	路標失蹤，傻瓜迷途				
1278	刻舟求劍	○			○
1280*	守株待兔				
1282	燒屋除蟲（鼠）	○			○
1284	不識自己	○			○
1286A	獨褲管的褲子				
1288	笨人尋腿	○	○		
1288A	笨人騎驢尋驢	○			
1290	麻田游泳	○		○	○
1291B	奶油填隙	○			
1291D₁	織機自行				
1293	笨人溺斃	○			
1294	取牛頭出罐	○	○		○
1295	第七塊餅才飽人	○			○
1305D	垂死的守財奴在停屍床上				
1305D₁	垂死的守財奴及兒子				
1305D₂	守財奴命在垂危				
1305E	守財奴買鞋				
1305F	殺鵝取卵				
1310	懲處龍蝦，讓牠在水裡淹死	○			○
1310D	給牠喝水或讓牠游泳				
1313（二版誤爲 1318）	自認已死	○	○		
1313C	死人發言	○	○	○	
1313D	傻子怕夭折				
1316***	誤認蚯蚓爲蛇（或其他怪物）	○			
1317	盲人摸象	○		○	○
1317A	盲人和太陽				

1319	南瓜當成驢蛋賣	○		○	○
1319N*	誤認塑像爲人				
1319P*	誤認道士是鵝				
1319Q*	誤認屁股爲面孔				
1321B	怕自己的影子	○			
1331A*	買眼鏡	○			
1331E*	買毛筆				
1332	誰是最大的傻瓜	○		○	○
1332D*	傻子買鞋忘記了帶鞋樣				
1334A	外地月亮更亮				
1335A	救月亮	○			
1336A	不認識自己在水裡的倒影	○	○	○	○
1336B	農民、親戚和鏡子（水缸）		※		
1337	鄉下人進城	○		○	
1339F	煮竹蓆子				
1341B₁	此地無銀三百兩				
1341C	可憐的強盜	○			
1341C₁	膽小的主人和賊				
1349P*	又跌一跤				
1349Q*	拔牙				
1350	多情的妻子	○			○
1351	打賭不說話	○		○	○
1352A	鸚鵡講七十個故事主婦得保貞操	○			
1353*	無賴作弄別人的妻子（新娘）		｜		
1355B	淫婦對姦夫說：「我能看到全世界。」	○			○
1358	施巧計，姦夫淫婦同吃驚	○			
1358C	狡人發現通姦：把姦夫的食物送給丈夫	○			
1359C	丈夫準備閹割神像	○			
1360C	老海德布朗特	○	○		○
1361	水災（一、二版誤作大災）	○			

1362C*（一二版誤作 1362C，或是丁先生改訂了號碼）	父母爲子女擇偶				
1365E₁*（二版誤爲 1365E₁）	妻妾鑷髮（二版無類型名稱）				
1365J*	故意提出與原意相反的要求	○			
1366*	穿拖鞋的丈夫	○			
1373	秤貓的體重	○			
1375A*	「假如那是我的話」				
1375B*	極端忌妒的妻子				
1375C*	想學怎樣不怕老婆的丈夫				
1375D*	有權威的人也怕老婆				
1375E*（應爲 1365E₁*）	妻妾鑷髮				
1378A	在妻子房間裡留下有標記的鞋				
1381B	天降臘腸雨（穀子）	○		○	○
1382A	節省日曆				
1382B	愚婦學巧婦				
1382C	認眞的廚師				
1383	不認識自己面目的女子	○			○
1384*	妻子遇到和丈夫一樣笨的人				
1386	用肉餵白菜	○			
1387A*	懶得不肯動手的妻子				
1388	藏在佛像後面的女僕	○			
1405**	懶惰的女裁縫				
1405A**	拙妻做被子				
1408*	妻子揭破丈夫的虛榮心				
1415	幸運的漢斯	○		○	
1417	割掉的鼻子	○			○
1419	瞞著歸來的丈夫	○			○
1419A	雞房裡的丈夫	○			○
1419D	兩個奸夫裝做一追一逃	○			○
1419B*	交換了鞋				

1419F*	袋子裡的奸夫				
1425	送魔鬼入地獄	○			
1426	關在盒子裡的妻子	○			○
1426A	關在瓶子裡的妻子（二版誤作關在盒子裡的妻子）				
1430	夫妻建築空中樓閣	○	○	○	○
1441C*	公公和兒媳	○			
1441C₁*	醉漢和小姨				
1446	讓他們吃糕點好啦	○			○
1457	囁嚅的少女	○			
1457A	畸形的夫婦和媒人				
1457B	三個有殘疾的新郎				
1459A**	炫示貴重的新衣				
1462	從樹上勸男朋友加油追求	○	○		○
1516A*	耶穌未婚不知人生苦	○			
1516E*	慶祝妻死				
1520	放響屁		○		
1525A	偷竊狗、馬、被單或戒指	○		○	○
1525B	偷馬	○			○
1525D	分散別人注意時偷竊	○		○	○
1525G	小偷偽裝	○		○	○
1525H	小偷互相偷	○		○	○
1525H₄	蜂箱裡的青年	○			
1525J₁	是那些人幹的	○			
1525J₂	小偷被騙入井	○			
1525N	兩小偷互相哄騙	○		○	○
1525S	小偷和縣官				
1525T	大盜留名				
1525U	小偷窺察貴重東西放在哪裡				
1525V	滑稽女婿偷岳父				
1525W	教人怎樣避免被偷				
1525S*	偷褲子				
1525T*	鎖在櫃櫥裡的小偷				

1526A₁	狡言騙白食				
1526A₂	連神仙都要爲壞蛋付酒飯錢				
1526A₃	像是髒了的食物				
1526A₄	自稱死者的朋友				
1526B*	小偷和鸚鵡	○			
1527	強盜上當	○			
1528	按住帽子	○			
1528A	抓住尾巴				
1528A*	惡作劇者假裝幫鄉下人運肥				
1530	扶住「要倒的」石頭（樹或旗桿）	○		○	
1530A*	捧好一堆雞蛋				
1530B*	小販受騙吃苦				
1530B₁*	無禮的送信人受罰				
1531A	剃了髮後不認得自己	○	○		
1533	智者分家禽	○			○
1533B	把糕點分成或咬成不同的樣式				
1534E*	給打傷自己父親（母親）的忤逆兒子出主意				
1534F*	死屍二次被吊				
1534G*	金口玉言				
1535	富農和貧農	○	○	○	○
1536A	箱子裡的婦女	○			
1536B	三個駝背兄弟淹死了	○		○	○
1536C	被謀害的情人	○			○
1538A*	特大號紙紮像				
1539	巧騙和傻瓜	○	○		○
1539A	上當人自信已學會了隱身術				
1539B	漆做生髮油				
1540	天堂裡來的學生	○	○	○	○
1542	聰明的男孩	○		○	○
1542A	回來找工具	○			
1543E*	假毒藥及其解毒劑				
1544	白住一宵的客人	○			○

1551*	驢值多少錢	○			
1551A*	鞋值多少錢				
1555	桶裡的牛奶	○			○
1555A	用啤酒付饅頭錢	○			
1555A₁	用湯付麵錢				
1558	受歡迎的衣衫	○		○	○
1559D*	哄人打賭：走上走下				
1559E*	哄人打賭：喜笑和盛怒				
1559F*	哄人打賭：要官學狗叫				
1559G*	扁擔上睡覺				
1561	懶孩子三餐一起吃	○			
1562	「三思而後言」	○	○	○	○
1562C	切遵教誨，一成不變				
1563A	「讓他吧」				○
1563B	向陌生婦女動手動腳				
1565	約定不抓癢	○			○
1565A	是不是跳蚤				
1567E	飢餓的學徒騙引師傅	○			
1567A*	吃不飽的塾師				
1567B*	吃不飽的僕人以牙還牙				
1568	地主的無理條件，和僕人（長工）的對策				
1568A	傭人表面上的優厚條件				
1568B	「服毒」的僕童自盡		※		
1568A**	頑童吃甜點心				
1568B**	頑童和糞坑裡的老師				
1571*	僕人罰主人	○			
1572J*	騎禽而去				
1575*	聰明的牧童	○			
1577	盲人被騙，互毆	○		○	
1577A	盲人落水				
1577B	盲人挨打				
1579	攜同狼、羊和白菜過河	○			

1586	殺蠅吃官司	○			
1589	訟師的狗偷肉	○			
1592A	金南瓜變形	○		○	
1592B	會生孩子的飯鍋也死了	○		○	
1592C	神貓與神鏟				
1610	平分賞金挨打	○		○	○
1620	皇帝的新衣	○			
1620A	獻寶給明君或清官				
1620B	不受奉承的人				
1623A*	太太小姐丟臉				
1623B*	惡作劇者捉弄父親				
1624A$_1$（為 1642A$_1$之誤）					
1628*	他們在說拉丁文	○			
1631A	染色騾子賣給原主	○			
1633	分母牛	○			○
1633A*	買一部份				
1633B*	捉弄賣柴小販				
1635*		○			
1635A*	虛驚				
1640	勇敢的裁縫	○	○	○	○
1641	萬能博士（一、二版均誤作萬能醫生）	○			○
1641B	不由自主成醫生	○			
1641C$_1$	不由自主成學士				
1641C$_2$	農民塾師				
1641C$_3$	偽裝飽學做新郎				
1641D	不由自主成領航員				
1642	一筆好交易	○		○	○
1642A	借來的上衣	○			
1642A$_1$	流氓在法庭上冒認財物				
1645A	購買別人夢到的財富	○	○		○

1645B₁（二版誤作 1465B₁）	夢得寶藏，賺贏酒食				
1645C	未完的夢				
1651	惠丁頓的貓	○			○
1653	樹下的強盜	○	○	○	○
1653D	樹上落下的獸皮	○			○
1653F	笨人自言自語，嚇跑強盜	○			
1655	有利的交易	○		○	○
1660	法庭上的窮人	○			○
1676A	大怕和小怕	○			
1678	沒見過女人的男孩	○			○
1681C	呆女婿向岳父拜壽				
1681C₁	呆女婿送禮，沿途吃光				
1681*	傻子建造空中樓閣	○		○	
1681B*	過分謹慎的孩子				
1681C*	笨拙的模仿者				
1685A	呆女婿	○		○	○
1685B	不懂房事的傻新郎				
1687	忘了的詞字	○	○	○	○
1687*	忘掉的東西				
1687A*	忘掉的房子、親戚等等				
1689A	獻給國王的兩件禮物	○		○	○
1689B	食譜還在我處	○			
1689B₁	沒有材料，你哪能吃				
1689B₂	鑰匙還在我處				
1689A*	傻子自封爲王				
1691	「不要吃得太猛」	○	○	○	○
1691*	猛吃的新郎				
1692	愚蠢的賊	○		○	○
1696	「我應該說什麼」	○		○	○
1696A	總是晚一步		○		
1696B	我應該怎麼做		○		
1696C	呆人呆福				

1696D（一二版誤作1696C）	傻媳婦濫用客氣話				
1696*	家裡出事別怪我				
1697A	當然是我				
1698	聾子和他們的愚蠢回答	○		○	○
1698B	旅客問路	○			○
1698G	因聽錯話而引起的滑稽後果	○			
1698I	探望病人	○	○		○
1698D*	大爆炸				
1698E*	聾子、瞎子和跛子				
1699	不懂外語鬧笑話	○			○
1699A₁	不懂方言引起誤解鬧笑話				
1699C	錯讀沒有標點的文句				
1701	回聲答話	○			
1702	結巴的笑話	○			
1702*	結巴一再重複一個字				
1703	近視眼的趣聞				
1703A	蜻蜓與釘子				
1703B	描述大區				
1703C	黑狗和飯鍋				
1703D	鎖住自己				
1703E	誤認糞便爲食品				
1703F	帽子和烏鴉				
1703G	油漆未乾				
1703H	不識熟人				
1704A	吝嗇老頭不吃好飯				
1704B	勉強慷慨				
1704C	虛擬的好菜				
1704D	肉貴於命				
1705A	酒鬼的笑話			◎	
1710	電報送靴	○			
1725		○			○
1725A	箱中愚僧				

1730	愚僧求愛陷入圈套	○		○	○
1730*	僧與慧女				
1761*	騙子裝神像遭打	○			
1800	偷的東西不多	○		○	
1804B	請你聽錢聲，就算付你錢	○		○	○
1807B*	裝和尚的流氓				
1812	打賭：和尼姑跳舞	○			
1812A*	打賭：摸姑娘腳				
1812B*	打賭：摸姑娘乳				
1812C*	打賭：讓陌生女子繫腰帶				
1812D*	打賭：讓女子從你口袋裡掏錢				
1826	牧師毋需講道	○			
1829	活人假裝神像	○			○
1830*	個人祈求的天氣不同，女神盡皆賜予				
1861A	更多賄賂	○			
1862A	假郎中：用跳蚤粉	○			
1862D	醫駝背				
1862E	最好的醫生				
1862*	郎中、棺材店老闆和僧侶				
1886A	老不死的酒鬼			◎	
1862B	假郎中和妖鬼合伙	○			
1889G	魚吞人和船	○			
1890F	槍打得真好・各種各樣的方式	○	○		
1895	涉水得魚，魚在靴中	○			
1920	說謊比賽	○	○		○
1920A	「大海著火」——變體	○			
1920B	一個人說：「我沒工夫撒謊。」事實上卻在撒謊	○			
1920C		○			
1920C$_1$	吹牛比賽：如果你說「這不可能」，那你就輸了				
1920D	牛皮吹破，越吹越小	○			
1920D$_1$	牛吹得太大，無法自圓其說				

1920F	誰說「那是扯謊」就要罰錢	○		○	○
1920I	巨人，更大的巨人，大嘴		※		
1920J	誰最老？				
1920K	家鄉至上				
1920K₁	我家最好				
1930	虛幻之邦	○			
1950	三個懶漢	○	○	○	○
1960B	大魚	○			
1960D	大蔬菜	○			○
1960G	大樹	○			
1960J	大鳥	○	○		
1960K	大麵包、大餅子等等	○			
1960M	大蟲	○			
1960M*	大蚊子吃人				
1960Z	其他大的東西等	○			
1962A₁	巨中更有巨霸人				
四、程式故事					
2028	妖精剖腹	○			○
2029E*	愛嘮叨的妻子				
2030B	烏鴉必須洗喙，方可與他鳥同食	○			○
2030B₁	妖精必須要刀才能吃到牧人				
2031	強中更有強中手	○	○		○
2031C*	變了又變				
2032*	松鼠從樹上扔下堅果				
2038	連環的追逐	○			
2042C*	咬一口（刺一下）引起一串禍事	○			
2205*	不幸的豬				
2301	一次只帶走一粒穀	○		○	
2301A	使國王失去耐心	○			
2301C	成千的軍隊走過一座小橋				
五、難以分類的故事					
2400	用牛皮量地	○	○		
2400A	用和尚袈裟的影子量地		※		

附錄三　丁書引用古籍型號索引
（按類型號碼排序）

1. 本表爲丁乃通《中國民間故事類型索引》中，各類型下所列古籍整理表。本表共分三欄：第一欄爲類型號碼及類型名稱。第二欄爲類型下所列古籍書名。第三欄爲該類型在丁書中的頁碼。

2. 本表製作目的在呈現丁氏所引用的古籍之可還原情況，因此第二欄中，在丁氏著錄的書名及頁碼之後註明還原情況：若找不到丁氏所使用之版本，則註明「版本找不到」。若找到丁氏使用之版本，但丁氏所著錄之頁碼無該型故事，則註明「該條找不到」。若確實找到該版本，也確實還原該型故事則在「－」號之後註明該故事記錄之朝代。若丁氏引用之書籍爲類書，則在「－」號之後註明該故事之出處及朝代，以利統計。

3. 其他所見或疑問列於註解或括號之中。

故事類型	書名及時代
I 動物故事	
21【吃自己的內臟】	《古今譚概》，4：24b——明
38【爪子卡在樹縫裡】	《筆記小說大觀續編》，第 1650 頁——《嶺外代答》宋
38【爪子卡在樹縫裡】	《舊小說》吳曾祺，XII，130——《嶺外代答》宋
43A【鵲巢鳩佔】	《敦煌變文七十八種》，第 262～265 頁——唐
43A【鵲巢鳩佔】	李奕定，第 152～155 頁——敦煌變文·唐
56B【狐狸誘勸喜鵲帶著小喜鵲到他家裡去】	《歷代小說筆記選》，第 515 頁——《夷堅志》宋
56B【狐狸誘勸喜鵲帶著小喜鵲到他家裡去】	《筆記小說大觀》，第 2116 頁——該條找不到
76【狼和鶴】	《廣博物志》，第 3904～3905 頁（鳥逃跑了）——明
78【動物為了安全縛在另一動物身上】	《笑林廣記》，第 77 頁——清
101*【狗要模仿狼】·狐假虎威	《戰國策》卷 14——先秦〔註 1〕
101*【狗要模仿狼】·狐假虎威	《漢魏叢書》，I，789——《新序》漢
101*【狗要模仿狼】·狐假虎威	《說郛》，68：4b——《釋常談》宋
101*【狗要模仿狼】·狐假虎威	《艾子外語》，第 2 頁——明
105【貓的看家本領】	《歷代小說筆記選》，第 70 頁——《酉陽雜俎》唐
105【貓的看家本領】	《筆記小說大觀》，第 6491 頁——《貓苑》清
111A【狼無故譴責小羊，並吃了它】	《太平廣記》263：825——該條找不到
111C*【狡猾的老鼠】	《太平廣記》1·4：第 24 頁——該條找不到
112【鄉下老鼠拜訪城裡的老鼠】	李奕定，259 頁——《雜文部》明
112*【老鼠搬蛋】	《筆記小說大觀》，第 3708 頁——《蟲鳴漫錄》清
112A*【老鼠從罐子裡偷油】	李奕定，第 269 頁——《雜文部》明
112A*【老鼠從罐子裡偷油】	《中國笑話書七十一種》第 249 頁——《廣笑府》明

〔註 1〕 該條出處應記為 II，頁 15～16。

113B【貓裝聖者】	《中國笑話書七十一種》第 165～166 頁——《笑林》明
113B【貓裝聖者】	《中國笑話書七十一種》第 343 頁——《新刻華筵趣樂談笑酒令》明
113B【貓裝聖者】	《中國笑話書七十一種》第 373 頁——《笑得好初集》清
113B【貓裝聖者】	李奕定，239 頁——《雜文部》明
113B【貓裝聖者】	李奕定，267～268 頁——《雜文部》明
113B【貓裝聖者】	李奕定，282 頁——《雜文部》明
122D【「讓我帶給你更好的獵物」或「帶給你更好吃的東西」】	《太平廣記》263：825——《朝野僉載》唐
125E*【驢子用叫聲威嚇別的動物】	李奕定，第 164～165 頁——柳宗元‧唐
125F*【喊叫有狼，或發假警號】	《韓非子》III，35——先秦
125F*【喊叫有狼，或發假警號】	《史記》，卷四——漢
126【羊趕走狼】	《笑林廣記》，第 77 頁——清
155【忘恩負義的蛇再度被捉】	《舊小說》吳曾祺，XIV，56～59——《中山狼傳》明
155A【忘恩負義的狼吃掉救命恩人】	《艾子雜俎》，2 頁——明
156【獅爪上拔刺】這動物通常是老虎	《中國笑話書七十一種》119 頁——《五雜俎》明
156【獅爪上拔刺】這動物通常是老虎	《歙縣志》6：7b～8——版本找不到
156【獅爪上拔刺】這動物通常是老虎	《筆記小說大觀》，第 951 頁——《侯鯖錄》宋
156【獅爪上拔刺】這動物通常是老虎	《聊齋誌異》，第 680～682 頁——清
156【獅爪上拔刺】這動物通常是老虎	《說庫》，第 69 頁——《異苑》南朝宋
156【獅爪上拔刺】這動物通常是老虎	《說庫》，第 313 頁——《江南餘載》宋
156【獅爪上拔刺】這動物通常是老虎	《說庫》，第 506 頁——《唐語林》宋
156【獅爪上拔刺】這動物通常是老虎	《太平廣記》14：318——《神仙拾遺》唐
156【獅爪上拔刺】這動物通常是老虎	《太平廣記》251：799——《嘉話錄》唐

156【獅爪上拔刺】這動物通常是老虎	《太平廣記》429：1183〜1184——《廣異記》唐
156【獅爪上拔刺】這動物通常是老虎	《舊小說》吳曾祺，V，141〜142——《廣異記》唐
156【獅爪上拔刺】這動物通常是老虎	《太平廣記》431：1187——宋朝之事，未著書名
156【獅爪上拔刺】這動物通常是老虎	《太平廣記》413：1188——《瀟湘錄》唐
156【獅爪上拔刺】這動物通常是老虎	《太平廣記》441：1211——《廣異記》唐
156【獅爪上拔刺】這動物通常是老虎	《續說郛》，第1868頁——《虎苑》明
156【獅爪上拔刺】這動物通常是老虎	《續說郛》，第1877頁——《虎苑》明
156B*【女人做蛇的助產士】.因此得到報酬。這動物通常是老虎	《搜神記》20：151——晉
156B*【女人做蛇的助產士】.因此得到報酬。這動物通常是老虎	《續說郛》，第1871頁——《虎苑》明
156D*【老虎重義氣】	《續說郛》，第1866頁——《虎苑》明
159A₁【老虎吞下燒紅的鐵】	《筆記小說大觀》第2489頁——《續子不語》清
160【感恩的動物；忘恩的人】	《歷代小說筆記選》（1），第121頁——《齊諧記》劉宋
160【感恩的動物；忘恩的人】	《搜神記》20：152〜153——晉
160【感恩的動物；忘恩的人】	《龍圖公案》2：5〜9b——明
160【感恩的動物；忘恩的人】	《太平廣記》473：1284——《齊諧記》劉宋
160【感恩的動物；忘恩的人】	《廣博物志》，第4492〜4495頁——明
160*【女子欺瞞熊】	《廣虞初新志》19：12〜13——清
160*【女子欺瞞熊】	《太平廣記》433：1190——《原化記》唐
160A*【鷸蚌相爭】	《戰國策》ch.30——先秦〔註2〕
160A*【鷸蚌相爭】	《歷代小說筆記選》，第165頁——《雲仙雜記》唐
160A*【鷸蚌相爭】	《說郛》，68：4b——《釋常談》宋

〔註2〕該條出處應記爲Ⅲ，頁76。

175【粘娃兒和兔子】	《中國笑話書七十一種》第 258 頁——《廣笑府》明
175【粘娃兒和兔子】	李奕定，271 頁——《雜文部》明
175【粘娃兒和兔子】	《艾子外語》，3 頁——明
176A*【以智勝猴】	《古今譚概》4：24a——明
178A【主人和狗】	《雨山墨談》，第 121～122 頁（四種說法）——明
178A【主人和狗】	《筆記小說大觀》，第 4137 頁——《虞初新志》清
178A【主人和狗】	《筆記小說大觀續編》，第 5934 頁——《閱微草堂筆記》清
178A【主人和狗】	《彭公案》198：38——清
178A【主人和狗】	《說郛》，39：8——《陶朱新錄》宋
178A【主人和狗】	《廣博物志》，第 4165～4166 頁——明
178A【主人和狗】	《搜神記》20：184——該條找不到
181【人洩露了老虎的秘密】	《白孔六帖》97：1373——宋
181【人洩露了老虎的秘密】	《太平御覽》889：4082——《獅子擊象圖》宋
201E*【義犬捨命救主】	《夜談隨錄》，4：28b～30b——清
201E*【義犬捨命救主】	《搜神記》，20：153——晉
201E*【義犬捨命救主】	《搜神記》，20：154——晉
201E*【義犬捨命救主】	《筆記小說大觀》，2624 頁——《鋤經書舍零墨》清
201E*【義犬捨命救主】	《筆記小說大觀》，3059 頁——《壺天錄》清
201E*【義犬捨命救主】	《筆記小說大觀》，4530 頁——《咫聞錄》清
201E*【義犬捨命救主】	《太平廣記》437：1200～1201（三個故事）《廣異記》唐兩個、《原化記》唐一個
201E*【義犬捨命救主】	《敦煌變文七十八種》878 頁——唐
201E*【義犬捨命救主】	《俞曲園筆記》，81 頁——版本找不到
201F*【義犬衛主，為主復仇】	《歷代小說筆記選》，95 頁——《搜神後記》晉
201F*【義犬衛主，為主復仇】	《太平御覽》905：4147——《續搜神記》晉
201F*【義犬衛主，為主復仇】	《歷代小說筆記選》，Ⅰ，2——《續夷堅志》金

201F*【義犬衛主，爲主復仇】	《歷代小說筆記選》，223 頁——《青溪暇筆》明
201F*【義犬衛主，爲主復仇】	《括異志》3：1a～b——宋
201F*【義犬衛主，爲主復仇】	《筆記小說大觀》，283 頁——《夷堅志》宋
201F*【義犬衛主，爲主復仇】	《筆記小說大觀》，314 頁——《夷堅志》宋
201F*【義犬衛主，爲主復仇】	《筆記小說大觀》，865 頁——《異聞總錄》宋
201F*【義犬衛主，爲主復仇】	《筆記小說大觀》，985 頁——《江鄰幾雜志》宋
201F*【義犬衛主，爲主復仇】	《筆記小說大觀》，1110 頁——《志雅堂雜鈔》宋
201F*【義犬衛主，爲主復仇】	《筆記小說大觀》，2657～2658 頁——《聞見異辭》清
201F*【義犬衛主，爲主復仇】	《筆記小說大觀》，4179 頁——《虞初新志》清
201F*【義犬衛主，爲主復仇】	《筆記小說大觀》，4218 頁——《耳郵》清
201F*【義犬衛主，爲主復仇】	《筆記小說大觀》，4718 頁——《南皋筆記》清
201F*【義犬衛主，爲主復仇】	《彭公案》14：26-27——清
201F*【義犬衛主，爲主復仇】	《聊齋誌異》，745 頁——清
201F*【義犬衛主，爲主復仇】	《聊齋誌異》，801 頁——清
201F*【義犬衛主，爲主復仇】	《施公案》29：31ff——清
201F*【義犬衛主，爲主復仇】	《說庫》第 1739 頁——《述異記》清
201F*【義犬衛主，爲主復仇】	《太平廣記》437：1200～1201（八個故事）《幽明錄》南朝宋、《記聞》年代不詳、《廣古今五行記》年代不詳、《續搜神記》東晉、《集異記》南朝宋四則
201F*【義犬衛主，爲主復仇】	《廣博物志》，第 4171 頁——明
201F*【義犬衛主，爲主復仇】	《說鈴》，第 837～8 頁——清
201F*【義犬衛主，爲主復仇】	《說鈴》，第 890 頁——清
201F*【義犬衛主，爲主復仇】	《說鈴》，第 953 頁——清
201F*【義犬衛主，爲主復仇】	《舊小說》，ⅩⅠ，150——《異聞總錄》宋
201F*【義犬衛主，爲主復仇】	《春在堂叢書》，39：10 頁——版本找不到
201F*【義犬衛主，爲主復仇】	《俞曲園筆記》，36～37 頁——版本找不到
201F*【義犬衛主，爲主復仇】	《子不語》20：6b——清

220【群鳥大會】，鳥王指派個人的身分和工作	《敦煌變文七十八種》，851〜853 頁──唐
220【群鳥大會】，鳥王指派個人的身分和工作	李奕定，第 156〜158 頁──敦煌變文·唐
220A【烏鴉跌扈，老鷹審判】	《敦煌變文七十八種》，249〜254 頁──唐
220A【烏鴉跌扈，老鷹審判】	《敦煌變文七十八種》，262〜265 頁──唐
220A【烏鴉跌扈，老鷹審判】	李奕定，第 152-155 頁──敦煌變文·唐
221【選舉鳥王】	《廣博物志》，第 3842〜3845 頁──明
222A【蝙蝠在鳥獸之戰當中】	《中國笑話書七十一種》第 238 頁──《笑府》明
222A【蝙蝠在鳥獸之戰當中】	《中國笑話書七十一種》第 344 頁──《新刻華筵趣樂談笑酒令》明
222A【蝙蝠在鳥獸之戰當中】	李奕定，260 頁──《雜文部》明
222C【小人和鶴】	《歷代小說筆記選》，168 頁──《述異記》梁
222C【小人和鶴】	《漢魏叢書》，1521〜1522 頁──《神異經》漢
222C【小人和鶴】	《歷代小說筆記選》，6 頁──《神異經》漢
222C【小人和鶴】	《太平廣記》，480：1299──《窮神秘苑》年代不詳
222C【小人和鶴】	《古今譚概》，35：9b──明
222C【小人和鶴】	《筆記小說大觀續編》，2745 頁──《玉芝堂談薈》明
222C【小人和鶴】	《筆記小說大觀續編》，2757 頁──《玉芝堂談薈》明
222C【小人和鶴】	《太平御覽》796：3672──《神異經》晉
222C【小人和鶴】	《太平御覽》916：4192──《神異經》晉
222C【小人和鶴】	《敦煌變文七十八種》，885 頁──唐
225A【鳥獸讓老鷹帶著自己飛】	《中國笑話書七十一種》第 441 頁──《嘻談初錄》清
225A【鳥獸讓老鷹帶著自己飛】	李奕定，第 261〜〜262 頁──《雜文部》明
225A【鳥獸讓老鷹帶著自己飛】	《笑林廣記》，第 61 頁──清
225A【鳥獸讓老鷹帶著自己飛】	《廣博物志》，第 3837〜3838 頁──明

233B【鳥兒帶著網飛走】（鳥帶著網飛走，請老鼠咬斷網子得以逃脫）	《太平御覽》899：4123——該條找不到
236*【其他模仿鳥鳴的故事】	李奕定，第241頁——歸類有誤，該則故事非模仿鳥鳴，而是人解鳥語
243【鸚鵡裝上帝】	《筆記小說大觀》，2218頁——《昨非庵日纂》明
243【鸚鵡裝上帝】	《筆記小說大觀續編》，2960頁——《玉芝堂談薈》明
243【鸚鵡裝上帝】	《歷代小說筆記選》，187～188頁——唐
243【鸚鵡裝上帝】	《太平御覽》923：4228——《幽明錄》南朝宋
243【鸚鵡裝上帝】	《廣博物志》，第3848～3850頁——明
243【鸚鵡裝上帝】	《舊小說》四.87頁〔註3〕——《開元天寶遺事》五代
246A*【黃雀伺蟬】	《戰國策》，卷17——先秦〔註4〕
246A*【黃雀伺蟬】	《莊子》〈山木篇〉——先秦
246A*【黃雀伺蟬】	《漢魏叢書》，Ⅰ，149頁——《韓詩外傳》漢
246A*【黃雀伺蟬】	《漢魏叢書》，Ⅰ，792頁——《新序》漢
246A*【黃雀伺蟬】	《漢魏叢書》，Ⅰ，925頁——《說苑》漢
246A*【黃雀伺蟬】	《太平御覽》卷456：2227——《說苑》漢
278B【坐井觀天】	李奕定，第32頁——《莊子》先秦
278B【坐井觀天】	《莊子》〈秋水篇〉——先秦
285D【蛇拒絕腹交】	《說郛》，34：25——《嶺表錄異記》晚唐
293【肚子和人體其他的器官爭大】	李奕定，第253～254頁——《雜文部》明
293【肚子和人體其他的器官爭大】	《新編醉翁談錄》，第41頁——宋
293【肚子和人體其他的器官爭大】	《明清笑話四種》，第75頁——《笑府》明
293【肚子和人體其他的器官爭大】	《說庫》502頁——該條找不到
293A【身體兩個部份不和】	《中國笑話書七十一種》259～260頁——《廣笑府》明

〔註3〕該條實際在《舊小說》冊Ⅸ，頁87。
〔註4〕該條出處應記為Ⅱ，頁36。

293A【身體兩個部份不和】	《中國笑話書七十一種》348 頁——《華筵趣樂談笑酒令談笑門》明
293A【身體兩個部份不和】	《笑林廣記》，15 頁——清
293A【身體兩個部份不和】	《古今譚概》，4：24b——明
293A【身體兩個部份不和】	《韓非子》，II，57 頁——先秦
293A【身體兩個部份不和】	《漢魏叢書》，II，1304——歸類錯誤？《顏氏家訓》北齊
293A【身體兩個部份不和】	《廣博物志》，45：6a-b——明
293B【茶和酒爭大】	《中國笑話書七十一種》256 頁——《廣笑府》明
293B【茶和酒爭大】	李奕定，第 159～161 頁——《茶酒論》唐
293B【茶和酒爭大】	《敦煌變文七十八種》，267～269 頁——唐
293B【茶和酒爭大】	李奕定，第 277 頁——《雜文部》明
298C$_1$*【無用的植物能保身】	《歷代小說筆記選》（4），344 頁——該條找不到
298C$_1$*【無用的植物能保身】	《莊子》〈逍遙遊篇〉——先秦
298C$_1$*【無用的植物能保身】	《莊子》〈人間世篇〉——先秦
298C$_1$*【無用的植物能保身】	李奕定，第 26 頁——《莊子》先秦
298C$_1$*【無用的植物能保身】	《莊子》〈山木篇〉——先秦
298C$_1$*【無用的植物能保身】	李奕定，第 36～37 頁——《莊子》先秦
II 一般的民間故事	
甲、神奇故事	
300【屠龍者】	《搜神記》，19：146～147 頁——晉
301A【尋找失蹤的公主】	《剪燈新話》，69～72 頁——明
301A【尋找失蹤的公主】	《醒世姻緣傳》，509～511 頁——清
301A【尋找失蹤的公主】	《搜神記》，11：86 頁——晉
301A【尋找失蹤的公主】	《搜神記》，5：36～37 頁——晉
301A【尋找失蹤的公主】	《二刻拍案驚奇》，537～539 頁——明
301A【尋找失蹤的公主】	魯迅，24～27 頁——唐
301A【尋找失蹤的公主】	《筆記小說大觀》，4993～4994 頁——《瑩窗異草》清
301A【尋找失蹤的公主】	《筆記小說大觀》，2886 頁——《墨餘錄》清
301A【尋找失蹤的公主】	《說庫》1750 頁——《述異記》清

301A【尋找失蹤的公主】	《舊小說》III，69～70頁——《薛昭傳》唐
301A【尋找失蹤的公主】	《舊小說》ⅩⅧ，154～155——《夷堅志》宋〔註5〕
301B【大漢、伙伴與尋找失蹤的公主】	《汴京勾異記》，73頁——版本找不到
301B【大漢、伙伴與尋找失蹤的公主】	《唐代叢書》，671～672頁——《諾皋記》唐
301F【尋寶】	《續太平廣記》，2：11——清
301F【尋寶】	《龍圖公案》2：5～9b——明
301F【尋寶】	《筆記小說大觀》，1489頁——《增補智囊補》明
301F【尋寶】	《舊小說》，ⅩⅤ，9——《遂昌雜錄》元
301F【尋寶】	《俞曲園筆記》，87頁——版本找不到
312A【虎穴救妹】	《筆記小說大觀》，3650～3651頁——《此中人語》清
312A*【母親（或兄弟）入猴穴救女】	《歷代小說筆記選》，115頁——明
312A*【母親（或兄弟）入猴穴救女】	《說庫》1006頁——《說聽》明
313A【女孩助英雄脫險】	《筆記小說大觀》，2420頁——《諧鐸》清
313A【女孩助英雄脫險】	《筆記小說大觀》，6604～6605頁——《夜譚隨錄》清
313A【女孩助英雄脫險】	《聊齋誌異》，121～124頁——清
313A【女孩助英雄脫險】	《諧鐸》，5：4b～8b——清〔註6〕
313A【女孩助英雄脫險】	《說鈴》，2・15：905——清
313A【女孩助英雄脫險】	《耳食錄》，2・3：24b～28b——版本找不到
325【術士和弟子】	《說鈴》，2・15：905——清
325A【兩術士鬥法】	《封神演義》，45～60回——明
325A【兩術士鬥法】	《封神演義》，91回——明
325A【兩術士鬥法】	《西遊記》，第6、46回——明〔註7〕
325A【兩術士鬥法】	《薛丁山征西》114頁——清
325A【兩術士鬥法】	《仙佛奇踪》，2：4b～5頁——明
325A【兩術士鬥法】	《筆記小說大觀》，2659頁——《聞見異辭》清

〔註5〕 該條實際上在ⅩⅢ。
〔註6〕 非丁氏使用之版本，但仍可還原，在卷五，頁2b～3b。
〔註7〕 雖找不到丁氏所使用之版本，但丁氏已註錄章節，故仍可還原。

325A【兩術士鬥法】	《平妖傳》，115 頁——明
325A【兩術士鬥法】	《聊齋誌異》，235～236 頁——清
325A【兩術士鬥法】	《元曲選》，1031 頁——元
326E*【藐視鬼屋裡妖怪的勇士】	《搜神記》，18：135——晉
326E*【藐視鬼屋裡妖怪的勇士】	《古今合璧事類備要》，2072 頁——宋
326E*【藐視鬼屋裡妖怪的勇士】	《太平御覽》，472：2296——《搜神記》晉
326E*【藐視鬼屋裡妖怪的勇士】	《筆記小說大觀續編》，4395 頁——《妙香室叢話》清
326E*【藐視鬼屋裡妖怪的勇士】	《太平廣記》400：1120——《列異傳》六朝
326E*【藐視鬼屋裡妖怪的勇士】	《太平廣記》400：1121——《博異志》唐
326E*【藐視鬼屋裡妖怪的勇士】	《太平廣記》401：1122——《瀟湘錄》唐
328【男孩偷巨人的財寶】	《水滸傳》，38：611——元
330A【鐵匠和死神】	《小豆棚》，32～33 頁——版本找不到
333C【老虎外婆】	《廣虞初新志》19：12～13 頁——清
333C【老虎外婆】	《舊小說》ⅩⅨ，35～36 頁——《山齋客談》清
366【從絞刑架來的人】	《唐代叢書》，95～96 頁——唐
369【孝子尋父】	《歷代小說筆記選》，1128～1129 頁——《金壺七墨》清
369【孝子尋父】	《儒林外史》，270～281 頁——版本找不到
400A【仙侶失蹤】	《清平山堂話本》，183～192 頁——明
400A【仙侶失蹤】	《搜神記》，1：9——晉
400A【仙侶失蹤】	《搜神記》，1：10-11——晉
400A【仙侶失蹤】	《搜神記》，14：105——晉
400A【仙侶失蹤】	《太平御覽》463：1263——該條找不到
400A【仙侶失蹤】	《筆記小說大觀》，2578～2579 頁——《埋憂集》清
400A【仙侶失蹤】	《太平廣記》64：403——《神仙感遇傳》唐
400A【仙侶失蹤】	《太平廣記》64：403～404——《逸史》唐
400A【仙侶失蹤】	《太平廣記》65：404——《神仙感遇傳》唐
400A【仙侶失蹤】	《太平廣記》65：404～405《通幽記》唐
400A【仙侶失蹤】	《太平廣記》67：407～408——《少玄本傳》年代不詳？

400A【仙侶失蹤】	《太平廣記》68：409——《靈怪集》唐
400A【仙侶失蹤】	《太平廣記》302：910——《廣異記》唐
400A【仙侶失蹤】	《太平廣記》303：911——《廣異記》唐
400A【仙侶失蹤】	《太平御覽》817：3767——《孝子傳》漢
400A【仙侶失蹤】	《敦煌變文七十八種》，137～140頁——該條找不到
400A【仙侶失蹤】	《敦煌變文七十八種》，882～885頁——唐
400A【仙侶失蹤】	《敦煌變文七十八種》，904頁——唐
400A【仙侶失蹤】	《舊小說》ⅩⅣ，117～124頁——《遼陽海神傳》明
400B【畫中女】	《筆記小說大觀》，5148頁——《影譚》清
400B【畫中女】	《筆記小說大觀》，6326～6327頁——《耳食錄》清
400B【畫中女】	《說庫》393頁——《茅亭客話》宋
400B【畫中女】	《太平御覽》737：3398——《北齊書》唐
400B【畫中女】	《唐代叢書》，100頁——《松窗雜記》唐
400B【畫中女】	《說郛》，4：29b～30頁——《松窗雜錄》唐
400B【畫中女】	《舊小說》ⅩⅤ，38～39頁——《拊掌錄》元
400B【畫中女】	《小豆棚》，99～101頁——版本找不到
400C【田螺姑娘】	《西湖二集》，547～552頁——版本找不到
400C【田螺姑娘】	《筆記小說大觀》，3648～3649頁——《此中人語》清
400C【田螺姑娘】	《說庫》90頁——《述異記》梁
400C【田螺姑娘】	《太平廣記》62：400——《搜神記》晉
400C【田螺姑娘】	《太平廣記》83：442——《原化記》唐
400D【其他動物變的妻子】	《筆記小說大觀》，3988頁——《崝階外史》清
400D【其他動物變的妻子】	《太平廣記》427：1182——《原化記》唐
400D【其他動物變的妻子】	《太平廣記》429：1184——《河東記》唐
400D【其他動物變的妻子】	《太平廣記》433：1191——《集異記》唐
403C$_1$【繼母偷天換日】	《今古奇觀》，10頁——明
403C$_1$【繼母偷天換日】	《聊齋誌異》，159～160頁——清

408【三個橘仙】	《古今譚概》，33：14a〜b——明
408【三個橘仙】	《廣博物志》，3687〜3688 頁——明
411【國王和女妖】	《警世通言》，420〜445 頁——明
433D【蛇郎】	《石點頭》，第 10 號——明
449A【旅客變驢】	《太平廣記》286：878〜879——《河東記》唐
462【廢后與妖后】	《武王伐紂平話》——元
465A【尋找「無名」】	《西湖二集》，547〜552 頁——版本找不到
465A【尋找「無名」】	《太平廣記》83：442——《原化記》唐
465A₁【百鳥衣】	《廣博物志》，1627〜1628 頁——明
470【生死之交】	《元曲選》，950〜966 頁——元
471A【和尚與鳥】	《漢魏叢書》，1542 頁——《述異記》梁
471A【和尚與鳥】	《仙佛奇踪》，3：3b——明
471A【和尚與鳥】	《說庫》75 頁——《異苑》南朝宋
471A【和尚與鳥】	《說庫》90 頁——《述異記》梁
471A【和尚與鳥】	《太平御覽》，358：1774〜1775 頁——《異苑》南朝宋
480F【善與惡的弟兄（婦女）和感恩的鳥】	《醒世恆言》，112〜113 頁——明
480F【善與惡的弟兄（婦女）和感恩的鳥】	《太平御覽》479：2325——《續齊諧記》梁
480F【善與惡的弟兄（婦女）和感恩的鳥】	《太平御覽》479：2326——該條找不到
500【猜名字】	《筆記小說大觀》，1756 頁——《棗林雜俎》明
503【小仙的禮物】	《中國笑話書七十一種》236 頁——《笑府上》明
503【小仙的禮物】	《明清笑話四種》79 頁——《笑府》明
503【小仙的禮物】	《中國笑話書七十一種》525 頁——《苦茶庵笑話選》明（同《中國笑話書七十一種》236 頁）
503【小仙的禮物】	李奕定，251〜252 頁——《雜文部》明
503【小仙的禮物】	《小豆棚》，30〜31 頁——版本找不到
505A【死屍和棺材】	《古謠諺》，332〜333 頁——清
505B*【葬人者得好報】	《古今合璧事類備要》，2072 頁——宋

505B*【葬人者得好報】	《白孔六帖》，27：404——宋
505B*【葬人者得好報】	《白孔六帖》，65：945——宋
505B*【葬人者得好報】	《太平御覽》250：1310～1311——《列異傳》六朝
505B*【葬人者得好報】	《太平御覽》403：1995——《益都耆舊記》蜀漢
505B*【葬人者得好報】	《太平御覽》554：2637——《後漢書》劉宋
505B*【葬人者得好報】	《廣博物志》，3083～3085頁——明
505B*【葬人者得好報】	《太平御覽》556：2644～2645——《范晏陰德傳》南朝宋
506【公主得救】	《西湖二集》，69頁——版本找不到
506【公主得救】	《筆記小說大觀》，3032頁——《壺天錄》清〔註8〕
506【公主得救】	《筆記小說大觀》，3033頁——《壺天錄》清
506【公主得救】	《筆記小說大觀》，4737頁——《南皋筆記》清
506【公主得救】	《石點頭》，第七號——明
506【公主得救】	《說庫》796頁——《避暑漫鈔》宋
506【公主得救】	《太平廣記》336：979～980——《廣異記》唐
506【公主得救】	《說郛》，4：10b——《廣異記》唐
506【公主得救】	《太平廣記》，352：1011——《瀟湘錄》唐
506【公主得救】	《說庫》，162頁——《瀟湘錄》唐
506【公主得救】	《說庫》，810頁——《鬼董》宋
506【公主得救】	《唐代叢書》，238～239頁——《瀟湘錄》唐
506【公主得救】	《敦煌變文七十八種》，870～871頁——唐
507A【妖怪的新娘】	《太平廣記》460：1254～1255頁——《廣異記》唐
510【灰姑娘和粗草帽】	《筆記小說大觀續編》4396頁——《妙香室叢話》清
510A【灰姑娘】	《酉陽雜俎續集》，1：26～4——唐
511B*【異母兄弟和炒過的種子】	《清初鼓詞俚曲選》295～300頁——清

〔註8〕頁3032～3033另有一條同型故事，丁氏未著錄。

511B*【異母兄弟和炒過的種子】	《聊齋誌異》，88～91 頁——清
513【超凡的好漢弟兄】	《艾子雜俎》，1 頁——明
513B【陸地行舟】	《野叟閒談》，16 頁——清
535【虎的養子】	《醒世恆言》，100～110 頁——明
535【虎的養子】	《初刻拍案驚奇》，87～97 頁——明
535【虎的養子】	《太平廣記》，428：1183——《續玄怪錄》唐
535【虎的養子】	《唐代叢書》，715～716 頁——《集異記》唐
535【虎的養子】	《太平廣記》，428：1183——《集異記》唐
535【虎的養子】	《說庫》166 頁——《集異記》唐
535【虎的養子】	《太平廣記》，431：1188——《原化記》唐
535【虎的養子】	《續說郛》，1879～1880 頁——《虎苑》明
546【聰明的鸚鵡】	《筆記小說大觀》，5042～5043 頁——《瑩窗異草》清
546【聰明的鸚鵡】	《歷代小說筆記選》，211～213 頁——清
546【聰明的鸚鵡】	《聊齋誌異》，84～85 頁——清
554【感恩的動物】	《太平廣記》，473：1284——《——齊諧記》南朝宋
554【感恩的動物】	《古今合璧事類備要》，1890 頁——宋
554【感恩的動物】	《搜神記》，20：152～153——晉
554【感恩的動物】	《太平廣記》，473：1285——《搜神記》晉
554【感恩的動物】	《太平御覽》479：2325——《三秦記》漢、《續齊諧記》南朝梁、《齊諧記》南朝宋、《荊州記》晉（有四則，丁乃通只算一個？）
554D*【蜈蚣救主】	《初刻拍案驚奇》，53 頁——明
554D*【蜈蚣救主】	《筆記小說大觀》，4682 頁——《池北偶談》清
554D*【蜈蚣救主】	《筆記小說大觀》，5595 頁——《茶香室叢鈔》清（不完整的故事）
554D*【蜈蚣救主】	《筆記小說大觀》，5772 頁——《志異續編》清
554D*【蜈蚣救主】	《歷代小說筆記選》，141 頁——《池北偶談》清
554D*【蜈蚣救主】	《說郛》，24：14b～15——《墨客揮犀》宋

554D* 【蜈蚣救主】	《舊小說》ⅩⅡ，75──《獨醒雜志》宋
555* 【感恩的龍公子（公主）】	《喻世明言》，504～510 頁──版本找不到
555* 【感恩的龍公子（公主）】	《清平山堂話本》，256～262 頁──明
555* 【感恩的龍公子（公主）】	《太平御覽》472：2297──《錄異傳》六朝
555* 【感恩的龍公子（公主）】	《太平御覽》500：2418──《錄異傳》六朝
566 【三件法寶和仙果】	《二刻拍案驚奇》，607～608 頁──明
575 【有翅王子】	《聊齋誌異》，541 頁──清
575 【有翅王子】	《太平廣記》，75：423──《仙傳拾遺》三國
575 【有翅王子】	《太平廣記》，387：880──《瀟湘記》唐
576F* 【隱身帽】	《太平廣記》，10：310──《神仙傳》東晉
576F* 【隱身帽】	《太平廣記》，13：316──《神仙傳》東晉
576F* 【隱身帽】	《太平廣記》，23：334──《逸史》年代不詳？
576F* 【隱身帽】	《太平廣記》，72：417──該條找不到
592A* 【樂人和龍王】	《西湖二集》，427～430 頁──版本找不到
592A* 【樂人和龍王】	《喻世明言》，504～510──版本找不到
592A₁* 【煮海寶】	《西湖二集》，427～430 頁──版本找不到
592A₁* 【煮海寶】	《唐代叢書》，202～204──《宣室志》唐
592A₁* 【煮海寶】	《元曲選》，1703～1715 頁──元
612 【三片蛇葉】	《歷代小說筆記選》（1），11 頁──《海內十洲記》漢
612 【三片蛇葉】	《漢魏叢書》，Ⅱ，1533──《洞冥記》後漢
612 【三片蛇葉】	《筆記小說大觀續編》2886 頁──《玉芝堂談薈》明
612 【三片蛇葉】	《說庫》796 頁──《避暑漫鈔》宋
612 【三片蛇葉】	《太平廣記》，408：1140──《感應經》唐
612 【三片蛇葉】	《太平御覽》742：3422──《異苑》南朝宋
612 【三片蛇葉】	《說庫》70 頁──《異苑》南朝宋
612 【三片蛇葉】	《子不語》，21：1b～2──清
613A 【不忠的兄弟（同伴）和百呼百應的寶貝】	《太平廣記》，481：1300──《紀聞》唐
613A 【不忠的兄弟（同伴）和百呼百應的寶貝】	《歷代小說筆記選》，85 頁──《支諾皋記》唐
650A₁ 【神力勇士】	《說庫》309 頁──《江南餘載》宋

671【三種語言】	《筆記小說大觀》，2276 頁——《昨非庵日纂》明
672D【蛇液石】	《歷代小說筆記選》（1），63 頁——該條找不到
672D【蛇液石】	《醒世姻緣傳》，203 頁——清
672D【蛇液石】	《龍圖公案》7：34～36——該條找不到
672D【蛇液石】	《太平廣記》，34：352——《傳奇》唐
672D【蛇液石】	《太平廣記》，459：1251——《廣異記》唐
672D【蛇液石】	《太平廣記》，472：1282——《獨異志》唐
672D【蛇液石】	《太平御覽》559：2656～2657——《幽明錄》南朝宋
676【開洞口訣】	《太平廣記》，232：755——《廣異記》唐
676【開洞口訣】	《太平廣記》，400：1120——《紀聞》年代不詳
681【瞬息京華】	《夜談隨錄》，3：2b～8——清
681【瞬息京華】	《歷代小說筆記選》，640～643 頁——《咫聞錄》清
681【瞬息京華】	《仙佛奇踪》，2：20b〔註9〕——明
681【瞬息京華】	《筆記小說大觀》，2195 頁——《昨非庵日纂》明
681【瞬息京華】	《筆記小說大觀》，2425 頁——《諧鐸》清
681【瞬息京華】	《筆記小說大觀》，2440～2441 頁——《諧鐸》清
681【瞬息京華】	《筆記小說大觀》，3560～3562 頁——《淞濱瑣話》清
681【瞬息京華】	《筆記小說大觀》，3621～3624 頁——《淞濱瑣話》清
681【瞬息京華】	《筆記小說大觀》，3645 頁——《此中人語》清
681【瞬息京華】	《筆記小說大觀》，4496～4497 頁——《咫聞錄》清
681【瞬息京華】	《筆記小說大觀》，4962 頁——《塋窗異草》清

〔註 9〕 該條實際頁碼爲 20b～21b。

681【瞬息京華】	《筆記小說大觀》，5006～5008 頁──《瑩窗異草》清
681【瞬息京華】	《筆記小說大觀》，5152～5153 頁──《影譚》清
681【瞬息京華】	《筆記小說大觀》，6609～6611 頁──《夜談隨錄》清
681【瞬息京華】	《聊齋誌異》，221～226──清
681【瞬息京華】	《太平廣記》，82：438～439──《異聞集》唐
681【瞬息京華】	《太平廣記》，281：869～870──《異聞錄》年代不詳
681【瞬息京華】	《唐代叢書》，485～486 頁──《夢遊錄》唐
681【瞬息京華】	《太平廣記》，282：870～871──《異聞集》唐
681【瞬息京華】	《太平廣記》，475：1287～1289──《異聞錄》年代不詳
681【瞬息京華】	《唐代叢書》，636～640 頁──《南柯記》唐
681【瞬息京華】	《唐代叢書》，640～642 頁──《枕中記》唐
681【瞬息京華】	《元曲選》，777～793 頁──元
681【瞬息京華】	《古謠諺》，881～882 頁──該條找不到
681【瞬息京華】	《四游記》，24 頁──版本找不到
681A【夢或眞】	《莊子〈齊物論〉》──先秦
681A【夢或眞】	李奕定，17 頁──《莊子》先秦
681A【夢或眞】	《列子》，59～60 頁──先秦
681A【夢或眞】	《古今合璧事類備要》，1911 頁──宋
681A【夢或眞】	李奕定，52～53 頁──《列子》先秦
681A【夢或眞】	《二刻拍案驚奇》，416～426 頁──明
681A【夢或眞】	《艾子雜俎》，2 頁──明
681A【夢或眞】	《艾子雜俎》，3 頁──明
681B【夫妻同夢】	《唐代叢書》，486～487 頁──《夢遊錄》唐
681B【夫妻同夢】	《唐代叢書》，489～490 頁──《夢遊錄》唐
681B【夫妻同夢】	《太平廣記》，381：871──《纂異記》唐

681B【夫妻同夢】	《唐代叢書》，491 頁——《三夢記》唐（該頁有兩則該型故事）
681B【夫妻同夢】	《唐代叢書》，491 頁——《三夢記》唐（該頁有兩則該型故事）
681B【夫妻同夢】	《古謠諺》，999 頁——清
681B【夫妻同夢】	《古謠諺》，996～997 頁——清
707【三個金兒子】	《七俠五義》1：2——清
736A【魚腹藏指環】	《歷代小說筆記選》（1），96 頁——《搜神後記》晉
736A【魚腹藏指環】	《太平御覽》935：4285——《漢書》漢
736A【魚腹藏指環】	《古今譚概》，4：15——明
736A【魚腹藏指環】	《星子縣志》14：76b——清
736A【魚腹藏指環】	《搜神記》，4：31——晉
736A【魚腹藏指環】	《太平御覽》697：3241——《搜神記》晉
736A【魚腹藏指環】	《太平御覽》936：4290——《辛氏三秦記》漢
736A【魚腹藏指環】	《搜神記》，4：31——晉
736A【魚腹藏指環】	《博異志》，5 頁——唐〔註 10〕
736A【魚腹藏指環】	《筆記小說大觀》，4470 頁——《咫聞錄》清
736A【魚腹藏指環】	《筆記小說大觀續編》，3992 頁——《茶香室叢鈔》清
736A【魚腹藏指環】	《說庫》，80～81 頁——《異苑》南朝宋
736A【魚腹藏指環】	《太平御覽》936：4292——《魏武四時食制》三國
736A【魚腹藏指環】	《說郛》，14：24——《博異志》唐
738*【蛇鬥】	《筆記小說大觀》，2454 頁——《續子不語》清
738*【蛇鬥】	《太平廣記》，131：544——《續搜神記》晉
738*【蛇鬥】	《太平廣記》，457：1247——《朝野僉載》唐
745A【命中注定的財寶】	《筆記小說大觀》，2189 頁——《昨非庵日纂》明

〔註 10〕找不到丁氏所使用之版本，但仍可還原，找到的版本在頁 3b。

745A【命中注定的財寶】	《筆記小說大觀》，4794 頁──《聽雨軒筆記》清
745A【命中注定的財寶】	《筆記小說大觀續編》，4395 頁──《妙香室叢話》清
745A【命中注定的財寶】	《太平廣記》，400：1119──《論衡》東漢
745A【命中注定的財寶】	《太平廣記》，400：1120～1121──《紀錄》年代不詳
745A【命中注定的財寶】	《太平御覽》472：2295──《幽明錄》南朝宋
745A【命中注定的財寶】	《敦煌變文七十八種》，886 頁──唐
745A【命中注定的財寶】	《敦煌變文七十八種》，905 頁──唐
745A【命中注定的財寶】	《敦煌變文七十八種》，906 頁──唐
745A【命中注定的財寶】	《醉醒石》11：147～148──明
745A【命中注定的財寶】	《說鈴》，1065 頁──清
745A$_1$【命中注定貧窮】	《醒世恆言》，359～377──明
745A$_1$【命中注定貧窮】	《初刻拍案驚奇》，2～4 頁──明
745A$_1$【命中注定貧窮】	《初刻拍案驚奇》，664～675 頁──明
745A$_1$【命中注定貧窮】	《今古奇觀》，99～101 頁──明
745A$_1$【命中注定貧窮】	《今古奇觀》，114～124 頁──明
745A$_1$【命中注定貧窮】	《太平廣記》，400：1120──《玄怪錄》唐
745A$_1$【命中注定貧窮】	《元曲選》，1584～1607 頁──元
乙、宗教故事	
750D$_1$【用取不完的酒報答好施者】	《雪濤小說》，6 頁──明
750D$_1$【用取不完的酒報答好施者】	李奕定，205～206 頁──《雪濤諧史》明
750D$_1$【用取不完的酒報答好施者】	《古今譚概》，15：12──明
750D$_1$【用取不完的酒報答好施者】	《四遊記》，29 頁──明
751【貪婪的農婦】	《廣博物志》，3470～3471 頁──明
754【快樂的修道士】	《歷代小說筆記選》，21 頁──《江鄰幾雜志》宋
754【快樂的修道士】	《白孔六帖》，16：259──宋
754【快樂的修道士】	《歷代小說筆記選》，554～555 頁──《北窗炙輠錄》宋
754【快樂的修道士】	《唐代叢書》，92 頁──《嘉話錄》唐
754【快樂的修道士】	《元曲選》，300～302 頁──元

761A【前世有罪孽投胎爲畜牲】	《唐代叢書》，672 頁——《諾皋記》唐
763【尋寶者相互謀害】	《歷代小說筆記選》，351 頁——《昨非庵日纂》明
763【尋寶者相互謀害】	《古今譚概》，15：11b——明
763【尋寶者相互謀害】	《舊小說》，ⅩⅢ，165——《可書》宋
770A【（觀音菩薩）保護無辜】	《筆記小說大觀》，2649 頁——《香飲樓賓談》清
770A【（觀音菩薩）保護無辜】	《筆記小說大觀》，4204 頁——《耳郵》清
770A【（觀音菩薩）保護無辜】	《筆記小說大觀續編》，2696 頁——《玉芝堂談薈》明
770A【（觀音菩薩）保護無辜】	《野叟閒談》，12～13 頁——清
770A【（觀音菩薩）保護無辜】	《俞曲園筆記》，10 頁——版本找不到
775A【點金指頭】	《中國笑話書七十一種》381 頁——《笑得好初集》清
775A【點金指頭】	《中國笑話書七十一種》419 頁——《廣談助》清
775A【點金指頭】	李奕定，255～256 頁——《雜文部》明
775A【點金指頭】	《鏡花緣》，78：578～579 頁——清
775A【點金指頭】	《明清笑話四種》，106 頁《笑府》明
775A【點金指頭】	《筆記小說大觀》，3314 頁——《明齋小識》清
780【會唱歌的骨頭】	《七俠五義》5：15～16——清
780【會唱歌的骨頭】	《二刻拍案驚奇》，581～582 頁——明
780【會唱歌的骨頭】	《龍圖公案》5：14b～16b——明
780【會唱歌的骨頭】	《元曲選》，1389～1409 頁——元
804【彼得的母親從天上掉下來】	《敦煌變文七十八種》，701～744 頁——唐
809A*【一件善事使人富貴】	《醒世恆言》，Ⅰ，357～359——明
809A*【一件善事使人富貴】	《醒世恆言》，Ⅰ，359～377——明
809A*【一件善事使人富貴】	《喻世明言》，135——版本找不到
825A*【懷疑的人促使預言中的洪水到來】	《歷代小說筆記選》（1），168 頁——《述異記》梁
825A*【懷疑的人促使預言中的洪水到來】	《漢魏叢書》，Ⅱ，1542——《述異記》梁

825A*【懷疑的人促使預言中的洪水到來】	《淮南子》，24 頁──版本找不到
825A*【懷疑的人促使預言中的洪水到來】	《筆記小說大觀續編》，6041 頁──《嘯亭雜錄》清
825A*【懷疑的人促使預言中的洪水到來】	《搜神記》，13：98──晉
825A*【懷疑的人促使預言中的洪水到來】	《搜神記》，20：152──晉
825A*【懷疑的人促使預言中的洪水到來】	《龍圖公案》2：5～9b──明
825A*【懷疑的人促使預言中的洪水到來】	《說庫》925 頁──《君子堂日詢手鏡》明
825A*【懷疑的人促使預言中的洪水到來】	《太平廣記》，163：605──《獨異記》唐
825A*【懷疑的人促使預言中的洪水到來】	《太平廣記》，468：1274──《神鬼傳》年代不詳
831【不誠實的僧侶】	《太平廣記》，433：1190～1191──《高僧傳》梁
834【窮兄弟的財寶】	《歷代小說筆記選》，51 頁──《蓬窗類記》明
834【窮兄弟的財寶】	《筆記小說大觀》，216 頁──《聞見近錄》明
834【窮兄弟的財寶】	《筆記小說大觀》，2336～2337 頁──《里乘》清
834【窮兄弟的財寶】	《筆記小說大觀》，3032～3033 頁──《壺天錄》清
834【窮兄弟的財寶】	《筆記小說大觀》，3033 頁──《壺天錄》清
834【窮兄弟的財寶】	《聊齋誌異》，177──清
834【窮兄弟的財寶】	《俗話傾談》1・1：25bff──清
834【窮兄弟的財寶】	《說鈴》，859～860──清
834【窮兄弟的財寶】	《野叟曝言》，傳 63～64──版本找不到
834A【一罈金子和一罈蠍子】	《筆記小說大觀》，4794 頁──《聽雨軒筆記》清
834A【一罈金子和一罈蠍子】	《筆記小說大觀》，6112～6113 頁──《客窗閒話》清
834A【一罈金子和一罈蠍子】	《敦煌變文七十八種》，887 頁──唐

834A【一罈金子和一罈蠍子】	《廣博物志》，4404～4406 頁——明
834A【一罈金子和一罈蠍子】	《俞曲園筆記》，21 頁——版本找不到
837【惡毒的主人如何受懲罰】	《警世通言》，52～54 頁——明
838【教養無方】	《筆記小說大觀續編》，5725 頁——《三借廬筆談》清
841A*【乞丐不知有黃金】	《醒世恆言》，359～377 頁——明
丙、傳奇故事	
855【更換新郎】	《醒世恆言》，132～150 頁——明
855【更換新郎】	《今古奇觀》，327～341——明
856【和一個假冒的男人私奔的姑娘】	《初刻拍案驚奇》，215～217 頁——明
856【和一個假冒的男人私奔的姑娘】	《初刻拍案驚奇》，219～223 頁——明
856【和一個假冒的男人私奔的姑娘】	《二刻拍案驚奇》，743～744 頁——明
856【和一個假冒的男人私奔的姑娘】	《醉醒石》3：27～40 頁——明
875B₁【公牛的奶】	《中國笑話書七十一種》14 頁——《啓顏錄》隋
876B*【聰明的姑娘在對歌中取勝】	《中國笑話書七十一種》21 頁——《啓顏錄》隋
876B*【聰明的姑娘在對歌中取勝】	《中國笑話書七十一種》71 頁——《開顏錄》宋
876B*【聰明的姑娘在對歌中取勝】	《藝文類聚》，傳 215——版本找不到
876B*【聰明的姑娘在對歌中取勝】	《太平御覽》466：2272——《語林》晉
881A【被遺棄的新娘化妝為男人】	《初刻拍案驚奇》，216～219 頁——明
881A*【夫妻離散各執信物終得團圓】	《警世通言》，161～166 頁——明
881A*【夫妻離散各執信物終得團圓】	《醒世恆言》，381～396 頁——明
881A*【夫妻離散各執信物終得團圓】	《喻世明言》，135～143 頁——版本找不到
881A*【夫妻離散各執信物終得團圓】	《新編醉翁談錄》，109～110——宋
881A*【夫妻離散各執信物終得團圓】	《石點頭》，no.10——明
881A*【夫妻離散各執信物終得團圓】	《唐代叢書》，367 頁——《本事詩》唐
881A*【夫妻離散各執信物終得團圓】	《元曲選》，1410-1424 頁——元
882【對妻子的貞節打賭】	《筆記小說大觀》，4204 頁——《耳郵》清
882【對妻子的貞節打賭】	《筆記小說大觀》，6655 頁——《夜談隨錄》清
882【對妻子的貞節打賭】	《聊齋誌異》，217～281 頁——該條找不到
882【對妻子的貞節打賭】	《野叟閒談》，12～13 頁——清

882C* 【丈夫考驗貞潔】	《歷代小說筆記選》（1），62～63頁——《西京雜記》晉
882C* 【丈夫考驗貞潔】	《元曲選外編》，324～336頁——元
882C* 【丈夫考驗貞潔】	《太平御覽》63：431——《西京雜記》漢
882C* 【丈夫考驗貞潔】	《元曲選》，549～556頁——元
882C* 【丈夫考驗貞潔】	《古謠諺》，343～344頁——清
882C* 【丈夫考驗貞潔】	《敦煌變文七十八種》，154～159頁——唐
884B 【女子從軍】	《明人雜曲選》，351～362頁——版本找不到
885A 【好像死去的人】	《明人雜曲選》，485～509頁——版本找不到
885A 【好像死去的人】	《綠窗新話》，44～45——宋
885A 【好像死去的人】	《綠窗新話》，45～47——宋
885A 【好像死去的人】	《搜神記》，15：108～109——晉
885A 【好像死去的人】	《廣博物志》，1629～1631頁——明
885A 【好像死去的人】	《搜神記》，15：109——晉
885A 【好像死去的人】	《太平廣記》，375：1061——《窮神秋苑》年代不詳、《搜神記》晉、《法苑珠林》唐（有三則，丁只算一則？）
885A 【好像死去的人】	《初刻拍案驚奇》，161～165頁——明
885A 【好像死去的人】	《初刻拍案驚奇》，690～691頁——明
885A 【好像死去的人】	《集異志》，5頁——唐——版本找不到
885A 【好像死去的人】	《白孔六帖》，90：1281——宋
885A 【好像死去的人】	《太平廣記》，274：848——《幽明錄》南朝宋、《本事詩》唐（有二則，丁只算一則？）
885A 【好像死去的人】	《太平廣記》，161：602——《法苑珠林》唐
885A 【好像死去的人】	《唐代叢書》，188頁——《法苑珠林》唐
885A 【好像死去的人】	《唐代叢書》，371～372頁——《本事詩》唐
885A 【好像死去的人】	《元曲選》，1265～1279頁——元
885A 【好像死去的人】	《醉醒石》3：27——明
885A 【好像死去的人】	《敦煌變文七十八種》，876～877頁——唐
885B 【忠貞的戀人自殺】	《古謠諺》，875頁——清
888C* 【貞妻爲丈夫復仇】	《搜神記》，11：85～86——晉
888C* 【貞妻爲丈夫復仇】	《唐代叢書》，295頁——唐（亦應歸類在970【連理枝】，但未歸）
888C* 【貞妻爲丈夫復仇】	《敦煌變文七十八種》，137～141頁——唐

889A【忠心的妓女】	《歷代小說筆記選》，238～240 頁——《讀書堂西征隨筆》清
889A【忠心的妓女】	《警世通言》，339～347 頁——明
889A【忠心的妓女】	《警世通言》，473～482 頁——明
889A【忠心的妓女】	《警世通言》，485～499 頁——明
889A【忠心的妓女】	《今古奇觀》，42～50——明
889A【忠心的妓女】	《醒世恆言》，Ⅰ，42～69 頁——明
889A【忠心的妓女】	《初刻拍案驚奇》，468～476 頁——明
889A【忠心的妓女】	《新編醉翁談錄》，91～95——宋
889A【忠心的妓女】	《新編醉翁談錄》，113～115——宋
889A【忠心的妓女】	《新編醉翁談錄》，131～132——宋
889A【忠心的妓女】	《西湖佳話》，58～65——清
889A【忠心的妓女】	《元曲選外編》，782～793 頁——元
889A【忠心的妓女】	《太平廣記》，485：1306～1308——《異聞集》唐
889A【忠心的妓女】	《唐代叢書》，599～603——《李娃傳》唐
889A【忠心的妓女】	《元曲選外編》，263～276 頁——元
889A【忠心的妓女】	《元曲選外編》，477～489 頁——元
889A【忠心的妓女】	《元曲選》，1410～1424 頁——元
889A【忠心的妓女】	《醉醒石》13：178～186 頁——明
896【好色的「聖人」和箱子裡的女郎】	《歷代小說筆記選》，51～52 頁——《酉陽雜俎》唐
896【好色的「聖人」和箱子裡的女郎】	《唐代叢書》，653 頁——該條找不到
896【好色的「聖人」和箱子裡的女郎】	《筆記小說大觀》，2577 頁——《埋憂集》清
901【馴服潑婦】	《筆記小說大觀續編》，5578～5579 頁——《子不語》清
901D*【潑辣妻子被嚇壞而且改正過來了】	《中國笑話書七十一種》178 頁——《談言》明
901D*【潑辣妻子被嚇壞而且改正過來了】	《歷代小說筆記選》，1430 頁——《畏廬瑣記》清
901D*【潑辣妻子被嚇壞而且改正過來了】	《古今譚概》，21：15b～16a——明

901D*【潑辣妻子被嚇壞而且改正過來了】	《藝文類聚》，417——版本找不到
901D*【潑辣妻子被嚇壞而且改正過來了】	《中國笑話書七十一種》71 頁——《開顏錄》宋
901D*【潑辣妻子被嚇壞而且改正過來了】	《筆記小說大觀》，1499 頁——《增廣智囊補》明
901D*【潑辣妻子被嚇壞而且改正過來了】	《筆記小說大觀續編》，4267 頁——《浪蹟續談》清
910【買來的或者別人提供的誓言證明是正確的】	《龍圖公案》7：16～18 頁——該條找不到
910【買來的或者別人提供的誓言證明是正確的】	《筆記小說大觀》，1405 頁——《增廣智囊補》明
910【買來的或者別人提供的誓言證明是正確的】	《說庫》85 頁——《異苑》南朝宋
910【買來的或者別人提供的誓言證明是正確的】	《說郛》，33：5——該條找不到
910F【爭吵的兒子和一把筷子】	《筆記小說大觀》，1352 頁——《增廣智囊補》明
911A*【老人和山】	《中國笑話書七十一種》268 頁——《古今談概》明
911A*【老人和山】	《列子》，88～90 頁——先秦
911A*【老人和山】	李奕定，49 頁——《列子》先秦
911A*【老人和山】	《太平御覽》40：319——《列子》先秦
911A*【老人和山】	《古今合璧事類備要》，1285 頁——宋
920C₁【用對屍體的感情來測驗愛情】	《歷代小說筆記選》，622～623 頁——該條找不到
922【牧羊人代替牧師回答國王的問題】	《明人雜曲選》，686～698 頁——版本找不到
922【牧羊人代替牧師回答國王的問題】	《敦煌變文七十八種》，231～233 頁——唐
922【牧羊人代替牧師回答國王的問題】	《敦煌變文七十八種》，240～241 頁——唐
922【牧羊人代替牧師回答國王的問題】	《敦煌變文七十八種》，241～243 頁——唐
922*【熟練的手藝人或學者防止了戰爭的危機】	《明人雜曲選》，686～698 頁——版本找不到

922*【熟練的手藝人或學者防止了戰爭的危機】	《警世通言》，107〜111頁──明
922*【熟練的手藝人或學者防止了戰爭的危機】	《今古奇觀》，53〜55頁──明
922*【熟練的手藝人或學者防止了戰爭的危機】	《西湖佳話》，33頁──清
922*【熟練的手藝人或學者防止了戰爭的危機】	《元曲選外編》，497〜510頁──元
922*【熟練的手藝人或學者防止了戰爭的危機】	《四遊記》，174〜175頁──明
922A*【卑微的女婿解答謎語或問題】	《中國笑話書七十一種》，33〜34頁──《啓顏錄》隋
922A*【卑微的女婿解答謎語或問題】	《太平廣記》，248：793──《啓顏錄》隋
922A*【卑微的女婿解答謎語或問題】	《敦煌變文七十八種》，231〜233頁──唐
922A*【卑微的女婿解答謎語或問題】	李奕定，147〜150頁──敦煌變文·唐
922A*【卑微的女婿解答謎語或問題】	《敦煌變文七十八種》，240〜241頁──唐
922A*【卑微的女婿解答謎語或問題】	《敦煌變文七十八種》，241〜243頁──唐
923B【負責主宰自己命運的公主】	《薛仁貴征東》9頁 ff──清
923B【負責主宰自己命運的公主】	《元曲選外編》，334〜336頁──元
923C【輕信的父親和虛偽的女兒們】	《二刻拍案驚奇》，548〜552頁──明
924A【僧侶與商人用手勢討論問題】	《宋人笑話》前言，8〜9頁──宋
926【所羅門式的判決】	《筆記小說大觀》，1399頁──《增廣智囊補》明（本頁共有三個該型故事，所以應該要再加一條才對？）
926【所羅門式的判決】	《太平御覽》639：2994──《風俗通》漢
926【所羅門式的判決】	《筆記小說大觀》，1399頁──《增廣智囊補》明（本頁共有三個該型故事，所以應該要再加一條才對？）
926【所羅門式的判決】	《太平御覽》257：1333──《後魏書》年代？
926【所羅門式的判決】	《太平御覽》639：2991〜2992──《後魏書》年代？
926【所羅門式的判決】	《太平御覽》262：1356──《隋書》唐
926【所羅門式的判決】	《元曲選》，1107〜1129頁──元
926【所羅門式的判決】	《包公斷子》1〜15頁──版本找不到

926A【聰明的法官和爐子裡的妖怪】	《筆記小說大觀》，2457 頁——《續子不語》清
926A【聰明的法官和爐子裡的妖怪】	《野叟閒談》，25～26 頁——清
926A【聰明的法官和爐子裡的妖怪】	《耳食錄》1・2：4b～5 頁——版本找不到
926D【法官霸佔引起糾紛的物件】	《中國笑話書七十一種》，406 頁——《笑得好二集》清
926D【法官霸佔引起糾紛的物件】	李奕定，215 頁——金天基・明
926*【爭執的物件平分爲兩半】	《歷代小說筆記選》，1425 頁——《畏廬瑣記》清
926*【爭執的物件平分爲兩半】	《筆記小說大觀》，1399 頁——《增廣智囊補》明
926*【爭執的物件平分爲兩半】	《太平御覽》639：2994——《風俗通》漢
926B₁*【誰的袋子？】	《喻世明言》，38～39 頁——版本找不到
926B₁*【誰的袋子？】	《今古奇觀》，285～286 頁——明
926B₁*【誰的袋子？】	《古今譚概》，18：21b——明
926B₁*【誰的袋子？】	《醒世姻緣傳》，196～197 頁——清
926B₁*【誰的袋子？】	《筆記小說大觀》，1246～1247 頁——《山居新話》元
926D*【誰偷去了賣油條小販的銅錢？】	《筆記小說大觀》，1404 頁——《增廣智囊補》明
926D*【誰偷去了賣油條小販的銅錢？】	《施公案》79：89～90——清
926E*【鐘上（牆上）塗墨】	《古今譚概》，21：12b～13 頁——明
926E*【鐘上（牆上）塗墨】	《筆記小說大觀》，1404 頁——《增廣智囊補》明
926E*【鐘上（牆上）塗墨】	《筆記小說大觀》，4499 頁——《咫聞錄》清
926E*【鐘上（牆上）塗墨】	《聊齋誌異》，704～705 頁——清
926E*【鐘上（牆上）塗墨】	《說庫》737 頁——《夢溪筆談》宋
926E*【鐘上（牆上）塗墨】	《古今合璧事類備要》，1902 頁——宋
926E₁*【抓住心虛盜賊的其他方法】	《古今譚概》，21：12a-b 頁——明
926E₁*【抓住心虛盜賊的其他方法】	《古今譚概》，21：12b——明
926E₁*【抓住心虛盜賊的其他方法】	《筆記小說大觀》，1404 頁——《增廣智囊補》明
926E₁*【抓住心虛盜賊的其他方法】	《白孔六帖》，45：665 頁——宋

926E₁* 【抓住心虛盜賊的其他方法】	《施公案》28：30～31 頁——清	
926F* 【洩露秘密的物件】	《筆記小說大觀》，1399 頁——《增廣智囊補》明	
926F* 【洩露秘密的物件】	《太平御覽》267：1381——《齊書》	
926F* 【洩露秘密的物件】	《太平御覽》639：2991——《齊書》	
926G* 【誰偷了驢（馬）？】	《太平廣記》，171：626——《朝野僉載》唐	
926G* 【誰偷了驢（馬）？】	《太平御覽》262：1356——《隋書》唐	
926G* 【誰偷了驢（馬）？】	《太平御覽》898：4120——《宋書》梁	
926G* 【誰偷了驢（馬）？】	《太平御覽》898：4121——《隋書》唐	
926G₁* 【誰偷了雞或蛋？】	《筆記小說大觀》，1399 頁——《增廣智囊補》明	
926G₁* 【誰偷了雞或蛋？】	《白孔六帖》，94：1333——宋	
926G₁* 【誰偷了雞或蛋？】	《太平御覽》267：1381——《宋書》梁	
926G₁* 【誰偷了雞或蛋？】	《太平御覽》639：2991——《宋書》梁	
926G₁* 【誰偷了雞或蛋？】	《太平御覽》840：3885～3886——《晉史》年代？	
926H* 【失言】	《歷代小說筆記選》，554 頁——《北窗炙輠錄》宋	
926H* 【失言】	《筆記小說大觀》，1397 頁——《增廣智囊補》明	
926H* 【失言】	《施公案》332：93-334：97 頁——清	
926L* 【假證人】	《筆記小說大觀》，1397～1398 頁——《增廣智囊補》明	
926L* 【假證人】	《唐代叢書》，84 頁——《桂苑叢談》唐	
926M* 【解釋怪遺囑】	《喻世明言》，146～163 頁——版本找不到	
926M* 【解釋怪遺囑】	《今古奇觀》，22～31 頁——明	
926M* 【解釋怪遺囑】	《初刻拍案驚奇》，617～619 頁——明	
926M* 【解釋怪遺囑】	《廣博物志》，1866～1867 頁——明	
926N* 【這些錢幣是什麼時候造成的？】	《歷代小說筆記選》，553 頁——《北窗炙輠錄》宋	
926N* 【這些錢幣是什麼時候造成的？】	《古今合璧事類備要》，1914 頁——宋	
926N* 【這些錢幣是什麼時候造成的？】	《筆記小說大觀》，1398 頁——《增廣智囊補》明	
926P* 【「這些不是我的財富」】	《白孔六帖》，96：1366——宋	

926P* 【「這些不是我的財富」】	《古今合璧事類備要》，1913 頁——宋
926P* 【「這些不是我的財富」】	《太平廣記》，271：625——《朝野僉載》唐
926P* 【「這些不是我的財富」】	《古今合璧事類備要》，1913 頁——宋
926P* 【「這些不是我的財富」】	《太平廣記》，272：628～629——《唐闕史》唐
926Q* 【他嘴裡沒灰】	《歷代小說筆記選》，第 389 頁——《昨非庵日纂》明
926Q* 【他嘴裡沒灰】	《筆記小說大觀》，1396 頁——《增廣智囊補》明
926Q* 【他嘴裡沒灰】	《施公案》78：87～88 頁——清
926Q₁* 【蒼蠅揭露傷處】	《歷代小說筆記選》，第 65～66 頁——《酉陽雜俎》唐
926Q₁* 【蒼蠅揭露傷處】	《說庫》224 頁——《酉陽雜俎》唐
926Q₁* 【蒼蠅揭露傷處】	《古今合璧事類備要》，189 頁——宋
926Q₁* 【蒼蠅揭露傷處】	《筆記小說大觀》，1404 頁——《增廣智囊補》明
926Q₁* 【蒼蠅揭露傷處】	《搜神記》，11：87——晉
930 【預言】	《警世通言》，第 422～448 頁——明
930 【預言】	《喻世明言》，第 525～548 頁——版本找不到
930A 【命中注定的妻子】	《喻世明言》，第 410～414 頁——版本找不到
930A 【命中注定的妻子】	《白孔六帖》，17：270——宋
930A 【命中注定的妻子】	《西湖二集》，292～294 頁——版本找不到
930A 【命中注定的妻子】	《太平廣記》259：598——《定命錄》唐
930A 【命中注定的妻子】	《今古奇觀》，第 382～393——明
934A 【命中注定的死亡】	《醒世姻緣傳》，第 238～239 頁——清
934A₂ 【命中注定要死的鸚鵡】	《歷代小說筆記選》(1)，第 124 頁——《異苑》南朝宋
934A₂ 【命中注定要死的鸚鵡】	《說庫》68 頁——《異苑》南朝宋
934A₂ 【命中注定要死的鸚鵡】	《歷代小說筆記選》，第 125 頁——《杜陽雜編》唐
934A₂ 【命中注定要死的鸚鵡】	《歷代小說筆記選》，第 633 頁——《咫聞錄》清
934A₂ 【命中注定要死的鸚鵡】	《大唐新語》，第 6 頁——版本找不到
934A₂ 【命中注定要死的鸚鵡】	《筆記小說大觀》，4479～4480 頁——《咫聞錄》清

934A₂【命中注定要死的鸚鵡】	《筆記小說大觀續編》，2960 頁──《玉芝堂談薈》明
934D2*【如何避免命中注定的死亡】	《三國演義》，卷 69──明
934D₂*【如何避免命中注定的死亡】	《筆記小說大觀續編》，5023 頁──《蜀都碎事》清
934D₂*【如何避免命中注定的死亡】	《元曲選》，1024 頁──元
934D₂*【如何避免命中注定的死亡】	《敦煌變文七十八種》，第 867～868 頁──唐
935A*【浪子識世情惜已太晚】	《警世通言》，第 234-235 頁──明
935A*【浪子識世情惜已太晚】	《今古奇觀》，第 256 頁──明
944A*【「失馬焉知非福；得馬焉知非禍」】	《古今合璧事類備要》，1353 頁──宋
944A*【「失馬焉知非福；得馬焉知非禍」】	《白孔六帖》，96：1360──宋
956B【聰明的少女，在家隻身殺賊】	《歷代小說筆記選》，第 522 頁──《夷堅志》宋
956B【聰明的少女，在家隻身殺賊】	《筆記小說大觀》，1489 頁──《增補智囊補》明
958A₁*【寬大使賊改邪歸正】	《白孔六帖》，405 頁──宋
960【陽光下眞相大白】	《明人百家小說》，卷 32──版本找不到
960【陽光下眞相大白】	《石點頭》，第 12 號──明
960【陽光下眞相大白】	《說郛》，6：28──《雞肋編》宋
960【陽光下眞相大白】	《元曲選》，396～403 頁──元
960B₁【兒子長大後才能報仇】	《歷代小說筆記選》，第 631～632 頁──《齊東野語》宋
960B₁【兒子長大後才能報仇】	《說庫》655 頁──《齊東野語》宋
960B₁【兒子長大後才能報仇】	《警世通言》，第 133～154 頁──明
960B₁【兒子長大後才能報仇】	《西遊記》，第九回──明〔註11〕
960B₁【兒子長大後才能報仇】	《元曲選外編》，633～644 頁──元
960B₁【兒子長大後才能報仇】	《元曲選》，118～140 頁──元
960B₁【兒子長大後才能報仇】	《春在堂叢書》，17：9b──版本找不到
967【蛛網救人】	《明人百家小說》，29：1──版本找不到
967【蛛網救人】	《明人百家小說》，63：Ⅰb──版本找不到
967【蛛網救人】	《白孔六帖》，95：1349──宋

〔註11〕雖找不到丁氏所使用之版本，但丁氏已註錄章節，故仍可還原。

967【蛛網救人】	《太平廣記》135：553——《小說》年代不詳
967【蛛網救人】	《太平廣記》389：1094——《水經》漢
967【蛛網救人】	《太平御覽》710：3296——《風俗通》漢
967【蛛網救人】	《說郛》，25：1——《小說》南朝梁
967【蛛網救人】	《說郛》，41：15b～16——《曲洧舊聞》宋
967【蛛網救人】	《投轄錄》，2：21b——版本找不到
967【蛛網救人】	《廣博物志》，3919 頁——該條找不到
967【蛛網救人】	《舊小說》ⅩⅡ，1——《齊東野語》宋
967A*【烏龜和魚給英雄搭一座橋】	《漢魏叢書》，Ⅱ，1678——《王充論衡》漢
967A*【烏龜和魚給英雄搭一座橋】	《搜神記》，14：102——晉
967A*【烏龜和魚給英雄搭一座橋】	《太平御覽》，783：3598——《後魏書》年代？
970【連理枝】	《歷代小說筆記選》（4），第 33 頁——《誠齋雜記》元
970【連理枝】	《漢魏叢書》，Ⅱ，1589——《拾遺記》晉
970【連理枝】	《剪燈餘話》，173～178 頁——版本找不到
970【連理枝】	《說庫》831 頁——《誠齋雜記》元
970【連理枝】	《說庫》832 頁——《誠齋雜記》元
970【連理枝】	《唐代叢書》，第 310 頁——《北戶錄》唐
970【連理枝】	《唐代叢書》，第 498 頁——《粧樓記》唐
970【連理枝】	《廣博物志》，1951 頁——明
970A【分不開的一對鳥、蝴蝶、花、魚或其他動物】	《中國笑話書七十一種》4 頁——《笑林》魏
970A【分不開的一對鳥、蝴蝶、花、魚或其他動物】	《太平廣記》，389：1094——《述異記》梁
970A【分不開的一對鳥、蝴蝶、花、魚或其他動物】	《搜神記》，11：85-86——晉
970A【分不開的一對鳥、蝴蝶、花、魚或其他動物】	《唐代叢書》，第 295 頁——《嶺表錄異》唐
970A【分不開的一對鳥、蝴蝶、花、魚或其他動物】	《筆記小說大觀》，第 6343 頁——《耳食錄》清
970A【分不開的一對鳥、蝴蝶、花、魚或其他動物】	《筆記小說大觀》，第 6350～6351 頁——《耳食錄》清
970A【分不開的一對鳥、蝴蝶、花、魚或其他動物】	《筆記小說大觀續編》，第 2705 頁——《玉芝堂談薈》明

970A【分不開的一對鳥、蝴蝶、花、魚或其他動物】	《敦煌變文七十八種》，第 137～141 頁——唐
978*【謊言久傳即成眞】	《戰國策》，Ⅰ，30～31——先秦
978*【謊言久傳即成眞】	《戰國策》，Ⅲ，8——先秦
978*【謊言久傳即成眞】	《漢魏叢書》，Ⅰ，788——《新序》漢（該頁有兩則該型故事故出現兩次）
978*【謊言久傳即成眞】	《漢魏叢書》，Ⅰ，788——《新序》漢（該頁有兩則該型故事故出現兩次）
978*【謊言久傳即成眞】	《韓非子》，Ⅱ，81 頁〔註12〕——先秦
980A【半條地毯禦寒】	《敦煌變文七十八種》，第 885～886 頁——唐
980E【誤殺親子】	《封神演義》，卷 14——明
980E【誤殺親子】	《薛仁貴征東》91 頁——清
982【想要一箱金，子女才孝順父親】	《歷代小說筆記選》，第 1268 頁——《耳郵》清
990【似死又活】	《七俠五義》，25：55 頁——清
990【似死又活】	《七俠五義》，37：80 頁——清
990【似死又活】	《歷代小說筆記選》，第 211～213 頁——清
990【似死又活】	《筆記小說大觀》，第 5042～5043 頁——《瑩窗異草》清
990【似死又活】	《歷代小說筆記選》，第 362～363 頁——《聽雨軒筆記》清
990【似死又活】	《歷代小說筆記選》，第 455 頁——《明齋小識》清
990【似死又活】	《初刻拍案驚奇》，第 158～160 頁——明
990【似死又活】	《西湖佳話》，第 128～130 頁——清
990【似死又活】	《聊齋誌異》，第 288～289 頁——清
990【似死又活】	《投轄錄》，40：9～10b——版本找不到
990【似死又活】	《子不語》，17：3——清
990【似死又活】	《子不語》，17：7b～8 頁——清
丁、愚蠢妖魔的故事	
1030【分莊稼】	《中國笑話書七十一種》160 頁——《笑林》明
1030【分莊稼】	《明清笑話四種》，第 87 頁——《笑府》明

〔註12〕該條實際頁數在 80～81。

1137【吃人妖魔（獨眼巨人）失明】	《歷代小說筆記選》，第 511 頁——《夷堅志》宋
1137【吃人妖魔（獨眼巨人）失明】	《歷代小說筆記選》，第 514 頁——《夷堅志》宋
1137【吃人妖魔（獨眼巨人）失明】	《古今譚概》，35：10b——明
1137【吃人妖魔（獨眼巨人）失明】	《筆記小說大觀》，第 2549 頁——《埋憂集》清
1137【吃人妖魔（獨眼巨人）失明】	《筆記小說大觀續編》，第 3850——《堅瓠集》清
1137【吃人妖魔（獨眼巨人）失明】	《說庫》117 頁——該條找不到
1137【吃人妖魔（獨眼巨人）失明】	《太平廣記》481：1300——《紀聞》唐
1137【吃人妖魔（獨眼巨人）失明】	《說庫》1734 頁——《述異記》清
1137【吃人妖魔（獨眼巨人）失明】	《太平廣記》481：1300～1301——《玉堂閒話》五代
1137【吃人妖魔（獨眼巨人）失明】	《說鈴》，942 頁——清
1164D【魔鬼和人聯合作祟】	《子不語》，15：10——清
Ⅲ笑話	
甲、笨人的故事	
1215*【傻子和他的兒子、他的父親】	《中國笑話書七十一種》374 頁——《笑得好初集》清
1215*【傻子和他的兒子、他的父親】	《明清笑話四種》，134 頁——《笑倒》清
1215*【傻子和他的兒子、他的父親】	《艾子後語》，第 5 頁——明
1215*【傻子和他的兒子、他的父親】	李奕定，181 頁——《艾子後語》明
1216*【藥方被雨水淋掉】	《中國笑話書七十一種》157 頁——《笑林》明
1241B【揠苗助長】	《孟子》，Ⅱ，第一部 ch2——先秦
1241B【揠苗助長】	李奕定，75 頁——《孟子》先秦
1241C【傻瓜拔樹，妥藏室內】	《中國笑話書七十一種》525～526 頁——《笑林廣記》清
1242A【減輕負擔】	《中國笑話書七十一種》445～446 頁——《一笑》清
1242A₁【背負驢子】	《筆記小說大觀》，6345 頁——《耳食錄》清
1248A【長竿進城】	《中國笑話書七十一種》4 頁——《笑林》魏
1248A【長竿進城】	《太平廣記》，262：824——《笑林》魏

1248A【長竿進城】	《中國笑話書七十一種》445～446 頁——《一笑》清
1248A【長竿進城】	《笑林廣記》程世爵，14 頁——清
1248A【長竿進城】	《明清笑話四種》，98 頁——《笑府》明
1278【刻舟求劍】	《中國笑話書七十一種》270 頁——《古今譚概》明
1278【刻舟求劍】	李奕定，282 頁——《雜文部》明
1278【刻舟求劍】	《古今譚概》，4：18 頁——明
1278【刻舟求劍】	《太平御覽》499：2410 頁——《呂氏春秋》秦
1278【刻舟求劍】	《呂氏春秋》，15：34 頁——秦
1280*【守株待兔】	《韓非子》4：53 頁——先秦
1280*【守株待兔】	《太平御覽》499：2410 頁——《韓非子》先秦
1286A【獨褲管的褲子】	《中國笑話書七十一種》375～376 頁——《笑得好初集》清
1288【笨人尋腿】	《中國笑話書七十一種》232 頁——《笑府上》明
1288【笨人尋腿】	《明清笑話四種》，91 頁——《笑府》明
1293【笨人溺斃】	《中國笑話書七十一種》232 頁——《笑府上》明
1293【笨人溺斃】	《明清笑話四種》，91 頁——《笑府》明
1294【取牛頭出罐】	《古今譚概》，5：4b——明
1305D【垂死的守財奴在停屍床上】	《中國笑話書七十一種》255 頁——《廣笑府》明
1305D【垂死的守財奴在停屍床上】	《儒林外史》，第 40 頁——版本找不到
1305D$_2$【守財奴命在垂危】	《中國笑話書七十一種》255 頁——《廣笑府》明
1305D$_2$【守財奴命在垂危】	《中國笑話書七十一種》390 頁——《笑得好初集》清
1305D$_2$【守財奴命在垂危】	《中國笑話書七十一種》466 頁——《笑林廣記》清
1305D$_2$【守財奴命在垂危】	《笑林廣記》程世爵，22 頁——清
1305D$_2$【守財奴命在垂危】	李奕定，264 頁——《雜文部》明
1305D$_2$【守財奴命在垂危】	《宋人笑話》，第 41 頁——宋

1305D₂【守財奴命在垂危】	《艾子雜俎》，2 頁——明
1310D【給他水喝或讓他游泳】	《韓非子》3：28 頁——先秦
1310D【給他水喝或讓他游泳】	李奕定，93 頁——《韓非子》先秦
1313【自認已死】	《筆記小說大觀》，第 3708 頁——《蟲鳴漫錄》清
1313【自認已死】	《宋人百家小說》，31：8 頁——版本找不到
1313【自認已死】	《說郛》，39：12b 頁——《陶朱新錄》宋
1313D【傻子怕夭折】	《笑林廣記》程世爵，7 頁——清
1316***【誤認蚯蚓爲蛇（或其他怪物）】	李奕定，250 頁——《雜文部》明
1317A【盲人和太陽】	李奕定，169 頁——蘇東坡・宋
1319N*【誤認塑像爲人】	《水滸傳》，4：76～77——元
1321B【怕自己的影子】	《莊子〈漁父篇〉》——先秦
1321B【怕自己的影子】	《古今譚概》，3：3b——明
1321B【怕自己的影子】	《太平御覽》499：2411 頁——《孫卿子》先秦
1332D*【傻子買鞋忘記了帶鞋樣】	《古今譚概》，4：17——明
1332D*【傻子買鞋忘記了帶鞋樣】	《中國笑話書七十一種》270 頁——《古今譚概》明
1332D*【傻子買鞋忘記了帶鞋樣】	《韓非子》3：29 頁——先秦
1332D*【傻子買鞋忘記了帶鞋樣】	《中國笑話書七十一種》71 頁——《開顏錄》宋
1332D*【傻子買鞋忘記了帶鞋樣】	《太平御覽》，499：2410 頁——《韓非子》先秦
1334A【外地月亮更亮】	《中國笑話書七十一種》393 頁——《笑得好二集》清
1334A【外地月亮更亮】	《明清笑話四種》，第 162 頁——《笑倒》清
1336A【不認識自己在水裡的倒影】	《中國笑話書七十一種》13 頁——《啓顏錄》隋
1336A【不認識自己在水裡的倒影】	《廣博物志》，3524～3525 頁——明
1336B【農民、親戚和鏡子（水缸）】	《中國笑話書七十一種》11～12 頁——《啓顏錄》隋
1336B【農民、親戚和鏡子（水缸）】	《中國笑話書七十一種》162 頁——《笑林》明（該條爲什麼要出現兩次？）

1336B【農民、親戚和鏡子（水缸）】	《明清笑話四種》，第83～84頁——《笑府》明
1336B【農民、親戚和鏡子（水缸）】	《中國笑話書七十一種》162頁——《笑林》明（該條爲什麼要出現兩次？）
1336B【農民、親戚和鏡子（水缸）】	《中國笑話書七十一種》475頁——《一笑》清
1336B【農民、親戚和鏡子（水缸）】	《春在堂叢書》，48：5頁——版本找不到
1336B【農民、親戚和鏡子（水缸）】	《太平廣記》，262：824——《北夢瑣言》五代
1337【鄉下人進城】	《中國笑話書七十一種》113頁——《應諧錄》明
1337【鄉下人進城】	《中國笑話書七十一種》458頁——《笑林廣記》清
1337【鄉下人進城】	《笑林廣記》程世爵，1頁——清
1337【鄉下人進城】	《笑林廣記》程世爵，77頁——清
1339F【煮竹蓆子】	《中國笑話書七十一種》4～5頁——《笑林》魏
1339F【煮竹蓆子】	《中國笑話書七十一種》6頁——《笑林》晉
1339F【煮竹蓆子】	《中國笑話書七十一種》6頁——《笑林》晉
1339F【煮竹蓆子】	《歷代小說筆記選》，第176頁——《諧噱錄》唐
1339F【煮竹蓆子】	《說庫》，116頁——《諧噱錄》唐
1339F【煮竹蓆子】	《古今譚概》，4：17b——明
1341C【可憐的強盜】	《中國笑話書七十一種》154頁——《笑林》明
1341C【可憐的強盜】	《中國笑話書七十一種》230頁——《笑禪錄》明
1341C【可憐的強盜】	《中國笑話書七十一種》239頁——《笑府下》明
1341C【可憐的強盜】	《中國笑話書七十一種》404-405頁——《笑得好二集》清
1341C【可憐的強盜】	《明清笑話四種》，第110頁——《笑府》明
1341C【可憐的強盜】	《笑林廣記》程世爵，65頁——清
1341C【可憐的強盜】	《明清笑話四種》，第110頁——《笑府》明
1341C【可憐的強盜】	《明清笑話四種》，第132頁——《笑倒》清

1341C₁【膽小的主人和賊】	《中國笑話書七十一種》127 頁──《雅謔》明
1341C₁【膽小的主人和賊】	《唐代叢書》，第 34 頁──《朝野僉載》唐
1341C₁【膽小的主人和賊】	《中國笑話書七十一種》358 頁──《笑倒》清
1341C₁【膽小的主人和賊】	《明清笑話四種》，第 139 頁──《笑倒》清
1349P*【又跌一跤】	《中國笑話書七十一種》167 頁──《笑林》明
1349P*【又跌一跤】	《明清笑話四種》，第 108 頁──《笑府》明
乙、夫妻間的故事	
1350【多情的妻子】	《警世通言》，16～21 頁──明
1350【多情的妻子】	《今古奇觀》，第 243～246 頁──明
1351【打賭不說話】	《春在堂叢書》，40：19 頁──版本找不到
1351【打賭不說話】	《廣博物志》，1644～1645 頁──明
1355B【淫婦對奸夫說：「我能看到全世界」】	《笑林廣記》程世爵，64 頁──清
1358C【狡人發現通姦，把奸夫的食物送給丈夫】	《笑林廣記》程世爵，67～68 頁──清
1360C【老海德布朗特】	《笑林廣記》程世爵，26 頁──清
1361【大災】	《宋人笑話》，第 20 頁〔註13〕──宋
1362C【父母為子女擇偶】	《中國笑話書七十一種》257 頁──《廣笑府》明
1362C【父母為子女擇偶】	《笑林廣記》程世爵，14 頁──清
1362C【父母為子女擇偶】	《歷代小說筆記選》，第 325 頁──《笑笑錄》清
1362C【父母為子女擇偶】	《艾子後語》，第 7 頁──明
1362C【父母為子女擇偶】	《筆記小說大觀》，第 3094 頁──《笑笑錄》清
1362C【父母為子女擇偶】	《艾子雜說》，第 2 頁──宋
1365J*【故意提出與原意相反的要求】	《中國笑話書七十一種》272 頁──《古今談概》明
1366*【穿拖鞋的丈夫】	《中國笑話書七十一種》212 頁──《笑贊》明

〔註13〕該條實際上在頁 21。

1366*【穿拖鞋的丈夫】	《明清笑話四種》，第 10～11 頁——《笑贊》明
1375A*「假如那是我的話」	《中國笑話書七十一種》161 頁——《笑林》明
1375A*「假如那是我的話」	《中國笑話書七十一種》235 頁——歸類不妥
1375A*「假如那是我的話」	《中國笑話書七十一種》348 頁——《華筵趣樂談笑酒令談笑門》明
1375A*「假如那是我的話」	《笑林廣記》，86 頁——清
1375A*「假如那是我的話」	《明清笑話四種》，第 61 頁——《笑府》明
1375B*【極端忌妒的妻子】	《中國笑話書七十一種》124～125 頁——《雅謔》明
1375B*【極端忌妒的妻子】	《春在堂叢書》，第 80 頁——版本找不到
1375B*【極端忌妒的妻子】	《太平廣記》272：844——《要錄》年代不詳、《西陽雜組》唐（有二則，丁只算一則？）
1375B*【極端忌妒的妻子】	《古今譚概》，19：7 頁——明
1375B*【極端忌妒的妻子】	《古今譚概》，19：7b 頁——明
1375B*【極端忌妒的妻子】	《古今譚概》，19：7b～8 頁——明
1375B*【極端忌妒的妻子】	《古今譚概》，19：8 頁——明
1375B*【極端忌妒的妻子】	《唐代叢書》，第 20 頁——《隋唐嘉話》唐
1375B*【極端忌妒的妻子】	《古今譚概》，19：8a-b 頁——明
1375B*【極端忌妒的妻子】	《古今譚概》，19：8b～9 頁——明
1375C*【想學怎樣不怕老婆的丈夫】	《清初鼓詞俚曲選》，第 304～305 頁——清
1375C*【想學怎樣不怕老婆的丈夫】	《中國笑話書七十一種》161 頁——《笑林》明
1375C*【想學怎樣不怕老婆的丈夫】	《中國笑話書七十一種》235 頁——《笑府上》明
1375C*【想學怎樣不怕老婆的丈夫】	《明清笑話四種》，第 62 頁——《笑府》明
1375C*【想學怎樣不怕老婆的丈夫】	《中國笑話書七十一種》235 頁——《笑府上》明
1375C*【想學怎樣不怕老婆的丈夫】	李奕定，251 頁——《雜文部》明
1375C*【想學怎樣不怕老婆的丈夫】	《明清笑話四種》，第 62～63 頁——《笑府》明
1375C*【想學怎樣不怕老婆的丈夫】	《明清笑話四種》，第 33 頁——《笑贊》明
1375C*【想學怎樣不怕老婆的丈夫】	《宋人笑話》，第 44 頁——宋
1375D*【有權威的人也怕老婆】	《清初鼓詞俚曲選》，第 310～311 頁——清

1375D*【有權威的人也怕老婆】	《中國笑話書七十一種》125 頁——《雅謔》明
1375D*【有權威的人也怕老婆】	《中國笑話書七十一種》196 頁——《雪濤諧史》明
1375D*【有權威的人也怕老婆】	《中國笑話書七十一種》235 頁——《笑府上》明
1375D*【有權威的人也怕老婆】	《明清笑話四種》，61 頁——《笑府》明
1375D*【有權威的人也怕老婆】	《中國笑話書七十一種》470 頁——《笑林廣記》清
1375D*【有權威的人也怕老婆】	《笑林廣記》程世爵，41 頁——清
1375D*【有權威的人也怕老婆】	《醒世姻緣傳》，第 157 頁——清
1375D*【有權威的人也怕老婆】	《太平廣記》，372：845——《國史異纂》唐
1375E*【妻妾鑷髮】	《中國笑話書七十一種》63 頁——《邇齋閑覽》宋
1375E*【妻妾鑷髮】	《中國笑話書七十一種》294 頁——《古今談概》明
1378A【在妻子房裡留下有標記的鞋】	《喻世明言》，515～523 頁——版本找不到
1378A【在妻子房裡留下有標記的鞋】	《清平山堂話本》，7～17 頁——明
1387A*【懶得不肯動手的妻子】	《中國笑話書七十一種》465 頁——《笑林廣記》清
1387A*【懶得不肯動手的妻子】	《笑林廣記》程世爵，16 頁——清
1408*【妻子揭破丈夫的虛榮心】	《笑林廣記》程世爵，1 頁——清
1408*【妻子揭破丈夫的虛榮心】	《孟子》，IV，第二部，卷 33——先秦
1408*【妻子揭破丈夫的虛榮心】	李奕定，77 頁——《孟子》先秦
1419【瞞著歸來的丈夫】	《韓非子》，3：4～5 頁——先秦
1419【瞞著歸來的丈夫】	《初刻拍案驚奇》，第 611 頁——明
1419A【雞房裡的丈夫】	《喻世明言》，第 578～579 頁——版本找不到
1419B*【交換了鞋】	《中國笑話書七十一種》194 頁——《雪濤諧史》明
1419B*【交換了鞋】	《雪濤諧史》，100～101 頁——版本找不到
1419B*【交換了鞋】	《明清笑話四種》，18 頁——《笑贊》明
1419B*【交換了鞋】	《明清笑話四種》，99 頁——《笑府》明
1419B*【交換了鞋】	《笑林廣記》程世爵，12 頁——清
1419F*【袋子裡的奸夫】	李奕定，182-183 頁——《艾子後語》明

1419F*【袋子裡的奸夫】	《舊小說》ⅩⅤ，56～57──《艾子後語》明
1419F*【袋子裡的奸夫】	《艾子後語》，第6頁──明
1419F*【袋子裡的奸夫】	《續說郛》，第1976頁──《艾子後語》明
1419F*【袋子裡的奸夫】	《明清笑話四種》，34～35頁──《笑贊》明
1419F*【袋子裡的奸夫】	《明清笑話四種》，85～86頁──《笑府》明
1425【送魔鬼入地獄】	《笑林廣記》程世爵，12頁──清
1430【夫妻建築空中樓閣】	《中國笑話書七十一種》109頁──該條找不到
1430【夫妻建築空中樓閣】	《中國笑話書七十一種》394頁──《笑得好二集》清
1430【夫妻建築空中樓閣】	《中國笑話書七十一種》420頁──《笑笑錄》清
1430【夫妻建築空中樓閣】	《古今譚概》，19：9b-10──明
1430【夫妻建築空中樓閣】	《韓非子》3：5──先秦
1430【夫妻建築空中樓閣】	《雪濤小說》，3頁──明
1430【夫妻建築空中樓閣】	李奕定，203-204──《雪濤諧史》明
1430【夫妻建築空中樓閣】	卜文，230-231頁──《雪濤小說》明（找到的版本在231～232頁）
1430【夫妻建築空中樓閣】	《筆記小說大觀》2425頁──《諧鐸》清
丙、女人（姑娘）的故事	
1441C*【公公和兒媳】	《笑林廣記》程世爵，5頁──清
1441C*【公公和兒媳】	《笑林廣記》程世爵，31頁──清
1441C*【公公和兒媳】	《宋人笑話》44頁──宋
1446【讓他們吃糕點好啦】	《中國笑話書七十一種》388頁──《笑得好初集》清
1457【囁嚅的少女】	《中國笑話書七十一種》111頁──《應諧錄》明
1457A【畸型的夫婦和媒人】	《笑林廣記》程世爵，45頁──清
1459A**【炫示貴重的新衣】	《中國笑話書七十一種》111頁──《應諧錄》明
1459A**【炫示貴重的新衣】	《中國笑話書七十一種》232頁──《笑府上》明
1459A**【炫示貴重的新衣】	《中國笑話書七十一種》234頁──《笑府上》明

1459A**【炫示貴重的新衣】	《中國笑話書七十一種》260 頁——《廣笑府》明
1516E*【慶祝妻死】	《古今譚概》，19：9b——明
1520【放響屁】	《中國笑話書七十一種》236 頁——《笑府上》明
丁、男人（少年）的故事	
1525A【偷竊狗、馬、被單或戒指】	《二刻拍案驚奇》，第 756～776 頁——明
1525A【偷竊狗、馬、被單或戒指】	卜文，818-843 頁——《二刻拍案驚奇》明
1525A【偷竊狗、馬、被單或戒指】	《明人百家小說》24：3——版本找不到
1525G【小偷偽裝】	《二刻拍案驚奇》，第 756～776 頁——明
1525H【小偷互相偷】	《喻世明言》，第 525～548 頁——版本找不到
1525H【小偷互相偷】	《聊齋誌異》，第 839～840 頁——清
1525H₄【蜂箱裡的青年】	《古今譚概》，21：11b～12 頁——明
1525H₄【蜂箱裡的青年】	《舊小說》ⅩⅣ，69——《蠈盜》明
1525T【大盜留名】	《喻世明言》，第 525～548 頁——版本找不到
1525T【大盜留名】	《二刻拍案驚奇》，第 754～756——明
1525T【大盜留名】	《二刻拍案驚奇》，第 756～776——明
1525T【大盜留名】	《說郛》，23：25——《諧史》沈徵·宋
1525W【教人怎樣避免被偷】	《中國笑話書七十一種》3 頁——《笑林》魏
1525W【教人怎樣避免被偷】	《太平御覽》，863：3966——《笑林》魏
1525W【教人怎樣避免被偷】	《中國笑話書七十一種》189 頁——《雪濤諧史》明
1525T*【鎖在櫥櫃裡的小偷】	《二刻拍案驚奇》，第 760——明
1526A₂【連神仙都要爲壞蛋付酒飯錢】	《笑林廣記》程世爵，21 頁——清
1526A₄【自稱死者的朋友】	《中國笑話書七十一種》360～361 頁——《笑倒》清
1528A*【惡作劇者假裝幫鄉下人運肥】	《醒世姻緣傳》，第 513 頁——清
1530A*【捧好一堆雞蛋】	《醒世姻緣傳》，第 512～513 頁——清
1530A*【捧好一堆雞蛋】	《三異筆談》，54 頁——清
1530B₁*【無禮的送信人受罰】	《歷代小說筆記選》，第 1289 頁——《鋤經書舍零墨》清

1530B₁*【無禮的送信人受罰】	《三異筆談》，53～54 頁——清
1530B₁*【無禮的送信人受罰】	《筆記小說大觀》，第 2686 頁——《庸間齋筆記》清
1530B₁*【無禮的送信人受罰】	《筆記小說大觀》，第 2831 頁——《金壺七墨》清
1531A【剃了髮後不認得自己】	《中國笑話書七十一種》109 頁——《應諧錄》明
1531A【剃了髮後不認得自己】	《中國笑話書七十一種》211 頁——《笑贊》明
1531A【剃了髮後不認得自己】	《中國笑話書七十一種》376 頁——《笑得好初集》清
1531A【剃了髮後不認得自己】	《鏡花緣》，91：699——清
1531A【剃了髮後不認得自己】	《明清笑話四種》，第 8 頁——《笑贊》明
1531A【剃了髮後不認得自己】	《明清笑話四種》，第 102～103 頁——《笑府》明
1534E*【給打傷自己父親（母親）的忤逆兒子出主意】	《歷代小說筆記選》，第 882 頁——清（二次？）
1534E*【給打傷自己父親（母親）的忤逆兒子出主意】	《歷代小說筆記選》，第882～883頁——《蟲鳴漫錄》清（二次？）
1534E*【給打傷自己父親（母親）的忤逆兒子出主意】	《初刻拍案驚奇》，第 231～234 頁——明
1534E*【給打傷自己父親（母親）的忤逆兒子出主意】	《筆記小說大觀》，第 1492 頁——《增廣智囊補》明
1535【富農和貧農】	《太平廣記》238：771——該條找不到
1539【巧騙和傻瓜】	《筆記小說大觀》，第 1493 頁——《增廣智囊補》明
1539A【上當人自信已學會了隱身術】	《中國笑話書七十一種》3 頁——《笑林》魏
1539A【上當人自信已學會了隱身術】	《歷代小說筆記選》(1)，第 32 頁——《笑林》魏
1539A【上當人自信已學會了隱身術】	《中國笑話書七十一種》42 頁——《諧噱錄》唐
1539A【上當人自信已學會了隱身術】	《歷代小說筆記選》，第 173 頁——《諧噱錄》唐
1539A【上當人自信已學會了隱身術】	《中國笑話書七十一種》220 頁——《笑贊》明

1539A【上當人自信已學會了隱身術】	《中國笑話書七十一種》334 頁──《笑海千金》明
1539A【上當人自信已學會了隱身術】	《古今譚概》，3：7 頁──明
1539A【上當人自信已學會了隱身術】	《說庫》833 頁──《誠齋雜記》元
1539A【上當人自信已學會了隱身術】	《太平御覽》739：3411──《晉書》唐
1543E*【假毒藥及其解讀劑】	《三異筆談》，53-54 頁──清
1543E*【假毒藥及其解毒劑】	《筆記小說大觀》，第 2686 頁──《庸間齋筆記》清
1551A*【鞋值多少錢】	《中國笑話書七十一種》100 頁──《群書通要》元
1551A*【鞋值多少錢】	《歷代小說筆記選》，第 169 頁──《舌華錄》明
1551A*【鞋值多少錢】	《中國笑話書七十一種》201 頁──《謔浪》明
1551A*【鞋值多少錢】	《中國笑話書七十一種》447～448 頁──《一笑》清
1551A*【鞋值多少錢】	《中國笑話書七十一種》508 頁──《諧叢》明
1551A*【鞋值多少錢】	《笑林廣記》程世爵，40 頁──清
1551A*【鞋值多少錢】	《歷代小說筆記選》，第 17 頁──宋
1559D*【哄人打賭：走上走下】	《中國笑話書七十一種》137 頁──《雅謔》明
1559D*【哄人打賭：走上走下】	《中國笑話書七十一種》191 頁──《雪濤諧史》明
1559D*【哄人打賭：走上走下】	《筆記小說大觀》，第 1499 頁──《增廣智囊補》明
1559F*【哄人打賭：要官學狗叫】	《中國笑話書七十一種》37～38 頁──《啓顏錄》隋
1559F*【哄人打賭：要官學狗叫】	《太平廣記》248：793──《啓顏錄》隋
1562【「三思而後言」】	《中國笑話書七十一種》77 頁──《籍川笑林》宋
1562【「三思而後言」】	《中國笑話書七十一種》112 頁──《應諧錄》明
1562C【切遵教誡，一成不變】	《中國笑話書七十一種》155 頁──《笑林》明

1562C【切遵教誡，一成不變】	《中國笑話書七十一種》155 頁——《笑林》明
1562C【切遵教誡，一成不變】	《中國笑話書七十一種》265 頁——《古今譚概》明
1562C【切遵教誡，一成不變】	《古今譚概》，1：21 頁——明
1562C【切遵教誡，一成不變】	《古今譚概》，1：9b～10 頁——明
1562C【切遵教誡，一成不變】	《古今譚概》，1：20b 頁——明
1562C【切遵教誡，一成不變】	《明清笑話四種》，第 119 頁——《笑倒》清
1565A【是不是跳蚤】	《中國笑話書七十一種》401 頁——《笑得好二集》清
1565A【是不是跳蚤】	《中國笑話書七十一種》401 頁——《笑得好二集》清
1565A【是不是跳蚤】	《笑林廣記》程世爵，2 頁——清
1567E【飢餓的學徒騙引師傅】	《中國笑話書七十一種》331 頁——《笑海千金》明
1567E【飢餓的學徒騙引師傅】	《中國笑話書七十一種》407 頁——《笑得好二集》清
1567A*【吃不飽的塾師】	《中國笑話書七十一種》387 頁——《笑得好初集》清
1567A*【吃不飽的塾師】	《中國笑話書七十一種》436～437 頁——《嘻談初錄》清
1567A*【吃不飽的塾師】	《中國笑話書七十一種》437 頁——《嘻談初錄》清
1567A*【吃不飽的塾師】	《中國笑話書七十一種》473～474 頁——《一笑》清
1567A*【吃不飽的塾師】	《清初鼓詞俚曲選》VI，331～346——該條找不到
1567A*【吃不飽的塾師】	《笑林廣記》程世爵，29 頁——清
1567A*【吃不飽的塾師】	《春在堂叢書》，48：2 頁——版本找不到
1568B「服毒」的僕僮自盡】	《中國笑話書七十一種》18 頁——《啓顏錄》隋
1568B「服毒」的僕僮自盡】	《中國笑話書七十一種》438 頁——《一笑》清
1568B「服毒」的僕僮自盡】	《笑林廣記》程世爵，8 頁——清
1568A**【頑童吃甜點心】	《中國笑話書七十一種》135 頁——《雅謔》明

1568B** 【頑童和糞坑裡的老師】	《醒世姻緣傳》，第 276～277 頁——清
1572J* 【騎禽而去】	《中國笑話書七十一種》159 頁——《笑林》明
1572J* 【騎禽而去】	《中國笑話書七十一種》228 頁——《笑禪錄》明
1572J* 【騎禽而去】	《中國笑話書七十一種》473 頁——《一笑》清
1572J* 【騎禽而去】	《春在堂叢書》，48：Ⅰb-2 頁——版本找不到
1577A 【盲人落水】	《笑林廣記》程世爵，67 頁——清
1579 【攜同狼、羊和白菜過河】	《古謠諺》，第 731～732 頁——清
1579 【攜同狼、羊和白菜過河】	《春在堂叢書》，10：15 頁——版本找不到
1586 【殺蠅吃官司】	《筆記小說大觀》，第 6357 頁——《耳食錄》清
1586 【殺蠅吃官司】	《廣博物志》，4542～4543 頁——明
1586 【殺蠅吃官司】	《廣博物志》，4552～4553 頁——明
1620B 【不受奉承的人】	《中國笑話書七十一種》111 頁——《應諧錄》明
1620B 【不受奉承的人】	《中國笑話書七十一種》433 頁——《笑笑錄》清
1620B 【不受奉承的人】	《中國笑話書七十一種》474 頁——《一笑》清
1620B 【不受奉承的人】	《春在堂叢書》，48：2b-3 頁——版本找不到
1623A* 【太太小姐丟臉】	《三異筆談》，54 頁——清
1623A* 【太太小姐丟臉】	《筆記小說大觀》，第 2831 頁——《金壺七墨》清
1623B* 【惡作劇者捉弄父親】	《醒世姻緣傳》，第 278 頁——清
1631A 【染色騾子賣給原主】	《醒世姻緣傳》，第 45～49 頁——清
1631A 【染色騾子賣給原主】	《筆記小說大觀》，第 1493 頁——《增補智囊補》明
戊、幸運的奇遇	
1642A₁ 【流氓在法庭上冒認財物】	《龍圖公案》9：36～39b——該條找不到
1645A 【購買別人夢到的財富】	《列子》，59～60 頁——先秦
1645A 【購買別人夢到的財富】	《古今合璧事類備要》，1911 頁——宋
1645A 【購買別人夢到的財富】	李奕定，52～53 頁——《列子》先秦

1645B₁【夢得寶藏，賺贏酒食】	《雪濤小說》，2～3 頁——明
1645B₁【夢得寶藏，賺贏酒食】	李奕定，202～203 頁——《雪濤諧史》明
1645C【未完成的夢】	《中國笑話書七十一種》128 頁——《雅謔》明
1645C【未完成的夢】	《中國笑話書七十一種》166 頁——《笑林》明
1645C【未完成的夢】	《中國笑話書七十一種》227 頁——《笑禪錄》明
1645C【未完成的夢】	《中國笑話書七十一種》344 頁——《華筵趣樂談笑酒令談笑門》明
1645C【未完成的夢】	《中國笑話書七十一種》356 頁——《笑倒》清
1653F【笨人自言自語，嚇跑強盜】	《笑林廣記》程世爵，63 頁——清
1660【法庭上的窮人】	《小豆棚》，32～33 頁——版本找不到
己、笨人	
1676A【大怕和小怕】	《歷代小說筆記選》，842 頁——《香飲樓賓談》清
1678【沒見過女人的男孩】	《筆記小說大觀》，第 2463 頁——《續子不語》清
1681C*【笨拙的模仿者】	《中國笑話書七十一種》2 頁——《笑林》魏
1681C*【笨拙的模仿者】	《中國笑話書七十一種》4 頁——《笑林》魏
1681C*【笨拙的模仿者】	《歷代筆記小說選》（1），33 頁——《笑林》魏
1685B【不懂房事的傻新郎】	《笑林廣記》程世爵，85～86 頁——清
1687【忘了的詞字】	《中國笑話書七十一種》4 頁——《笑林》魏
1687【忘了的詞字】	《太平廣記》262：824——《笑林》魏
1687【忘了的詞字】	《中國笑話書七十一種》214 頁——《笑贊》明
1687【忘了的詞字】	《明清笑話四種》，15～16 頁——《笑贊》明
1687*【忘掉的東西】	《中國笑話書七十一種》11 頁——《啓顏錄》隋
1687*【忘掉的東西】	《中國笑話書七十一種》232 頁——《笑府上》明
1687*【忘掉的東西】	《明清笑話四種》，91～92 頁——《笑府》明
1687*【忘掉的東西】	《中國笑話書七十一種》399～400 頁——《笑得好二集》清

1687*【忘掉的東西】	《雪濤諧史》，108 頁——版本找不到
1687*【忘掉的東西】	《艾子後語》，第 6 頁——明
1687*【忘掉的東西】	卜文，226 頁——《艾子後語》明
1687*【忘掉的東西】	《舊小說》ⅩⅤ，57 頁——《艾子後語》明
1687A*【忘掉的房子、親戚等等】	《中國笑話書七十一種》11 頁——《啓顏錄》隋
1687A*【忘掉的房子、親戚等等】	《中國笑話書七十一種》11 頁——《啓顏錄》隋
1687A*【忘掉的房子、親戚等等】	《中國笑話書七十一種》11 頁——《啓顏錄》隋
1687A*【忘掉的房子、親戚等等】	《中國笑話書七十一種》131 頁——《雅謔》明
1687A*【忘掉的房子、親戚等等】	《中國笑話書七十一種》399～400 頁——《笑得好》清
1687A*【忘掉的房子、親戚等等】	《古今合璧事類備要》，1278 頁——宋
1687A*【忘掉的房子、親戚等等】	《艾子後語》，第 6 頁——明
1687A*【忘掉的房子、親戚等等】	卜文，226 頁——《艾子後語》明
1687A*【忘掉的房子、親戚等等】	《舊小說》ⅩⅤ，56～57 頁——《艾子後語》明〔註14〕
1687A*【忘掉的房子、親戚等等】	《明清笑話四種》，38 頁——《笑贊》明
1689B$_2$【鑰匙還在我處】	《中國笑話書七十一種》127 頁——《雅謔》明
1689B$_2$【鑰匙還在我處】	《唐代叢書》，34 頁——《朝野僉載》唐
1689B$_2$【鑰匙還在我處】	《中國笑話書七十一種》158 頁——《笑林》明
1689B$_2$【鑰匙還在我處】	《歷代小說筆記選》，3～4 頁——《朝野僉載》唐
1689B$_2$【鑰匙還在我處】	《歷代小說筆記選》，313 頁——《笑笑錄》清
1689B$_2$【鑰匙還在我處】	《筆記小說大觀》，第 3074 頁——《笑笑錄》清
1696【「我應該說什麼」】	《中國笑話書七十一種》15 頁——《啓顏錄》隋

〔註14〕該條實際在頁 57。

1696【「我應該說什麼」】	《中國笑話書七十一種》233頁——《笑府上》明
1696【「我應該說什麼」】	《明清笑話四種》，93頁——《笑府》明
1696【「我應該說什麼」】	《中國笑話書七十一種》347頁——《華筵趣樂談笑酒令談笑門》明
1696【「我應該說什麼」】	李奕定，273頁——《雜文部》明
1696【「我應該說什麼」】	《笑林廣記》程世爵，60頁——清
1696【「我應該說什麼」】	《笑林廣記》程世爵，85頁——清
1696【「我應該說什麼」】	《明清笑話四種》，158頁——《笑得好》清
1696D【傻媳婦濫用客氣話】	《中國笑話書七十一種》25頁——《啓顏錄》隋
1696D【傻媳婦濫用客氣話】	《太平廣記》257：813——《啓顏錄》隋
1696*【家裡出事別怪我】	《中國笑話書七十一種》399頁——《笑得好二集》清
1696*【家裡出事別怪我】	《中國笑話書七十一種》468頁——《笑林廣記》清
1696*【家裡出事別怪我】	《笑林廣記》程世爵，25～26頁——清
1697A【當然是我】	李奕定，108頁——《尹文子》先秦
1698G【因聽錯話而引起的滑稽效果】	《笑林廣記》程世爵，17頁——清
1698G【因聽錯話而引起的滑稽效果】	《元曲選外編》，907～908頁——元
1698I【探望病人】	《明清笑話四種》，77～78頁——《笑府》明
1698E*【聾子、瞎子和跛子】	《中國笑話書七十一種》235頁——《笑府上》明
1698E*【聾子、瞎子和跛子】	《明清笑話四種》，76～77頁——《笑府》明
1699A₁【不懂方言引起誤解鬧笑話】	《中國笑話書七十一種》34頁——《啓顏錄》隋
1699A₁【不懂方言引起誤解鬧笑話】	《中國笑話書七十一種》197頁——《雪濤諧史》明
1699A₁【不懂方言引起誤解鬧笑話】	《中國笑話書七十一種》257頁——《廣笑府》明
1699A₁【不懂方言引起誤解鬧笑話】	《中國笑話書七十一種》430頁——《笑笑錄》清
1699A₁【不懂方言引起誤解鬧笑話】	《中國笑話書七十一種》431頁——《笑笑錄》清

1699A₁【不懂方言引起誤解鬧笑話】	《中國笑話書七十一種》446～447 頁——《一笑》清
1699A₁【不懂方言引起誤解鬧笑話】	《中國笑話書七十一種》474 頁——《一笑》清
1699A₁【不懂方言引起誤解鬧笑話】	《戰國策》，IV，10 頁——先秦
1699A₁【不懂方言引起誤解鬧笑話】	《雪濤小說》，第 1 頁——明
1699A₁【不懂方言引起誤解鬧笑話】	李奕定，201 頁——《雪濤諧史》明
1699A₁【不懂方言引起誤解鬧笑話】	李奕定，80 頁——該條找不到
1699A₁【不懂方言引起誤解鬧笑話】	《筆記小說大觀》，第 3141 頁——《笑笑錄》清
1699A₁【不懂方言引起誤解鬧笑話】	《春在堂叢書》，48：3b——版本找不到
1699C【錯讀沒有標點的文句】	《中國笑話書七十一種》399 頁——《笑得好二集》清
1699C【錯讀沒有標點的文句】	《初刻拍案驚奇》，617～619 頁——明
1702*【結巴一再重複一個字】	《中國笑話書七十一種》32 頁——《啓顏錄》隋
1702*【結巴一再重複一個字】	《中國笑話書七十一種》45 頁——《諧噱錄》唐
1702*【結巴一再重複一個字】	《歷代小說筆記選》，175 頁——唐
1702*【結巴一再重複一個字】	《古今譚概》，23：9a-b（b）——明
1702*【結巴一再重複一個字】	《中國笑話書七十一種》34 頁——《啓顏錄》隋
1702*【結巴一再重複一個字】	《鏡花緣》，87：655 頁——清
1702*【結巴一再重複一個字】	《太平廣記》，182：650（a）——《玉泉子》唐
1703A【蜻蜓與釘子】	《宋人笑話》，23 頁——宋
1703B【描述大區】	《明清笑話四種》，76 頁——《笑府》明
1703B【描述大區】	《春在堂叢書》，48：4 頁——版本找不到
1703D【鎖住自己】	《明清笑話四種》，77 頁——《笑府》明
1703F【帽子和烏鴉】	《中國笑話書七十一種》339 頁——《時尚笑談》明
1703F【帽子和烏鴉】	《宋人笑話》，23 頁——宋
1704A【吝嗇老頭不吃好飯】	《中國笑話書七十一種》159～160 頁——《笑林》明

1704A【吝嗇老頭不吃好飯】	《明清笑話四種》，105〜106 頁——《笑府》明
1704A【吝嗇老頭不吃好飯】	《中國笑話書七十一種》391 頁——《笑得好初集》清
1704A【吝嗇老頭不吃好飯】	《中國笑話書七十一種》466 頁——《笑林廣記》清
1704A【吝嗇老頭不吃好飯】	《笑林廣記》程世爵，22 頁——清
1704A【吝嗇老頭不吃好飯】	李奕定，208〜209 頁——《笑林廣記》清
1704A【吝嗇老頭不吃好飯】	《元曲選》，1137 頁——元
1704B【勉強慷慨】	《中國笑話書七十一種》1 頁——《笑林》魏
1704B【勉強慷慨】	《中國笑話書七十一種》3 頁——《笑林》魏
1704C【虛擬的好菜】	《中國笑話書七十一種》195 頁——《雪濤諧史》明
1704C【虛擬的好菜】	《中國笑話書七十一種》256 頁——《廣笑府》明
1704C【虛擬的好菜】	《中國笑話書七十一種》319 頁——《精選雅笑》明
1704C【虛擬的好菜】	《雪濤諧史》，104 頁——版本找不到
1704D【肉貴於命】	《中國笑話書七十一種》165 頁——《笑林》明
1705A【酒鬼的笑話】	《中國笑話書七十一種》190 頁——《雪濤諧史》明
1705A【酒鬼的笑話】	《中國笑話書七十一種》215〜216 頁——《笑贊》明
1705A【酒鬼的笑話】	《中國笑話書七十一種》316 頁——《精選雅笑》明
1705A【酒鬼的笑話】	《中國笑話書七十一種》359 頁——《笑倒》清
1705A【酒鬼的笑話】	《中國笑話書七十一種》365 頁——《增訂解人頤新集》清
1705A【酒鬼的笑話】	《中國笑話書七十一種》450 頁——《一笑》清
1705A【酒鬼的笑話】	《笑林廣記》程世爵，15 頁——清
1705A【酒鬼的笑話】	《鏡花緣》，93：715——清
1705A【酒鬼的笑話】	《艾子雜說》，1 頁——宋

巳、關於僧侶和教士的笑話	
1800【偷的東西不多】	《中國笑話書七十一種》320 頁——《精選雅笑》明
1800【偷的東西不多】	李奕定，284～285 頁——《雜文部》明
1807B*【裝和尚的流氓】	《中國笑話書七十一種》135 頁——《雅謔》明
1807B*【裝和尚的流氓】	《歷代小說筆記選》，1411～1412 頁——《畏廬瑣記》清
1807B*【裝和尚的流氓】	《初刻拍案驚奇》，261～262 頁——明
1830*【各人祈求的天氣不同，女神盡皆賜與】	《宋人笑話》，49 頁——宋
1830*【各人祈求的天氣不同，女神盡皆賜與】	《宋人笑話》，64 頁——宋
庚、其他各種人的趣事	
1861A【更多賄賂】	《中國笑話書七十一種》452 頁——《笑林廣記》清
1861A【更多賄賂】	李奕定，222 頁——金天基・明
1862A【假郎中：用跳蚤粉】	《鏡花緣》，91：701——清
1862D【醫駝背】	《中國笑話書七十一種》5 頁——《笑林》魏
1862D【醫駝背】	《中國笑話書七十一種》396 頁——《笑得好二集》清
1862D【醫駝背】	《雪濤小說》，2 頁——明
1862E【最好的醫生】	《雪濤諧史》，102 頁——版本找不到
1862E【最好的醫生】	《明清笑話四種》，67～68 頁——《笑府》明
辛、說大話的故事	
1886A【老不死的酒鬼】	《中國笑話書七十一種》69 頁——《善謔集》宋
1886A【老不死的酒鬼】	《世說新語》，23：463 頁——南朝宋
1886A【老不死的酒鬼】	《笑林廣記》程世爵，16 頁——清
1886A【老不死的酒鬼】	李奕定，210～211 頁——《笑林廣記》清
1886A【老不死的酒鬼】	《古今譚概》，33：21 頁——明
1886A【老不死的酒鬼】	《古今譚概》，33：21 頁 a-b——明
1886A【老不死的酒鬼】	《古今譚概》，33：21 頁 b——明
1886A【老不死的酒鬼】	《新編醉翁談錄》，42 頁——宋

1889G【魚吞人和船】	《中國笑話書七十一種》307～308頁──《古今談概》明
1889G【魚吞人和船】	《古今譚概》，33：1頁──明
1889G【魚吞人和船】	《筆記小說大觀》，4475頁──《咫聞錄》清
1889G【魚吞人和船】	《筆記小說大觀續編》，1797頁──《東軒筆錄》宋
1889G【魚吞人和船】	《筆記小說大觀續編》，3812頁──《堅瓠集》清
1920A【「大海著火」──變體】	《中國笑話書七十一種》234頁──《笑府上》明
1920A【「大海著火」──變體】	《明清笑話四種》，90頁──《笑府》明
1920A【「大海著火」──變體】	《中國笑話書七十一種》374頁──《笑得好初集》清
1920A【「大海著火」──變體】	《明清笑話四種》，133～134頁──《笑倒》清
1920A【「大海著火」──變體】	《雪濤諧史》，97～98頁──版本找不到
1920B【一個人說：「我沒功夫撒謊，事實上卻在撒謊」】	《中國笑話書七十一種》191頁──《雪濤諧史》明
1920C$_1$【吹牛比賽：如果你說「這不可能」那你就輸了】	《中國笑話書七十一種》92頁──《嘲戲綺談》宋
1920C$_1$【吹牛比賽：如果你說「這不可能」那你就輸了】	《中國笑話書七十一種》235頁──《笑府上》明
1920C$_1$【吹牛比賽：如果你說「這不可能」那你就輸了】	《明清笑話四種》，90～91頁──《笑府》明
1920C$_1$【吹牛比賽：如果你說「這不可能」那你就輸了】	《中國笑話書七十一種》463頁──《笑林廣記》清（該故事應歸在1920D$_1$？）
1920C$_1$【吹牛比賽：如果你說「這不可能」那你就輸了】	《笑林廣記》程世爵，25頁──清
1920C$_1$【吹牛比賽：如果你說「這不可能」那你就輸了】	《鏡花緣》，79：589～590──清
1920D【牛皮吹破，越吹越小】	《中國笑話書七十一種》195頁──《雪濤諧史》明
1920D【牛皮吹破，越吹越小】	《中國笑話書七十一種》321頁──《精選雅笑》明
1920D【牛皮吹破，越吹越小】	《中國笑話書七十一種》374頁──《笑得好初集》清

1920D【牛皮吹破，越吹越小】	《中國笑話書七十一種》373～374 頁——《增訂解人頤新集》清
1920D【牛皮吹破，越吹越小】	《艾子外語》，5～6 頁——明
1920D$_1$【牛吹的太大，無法自圓其說】	《中國笑話書七十一種》463 頁——《笑林廣記》清
1920D$_1$【牛吹的太大，無法自圓其說】	《鏡花緣》，79：589～590——清
1920I【巨人，更大的巨人，大嘴】	《中國笑話書七十一種》28 頁——《啓顏錄》隋
1920I【巨人，更大的巨人，大嘴】	《中國笑話書七十一種》259 頁——《廣笑府》明
1920I【巨人，更大的巨人，大嘴】	《中國笑話書七十一種》376 頁——《笑得好初集》清
1920I【巨人，更大的巨人，大嘴】	《鏡花緣》，20：138～139 頁——清
1920I【巨人，更大的巨人，大嘴】	《太平御覽》834：3853——《孫綽子》三國
1920J【誰最老？】	《古今譚概》，33：2〔註15〕——明
1920J【誰最老？】	《筆記小說大觀》，3091——《笑笑錄》清
1920J【誰最老？】	《韓非子》，III，22 頁——先秦
1920J【誰最老？】	《太平御覽》496：2399——《韓非子》先秦
1920K【家鄉至上】	《中國笑話書七十一種》448～449 頁——《一笑》清
1920K【家鄉至上】	《笑林廣記》程世爵，78 頁——清
1920K$_1$【我家最好】	《中國笑話書七十一種》234 頁——《笑府上》明
1920K$_1$【我家最好】	《中國笑話書七十一種》338 頁——《時尚笑談》明
1960B【大魚】	《古今譚概》，35：14 頁〔註16〕——明
1960B【大魚】	《筆記小說大觀》，2571 頁——《埋憂集》清
1960B【大魚】	《太平廣記》464：1266——《廣異記》唐
1960B【大魚】	《太平廣記》466：1270——《南越志》晉
1960B【大魚】	《太平御覽》834：3853——《孫綽子》三國（有好幾則該型故事）
1960G【大樹】	《太平御覽》834：3853——該條找不到

〔註15〕案：該條實際上在荒唐部第三十三頁 2a～b。
〔註16〕該條實際上在非足部第三十五頁 13b～14a。

1960J【大鳥】	《古今譚概》，35：12 頁 b——明
1960K【大麵包，大餅子，等等】	《中國笑話書七十一種》449 頁——《一笑》清
1960K【大麵包，大餅子，等等】	《笑林廣記》程世爵，79 頁——清
1960M*【大蚊子吃人】	《中國笑話書七十一種》250 頁——《廣笑府》明
1962A₁【巨中更有巨霸人】	《中國笑話書七十一種》383～384 頁——《笑得好初集》清
1962A₁【巨中更有巨霸人】	《艾子雜俎》，1～2 頁——明
IV 程式故事	
甲、連環故事	
2031【強中更有強中手】	《中國笑話書七十一種》110-111 頁——《應諧錄》明
2031【強中更有強中手】	卜文，226 頁——《艾子後語》明（找到的版本在 227 頁）
2031【強中更有強中手】	《舊小說》ⅩⅤ，61 頁——《應諧錄》明
乙、圈套故事	
丙、其他程式故事	
V 難以分類的故事	
2400A【用和尚袈裟的影子量地】	《真正後聊齋志》，3：2——版本找不到
2400A【用和尚袈裟的影子量地】	《聊齋誌異》，第 642 頁——清

附錄四 《中國民間故事類型索引》中、英文本正文校對表

1. 本表共分五欄：第一欄爲類型號碼。第二欄爲中、英文本差異之處的中文本行數，此行數是以類型爲單位，非以頁爲單位。此外，由於中、英文本的差異多發生在類型出處，因此若未特別註明，則表示該行數是指類型出處的行數。若差異發生在類型號碼、類型名稱或故事大要，則會特別註明。如：表中第一列類型 6 下的：「奧康納，1～5 頁（122D+21+47A）」位於「行倒 3」，是指該條位於類型 6 下的類型出處中倒數第三行，非指第 2 頁的倒數第三行。第三欄爲差異處所在中文本頁碼。第四欄爲差異處的中文本內容。第五欄則爲差異處的英文本內容。

2. 出現在導言及附錄中的幾個中、英文本差異，也一併附於本表之末。

類　型	行　數	頁碼	中譯本	據英文本校正
6	行倒3	2	奧康納，1～5頁（122D+21+47A）	奧康納，1～5頁（122D+21+　+47A）
6	行倒1	2	139頁，+122G+275	139頁，122G++275
6	行倒1	2	18～21頁+21	18～21頁，+21
21	行倒1	4	6～8頁+40A（異變）	6～8頁，40A（異體）+
40A	類型號碼	4	40【狐狸搖鈴】	40A【狐狸搖鈴】
49A	行倒1	6	8～11頁+157B（兔代替人）	8～11頁，157B（兔代替人）+
78	行5	9	時代笑話二百種	時代笑話五百種
78	行3	10	奧康納，76～79頁（126）	奧康納，76～79頁（126+）
78	行倒1	10	140頁，+126	140頁，126+
78B	行1	10	264～265頁（177++126+）	264～265頁（177+　+126）
78B	行倒3	10	+1640（Ⅰb，Ⅲa，d，Ⅳb——沒婚禮，使賊恐慌）	1640（Ⅰb，Ⅲa，d，Ⅳb——沒婚禮，使賊恐慌）+
78B	行倒1	10	+163（Ⅱb，Ⅲb，c）+177（a—狼，c，e，f）	177（a—狼，c，e，f）++163（Ⅱb，Ⅲb，c）
113B	行1	13	中國動物故事集，113～144頁	中國動物故事集，113～114頁
122G	類型號碼	15	122C【「吃以前先把我洗乾淨」】	122G【「吃以前先把我洗乾淨」】
122Z	類型號碼	16	122H【逃出捕獲者爪牙的其他伎倆】	122Z【逃出捕獲者爪牙的其他伎倆】
122N*	行1	16	中國動物故事集，41～44頁（122G++47B+）	中國動物故事集，41～44頁（122G+47B+）
126	行倒3	18	4～6頁+122F	4～6頁，122F+
155	行倒4	19	15～19頁（Ⅰa，d，Ⅱa，f，Ⅲa、b，Ⅳa）	15～19頁（Ⅰa，d，Ⅱa，f，Ⅲa，b，Ⅳa）
155	行4	20	（Ⅰb，e，Ⅱa，e，Ⅲa，Ⅳe）	（Ⅰb，e，Ⅱa，e，Ⅲa，Ⅳa）
155	行倒5	20	+331（R181）	331（R181）+
155	行倒3	20	+331（R181）	331（R181）+

160	行倒 4	23	徐甦：石鋼和金巧，+825A*（Ⅰb，g，m'，Ⅱe，Ⅲa－船）+301A（Ⅰg，i，Ⅲa，b，Ⅳa，b，Ⅴc－鳥，Ⅵa）+300（Ⅲb－九，c，Ⅵa－除去魔鬼的蝨子）	徐甦：石鋼和金巧，825A*（Ⅰb，g，m1，Ⅱe，Ⅲa－船）++301A（Ⅰg，i，Ⅲa，b，Ⅳa，b，Ⅴc－鳥，Ⅵa）+300（Ⅲb－九，c，Ⅵa－除去魔鬼的蝨子）
178A	行 1	25	胡爾查，1～5 頁（178B+916）	胡爾查，1～5 頁（178B++196）
210	行 6	28	婦女雜誌，77·8：96～97 頁	婦女雜誌，7·8：96～97 頁
211	行倒 1	29	柯藍：鳥王做壽，18～20 頁，13～17 頁＝祝琴琴	柯藍：鳥王做壽，13～17 頁＝祝琴琴，18～20 頁
222C	行 3	30	筆記小說大觀續編，2745 頁	筆記小說大觀續編，2745 頁＝太平廣記，480：1299
222C	行 3	30	筆記小說大觀，2757 頁	筆記小說大觀續編，2757 頁
224*	行倒 2	31	楊葉、木可：點土成金，9～12 頁	案：該條英文本歸在類型 224
225	行 2	31	68～69 頁（56A+）	68～69，46 頁（56A+）
243	行 4	34	吳曾祺：舊小說，Ⅳ，87 頁	吳曾祺：舊小說，Ⅸ，87 頁
244	行倒 2	34	柯藍：鳥王做壽，1～2 頁，1～5 頁＝中國動物故事集	柯藍：鳥王做壽，1～5 頁＝中國動物故事集，1～2 頁
275	行倒 2	36	阿一旦，138～139 頁（+122G+6）	阿一旦，138～139 頁（122G+6+）
277*	行倒 2	37	52～55 頁，(b)+313A1（Ⅰb1，Ⅱb，d)+329（Ⅰa1，Ⅱb，d)+400A，(Ⅱe1，f，Ⅳb4，c1，Ⅴa，c1）	52～55 頁(b)，400A（Ⅱe1，f，Ⅳb4，c1，Ⅴa，c1）++313A1（Ⅰb1，Ⅱb，d)+329（Ⅰa1，Ⅱb，d）
285D	行倒 2	38	董均倫、江源：龍眼，70～72 頁，1～4 頁＝董均倫、江源（5）	董均倫、江源：龍眼，1～4 頁＝董均倫、江源（5），70～72 頁
300	故事大要行倒 1	41	Ⅲ.d.不讓人們用某個湖泊或河流裡的水	Ⅲ.(d)不讓人們用某個湖泊或河流裡的水

300	行 6	41	（IIa，b，IVf－女龍兇手）	（IIa，b，IVf－女屠龍者）
300	行倒 1	42	301A（I g，i，IIIa，b，IVa，b，V c－鳥，VIa）	301A（I g，i，IIIa，b，IVa，b，V c－鳥，VIa）+300
301	故事大要行3	43	（參看 555 型）	（參看 555*型）
301	行 1	43	鄭辜生，25～27 頁（I a－負擔母親）	鄭辜生，25～27 頁（I a－熊母親）
301	行 5	43	婦女與兒童，III，121～132 頁	中國民間故事，III，121～132 頁
301	行 9	43	婦女與兒童，v，88～123 頁	中國民間故事，V，88～123 頁
301	行倒 3	43	220～227 頁（IId，e－征服一個女妖魔，f－她不見了，IIIa，b）+326（II－在一個常去的房子裡）	220～227 頁（IId，e－征服一個女妖魔，f－她不見了，IIIa，b），326（II－在一個常去的房子裡）+
301A	行 15	44	高玉爽，31～43 頁（IIi，IIIa，b，c，IVa，b，V a，g，VIg，160+560）	高玉爽，31～43 頁（IIi，IIIa，b，c，IVa，b，V a，g，VIg，160+ +560）
301A	行 1	45	（IIg，i，IIIa，b，c，IV a，b，V a，g，Vg，f，+300+560+571）	（IIg，i，IIIa，b，c，IVa，b，V a，g，VIg，f，+300+560+571）
301A	行 13	45	民間文藝選輯，VI1，76～81 頁	民間文藝選輯，VII，76～81 頁
301A	行倒 6	46	徐甦：石鋼和金巧，（I g，i，IIIa，b，IVa，b，V c－鳥，VIa）+825A*（I b，g，m1，IIe，IIIa－船）+160+300（IIIb－九，c，VIa－除去魔鬼的蝨子）	徐甦：石鋼和金巧，（I g，i，IIIa，b，IVa，b，V c－鳥，VIa），825A*（I b，g，m1，IIe，IIIa－船）+160+300（IIIb－九，c，VIa－除去魔鬼的蝨子）
301A	行倒 1	46	董均倫、江源：龍眼，134～137 頁，4～10 頁＝董均倫、江源（5）	董均倫、江源：龍眼，4～10 頁＝董均倫、江源（5），134～137 頁
301B	行 6	46	3～26 頁（I a，h，IIa，b，c，IIIa，c，IVa，b，V a，c，d，VI h1 +650A1+302）	3～26 頁（I a，h，IIa，b，c，IIIa，c，IVa，b，V a，c，d，VIh +650A1+302）

301B	行倒4	46	35～40 頁（IIIf，369＋400A＋313A＋）	35～40頁（IIIf，369＋400A＋313A1＋）
301B	行倒2	46	婦女與兒童，V，46～57頁	中國民間故事，V，46～57頁
301B	行1	47	（Ij，IIa，b，IVa＋400A1）	（Ij，IIa，b，IVa＋400A）
301B	行5	47	Oga wa and Asai	Ogawa and Asai
301B	行8	47	（IIb，c，IIIa，IVa，g，VIg，400A＋　＋302）	（IIb，c，IIIa，IVa，b，Va，g，VIg，400A＋＋302）
301B	行倒6	47	天山，1959 年 8 月，20～26 頁，39	天山，1959 年 8 月，20～26，39 頁
301F	行6	47	（IIj，k，IIIe，IV，Va，g，VIg）	（IIj，k，IIIe，IVc，Va，g，VIg）
301F	行2	48	（IIj，k，IIIe，IV）	（IIj，k，IIIe，IVc）
301G	行2	48	同上書，193 頁（1）	同上書，193 頁（I）
303	故事大要行1	49	I.（b）有時一胎生的孩子多於兩個。	I.（d）有時一胎生的孩子多於兩個。
304	行1	49	（IIc，IIIb，c，IIIb，c，＋655）	（IIc，IIIb，c，＋655）
310	故事大要行1	49	僅F848.1——女孩的長髮當作梯子（橋）。	僅 848.1——女孩的長髮當作梯子（橋）。〔註1〕
310A	類型名稱	49	【雲南民族文學資料第二輯】	英文本無〔註2〕
311	類型名稱	49	妹妹救姊姊	解救姐妹
312A*	行倒9	51	（IIe，2＋1117A）	（IIe，2＋　＋1117A）
312A*	行2	52	梅覺，50～60 頁	梅覺，57～60 頁
313A	行倒13	53	（IIId－他經過那橋進出，IIb，c，IIId——一只船，325＋　＋329）	（IIId－他由橋進入，IIb，c，IIId－一只船，325＋＋329）

〔註 1〕 此條英文本脫一「F」，據《民間故事情節單元索引》（*Motif-Index of Folk-Literature*）冊 3 頁 227 所載，此為情節單元的條目，因此判定英譯本有誤。

〔註 2〕 案：此條為中譯本誤植書名為類型名稱，因此「雲南民族文學資料第二輯」應置於類型出處。

313A	行倒 9	53	董均倫、江源（7），111～129 頁	董均倫、江源（7），119～129 頁
313A1	行 2	54	婦女與兒童，III，16～46 頁	中國民間故事，III，16～46 頁
313A1	行 1	55	（Ⅰb1，IIb，c，IIIb，400D1+875D1+）	（Ⅰb1，IIb，c，IIIb，400D+875D1+）
313A1	行倒 9	56	李喬：天鵝仙女，27～29 頁（Ⅰb1，IIb，c，IIId）+400A（IIe，f）	李喬：天鵝仙女，27～29 頁（Ⅰb1，IIb，c，IIId），400A（IIe，f）+
313A1	行倒 6	56	雲南民族文學資料第二輯，52～55 頁（Ⅰb1，IIb，d）+329（Ⅰa1，IIIb，d）+400A（IIe1，f，IVb4，c1，Va，c1）+277*（b）	雲南民族文學資料第二輯，52～55 頁（Ⅰb1，IIb，d），400A（IIe1，f，IVb4，c1，Va，c1）+277*（b）++329（Ⅰa1，IIIb，d）
313A1	行倒 4	56	雲南民族文學資料第二輯，89～91 頁（Ⅰb1，IIb，d，IIId）+400A（IIe，f，IVb4，c1）	雲南民族文學資料第二輯，89～91 頁（Ⅰb1，IIb，d，IIId），400A（IIe，f，IVb4，c1）+
313A1	行倒 3	56	雲南民族文學資料第三輯，45～53 頁（Ⅰb1，IIb，d）+440A（IIe1）+408（VI）+465A（Ⅰb2，IIa1，a10，b，IIIa）+555*（Ⅰa，IIc，IIIb1）	雲南民族文學資料第三輯，45～53 頁（Ⅰb1，IIb，d），555*（Ⅰa，IIc，IIIb1）++440A（IIe1）+408（VI）+465A（Ⅰb2，IIa1，a10，b，IIIa）
326E*	行 3	59	（a1+745A）	（a，+745A）
326E*	行 8	60	（Ⅰ，613+ +592A*）	（j，613+ +592A*）
329	故事大要行 3	61	II.英雄之前沒有哥哥先去試。	II.（b）英雄之前沒有哥哥先去試。
329	行倒 3	62	雲南民族文學資料第二輯，52～55 頁（Ⅰa1，IIIb，d）+400A（IIe1，f，IVb4，c1，Va，c1）+277*（b）+313A1（Ⅰb1，IIb，d）	雲南民族文學資料第二輯，52～55 頁（Ⅰa1，IIIb，d），400A（IIe1，f，IVb4，c1，Va，c1）+277*（b）+313A1（Ⅰb1，IIb，d）+
330A	行 3	63	同上書，Ⅰb，28～33 頁	同上書，ⅠB，28～33 頁
330A	行倒 10	63	民間文藝選輯，VI，11～13 頁	民間文藝選輯，XI，11～13 頁

330A	行 3	64	（IIg，III5，c11，c4－玩棋，等，IVj）	（IIg，IIIc 5，c11，c4－玩棋，等，IVj）
330A	行 3	64	肖耘春等：野熊和老婆婆，20～30 頁（IIId2）+1539（Ib）+1535（IVb，Vb1）	肖耘春等：野熊和老婆婆，20～30 頁（IIId2），1539（Ib）+1535（IVb，Vb1）+
333C	行 1	65	（Ia，b，IIa，IIIa，IVa，b，c，d，f，Va）	（Ia，b，IIa，IIId，IVa，b，c，d，f，Va）
333C	行 5	65	婦女與兒童，II，62～69頁	中國民間故事，II，62～69 頁
333C	行 6	63	晨報付鐫	晨報副鐫
333C	行 16	67	（Ia，IIb，IIId1，IVb，d，e，f，Ve，+327）	（Ia，IIb，IIId1，IVb，d，e，f，Ve，+327）
333C	行倒 3	67	（Ia，b，IIa，IIIb，c，IVa，b，d，Vf，c，b）	（Ia，b，IIa，IIIb，c，IVa，b，d，f，Vc，b）
333C	行倒 4	68	（Ia，IIa，IIIa，b，d，IVa，b，c，d，f，Vc）	（Ia，IIa，IIIa，b，d，b，IVa，b，c，d，f，Vc）
333C	行倒 7	69	胡奇：魚兄弟，4～13 頁（IVf，Ve）+1117A＋312A*（Id－小孩被吃人的妖魔拐走，IIe－野兔救星）	胡奇：魚兄弟，4～13 頁（IVf，Ve），312A*（Id－小孩被吃人的妖魔拐走，IIe－野兔救星）＋+1117A
333C	行倒 5	69	李喬：天鵝仙女，1～3 頁（IVf，Vb）+510A（Ia，IIe－母牛）	李喬：天鵝仙女，1～3 頁（IVf，Vb），510A（Ia，IIe－母牛）+
333C	行倒 4	69	肖耘春等：野熊和老婆婆，7～15 頁（Ia，IIa，IIIb，d，IVa，b，c，d，e，f，Va）	肖耘春等：野熊和老婆婆，7～15 頁（Ia，IIa，IIIb，c，d，IVa，b，c，d，e，f，Va）
333C	行倒 2	69	－僅老姑娘，Va	－僅最大的女孩，Va
369	故事大要行 1	69	I.僅有第一部份，其他部分的情節不同。	僅有第一部份，其他部分的情節不同。
369	故事大要行 4	70	IV。（b）	IV.（b）
369	行 7	70	（Ia，b，IVd，＋400A＋313A1+301B	（Ia，b，IVd，＋400A＋313A1+301B）

369	行倒 2	70	161～162 頁（Ⅰa，Ⅲa－在馬背上，Ⅳ）+465A（Ⅱh，e）	161～162 頁（Ⅰa，Ⅲa－在馬背上，Ⅳ），465A（Ⅱh，e）+
400	行倒 2	71	（Ⅱe1，f，Ⅳb5，c1，f，Ⅴa，c1，Ⅳf3，+277*）	（Ⅱe1，f，Ⅳb5，c1，f，Ⅴa，c1，Ⅵf3，+277*）
400A	故事大要行 1	72	通常有Ⅱe，f1	通常有Ⅱe，f
400A	故事大要行 2	72	有時在 313A 之前	有時在 313A 之後
400A	行 2	72	（Ⅰe，Ⅱf，Ⅲb，c1，Ⅳf3）	（Ⅰe，Ⅱf，Ⅳb，c1，Ⅳf3）
400A	行 8	72	（Ⅱg3，h1，Ⅳb4，c1，Ⅳf3）	（Ⅱg3，h1，Ⅳb4，c1，Ⅵf3）
400A	行 11	72	（Ⅱe，f，h1，Ⅳd，Ⅴa，c1，Ⅳf2，511A+）	（Ⅱe，f，h1，Ⅳd，Ⅴa，c1，Ⅵf2，511A+）
400A	行倒 3	72	（Ⅱg，h1，Ⅳb3，c1，Ⅴa1，g，+465A1）	（Ⅱg，h1，Ⅳb8，c1，Ⅴa1，g，+465A1）
400A	行 8	73	（Ⅱg3，h1，Ⅳb4，Ⅴa1，b，Ⅱe，Ⅳf3）	（Ⅱg3，h1，Ⅳb4，Ⅴa1，b，Ⅱe，Ⅵf3）
400A	行倒 12	74	（Ⅱe，f，，Ⅳb4，c1，Ⅴa1c1，+313A1）	（Ⅱe，f，，Ⅳb4，c1，Ⅴa，c1，+313A1）
400A	行 10	75	（Ⅱe，f，Ⅳb7，d，c1，Ⅴa，b，c，Ⅵb，+967A*，+313A1）	（Ⅱe，f，Ⅳb7，d，c1，Ⅴa，b，c，Ⅳb，+967A*，+313A1）
400A	行倒 5	75	民間文學，1957 年 9 月，30～38 頁，+313A1	民間文學，1957 年 9 月，30～38 頁，313A1+
400A	行倒 4	75	雲南民族文學資料第二輯，52～55 頁（Ⅱe，f，Ⅳb4，c1，Ⅴa，c1）+277*（b）+313A1（Ⅰb1，Ⅱb，d）+329（Ⅰa1，Ⅲb，d）	雲南民族文學資料第二輯，52～55 頁（Ⅱe1，f，Ⅳb4，c1，Ⅴa，c1），+277*（b）+313A1（Ⅰb1，Ⅱb，d）+329（Ⅰa1，Ⅲb，d）
400A	行 1	76	雲南民族文學資料第二輯，89～91 頁（Ⅱe，f，Ⅳb4，c1）+313A（Ⅰb1，Ⅱb，d，Ⅲd）	雲南民族文學資料第二輯，89～91 頁（Ⅱe，f，Ⅳb4，c1），+313A1（Ⅰb1，Ⅱb，d，Ⅲd）
400A	行 2	76	（Ⅱg1，Ⅳb5 或 b9，c1，Ⅴ或Ⅵf5）	英文本無

400B	行 8	76	婦女與兒童，III，56～58頁	中國民間故事，III，56～58頁
400B	行倒 5	76	（IIi，91，IVb9，c1）	（IIi，g1，IVb9，c1）
400B	行 3	77	（IIg1，c1，f，+465A）	（IIg1，e1，f，+465A）
400C	故事大要行倒 1	77	（408VI+400IIe【殼兒移動並隱藏了】，f，IVb6，VId）	（408VI+400IIe【殼兒移動並隱藏了】，f，IVb6，IVd）
400C	行 2	78	萬里（IIe1，f，VIb6，d－丈夫說情後她不走了，+465A）	萬里（IIe1，f，IVb6，d－丈夫說情後她不走了，+465A）
400D	行 1	78	種桃老人，62～62 頁	種桃老人，62～66 頁
400D	行倒 5	78	（IIe，f，IIIe，IVb1，c1，Va1，VIf5=433D）	（IIe，f，IIIe，IVb1，c1，Va1，VIf5，+433D）
403	行 3	79	（IVa－女英雄逃走，C，+433D）	（IVa－女英雄逃走，c，+433D）
403	行 4	79	（IIa，d，IV，900+）	（IIa，d，VI，900+）
403A**	行倒 1	81	+480D（a）	480D（a）+
407	行 4	81	婦女與兒童，IV，107～121 頁	中國民間故事，IV，107～121 頁
408	行 3	81	她變成金蓮花	她變成金百合
408	行 10	82	趙燕翼，41～81 頁	趙燕翼，71～81 頁
408	行 16	82	婦女與兒童，I，77～89頁	中國民間故事，I，77～89 頁
408	行倒 11	82	（VI，555c+ +465A）	（VI，555C+ +465A）
408	行 2	83	宋哲（4），9～102 頁	宋哲（4），96～102 頁
408	行 2	83	孫佳訊，101～106 頁（VI，592A16+ +465A）	孫佳訊，101～106 頁（VI，592A1*+ +465A）
408	行 9	83	阿一旦，93～100 頁（VI），+738*（a，d，e）+555*	阿一旦，93～100 頁（VI），738*（a，d，e）+555*
408	行 11	83	雲南民族文學資料第三輯，45～53頁(VI)，+465A（Ib2，IIa1，a10，b，IIIa）+555*（Ia，IIc，IIIb1）+313A1（Ib1，IIb，d）+440A（IIe1）	雲南民族文學資料第三輯，45～53頁（VI），555*（Ia，IIc，IIIb1）+313A1（Ib1，IIb，d）+440A（IIe1）+ +465A（Ib2，IIa1，a10，b，IIIa）

425N	行倒2	84	胡奇：魚兄弟，117～24頁	胡奇：魚兄弟，17～24頁
433C	行1	84	鄭辜生，72～75頁	鄭辜生，73～75頁
433D	行2	86	（Ⅰf，Ⅱ，Ⅲa，b，c，d，e，Ⅳc，f，Ⅰ1，Ⅴi，Ⅴa，Ⅶ）	（Ⅰf，Ⅱ，Ⅲa，b，c，d，e，Ⅳc，f，il，Ⅴi，Ⅵa，Ⅶ）
433D	行4	87	（Ⅰa1，Ⅱa，c，Ⅲb，a，c，d，e，Ⅳc，f，i，Ⅴa，Ⅵa，Ⅵ）	（Ⅰa1，Ⅱa，c，Ⅲb，a，c，d，e，Ⅳc，f，i，Ⅴa，Ⅵa，Ⅶ）
433D	行1	88	（Ⅰa，Ⅱa，c，Ⅲb，a，e，Ⅳc，f，il，，f，i，Ⅴe，Ⅵa，Ⅶ）	（Ⅰa，Ⅱa，c，Ⅲb，a，e，Ⅳc，f，il，，f，il，Ⅴe，Ⅵa，Ⅶ）
433D	行16	88	同上書，67：16～21頁（Ⅰa1），67：16～21頁	同上書，67：16～21頁
433D	行倒10	88	太平廣記，1·2：13～14頁	北京大學國學門週刊，1·2：13～14頁
433D	行5	89	（Ⅳf，Ⅰ，j，510A+）	（Ⅳf，i，j，510A+）
433D	行倒4	89	+461（Ⅱj，Ⅳa3）	461（Ⅱj，Ⅳa3）+
433D	行倒1	89	人們的丈夫	丈夫是人類
440A	行倒5	90	（Ⅰ，Ⅲc，c1，Ⅴb，+400）	（Ⅰ，Ⅲc，c1，Ⅴb，+440）
440A	行5	91	婦女與兒童，Ⅰ，5～28頁	中國民間故事，Ⅰ，5～28頁
440A	行10	91	賈芝、孫劍冰，Ⅱ，58～540頁	賈芝、孫劍冰，Ⅱ，538～540頁
440A	行倒10	91	（Ⅰ，Ⅱc，c1，Ⅴb，+400）	（Ⅰ，Ⅲc，c1，Ⅴb，+400）
440A	行倒10	91	婦女與兒童，Ⅲ，74～82頁	中國民間故事，Ⅲ，74～82頁
440A	行倒3	91	雲南民族文學資料第三輯，45～53頁（Ⅱe1）+408（Ⅵ），+465A（Ⅰb2，Ⅱa1，a10，b，Ⅲa）+555*（Ⅰa，Ⅱc，Ⅲb1）+313A1（Ⅰb1，Ⅱb，d）	雲南民族文學資料第三輯，45～53頁（Ⅱe1），555*（Ⅰa，Ⅱc，Ⅲb1）+313A1（Ⅰb1，Ⅱb，d）+ +408（Ⅵ），+465A（Ⅰb2，Ⅱa1，a10，b，Ⅲa）
449A	故事大要		缺	見池田弘子，152～153頁。
461	行2	92	（Ⅰ，Ⅱj，Ⅲi，a，j，Ⅳa2，d1，d5，Ⅴa，b）	（Ⅰ，Ⅱj，Ⅲi，a，j，Ⅳa2，d1，d1，d5，Ⅴa，b）

461	行 3	92	（I，IIi，i2，a－三根紅髮－d－IIIa，r，c1，j，IVa2，d1，d5，d6，Va，b+465A1）	（I，IIi，i2，a－三根紅髮－d－IIIa，r，c1，j，IVa2，d1，d1，d5，d6，Va，b+465A1）
461	行 3	93	（IId，i1，i2，IIIc1，m，j，IVa3，d5，d7，d5，Va，b）	（IId，i1，i2，IIIc1，m，j，IVa3，d5，d7，d6，Va，b）
461	行倒 14	93	（I，IIa，－長、紅髮，f1，f2，IIIc1，f1，j，IVa2，d5，d1，e，Va，b）	（I，IIa，－長、紅髮，f1，f2，d，IIIc1，f1，j，IVa2，d5，d1，e，Va，b）
461A	行 1	95	婦女與兒童，I，99～106頁	中國民間故事，I，99～106頁
461A	行 9	95	（I b，IIc1，I，a，IIIa，IVd5，d6，d1，IVa）	（I b，IIc1，I，a，IIIa，IVd5，d6，d1，Va）
461A	行倒 5	95	（I b，IIc1，a，j，IIIa，IVa2，d5，d8，d1，Va，b）	（I b，IIc1，a，j，IIIa，IVa2，d5，d6，d1，Va，b）
465A	行 3	97	（I b，IIa11，b，IIIa，+400+）	（I b，IIa11，b，IIIa，400+）
465A	行倒 2	97	＝熊塞聲、余金，	＝熊塞聲、余金；
465A	行 8	98	林蘭（21），1，79～87頁（I b1，IIa10，a1，IIIaI）	林蘭（21），I，79～87頁（I b1，IIa10，a1，IIIa1）
465A	行 18	98	婦女與兒童，I，77～89頁	中國民間故事，I，77～89頁
465A	行 16	99	萌芽，1958 年 2 月，18～19頁	萌芽，1958 年 2 月 16 日，18～19頁
465A	行倒 10	99	（I b1，IIc，IIIa，+511c*+330A）	（I b1，IIc，IIIa，+511C*+330A）
465A	行 10	100	董均倫、江源（7），155～165頁	董均倫、江源（1），155～165頁
465A	行倒 10	100	岩頭老人，23～27 頁，+510+511A，24～30 頁＝肖甘牛（1）	岩頭老人，24～30 頁＝肖甘牛（1），23～27 頁，510+511A+
465A	行倒 8	100	雲南民族文學資料第二輯，76～82頁（I b，IIa，d，e－沒有復活IIIa1）	雲南民族文學資料第二輯，76～82頁（I b，IIa，d，e－沒有復活IIIa1），

			+400A（Ⅰg5，f，Ⅳb8，c1，Ⅴa1，Ⅱe）	400A（Ⅰg5，f，Ⅳb8，c1，Ⅴa1，Ⅱe）+
465A	行倒6	100	雲南民族文學資料第三輯，45～53頁（Ⅰb2，Ⅱa1，a10，b，Ⅲa）+555*（Ⅰa，Ⅱc，Ⅲb1）+313A1（Ⅰb1，Ⅱb，d）+440A（Ⅱe1）+408（Ⅵ）	雲南民族文學資料第三輯，45～53頁（Ⅰb2，Ⅱa1，a10，b，Ⅲa），555*（Ⅰa，Ⅱc，Ⅲb1）+313A1（Ⅰb1，Ⅱb，d）+440A（Ⅱe1）+408（Ⅵ）+
465A	行倒3	100	蔣亞雄：丹珍和塔爾基，1～8頁（Ⅰb2，Ⅱa77－金子，a14，a8－用兩臂爭奪，b，Ⅲa）+555*（Ⅰa－鳥變的鱔魚，Ⅱc，Ⅲb1－牝鹿）+408（Ⅵ）	蔣亞雄：丹珍和塔爾基，1～8頁（Ⅰb2，Ⅱa77－金子，a14，a8－用兩臂爭奪，b，Ⅲa），555*（Ⅰa－鳥變的鱔魚，Ⅱc，Ⅲb1－牝鹿）+408（Ⅵ）+
465A	行倒1	100	老虎外婆，10～12頁（Ⅰb2，Ⅱa10，a10，b，d，Ⅲa）+301A，（Ⅱg，i）+408（Ⅵ）	老虎外婆，10～12頁（Ⅰb2，Ⅱa10，a10，b，d，Ⅲa），301A（Ⅱg，i）+408（Ⅵ）+
465A	行1	100	董均倫、江源：龍眼，124～129頁，10～19頁＝董均倫、江源（5）+592A1*	董均倫、江源：龍眼，10～19頁＝董均倫、江源（5），124～129頁，592A1*+
465A1	行3	102	肖甘牛（3），65～67頁	肖甘牛（3），57～65頁
465A1	行倒10	103	阿一旦，93～100頁（Ⅰb2，Ⅱa，d，Ⅲc1）+738*（a，d，e）+555*（Ⅰa－幫助一條龍，Ⅱb1）+408（Ⅵ）	阿一旦，93～100頁（Ⅰb2，Ⅱa，d，Ⅲc1），738*（a，d，e）+555*（Ⅰa－幫助一條龍，Ⅱb1）+408（Ⅵ）+
465A1	行倒4	103	（Ⅰb2，Ⅱa，Ⅲc1）+555*（Ⅰa，Ⅱc，Ⅲb）	（Ⅰb2，Ⅱa，Ⅲc1），555*（Ⅰa，Ⅱc，Ⅲb）+
465A1	行倒2	103	（Ⅰb2，b1，Ⅱa，Ⅲc1）+555*（Ⅰa）	（Ⅰb2，b1，Ⅱa，Ⅲc1），555*（Ⅰa）+
467	行1	104	金魚尋找	找到金魚
471	行4	104	婦女與兒童，Ⅳ，107～121頁	中國民間故事，Ⅳ，107～121頁
503	行2	108	中國笑話書七十一種，225頁	中國笑話書七十一種，525頁
503E	類型號碼	108	508E【狗耕田】	503E【狗耕田】

503E	行 6	110	（Ⅰb，c，Ⅲc，e，Ⅳb，+613A）	（Ⅰb，c，Ⅱa，Ⅲc，e，Ⅳb，+613A）
503E	行 7	110	婦女與兒童，Ⅰ，107～116 頁	中國民間故事，Ⅰ，107～116 頁
503M	類型號碼	110	500M【賣香屁】	503M【賣香屁】
503M	行 7	111	（Ⅰf，Ⅱa，c，50+）	（Ⅰf，Ⅱa，c，510+）
503M	行倒 2	111	+503E（Ⅰc，Ⅱa，b，Ⅲa，d，e，Ⅳb，Ⅴa）	503E（Ⅰc，Ⅱa，b，Ⅲa，d，e，Ⅳb，Ⅴa）+
505B*	類型號碼	112	505B【葬人者得好報】	505B*【葬人者得好報】
506	行倒 5	113	太平廣記，336：976～980 頁	太平廣記，336：979～980 頁
506	行倒 3	113	陶宗儀，4：106 頁	陶宗儀，4：10b 頁
507A	行 2	113	（Ⅱ，Ⅰ，+653A）	（Ⅱ，Ⅲ，+653A）
507A	行 3	113	（Ⅱ，300+　+567A+518+）	（Ⅱ，300+567A+518+）
510	行 2	114	（Ⅱb－荒野上的一棵樹，C，511B*+）	（Ⅱb－荒野上的一棵樹，c，511B*+）
510	行倒 2	114	岩頭老人，23～27 頁，+511A+465A，24～30 頁＝肖甘牛（1）	岩頭老人，24～30 頁＝肖甘牛（1），23～27 頁，+511A+465A
510A	行 5	115	段成式，1：26～4 頁	段成式，1：2b～4 頁
510B	行 1	115	木上衣	目斗蓬
511A	行 1	116	民間文學，1964 年 4 月	民間文學，1964 年 2 月
511A	行倒 4	116	（Ⅰ，++503E）	（Ⅰ，+503E）
511A	行倒 2	116	岩頭老人，23～27 頁，+510+465A，24～30 頁＝肖甘牛（1）	岩頭老人，24～30 頁＝肖甘牛（1），23～27 頁，510++465A
511B*	行倒 4	116	薛爾頓、阿伯特，62～69 頁（公開題旨）	薛爾頓、阿伯特，62～69 頁（開頭的情節）
511B*	行倒 4	116	田海燕（1），235～256 頁（開始情節）	田海燕（1），235～256 頁（開頭的情節）
513	行 1	118	婦女與兒童，Ⅴ，28～45 頁	中國民間故事，Ⅴ，28～45 頁
513	行 6	118	（Ⅰf，g，Ⅱd，d1，a，m2，m，k，u，s，h，Ⅴ，Ⅲm，p，q）	（Ⅰf，g，Ⅱd，d1，a，m2，m，k，u，s，h，v，Ⅲm，p，q）

513	行9	118	（Ｉg，f，Ⅱa，ml，k，i，t，d，u，s，h，Ｖ，Ⅲm，q，o）	（Ｉf，g，Ⅱa，ml，k，i，t，d，u，s，h，v，Ⅲm，q，o）
513	行4	119	婦女與兒童，Ⅱ，49～54頁	中國民間故事，Ⅱ，49～54頁
513	行倒9	119	（Ｉf，g，Ⅱa，c，M，J，K，s，g，Ⅲo，k）	（Ｉf，g，Ⅱa，c，m，J，K，s，g，Ⅲo，k）
513	行倒4	119	（Ｉh，Ⅱa，u2，g，g，z，d，Ⅲb，d，jl，m）	（Ｉh，Ⅱa，u2，g，g，z，d，Ⅱb，d，jl，m）
513C	類型號碼	120	518C【獵人之子】	513C【獵人之子】
513C	行2	120	得到神奇鸚鵡之助650A1	得到神奇鸚鵡之助，+650A1
531	行3	121	婦女與兒童，121～132頁	中國民間故事，Ⅲ，121～132頁
531	行倒2	121	雲南民族文學資料第二輯，18～23頁，（Ⅲb）+465A（Ｉb1，Ⅱa10，a11，al，b，Ⅲa1）	雲南民族文學資料第二輯，18～23頁（Ⅲb），465A（Ｉb1，Ⅱa10，a11，al，b，Ⅲa1）+
545B	行4	122	婦女與兒童，Ⅲ，5～15頁	中國民間故事，Ⅲ，5～15頁
546	行倒2	122	211～219頁（Ｉa，b，Ⅱ）+243（Ｉb－報告她的竊盜，Ｉb－責怪她醜，c）	211～219頁（Ｉa，b，Ⅱ），243（Ｉb－報告她的竊盜，Ｉb－責怪她醜，c）+
546	行倒1	122	金栗子和石蛋子，11～18頁（Ｉc）+243（Ｉd，Ⅱa）	金栗子和石蛋子，11～18頁（Ｉc），243（Ｉd，Ⅱa）+
550	行1	123	（Ｉa－盜馬的鳥，Ⅱ，Ⅲa，b，v）	（Ｉa－盜馬的鳥，Ⅱ，Ⅲa，b，Ｖ）
551	行7	123	（Ｉb，Ⅱ－只最年幼者能不受迷惑，Ⅲ，+400B）	（Ｉb，Ⅱ－只最年幼者能不受迷惑，Ⅲb，+400B）
551	行8	123	婦女與兒童，Ⅲ，56～68頁	中國民間故事，Ⅲ，56～68頁
552A	行2	124	婦女與兒童，Ｖ，88～123頁	中國民間故事，Ｖ，88～123頁
555	行倒3	126	山東大學中國語言文學系：人民口頭創作實習資料匯編，Ⅰ，沂水卷，（Ⅰa，Ⅱc，Ⅲa－魔術帽帶來成功）	移至555*

555A	行 1	127	（Ｉe，IIb，IIIb，d，e）	（Ｉc，IIb，IIIb，d，e）
555A	行 8	128	（Ｉb－神蟹，IIb，c，IIIg）	（Ｉd－神蟹，IIb，c，IIIg）
555B	行 8	129	373～378 頁	374～378 頁
555B	行 3	130	岩頭老人，57～61 頁，1～7 頁＝湯煒	岩頭老人，1～7 頁＝湯煒，57～61 頁
555B	行 4	130	（IIg－獲得金鳥）＋461（Ｉ，IIc－一只金鳥，d）＋592A1*（Ｉh，IId）	（IIg－獲得金鳥），461（Ｉ，IIc－一只金鳥，d）＋592A1*（Ｉh，IId）＋
555C	行 2	130	正文（4），94～400 頁	正文（4），94～100 頁
555C	行倒 2	130	山東大學中國語言文學系：人民口頭創作實習資料匯編，II，淄博和洪山卷，26b－27b（Ｉe，h，IIa，d），＋613（IIa）	山東大學中國語言文學系：人民口頭創作實習資料匯編，II，淄博和洪山卷，26b－27b（Ｉe，h，IIa，d），613（IIa）＋
555C	行 1	131	山東大學中國語言文學系：人民口頭創作實習資料匯編，II，淄博和洪山卷，45b－46b（Ｉe，h，IIa，d），＋461A（Ｉb，IVa2）	山東大學中國語言文學系：人民口頭創作實習資料匯編，II，淄博和洪山卷，45b－46b（Ｉe，h，IIa，d），461A（Ｉb，IVa2）＋
555*	故事大要行倒 2	131	511C*，1555A*，676	511C*，555A*，676
555*	行 5	131	婦女與兒童，III，16～46頁	中國民間故事，III，16～46 頁
555*	行 11	132	婦女與兒童，Ｉ，77～89頁	中國民間故事，Ｉ，77～89 頁
555*	行 6	133	阿一旦，92～100 頁（Ｉa－幫助一條龍，IIb1）＋738*（a，d，e）＋408（VI）＋465A1（Ｉb2，IIa，d，IIIc1）	阿一旦，93～100 頁（Ｉa－幫助一條龍，IIb1），738*（a，d，e）＋＋408（VI）＋465A1（Ｉb2，IIa，d，IIIc1）
560	故事大要行 2	133	在IV內老鼠搔小偷的鼻孔而把法寶收回	在IVa 內老鼠搔小偷的鼻孔而把法寶收回
560	行 3	134	（IIb－老鼠偷的，IV－只有貓，440A＋554＋）	（IIIb－老鼠偷的，IV－只有貓，440A＋554＋）
560	行 8	134	（IIIb，IVa，160＋301A）	（IIIb，IVa，160＋301A＋）

560	行倒 6	134	婦女與兒童，Ｖ，88～123頁	中國民間故事，Ｖ，88～123頁
560	行倒 2	135	雲南民族文學資料第三輯，23～27 頁（Ⅳa），+301B（Ⅱd，e－偷肉，Ⅴa，c）	雲南民族文學資料第三輯，23～27 頁（Ⅳa），301B（Ⅱd，e－偷肉，Ⅴa，c）+
560C*	類型號碼	135	560*【吐金玩偶，失而復返】	560C*【吐金玩偶，失而復返】
563	行 5	135	婦女與兒童，Ⅱ，103～110頁	中國民間故事，Ⅱ，103～110頁
565	行倒 1	136	石馬，12～14 頁（Ⅱc）+1305F（b）	石馬，12～14 頁（Ⅱc），1305F（b）+
566	行 1	136	138～142 頁（Ⅱ，465A+）	138～142 頁（Ⅲ，465A+）
566	行 5	136	婦女與兒童，Ⅴ，66～79頁	中國民間故事，Ⅴ，66～79頁
566	行 5	137	婦女與兒童，Ⅰ，29～52頁	中國民間故事，Ⅰ，29～52頁
566	行倒 2	137	樹木延伸和縮短的鼻子	能延長和縮短鼻子的木頭
576F*	行 2	139	（Ⅰa－草帽，d，Ⅲb，c）	（Ⅰa－草帽，d，Ⅱb，c）
576F*	行 4	139	（Ⅰa，g－對死者報以仁慈，Ⅰh）	（Ⅰa，g－對死者報以仁慈，Ⅱh）
576F*	行 6	139	（Ⅰa，f，Ⅱe）	（Ⅰa，f1，Ⅱe）
592	類型號碼	139	582【荊棘中跳舞】	592【荊棘中跳舞】
592*	行倒 2	140	（Ⅰc，Ⅱd，Ⅲd，Ⅳd，Ⅲd，Ⅳb，Ⅴa）	（Ⅰc，Ⅱd，Ⅲd，Ⅳb，Ⅴa）
592A*	行 9	142	（Ⅰb，Ⅱa，b，Ⅳc）	（Ⅰb，Ⅲa，b，Ⅳc）
592A*	行 10	142	李星華，105～112 頁	李星華，103～112 頁
592A*	行 2	143	何公超：龍女和三郎，221～235 頁，1～18 頁＝趙景深（3）	何公超：龍女和三郎，1～18 頁＝趙景深（3），221～235 頁
592A1*	行 5	144	同上書，1・7：96～100頁（Ⅰa，Ⅱb2，Ⅳd）	英文本無
592A1*	行倒三	144	金栗子和石蛋子，19～25 頁（Ⅰh，Ⅱd）+555B*（Ⅱg－獲得金鳥）+461（Ⅰ，Ⅱc－一只金鳥，d）	金栗子和石蛋子，19～25 頁（Ⅰh，Ⅱd），461（Ⅰ，Ⅱc－一只金鳥，d）++555B*（Ⅱg－獲得金鳥）

612	行2	144	婦女與兒童，V，66～79頁	中國民間故事，V，66～79頁
612	行3	145	（IIa，d，d1，405A+）	（IIa，d，d1，465A+）
613	行1	146	由偷東西的狐狸得到秘密	由偷東西的狐狸那得到秘密
613	行13	146	董均倫、江源，47～59頁	董均倫、江源（7），47～59頁
613	行15	146	宋哲（8），53～64頁	宋哲（8），II，53～64頁
613	行19	146	同上書，2・3：59～63頁（Ie，+326E*+）	英文本無
613	行倒3	146	同上書，123～124頁	同上書，124～133頁
613	行6	147	塞萊斯・鮑爾：蒙古民間傳說旁注，14頁（IIb，IIIb－地方行政官）+1641（Id2）	塞萊斯・鮑爾：蒙古民間傳說旁注，141頁（IIb，IIIb－地方行政官），1641（Id2）+
613	行7	147	塞萊斯・鮑爾：蒙古民間傳說旁注，143頁（IIb，IIIb）+1696A（IIb，IIIb）+1641（Id2，IId）	塞萊斯・鮑爾：蒙古民間傳說旁注，143頁（IIb，IIIb），1696A（IIb，IIIb）+1641（Id2，IId）+
613	行9	147	塞萊斯・鮑爾：蒙古民間傳說旁注，151～152頁（IIb，IIIb，c）+177（a－狼，c，e，f）+78B	塞萊斯・鮑爾：蒙古民間傳說旁注，151～152頁（IIb，IIIb，c），177（a－狼，c，e，f）+78B+
613	行倒5	147	（Ia，IIa，IIIb）+613A（f）	（Ia，IIa，IIIb），+613A（IVf）
613A	行9	149	（IIh，IIIb1，d2，IVd，+676）	（IIIb1，d2，IIh，IVd，+676）
613A	行倒8	149	婦女與兒童，I，107～116頁	中國民間故事，I，107～116頁
613A	行倒7	149	民間文學，1956年4月	民間文學，1956年9月
613A	行倒6	149	婦女與兒童，II，70～77頁	中國民間故事，II，70～77頁
613A	行14	150	三女婿拜年，9～11頁（IIIb1，g1，IVa，f）+613（Ih）	三女婿拜年，9～11頁（IIIb1，g1，IVa，f），613（Ih）+

613A	行 15	150	三女婿拜年，12～14 頁（IIb，h，IIIc，h，IVd）+503E（I b，c，IIa，III c，f，IVa，Vb）	三女婿拜年，12～14 頁（II b，h，IIIc，h，IVd），503E（I b，c，IIa，IIIc，f，IVa，Vb）+
613A	行倒 9	150	山東大學中國語言文學系：人民口頭創作實習資料匯編，II，淄博和洪山卷，74a～b 頁（IVf）+613（I a，IIa，IIIb）	山東大學中國語言文學系：人民口頭創作實習資料匯編，II，淄博和洪山卷，74a～b 頁（IVf），613（I a，IIa，IIIb）+
613A	行倒 7	150	山東大學中國語言文學系：人民口頭創作實習資料匯編，II，淄博和洪山卷，74b～75a 頁（IIIc，c1，d2－金子，g，IVa，b1）+613（I h）	山東大學中國語言文學系：人民口頭創作實習資料匯編，II，淄博和洪山卷，74b～75a頁（IIIc，c1，d2－金子，g，IVa，b1），613（I h）+
613A	行倒 2	150	楊葉、木可：點土成金，4～8 頁（IIIc1，g1，Va，d－他自己掉下來）+613（I h，IIb）	楊葉、木可：點土成金，4～8 頁（IIIc1，g1，Va，d－他自己掉下來），613（I h，IIb）+
650A1	行 1	151	婦女與兒童，V，25～45 頁	中國民間故事，V，25～45 頁
650A1	行 6	151	婦女與兒童，III，121～132 頁	中國民間故事，III，121～132 頁
650A1	行 10	151	婦女與兒童，V，46～57 頁	中國民間故事，V，46～57 頁
681B	行 3	156	杜文瀾，999 頁	杜文瀾，996 頁
707	行 1	157	三俠五義，1：2 頁	七俠五義，1：2 頁
707	行 3	157	（IIa－一個男孩和一個女孩；b，c，IIIb－去尋找一株仙樹和一個女孩）	（IIa－一個男孩和一個女孩，b，c，IIIb－去尋找一株仙樹和一個女孩）
707	行 8	157	林蘭（37），11～20 頁	林蘭（37），14～20 頁
707	行倒 1	157	民間文學，1961 年 12 月，5256 頁	民間文學，1961 年 12 月，52～56 頁
745A	行倒 2	160	翁國梁，79～89 頁	翁國梁，79～80 頁
763	行 1	164	PHT，2188 頁〔註3〕	

〔註 3〕 案：該條譯者漏譯，應譯為「筆記小說大觀，頁 2188」。

780	行 2	165	婦女與兒童，II，44～48頁	中國民間故事，II，44～48頁
785	行 2	166	阿凡提，46～47頁	應移至 785A
821B	行 3	166	婦女與兒童，I，136～141頁	中國民間故事，I，136～141頁
825A*	行 12	168	淮南子，24頁	淮南子，24頁，卷九
825A*	行倒 2	168	（Ia，g，IIe，IIIa，b）	（Ia，g，IIe，IIIab）〔註4〕
825A*	行 2	169	曹松果，68～69頁	曹松葉，68～69頁
825A*	行倒 3	169	（Ig，i，IIIa，b，IVa，b，Vc－I，VIa）	（Ig，i，IIIa，b，IVa，b，Vc－鳥，VIa）
834	行 2	169	Dennys，42頁〔註5〕	
838	行倒 3	171	筆記小說大觀續編；	筆記小說大觀續編，5725頁；
838	行倒 2	171	伍鶴鳴，第 3 號，第 87號	伍鶴鳴，第 87號
841A*	行 2	172	山東大學中國語言文學系：人民口頭創作實習資料匯編，II，淄博和洪山卷，60a－62a，+923B（If，IId1）	山東大學中國語言文學系：人民口頭創作實習資料匯編，II，淄博和洪山卷，60a－62a，923B（If，IId1）+
851C*	行倒 3	174	（Ia，e，f，IIa，IIIc）	（Ia，e，f，II，IIIc）
852	行 2	174	（875B5+875B1+I－女子嚇唬不受歡迎的求婚者，III）	（I－女子嚇唬不受歡迎的求婚者，III，875B5＋875B1+）
875	行倒 3	175	塞萊斯・鮑爾：蒙古民間傳說旁注，（IIh，g）+875B1+1174+875D2（a，d）+875D1（IId，Ig1，g2，m）	塞萊斯・鮑爾：蒙古民間傳說旁注，126頁（IIh，g），875D1（IId，Ig1，g2，m）＋＋875B1＋1174＋875D2（a，d）
875B1	行 9	176	民間文學，1956年 10 月，74～77頁	民間文學，1959年 10 月，74～77頁
875B1	行倒 6	176	伍鶴鳴，第 4 號	伍鶴鳴，第 20號

〔註 4〕案：該條應爲英文本漏一「，」號。
〔註 5〕案：該條譯者漏譯，應譯爲「代尼斯，頁 42」。

875B1	行倒 6	176	三女婿拜年，17～17 頁，+875D1（Ⅰa2，a3，a4，f，m）+875B5	三女婿拜年，17～19 頁，875D1（Ⅰa2，a3，a4，f，m）+875B5+
875B1	行倒 5	176	塞萊斯·鮑爾：蒙古民間傳說旁注，126 頁+875D1（Ⅱd，Ⅰg1，g2，m）+875（Ⅱh，g）+1174+875D2（a，d）	塞萊斯·鮑爾：蒙古民間傳說旁注，126 頁，875D1（Ⅱd，Ⅰg1，g2，m）+875（Ⅱh，g）++1174+875D2（a，d）
875B1	行倒 3	176	談金等：繡花姑娘的故事，1～3 頁，+875B5+852（Ⅰ－女子嚇唬不受歡迎的求婚者，Ⅲ）	談金等：繡花姑娘的故事，1～13 頁，875B5++852（Ⅰ－女子嚇唬不受歡迎的求婚者，Ⅲ）
875B5	行 2	177	（875F++159C+970A）	（875F++1592C+970A）
875B5	行 1	178	（ 400+875D1+875+1174++875B1+875D2）	（ 400+875D1+876+875+1174++875B1+875D2）
875B5	行 7	178	三女婿拜年，17～19 頁，+875B1+875D1（Ⅰa2，a3，a4，f，m）	三女婿拜年，17～19 頁，875D1（Ⅰa2，a3，a4，f，m）++875B1
875B5	行 8	178	山東大學中國語言文學系：人民口頭創作實習資料匯編，Ⅱ，淄博和洪山卷，21b－22b，+1568	山東大學中國語言文學系：人民口頭創作實習資料匯編，Ⅱ，淄博和洪山卷，21b－22b，1568+
875B5	行倒 3	178	山東大學中國語言文學系：人民口頭創作實習資料匯編，Ⅱ，淄博和洪山卷，24a－b，+1568	山東大學中國語言文學系：人民口頭創作實習資料匯編，Ⅱ，淄博和洪山卷，24a－b，1568+
875D1	行倒 3	179	（Ⅰa4，b，Ⅰ，Ⅲ，+876+875B5+875B1）	（Ⅰa4，b，i，Ⅲ，+876+875B5+875B1）
875D1	行倒 2	179	（Ⅱb，d，875+）	（Ⅱb，d，876+）
875D1	行倒 1	179	（Ⅰa1，c，b，i，m，Ⅲ，Ⅱc，875F）	（Ⅰa1，c，b，i，m，Ⅲ，Ⅱc，+875F）
875D1	行倒 12	180	（Ⅰa1，b，f，k，Ⅲ++1592C）	（Ⅰa1，b，f，k，Ⅲ+1592C）
875D1	行倒 11	180	少年文藝，1959 年 10 月（Ⅱb，Ⅲ，876+）	少年文藝，1959 年 10 月，77～78 頁（Ⅱb，Ⅲ，876+）
875D2	行倒 2	181	塞萊斯·鮑爾：蒙古民間傳說旁注，126 頁（a，d）+875D1（Ⅱd，Ⅰg1，g2，m）+875（Ⅱh，g）+875B1+1174	塞萊斯·鮑爾：蒙古民間傳說旁注，126 頁（a，d），875D1（Ⅱd，Ⅰg1，g2，m）+875（Ⅱh，g）+875B1+1174+

875F	行倒 3	182	同上書，1·8：36～37 頁	同上書，1·3：36～37 頁
876	行 3	182	江肖梅，Ⅰc，18～25 頁	江肖梅，ⅠC，18～25 頁
876B*	行 2	184	中國笑話書七十一種，21 頁，71 頁	中國笑話書七十一種，21 頁；中國笑話書七十一種，71 頁
876B*	行 3	184	同上書，43～147 頁	同上書，143～147 頁
876B*	行 6	184	Field，171～176 頁〔註6〕	
876B*	行倒 8	184	民間文學，1960 年 8 月	民間文學，1960 年 8 月／九月
876B*	行倒 6	184	同上書，1·7：16 頁	同上書，1·7：16～17 頁
881A	行 1	186	（Ⅰb，a，Ⅱa，d，e465A1+）	（Ⅰb，a，Ⅲa，d，e，465A1+）
881A	行倒 6	186	婦女與兒童，Ⅲ，83～104 頁	中民間故事，Ⅲ，83～104 頁
881A*	行倒 1	186	（只有配偶一方的情節）+885	（只有配偶一方的情節），885+
883A	行 1	187	同上書，Ⅱ，38 頁	同上書，Ⅱ，39～48 頁
885B	行 4	189	54～59 頁 63（b）	54～59，63 頁（b）
885B	行倒 1	189	（d－男孩常變成鳥）	（d－男孩已經變成鳥）
888	行 1	189	（Ⅰ，Ⅱ，Ⅳ，400+）	（Ⅰ，Ⅲ，Ⅳ，400+）
888C*	行 2	190	（Ⅰb，Ⅱa，c，Ⅲc，d，592A1*）	（Ⅰb，Ⅱa，c，Ⅲc，d，+592A1*）
888C*	行 2	190	肖甘羊、潘平元，66～77 頁	肖甘牛、潘平元，60～77 頁
888C*	行 11	190	（Ⅰb，Ⅲa，Ⅲc，d，856+）	（Ⅰb，Ⅱa，Ⅲc，d，856+）
893*	類型號碼	191	890*【秘密的慈善行為】	893*【秘密的慈善行為】
896	行倒 1	192	9～13 頁，+1462	9～13 頁，1462+
900	行倒 2	192	Ⅱa，Ⅲa，Ⅲc，Ⅳb	Ⅱa，Ⅰa，Ⅲc，Ⅳb
910C	行 1	193	（醫生悔陰謀）	（醫生招供）
910E	行倒 2	193	民間文藝集刊，96～97 頁	民間文藝集刊，1：96～97 頁
910K	行倒 1	194	楊葉、木可：點土成金，1～14 頁	楊葉、木可：點土成金，1～4 頁

〔註6〕案：該條譯者漏譯，應譯為「菲爾德，頁 171～176」。

922	行5	197	婦女與兒童，Ⅰ，134〜136頁	中國民間故事，Ⅰ，134〜136頁
922	行倒1	197	，876B*	，876B*＋
922*	行9	198	背解紅蘿，Ⅱ，18〜26頁	背解紅蘿，Ⅰ，18〜26頁
922*	行倒6	198	鍾爾豪・格斯他夫：土耳其斯坦和西藏寓言故事，260〜272頁（Ⅱb，d，Ⅲb），＋1525W（a－靴，d）＋926*＋926＋875D2（Ⅱb，e）	鍾爾豪・格斯他夫：土耳其斯坦和西藏寓言故事，260〜272頁（Ⅱb，d，Ⅲb），875D2（Ⅱb，e）＋＋1525W（a－靴，d）＋926*＋926
922*	行倒4	198	塞萊斯・鮑爾，128頁（Ⅰd，Ⅲc）＋981	塞萊斯・鮑爾，128頁（Ⅰd，Ⅲc），981＋
922*	行倒3	198	山東大學中國語言文學系：人民口頭創作實習資料匯編，Ⅱ，淄博和洪山卷，27b〜28b頁（Ⅰc）＋924B（Ⅱa，b，c，c1，d，e）	山東大學中國語言文學系：人民口頭創作實習資料匯編，Ⅱ，淄博和洪山卷，27b〜28b頁（Ⅰc），＋924B（Ⅱa，b，c，c1，d，e）
922A*	行倒5	199	同上書，17〜19頁	同上書，103：17〜19頁
922B*	行2	199	民間月刊，1・8：5〜8頁	民間月刊，1・8：6〜8頁
923A	行1	200	四川文學，1962年8月	四川文學，1962年9月
923B	行3	201	（Ⅰa，Ⅱb，Ⅲb）	（Ⅰa，Ⅱd，Ⅲb）
923B	行11	201	（Ⅰa＋1696c）	（Ⅰa＋1696C）
923B	行19	201	（Ⅰa，Ⅱd1，Ⅲb，1336A＋1319D 1319P＋1696A＋）	（Ⅰa，Ⅱd1，Ⅲb，1336A＋1310D 1319P*＋1696A＋）
923B	行倒2	201	（Ⅰd，Ⅲb－男孩救了她的父親，300＋551）	（Ⅰd，Ⅲb－男孩救了她的父親，300＋＋551）
926D	行1	204	中國笑話書七十一種；	中國笑話書七十一種，406頁；
926*	行3	205	鍾爾豪・格斯他夫：土耳其斯坦和西藏寓言故事，260〜272頁，＋926＋875D2（Ⅱb，e）＋922*（Ⅱb，d，Ⅲb）＋1525W（a－靴，d）＋926	鍾爾豪・格斯他夫：土耳其斯坦和西藏寓言故事，260〜272頁，875D2（Ⅱb，e）＋922*（Ⅱb，d，Ⅲb）＋1525W（a－靴，d）＋＋926
926B1*	行2	205	馮夢龍（4），18：216	馮夢龍（4），18：21b

926D*	類型號碼	205	926*D【誰偷去了賣油條小販的銅錢】	926D*【誰偷去了賣油條小販的銅錢】
926E*	行 1	207	（e，1641+）	（c，1641+）
926E1*	行倒 1	207	民間奇案，101～103 頁	據英文本應歸在 926E1
926G*	類型號碼	207	【誰偷了驢（馬）？】	926G*【誰偷了驢（馬）？】
926Q1*	行 1	211	謝維新，189 頁	謝維新，1897 頁
930	行倒 1	211	（Ⅰ，Ⅱa，b，c，Ⅲa，Ⅳb，+461	（Ⅰ，Ⅱa，b，c，Ⅲa，Ⅳb，+461）
930	行倒 1	212	（Ⅰ，Ⅱ，b，c，Ⅲa，b，+970）	（Ⅰ，Ⅱb，c，Ⅲa，b，+970）
934D2	行 5	213	（al，e，e8）	（al，e，e3）
950D1	整個類型	215	950 D1 丹陵：金鴨兒，16～22 頁	整個類型應併到 750D1
967	倒 1	216	吳曾祺：舊小說，ⅩⅢ，Ⅰ	吳曾祺：舊小說，ⅩⅢ，1
970A	行 5	219	婦女與兒童，Ⅴ，58～65 頁	中國民間故事，Ⅴ，58～65 頁
970A	行倒 5	219	大苗山民間故事，42～52 頁，+885B（b）	大苗山民間故事，42～52 頁，885B（b）+
976A	行 1	220	鍾爾豪·格斯他夫：土耳其斯坦和西藏寓言故事，19～25 頁，+916（Ⅰ，Ⅱd，c）	鍾爾豪·格斯他夫：土耳其斯坦和西藏寓言故事，19～25 頁，916（Ⅰ，Ⅱd，c）+
981	行 1	221	塞萊斯·鮑爾，128+922*（Ⅰd，Ⅱc）	塞萊斯·鮑爾，128 頁，+922*（Ⅰd，Ⅲc）
1059*	類型號碼	223	1059*【農民使魔鬼坐在倒立的耙子上】	1059*【農民使魔鬼坐在倒立的耙子上】
1061	行 1	224	（8B+327A+21）	（8B+ +327A+21）
1074	行 2	225	天野：不准說不會幹，1～8 頁，+1568	天野：不准說不會幹，1～8 頁，1568+
1088	類型號碼	225	1008【比吃】	1088【比吃】
1097A*	行 1	225	婦女與兒童，Ⅴ，125～128 頁	中國民間故事，Ⅴ，125～128 頁
1115	行 4	226	（b，+1640+1088+1064+ +78）	（b，1640+1088+1064+ +78）
1117	行 1	226	11～17 頁，+2	11～17 頁，2+

1121	行 2	226	（青蛙，21+1539+ + 1141+49+1047）	（青蛙，21+1539+ + 1141+49+1074）
1122	行 1	227	（指出自己的「阿奇里斯之踵」【指自己致命的弱點】122F+）	（指出自己的「阿奇里斯之踵」【指自己致命的弱點】，122F+）
1137	故事大要行 3	227	情節單元：K603.躲在山羊腹下逃走	與下文重複，該行可刪
1148*	行 2	228	胡懷琛，45～49 頁（333C+159A1）	胡懷琛，45～49 頁（333C+ +159A1）
1174	行倒 2	229	塞萊斯·鮑爾：蒙古民間傳說旁注，126 頁+875D，（IId，I g1，g2，m）+875（IIh，g）+875B+875D2（a，d）	塞萊斯·鮑爾：蒙古民間傳說旁注，126 頁，875D1（IId，I g1，g2，m）+875（IIh，g）+875B1+ +875D2（a，d）
1215*	行 3	231	伍鶴鳴，第 40（b）號	伍鶴鳴，第 40 號（b）
1242A	行倒 1	232	（+1248A）	（1248A＋）
1242A1	行 3	232	Yangche，Ｘ Ｘ，13～36 頁〔註 7〕	
1305F	行 2	238	（僅有情節元）單	（僅有情節單元）
1310D	行 1	239	（b，1336A+ +1319P* +1696A + 923A）	（b，1336A+ +1319P* +1696A + 923B）
1313	類型號碼	239	1318【自認已死】	1313【自認已死】
1313C	行 2	239	（1240+1535（IVb））	（1240+ +1535（IVb））
1316***	故事大要	239	誤認黃鱔是蛇	誤認蛇是黃鱔
1319P*	行 4	241	（+1696A+ +1696）	（+1696A+1696）
1341C1	行倒 2	246	阿凡提，52 頁，藏在驢身下	阿凡提，52 頁（藏在驢身下）
1352A	行 1	247	賽樂依，「沃多蒙古族民俗標注」（北京漢學研究所期刊，三卷一與二合期），1948 年 196 頁	與下條同，可刪
1355B	行 2	247	（1266B*+ +1242C+ +1696）	（1266B*+ +1242C+ +1696）
1361	類型名稱	248	1361【大災】	1361【水災】

〔註 7〕案：該條譯者漏譯，應譯爲：「楊喆，Ｘ Ｘ，頁 13～16」。

1362C*	類型號碼	248	1362C【父母爲子女擇偶】	1362C*【父母爲子女擇偶】〔註8〕
1365E1*	類型號碼及名稱	249	1365E1	1365E1*【妻妾鑷髮】
1365E1*	類型號碼	250	1375E*	1365E1*【妻妾鑷髮】
1387A*	行2	253	先斗南，1：27頁b	朱斗南，1：27頁b
1388	行2	253	山東大學中國語言文學系：人民口頭創作實習資料匯編，Ⅰ，沂水卷，+1641C2（a）。	山東大學中國語言文學系：人民口頭創作實習資料匯編，Ⅰ，沂水卷。
1426A	類型名稱	256	1426A【關在盒子裡的妻子】	1426A【關在瓶子裡的妻子】
1430	行倒2	256	吳藻汀（1），Ⅱ，93～100頁	吳藻汀（1），Ⅰ，93～100頁
1516E*	行1	259	婁子匡（3），1，4頁	婁子匡（3），Ⅰ，4頁
1525A	行倒6	261	（Ⅰc，Ⅰa，h，+302）	（Ⅰc，Ⅱa，h，+302）
1525A	行倒5	261	塞萊斯・鮑爾：蒙古民間傳說旁注，136頁，（Ⅰc－國王，Ⅱh）+1535（Ⅳa3，a4，b2）	塞萊斯・鮑爾：蒙古民間傳說旁注，136頁，（Ⅰc－國王，Ⅱh），1535（Ⅳa3，a4，b2）+
1525A	行倒4	261	山東大學中國語言文學系：人民口頭創作實習資料匯編，Ⅱ，淄博和洪山卷，40b－41b，（Ⅰc，Ⅱc－炭碟，i）+1525S（Ⅰd，Ⅱc，Ⅲc）	山東大學中國語言文學系：人民口頭創作實習資料匯編，Ⅱ，淄博和洪山卷，40b－41b（Ⅰc，Ⅱc－炭碟，i），+1525S（Ⅰd，Ⅱc，Ⅲc）
1525S	行2	264	伍鶴鳴，第88號	伍鶴鳴，第68號
1525S	行2	264	山東大學中國語言文學系：人民口頭創作實習資料匯編，Ⅱ，淄博和洪山卷，40b－41b（Ⅰd，Ⅱc，Ⅲc），+1525A（Ⅰc，Ⅱc－炭碟，i）	山東大學中國語言文學系：人民口頭創作實習資料匯編，Ⅱ，淄博和洪山卷，40b－41b（Ⅰd，Ⅱc，Ⅲc），1525A（Ⅰc，Ⅱc－炭碟，i）+
1525W	行倒1	265	鍾爾豪・格斯他夫：土耳其斯坦和西藏寓言故事，260～272頁，（a－	鍾爾豪・格斯他夫：土耳其斯坦和西藏寓言故事，260～272頁（a－靴，d），

〔註8〕案：該條也可能是丁先生在中譯過程中修改了號碼，詳見論文第四章第一節。

			靴，d）+926*+926+875D2（IIb，e）+922*（IIb，d，IIIb）	875D2（IIb，e）+922*（IIb，d，IIIb）+ +926*+926
1526A2	行倒2	267	山東大學中國語言文學系：人民口頭創作實習資料匯編，I，沂水卷，+1526A1（a，c，和腸子）	山東大學中國語言文學系：人民口頭創作實習資料匯編，I，沂水卷（a，c，和腸子），1526A1+
1530A*	行倒1	270	（Ic，IIb，IIIh，i）	（Ic，IIb，d，IIIh，i）
1530B1*	行倒1	273	祝枝山趣事，17～18 頁（Ib，IIa－苔蘚蓋著石頭，IIIc）	據英文本該條應歸入1530B1
1535	行2	276	費林，11～12 頁	費林，11～22 頁
1535	行倒2	276	（Va2，a5，b2+1655+）	（Va2，a5，b2，1655+）
1535	行1	277	（1240+1313C）	（1240+1313C+）
1535	行1	277	何公超：龍女和三郎，25～32 頁（Va8，a3，a4，b2）+1635*（Ia3－雇主的妻子，d，IIa3－雇主，c，IIIa）+1524A（IIa）	何公超：龍女和三郎，25～32 頁（Va8，a3，a4，b2，）1635*（Ia3－雇主的妻子，d，IIa3－雇主，c，IIIa）+1524A（IIa）+
1535	行倒4	277	肖耘春等：野熊和老婆，20～30 頁（IVb，Vb1）+330A（IIId2）+1539（Ib）	肖耘春等：野熊和老婆，20～30 頁（IVb，Vb1），1539（Ib）+ +330A（IIId2）
1535	行倒2	277	董均倫、江源：龍眼，28～37 頁（IVb）+1539（Ij－捉獵鷹的兔，b）	董均倫、江源：龍眼，28～37 頁（IVb），1539（Ij－捉獵鷹的兔，b）+
1539	行3	278	（Ia，IId，1635A*+ +1535+300A）	（Ia，IId，1635A*+ +1535+330A）
1542A	行倒3	282	何公超：龍女和三郎，25～32 頁（I，Ia）+1635*（Ia3－雇主的妻子，d，IIa3－雇主，c，IIIa）+1535（Va8，a3，a4，b2）	何公超：龍女和三郎，25～32 頁（IIa），1635*（Ia3－雇主的妻子，d，IIa3－雇主，c，IIIa）+ +1535（Va8，a3，a4，b2）
1543E*	行倒4	283	（Ia，e，IIa，IIIa，c）	（Ia，d，IIa，IIIa，c）
1551*	行1	284	婦女與兒童，I，121 頁	中國民間故事，I，121 頁
1555	行1	285	阿凡提，70～71 頁，用碗還了飯館的帳	阿凡提，70～71 頁（用碗還了飯館的帳）

1555A	行1	285	婦女與兒童，Ⅰ，119～120頁	中國民間故事，Ⅰ，119～120頁
1562C	行倒4	288	同上書（b，f）	同上書，1：10（b，f）
1562C	行倒2	288	民間月刊，1.12：119～120頁（a，c）	民間月刊，1.12：119～120頁（a，e）
1567E	行倒3	290	鐵葉風車，24～27頁，+1568	鐵葉風車，24～27頁，1568+
1567E	行倒2	290	岩頭老人，30頁，+1568	岩頭老人，30頁，1568+
1568B**	行倒2	296	阿凡提的故事，25頁，據說是吃了有毒食物自殺了	據英文本應歸在1568B*
1577A	行1	297	林蘭（9），51～52頁	林蘭（9），xi～xii頁
1577B	行倒2	298	塞萊斯·鮑爾：蒙古民間傳說旁注，181頁，（f），+1525j2	塞萊斯·鮑爾：蒙古民間傳說旁注，181頁（f），1525j2+
1592A	行3	298	婦女與兒童，Ⅲ，69～73頁	中國民間故事，Ⅲ，69～73頁
1592B	行2	299	婦女與兒童，Ⅰ，141～144頁	中國民間故事，Ⅰ，141～144頁
1610	行1	300	婦女與兒童，Ⅱ，5～8頁	中國民間故事，Ⅱ，5～8頁
1624A1	整個類型	302	1624A1 包公故事集，13頁（Ⅰb，e，Ⅱ－另一判官顛倒裁決）	整個類型應併入1642A1
1633A*	行2	303	（Ⅰa，e，Ⅲ，Ⅲb－打破瓶不賠償）	（Ⅰa，e，Ⅲb－打破瓶不賠償）
1633A*	行倒4	303	（Ⅰg，Ⅱa'，b'）	（Ⅰg，Ⅱa1，b1）
1635A*	行2	304	（Ⅱa3，Ⅰb2，Ⅱc，Ⅲa）	（Ⅱa3，Ⅰb2，Ⅰa3，Ⅱc，Ⅲa）
1635A*	行倒4	305	（Ⅰa3，b1，Ⅱa2，c，Ⅲa，1568B+）	（Ⅰa3，b1，Ⅱa3，c，Ⅲa，1568B+）
1640	行倒5	306	塞萊斯·鮑爾：蒙古民間傳說旁注，142～143頁，（Ⅴ）+1641（Ⅱc）	塞萊斯·鮑爾：蒙古民間傳說旁注，142～143頁（Ⅴ），1641（Ⅱc）+
1641	類型名稱	306	1641【萬能醫生】	1641【萬能博士】
1641	行6	307	（Ⅰa，d，d2，e，Ⅱc，Ⅱc，Ⅲ）	（Ⅰa，d2，d2，e，Ⅱc，Ⅱc，Ⅲ）

1641	行倒 11	308	民間文學，1952 年 5 月號	台灣風物，1952 年 5 月號
1641	行倒 8	308	伍鶴鳴（1）	伍鶴鳴，第 1 號
1641	行倒 3	308	塞萊斯・鮑爾：蒙古民間傳說旁注，141 頁（Ⅰd2+613 Ⅱb－地方行政官）	塞萊斯・鮑爾：蒙古民間傳說旁注，141 頁（Ⅰd2），+613（Ⅱb，Ⅲb－地方行政官）
1641	行倒 2	308	塞萊斯・鮑爾：蒙古民間傳說旁注，142～143 頁（Ⅱc）+1640（Ⅴ）	塞萊斯・鮑爾：蒙古民間傳說旁注，142～143 頁（Ⅱc），+1640（Ⅴ）
1641	行 1	309	塞萊斯・鮑爾：蒙古民間傳說旁注，143 頁（Ⅰd2，Ⅱd）+613（Ⅱb，Ⅲb）+1696A（Ⅱb，Ⅲb）	塞萊斯・鮑爾：蒙古民間傳說旁注，143 頁（Ⅰd2，Ⅱd），1696A（Ⅱb，Ⅲb）++613（Ⅱb，Ⅲb）
1641C2	行倒 3	310	山東大學中國語言文學系：人民口頭創作實習資料匯編，Ⅰ，沂水卷，（a），+1388	山東大學中國語言文學系：人民口頭創作實習資料匯編，Ⅰ，沂水卷，（a）
1642A1	行 9	311	李思平，63 頁	劉思平，63 頁
1645B1	類型號碼	312	1465B1【夢得寶藏，賺贏酒食】	1645B1【夢得寶藏，賺贏酒食】
1653	行 1	313	1313－1681*+1381B	1313+1681*+1381B
1681*	行 5	317	民間文學，1962 年 1 月號	民間文學，1962 年 6 月號
1687	行倒 9	320	（Ⅰa，Ⅲa，a'，+1291D+1696A）	（Ⅰa，Ⅲa，a1，+1291D1+1696A）
1687	行倒 2	320	胡奇：魚兄弟，13～17 頁（Ⅰh，Ⅱa），+1415	胡奇：魚兄弟，13～17 頁（Ⅰh，Ⅱa），1415+
1696	行 1	324	中國笑話書七十一種，15 頁（人）	中國笑話書七十一種，15 頁（男人）
1696	行 14	325	林蘭（3），145－146 頁（人）	林蘭（3），145－146 頁（男人）
1696A	行倒 3	327	（Ⅰa－把自己的衣服給偷走了，Ⅱb，Ⅲb，Ⅳa，Ⅴa，Ⅴa，Ⅵa，1310D+）	（Ⅰa－把自己的衣服給偷走了，Ⅱb，Ⅲb，Ⅳa，Ⅴa，Ⅵa，1310D+）
1696A	行 1	328	費爾德，8084 頁	費爾德，80－84 頁
1696A	行 5	328	（Ⅰc，Ⅱa，1693+）	（Ⅰc，Ⅱa，1696+）
1696D	類型號碼	331	1696C【傻媳婦濫用客氣話】	1696D【傻媳婦濫用客氣話】

1702*	行倒 1	335	李汝珍，87：625 頁（a）	李汝珍，87：655 頁（a）
1704A	行倒 3	339	山東大學中國語言文學系：人民口頭創作實習資料匯編，II，淄博和洪山卷，25 頁 a，(b) +1305D	山東大學中國語言文學系：人民口頭創作實習資料匯編，II，淄博和洪山卷，25 頁 a（b），1305D+
1730	行倒 1	341	山東大學中國語言文學系：人民口頭創作實習資料匯編，II，淄博和洪山卷，IIa−b 頁（a）	山東大學中國語言文學系：人民口頭創作實習資料匯編，II，淄博和洪山卷，11a−b 頁（a）
1920D1	行 4	350	（C，+1920C1+1930+1960M）	（c，+1920C1+1930+1960M）
1920D1	行 5	350	（a，1920C1）	（a，+1920C1）
1950	行 3	352	婁子匡、齊鐵恨，II，8−g 頁	婁子匡、齊鐵恨，II，8−9 頁
1962A1	行倒 2	354	肖雲青等：野熊和老婆婆，(c，d1−耳朵裡)	肖雲春等：野熊和老婆婆，49～51 頁（c，d1−耳朵裡）
2030B	行 1	356	民間文學，1959 年 5 月，21～23 頁，56	民間文學，1959 年 5 月，21 '23，56 頁
2031	行倒 6	357	婦女與兒童，89−92 頁	中國民間故事，89−92 頁
2205*	行倒 8	359	同上書，2.4：34−35 頁（I c，d，f，g，h，j，n，k，IIb，c，d，IIIc）	同上書，2.4：34−35 頁（I e，d，f，g，h，j，n，k，IIb，c，d，IIIc）
導言	行 13	17	407C 蛇女	507C 蛇女
附錄一	行倒 8 左排	362	613A*	613A
附錄一	行倒 3	363	相當於本索引的第 825A 和 911A*類型	相當於本索引的第 825A* 和 911A*類型

附錄五　《中國民間故事類型索引》中、英文本參考書目校記

英文本	頁數	中譯本	頁數	校記	備註
Revised and rearranged by Liu Hsiang（79-8B.C.）	p.253 第二條		P.396 第九條	中譯本脫	脫
The Dragon Lantern：A collection of Folktales from East China	p.253 第十二條	《龍燈》·華東民間故事選集	P.396 倒數第十條	中譯本訛，應改作：「《龍燈：華東民間故事選集》」	訛
Chao Hung（ed.）	p.253 第十四條	趙洪	P.396 倒數第八條	中譯本脫「（ed.）」	脫
1966	p.253 第十九條	1956	P.375 倒數第十三條		異
**	p.253 倒數第七條	*	P.397 第四條	中譯本訛，應改作：「**」	訛
Wei and Chang, Ch'u Mu	p.253 倒數第六條	韋木和張友：《太子灘》，初牧等。	P.397 第五條	中譯本增字，較英文本詳	增
Chia and Sun	p.253 倒數第五條	賈芝、孫劍冰	P.397 第五條	中譯本增字，較英文本詳	增
	p.254 第十條	（南京）	P.380 第六條	中譯本增字，較英文本詳	增

Hsüeh-t'ao hsieh-shih; in his Hsüeh-t'ao Hsiao-shu	p.254 第十二條	《雪濤諧史》（雪濤小書）	P.380 倒數第四條	中譯本應改作：「《雪濤諧史》（在他的《雪濤小書》中）」	脫
	p.254 第十五條	北京	P.380 倒數第二條	中譯本增字，較英文本詳	增
Ch'ih-jen yü chiao-jen ku-shih	p.254 倒數第十二條	痴人與狡人的故事	P.387 第八條	中譯本與英文本對照，應是英文本脫「的」字	增
Ch'u Yen and Yang Shen-wei	p.255 第一條	儲言和愼微	P.375 倒數第一條	中譯本脫「Yang」	脫
n.d.	p.255 倒數第十三條		P.377 倒數第十三條	中譯本脫	脫
	p.255 倒數第十三條	德文本	P.377 倒數第十三條	中譯本增字，英文本無	增
Other issues of the above reprinted in	p.255 倒數第六條		P.377 倒數第九條	中譯本脫	脫
1965. Stories used by professional storytellers	p.256 第三條		P.377 倒數第一條	中譯本脫	脫
Edited by	p.256 第十一條		P.379 第七條	中譯本脫	脫
【Republic period】.2 vols. Also known as Ching-hsi k'ao.	p.256 第十八條	【共合國時期2冊。作爲《京戲考》頗有名】。	P.392 倒數第十一條	中譯本標點有誤，應改爲：「【共合國時期】，2冊。作爲《京戲考》頗有名。」	訛
Also known as Ching-hsi k'ao.	p.256 第十八條	作爲《京戲考》頗有名。	P.392 倒數第十一條	中譯本翻譯不當	訛
Tung and chiang	p.257 第二條	董均倫和江源	P.393 第十二條	中譯本增字，較英文本詳	增
Mostly from Chung-kuo min-chien ku-shih	p.257 第四條		P.393 第十四條	中譯本脫	脫

Hsiao and P'an=	p.257 第七條	蕭和潘、	P.393 倒數第十一條	中譯本應改作：「蕭和潘＝」	訛
Hsiao-shuo yueh-pao. Special anniversary issue	p.257 第十一條	《小說月報——一週年紀念特大號》	P.393 倒數第六條	中譯本翻譯不當	訛
Chung-kuo min-chien ch'ü-shih chi	p.257 倒數第十七條	《中國民間趣事》	P.394 第十三條	中譯本脫「chi」	脫
Huan-ch'u Tao-jen	p.257 倒數第七條	《還初道人》、	P.379 倒數第十條	中譯本應改爲：「還初道人：」	訛
A collection of stories frpm Yen-ho and T'ien-shan.	p.258 第三條		P.379 倒數第一條	中譯本脫	脫
Lund, Sweden	p.258 第十三條	倫德。瑞典	P.381 第一條	中譯本應改爲：「倫德，瑞典」	訛
Blanche et bleue; ou, Les deux couleuvres fées.	p.258 第十八條	Blanche et bleue; ou, deux couleuvres fées.	P.398 第六條	中譯本脫「Les」	訛
Hsin-chiang min-ko min-t'an chi	p.258 最後一條	《新疆民歌譚集》	P.398 倒數第四條	中譯本脫「min-t'an」的「min」	脫
Mostly from Hsien-kuan and Shao Tzu-nan	p.259 倒數第二十一條		P.382 第五條	中譯本脫	脫
Lim Sian-tek	p.259 倒數第十八條	Lim Sian-teh	P.382 第八條		異
Kwangchow	p.261 第四條	杭州	P.384 倒數第十條	?	異
Taipei, 1958. 4 vols.	p.261 第十五條		P.385 第二條	中譯本脫	脫
*	p.261 倒數第十五條		P.385 第十一條	中譯本脫	脫

Oct. 1964 issue unavailable.	p.261 倒數第十四條	（缺 1964）	P.385 第十二條	中譯本翻譯有誤	訛
（minorities）	p.262 第四條		P.386 第三條	中譯本脫	脫
Minzoku Taiwan	p.262 第六條	《民族》·台灣	P.386 第六條	？	異
Only two tales available.	p.262 第十五條		P.374 倒數第十條	中譯本脫	脫
and Tibetan	p.262 第二十二條		P.386 倒數第十二條	中譯本脫	脫
	p.262 倒數第十一條	黑龍江	P.375 第四條	中譯本增字，英文本無	增
（Han and minorities）	p.263 第一條		P.387 倒數第六條	中譯本脫	脫
*	p.263 第二條		P.387 倒數第五條	中譯本脫	脫
	p.263 第十條	太原	P.388 第三條	中譯本增字，英文本無	增
Yen Ta-ch'un	p.264 第十五條	嚴大椿的《民間故事》	P.390 第三條	中譯本增字，較英文本詳	增
1399	p.264 第二十四條	1339	P.390 第十二條	？	異
By Wang Ming-ch'ing	p.264 倒數第十七條		P.390 倒數第十一條	中譯本脫	脫
Pai-she chuan-ch'ao-chou ko-ts'e	p.264 倒數第十六條	《白蛇傳》——《潮州歌冊》	P.376 第三條	中譯本應改為：「《白蛇傳——潮州歌冊》」	訛
（FFC128）	p.264 倒數第十三條		P.376 第五條	中譯本脫	脫
and Sikang	p.264 倒數第十二條	西部	P.376 第六條	中譯本應改為：「和西康」	訛
1795	p.264 倒數第十條	1975	P.398 倒數第八條	中譯本應改為：「1795」	訛

（Ancient Songs, Ballads, and Proverbs）	p.264 倒數第七條		P.376 倒數第八條	中譯本脫	脫
Mostly from Tung chün-lun	p.265 第二條		P.376 倒數第二條	中譯本脫	脫
Same as Wang Chen-shih, Vol. 1.	p.265 第二十條	同王忱石（1）	P.391 第五條	中譯本應改為:「同王忱石第一冊」	訛
as Chang-chou shih chi	p.265 倒數第八條		P.391 倒數第七條	中譯本脫	脫
Series Ⅰ.Kunming, n.d.	p.266 第十二條	昆明,1956－1957。第一、二、三輯。	P.395 倒數第一條	?	衍
（a monthly）	p.266 倒數第十八條		P.395 第九條	中譯本脫	脫
and also in Hong Kong as Min-chien ku-shih （n.d., author not given）	p.266 倒數第十六條		P.395 第十一條	中譯本脫	脫
（Nashi）. Only tales not registered before.	p.272 第二條		P.374 倒數第八條	中譯本脫	脫
Tales already registered are not included here.	p.273 倒數第四條		P.385 第五條	中譯本脫	脫
d'Études	p.274 第三條	d'Studes	P.389 倒數第八條		訛
	P.275 第二條			英文本排列有誤:「Tan Ling. Chin ya-erh （Golden Duck）. Chunking, 1955. （Szechuan）. pp.16-22: 750D$_1$.」應另起一行頂格。	
Shanghai	p.276 第三條		P.381 第四條	中譯本脫	脫

附錄六　臺灣博碩士論文對「故事類型」與「情節單元」概念應用情況一覽表

論文題目	研究生	指導教授	畢業學校、系級、畢業年度	使用概念
元雜論中道教故事類型與神明研究	諶湛	余培林	臺灣師範大學／國文研究所／71／碩士	故事類型
元代文人故事劇研究	吳秀卿	張敬	台灣大學／中國文學研究所／74／碩士	故事類型
唐小說中龍故事類型研究	陳昭吟	王國良／丁煌	成功大學／歷史語言研究所／80／碩士	故事類型
龍女故事研究	王方霓	王三慶	中國文化大學／中國文學研究所／81／碩士	故事類型
元雜劇情節單元與故事類型研究	劉淑爾	金榮華	中國文化大學／中國文學研究所／84／博士	故事類型、情節單元
《搜神記》與《嶺南摭怪》之比較研究	林翠萍	王三慶	成功大學／中國文學研究所／84／碩士	故事類型
螢窗異草研究	徐夢林	喬衍琯	政治大學／中國文學研究所／84／碩士	故事類型
金門民間故事研究	唐蕙韻	金榮華	中國文化大學／中國文學研究所／85／碩士	故事類型

中國民間動物故事類型研究	蔡麗雲	金榮華	中國文化大學／中國文學研究所／85／碩士	故事類型
唐代人鬼戀故事研究	鄧鳳美	王國良	東海大學／中國文學系／85／碩士	故事類型、情節單元
鄭成功傳說研究	楊瑟恩	曾永義	輔仁大學／中國文學系研究所／85／碩士	故事類型、情節單元
寶卷故事之研究	曾友志	許端容	中國文化大學／中國文學研究所／87／碩士	情節單元
台灣地區蛇郎君故事研究	簡齊儒	胡萬川／戴瑞坤	中興大學／中國文學系／88／碩士	故事類型
唐宋小說中變形題材之研究——以太平廣記與夷堅志為主	陳昱珍	金榮華	中國文化大學／中國文學研究所／89／博士	情節單元
《賢愚經》及其相關問題研究	梁麗玲	謝海平／鄭阿財	中正大學／中國文學系／89／博士	故事類型
澎湖民間故事研究	姜佩君	金榮華	中國文化大學／中國文學系／89／博士	故事類型
孟姜女故事研究	黃瑞旗	許端容	南華大學／文學研究所／89／碩士	故事類型、情節單元
幸福的祈思——中國龍女故事類型研究	洪白蓉	胡萬川	東海大學／中國文學系／89／碩士	故事類型
鄒族美學研究	江俊亮	周純一	南華大學／文學研究所／89／碩士	情節單元
猿猴搶親故事研究	蔡蕙懋	陳器文	中興大學／中國文學系／89／碩士	故事類型
民間故事之應用：以兩個台灣傳奇為例	葉尚芳	卜溫仁	淡江大學／西洋語文研究所／90／碩士	故事類型
台閩奇案歌仔研究	黃信超	陳兆南	花蓮教育大學／民間文學研究所／91／碩士	故事類型

彭祖長壽故事研究	葉淑慧	陳器文	中興大學／中國文學系／91／碩士	故事類型
中國風水故事研究	唐蕙韻	金榮華	中國文化大學／中國文學研究所／92／博士	故事類型、情節單元
高雄都會區台灣原住民口傳故事研究	張百蓉	金榮華	中國文化大學／中國文學研究所／92／博士	故事類型
《六度集經》故事研究	林彥如	陳勁榛	中國文化大學／中國文學研究所／92／碩士	故事類型、情節單元
中國古代仙境奇遇故事研究	黃玲慧	陳勁榛	中國文化大學／中國文學研究所／92／碩士	故事類型、情節單元
《夷堅志》之民間故事研究	陳美玲	陳妙如	中國文化大學／中國文學研究所／92／碩士	情節單元
格林童話的研究	陳茉馨	林文寶	臺東大學／兒童文學研究所／92／碩士	故事類型
鍾敬文民間文學理論之研究	黃國益	黃連忠	花蓮師範學院／民間文學研究所／92／碩士	故事類型
《搜神記》的民間故事類型研究——以「地陷爲湖」及「羽衣仙女」型故事的演變爲主之考察	陳佩玟	高桂惠	政治大學／中國文學研究所／93／碩士	故事類型
中國「難題求婚」型故事研究	羅彩珠	胡萬川	靜宜大學／中國文學研究所／93／碩士	故事類型
漢聲版《中國童話》中動物的故事研究	張礫芬	林文寶	臺東大學／兒童文學研究所／93／碩士	故事類型
臺灣原住民口傳故事研究	陳文之	鄭慈宏	中國文化大學／中國文學研究所碩士在職專班／93／碩士	故事類型、情節單元
灶神民間故事類型與灶神形象研究	蔡伊達	鍾宗憲	花蓮師範學院／民間文學研究所／93／碩士	故事類型

《歲時廣記》研究	邱曉村	陳妙如	中國文化大學／中國文學研究所／94／碩士	情節單元
五祀神祇故事研究	陳麗華	鄭慈宏	中國文化大學／中國文學研究所碩士在職專班／94／碩士	故事類型、情節單元
江盈科敘事作品研究	張瑞文	陳勁榛	中國文化大學／中國文學研究所／95／碩士	故事類型
《台灣民間故事集》中的禁忌主題研究	林香君	林文寶	臺東大學／兒童文學研究所／95／碩士	故事類型
異類婚戀故事類型與性別文化研究	蔡其蓉	洪淑苓	臺灣大學／中國文學研究所／95／碩士	故事類型
《子不語》鬼神故事研究	葉又菁	蔡崇名	高雄師範大學／回流中文碩士班／95／碩士	故事類型
六朝仙境傳說故事探討——以「王質」及「劉晨阮肇」為中心	鄭佑璋	謝明勳	花蓮教育大學／民間文學研究所／95／碩士	故事類型、情節單元
台灣原住民洪水神話	武芳羽	劉秀美	臺北教育大學／台灣文化研究所／96／碩士	情節單元
《太平廣記》女仙類故事研究	范淑芬	梁麗玲	銘傳大學／應用中國文學系碩士班／96／碩士	故事類型
搜"蛇"記——台灣原住民蛇類口傳故事研究	陳思齊	江寶釵	嘉義大學／中國文學系研究所／96／碩士	故事類型、情節單元
中國民間故事類型研究	陳麗娜	李進益	花蓮教育大學／民間文學研究所／97／博士	故事類型
清人筆記之生活故事研究	陳美玲	金榮華	中國文化大學／中國文學研究所／97／博士	故事類型
趙南星《笑贊》研究	方巧玲	陳勁榛	中國文化大學／中國文學研究所／97／碩士	故事類型

中國人蛇婚戀故事研究	楊艾甄	王三慶	成功大學／中國文學系碩博士班／97／碩士	故事類型
曾衍東《小豆棚》研究	黃良泉	康義勇	高雄師範大學／回流中文碩士班／97／碩士	故事類型
佛經「抒海型」故事與文學的關係──從「抒海」到「煮海」	張雅婷	梁麗玲	銘傳大學／應用中國文學系碩士班／97／碩士	故事類型、情節單元
中國民間「動物報恩」型故事研究	鄭恪芸	林登順	臺南大學／國語文學系碩士班／98／碩士	故事類型
江肖梅所編民間故事集之研究	黃郁綺	陳勁榛	中國文化大學／中國文學研究所／98／碩士	故事類型